Karen Robards

Dangereux refuge

Traduit de l'américain
par Nicole Hibert

J'AI LU

Titre original :

PARADISE COUNTY
Pocket books, a division of Simon & Schuster, Inc.
New York

À mon mari Doug et à nos trois fils,
Peter, Christopher et Jack,
avec tout mon amour.

À Caroline Tolley et son bébé,
John Andrew Malabre, Jr ;
à Lauren McKenna, pour sa patience ;
à Steve Axelrod et Damaris Rowland,
pour leur confiance.

1

À l'instant où il pénétra dans le bâtiment obscur, Joe Welsh sut qu'il avait trouvé l'origine du mauvais pressentiment qui le tenaillait.

Il y avait quelqu'un dans les écuries. Quelqu'un qui n'avait rien à y faire. Les pur-sang étaient nerveux, ils s'agitaient dans les stalles, alors qu'à cette heure de la nuit ils étaient généralement tranquilles. L'un d'eux – sans doute Suleiman – poussa un faible hennissement. Joe perçut dans l'air une pesanteur indéfinissable : celle d'une présence invisible. Il la sentait, la flairait, comme l'odeur des broussailles brûlées l'après-midi, qui imprégnait encore l'atmosphère.

Campé dans l'entrebâillement de la porte qu'il avait fait coulisser, dans le rectangle de lumière que dessinait le clair de lune à l'extrémité de la longue allée flanquée de box, Joe fouilla l'ombre des yeux, à la recherche de l'intrus. Ses doigts glissèrent sur le mur en planches soigneusement poncées, appuyèrent sur l'interrupteur. Sans résultat.

Tiens donc... Le courant était coupé, ce qui n'était pas extraordinaire. Il y avait eu du vent au cours de la journée, et parfois, dans la région, il n'en fallait pas davantage pour endommager une ligne à haute tension. À moins qu'un fusible n'ait sauté. Cela aussi se produisait quelquefois, quand on allumait plusieurs lampes en même temps. Or, ce soir, le manoir était illuminé comme un arbre de Noël. Il l'avait vu en traversant le champ. Conclusion, c'était probablement un fusible.

Quelle plaie !

Tout en pestant, il continuait à scruter l'obscurité. Et il finit par repérer ce qu'il cherchait : une forme noire, dense, d'apparence humaine, qui semblait assise sur le sol jonché de sciure. La silhouette était adossée au mur de gauche, les jambes étendues, pareilles à de solides bûches sur le sol ratissé. Joe aurait pu ne pas la voir, si son œil n'avait été attiré par l'immobilité de cette ombre parmi les autres ombres mouvantes que les rayons de lune paraissaient faire danser.

Suleiman – car c'était bien le grand rouan qui l'appelait – poussa un nouveau hennissement anxieux.

— Hé, vous ! Montrez-vous, s'il vous plaît !

Le ton était péremptoire, quoique relativement poli, au cas où il s'agirait de l'employeur de Joe, ou d'un invité de son employeur, assis là par terre.

Joe inspira profondément. En principe, les milliardaires et leurs copains ne se vautraient pas dans la sciure d'une écurie, il pouvait donc écarter cette hypothèse.

Alors, qui était-ce ? Quelques mois auparavant, deux chevaux avaient été vendus à la foire de juillet de Keenland, chacun avait rapporté environ un million de dollars. Les autres avaient également beaucoup de valeur, quoique à des degrés divers. C'est dire qu'ils étaient susceptibles d'attirer la convoitise de malfaisants.

Tout en s'apprêtant à assommer l'intrus, Joe renifla soudain, parmi les odeurs de paille, de crottin et de fourrage, un relent d'alcool qui lui emplit les narines et la bouche. Ce goût-là, au fil des ans, il en était venu à le reconnaître entre mille et à le haïr.

L'angoisse qui l'habitait se dissipa aussitôt, cédant la place à la colère et à la frustration.

— Papa ?

Car à cette heure de la nuit, c'était forcément son père qui ronflait dans son coin, soûl comme un cochon, lui qui jurait ses grands dieux qu'il ne toucherait plus jamais une bouteille. Quand il avait bu, Cary Welch se traînait parfois jusqu'aux écuries de Whistledown. Il ressassait son passé, s'imaginait être encore l'entraîneur réputé qu'il avait été naguère, devenu un poivrot qu'aucun propriétaire n'aurait laissé s'approcher de ses chevaux.

À commencer par Charles Haywood, le principal employeur de Joe, maître du domaine de Whistledown et de son haras.

Le silence s'éternisait, à peine troublé par un nouveau gémissement de Suleiman. La forme assise ne bougeait pas. Mais cette odeur d'alcool... Joe ne se trompait pas.

— Bon sang, papa, tu n'as rien à faire ici quand tu es ivre, et tu le sais pertinemment ! Je devrais t'expédier en enfer d'un bon coup de pied aux fesses !

Pas de réponse, pas le moindre geste. Son père serait-il ivre mort ?

Maugréant à voix haute, Joe se dirigea vers la silhouette immobile. Les chevaux le regardaient passer, s'ébrouaient et soufflaient.

— Tu crois que je ne te vois pas ? Je te vois parfaitement, vieil ivrogne ! Comme si j'avais besoin de problèmes supplémentaires !

L'ombre – son père – demeurait figée, tel un lapin de garenne piégé dans son terrier, nez à nez avec un chien de chasse.

Il était une heure du matin.

En ce jeudi glacial de début octobre, Joe s'était couché à vingt-trois heures, comme d'habitude. Il s'était endormi sitôt la tête sur l'oreiller pour se réveiller en sursaut à minuit trente-huit, précisément. Depuis belle lurette, il ne se réveillait plus au milieu de la nuit – l'expérience lui avait appris qu'une longue journée de dur labeur était le meilleur remède à l'insomnie.

Abruti, agacé et tourmenté par une vague sensation de malaise, il avait aussitôt pensé aux gosses. Il s'était levé, avait enfilé son jean et sa chemise abandonnés sur le fauteuil et, pieds nus, était sorti de sa chambre, à l'étage de la vieille ferme que sa petite famille habitait.

Il avait d'abord poussé sans bruit la porte de Jenny, en face de la sienne, sans allumer la lumière. Sa fille de onze ans dormait comme un ange, les genoux ramenés contre sa frêle poitrine, pelotonnée sous la couverture dépenaillée, rouge et bleu, qu'elle adorait. Ses courts cheveux bruns auréolaient son visage, elle avait glissé une main sous sa joue bronzée. Framboise, la chienne bâtarde trop grasse, métissée de beagle, qui ne quittait pas Jenny d'une semelle, était couchée sur le dos près de sa jeune maîtresse – les quatre pattes en l'air, ses longues oreilles noires déployées sur le lit. Contrairement à Jenny, elle avait le sommeil bruyant. Elle ronflait avec volupté et ouvrit à peine un œil chocolat pour lancer à Joe un regard ennuyé.

Il referma la porte. Ici, tout allait bien. En réalité, il n'en avait pas douté. Jenny ne lui avait jamais causé de soucis. Quand il lui arrivait, par hasard, de songer qu'elle était la fille de sa mère, il s'empressait de chasser cette pensée. C'était lui qui élevait la petite, pas Laura. Laura était partie depuis longtemps.

Avec Josh et Eli, c'était une autre histoire. Ils partageaient une chambre au bout du couloir, juste après la salle de bains. Et vraisemblablement, c'était l'un d'eux qui provoquait chez Joe cette sensation que quelque chose ne tournait pas rond. Il ne pouvait pas les accuser d'être de mauvais garçons, au contraire, mais ils étaient des garçons et donc enclins à faire des bêtises.

Il ouvrit leur porte et découvrit son fils Eli, âgé de seize ans, en jean et tee-shirt, affalé sur un des deux lits jumeaux. Il dormait, les écouteurs de la stéréo enfoncés dans les oreilles, un bras pendant. Ses chaussettes de tennis étaient d'une propreté douteuse, ses pieds dépassaient du matelas. Eli était presque aussi grand que Joe, qui mesurait pourtant un mètre quatre-vingt-dix, il avait l'air d'un échalas. Un manuel scolaire – d'algèbre, probablement, il avait annoncé que demain, il avait une « compo importante » – gisait sur son ventre.

L'autre lit, celui de Josh – quatorze ans – était vide.

Tiens, tiens... se dit Joe, assez satisfait de posséder un radar parental sensible à la moindre perturbation. Des années passées à tenir les rôles de père et de mère l'avaient rendu extraordinairement attentif à ses enfants. Si Josh était debout à cette heure, où son père dormait généralement à poings fermés, c'est qu'il mijotait quelque chose.

La lampe, sur la table de chevet branlante qui séparait les lits, était allumée. Eli avait dû monter le volume de la stéréo à fond car, malgré les écouteurs, on entendait le gémissement d'une guitare et le martèlement des basses.

Joe répétait sans cesse à Eli qu'il aurait sans doute de meilleurs résultats s'il essayait, juste une fois, d'étudier sans cette cacophonie dans les oreilles. Naturellement, Eli clamait que la musique l'aidait à se concentrer. Ses notes, hélas, ne le prouvaient pas toujours.

Esquissant un sourire, Joe s'avança dans la pièce et prit le livre qu'il posa par terre. Il éteignit la stéréo, débarrassa Eli – qui ne bougea pas un cil – de son casque. Puis il quitta la chambre.

Et maintenant, où était Josh ?

Il se dirigea vers l'étroit escalier escarpé, descendit quelques marches et, aussitôt, vit une lueur bleuâtre provenant du salon, qui se répandait sur le plancher et donnait au bois patiné par le temps une étrange teinte violacée. Josh était affalé sur le canapé, sa tête brune reposant sur l'accoudoir élimé en tweed marron. Il regardait la télé, apparemment un film du genre *Terminator*.

— Dis donc, toi, qu'est-ce que tu fais encore debout ? grommela Joe en s'approchant, soulagé de trouver son rejeton le plus rebelle dans la maison.

Josh se contorsionna pour le dévisager.

— Eli ne veut pas éteindre la lumière sous prétexte qu'il étudie, déclara-t-il avec cette amertume propre à tous les frères cadets du monde.

— À d'autres.

Joe traversa la pièce et arrêta la télé.

— Eli dort à poings fermés. Monte te coucher, je te rappelle que, demain matin, tu as cours.

— Papa, c'était Arnold ! protesta Josh.

Mince comme un brin d'herbe, il faisait déjà plus d'un mètre soixante-dix et était encore loin d'avoir fini sa croissance. Il passa des doigts nerveux dans ses cheveux coupés en brosse. Cette coiffure était pour lui une façon de se distinguer d'Eli, une entreprise difficile car les deux frères se ressemblaient énormément. Josh ne manquait pas une occasion de se moquer d'Eli, de ce qu'il appelait sa « toison ». Eli, qui était très fier de sa chevelure noire dont les boucles lui cachaient la nuque, prenait généralement fort mal ces railleries.

— Tant pis pour Arnold. Il est presque une heure, tu vas te coucher.

— Je peux pas voir la fin, s'il te plaît ? supplia Josh, fixant sur lui ses grands yeux bleus.

— Non. Au lit, tout de suite.

— S'il te plaît...

— Ne m'oblige pas à répéter, tu as très bien entendu.

Josh cherchait toujours les limites de la patience paternelle. Parfois, quand Joe devait répéter cinquante fois la même chose avant que son fils obéisse, il avait une envie folle de régler le problème par une bonne gifle. Mais il comprenait que Josh éprouve le besoin d'affirmer sa personnalité et, surtout, de se différencier d'Eli qui l'écrasait de sa supériorité.

— Si tu obligeais Eli à éteindre la lumière à une heure décente, je serais endormi depuis longtemps. Mais non, Eli a tous les droits.

— Josh... Monte te coucher.

Joe croisa les bras sur sa poitrine, compta jusqu'à dix. Josh se leva avec un soupir à fendre l'âme et sortit du salon, l'ourlet défait de son jean délavé balayant le plancher.

Quand il eut disparu, Joe fouilla des yeux la pièce plongée dans la pénombre. Qu'est-ce qui avait bien pu l'arracher au sommeil ? Le son de la télé, un bruit inhabituel ?

Sans doute. Néanmoins, puisqu'il était debout, autant aller voir les chevaux. Son radar personnel, s'il réagissait aux moindres mouvements de ses enfants, était presque aussi sensible à ceux de ses chevaux.

Ils étaient son gagne-pain et sa passion. Il les nourrissait, les entraînait, les bichonnait. Il s'occupait des siens – dans son écurie décrépite, aux murs noirs – par amour et parce qu'il en retirait un peu d'argent. Et, moyennant un chèque mensuel, il s'occupait de ceux de Charles Haywood qu'abritait le bâtiment à pignons, d'un blanc immaculé, en haut de la colline.

Écoutant d'une oreille distraite le chahut que faisait Josh à l'étage – chasse d'eau, craquement du parquet sous ses pas pesants, grincement de portes –, Joe passa dans la cuisine, à l'arrière de la maison. Il s'assit sur une chaise pour enfiler ses bottes. Puis il décrocha de la patère son parka bleu électrique, orné de l'emblème de l'université du Kentucky. Enfin, il sortit pour se diriger vers l'écurie.

La nuit était claire et splendide, étonnamment froide pour un mois d'octobre. En principe, dans le Kentucky, l'automne était plutôt doux. Des centaines d'étoiles brillaient dans le ciel couleur d'encre. La lune, qui serait bientôt pleine, aussi ronde et blanche qu'une boule de billard, éclairait le paysage vallonné semé de maisons, de granges, de clôtures et de petites routes sinueuses.

Les seize hectares de Joe jouxtaient les trois cent dix hectares des Haywood. Toutefois comme sa parcelle faisait jadis partie du domaine de Whistledown – en fait, c'était la maison du régisseur –, les deux écuries étaient assez proches l'une de l'autre. Celle de Joe sur une butte derrière sa demeure, et celle de Whistledown sur une colline plus élevée.

Tout en marchant, il tourna la tête vers l'étang triangulaire qui, tel un miroir, reflétait le ciel nocturne. Le manège couvert et ovale qui lui permettait de faire travailler ses chevaux les jours de mauvais temps paraissait désert et tranquille. Une chouette ululait dans les arbres plantés au bord de la propriété, au loin un coyote hurlait. À l'orée du bois, entre les troncs d'un gris sombre, on distinguait à peine le modeste chalet du père de Joe. Les lumières étaient éteintes. Rien de surprenant. Cary Welch, veuf, était lui aussi un homme de cheval, par conséquent un couche-tôt et un lève-tôt.

Enfin… quand il ne buvait pas.

Joe entra dans son écurie, actionna l'interrupteur. Les ampoules nues qui pendaient au plafond à intervalles réguliers s'allumèrent – l'éclairage manquait d'élégance, mais il était efficace.

Silver s'approcha de la porte de son box, poussa un doux hennissement interrogateur. Drago et Timber, ses voisins, passèrent la tête par le battant supérieur, ouvert, de leur stalle et le considérèrent avec curiosité. Tous connaissaient son emploi du temps aussi bien que lui, et se demandaient ce qui l'amenait là à cette heure indue.

— Ça va, ma grande ? murmura Joe en flattant le cou de Silver.

La poulinière, une jument grise de dix ans, le mordilla pour lui réclamer sa friandise préférée. Il fouilla la poche de son parka, y pêcha un bonbon à la menthe qu'il dépiauta. Silver adorait les bonbons à la menthe.

Elle le saisit délicatement entre ses lèvres veloutées, le goba et se mit à le mastiquer avec un plaisir évident. Joe s'éloigna et fit rapidement le tour de l'écurie. Rectangulaire, le bâtiment pouvait accueillir une quarantaine de pensionnaires, logés dans des box alignés de chaque côté de l'allée. À une extrémité, près de l'entrée, se trouvait le bureau. Au fond, un espace dégagé qui comprenait les selleries et permettait de bouchonner et d'étriller les chevaux.

Manifestement, ici aussi, tout était normal.

— Désolé de vous avoir dérangés, vous n'avez plus qu'à vous rendormir.

Il revint sur ses pas, gratifia Silver, au passage, d'une dernière caresse, refusa fermement de lui donner un deuxième bonbon, et ressortit.

Eh bien, il s'était réveillé en sursaut sans raison particulière. Après tout, on était à Simpsonville, dans le Kentucky, neuf cent sept habitants, au cœur du comté de Shelby, le pays du cheval. On l'appelait le comté d'Eden, pour la beauté des paysages et la vie paisible qu'on y menait. Le crime y était si rare qu'il était presque inexistant.

Pourtant Joe avait eu la sensation viscérale que quelque chose n'allait pas. Et cette sensation le tenaillait encore.

Il décida de pousser jusqu'à Whistledown, puis de jeter un œil au chalet de son père avant de rentrer. Il lui suffisait de sauter la clôture, ce qu'il faisait au moins dix fois par jour. Un pied sur la planche la plus basse, un bond, et le tour était joué. Il grimpa la colline, escorté par le bruit de ses pas et celui, distant et étouffé, des animaux nocturnes qui vaquaient à leurs affaires.

À l'horizon, découpé contre une rangée de chênes centenaires, se dressait Whistledown, le vénérable manoir des Haywood, aux murs blancs éclairés par la lueur des lampadaires extérieurs, destinés à effaroucher les cambrioleurs. M. Haywood et ses amis étant là pour les courses de Keeneland, des flots de lumière se déversaient des fenêtres. Quatre voitures étaient garées dans la longue allée qui, durant la majeure partie de l'année, était déserte.

Dire que Whistledown n'était habité que six semaines par an, au printemps et à l'automne ! Pour Charles Haywood, les chevaux ne représentaient qu'un passe-temps ruineux, et le domaine ne valait pas plus à ses yeux que les autres propriétés – une dizaine – dont il était le maître. Posséder une telle fortune, pensa Joe, c'est quand même inouï ! Bien sûr, Charles Haywood devait avoir des problèmes, tout le monde en avait. Mais avec de l'argent, tout s'arrange, n'est-ce pas ?

En tout cas, Joe aurait bien voulu être riche comme Crésus et régler ses propres problèmes à coups de millions, au lieu de tirer constamment le diable par la queue. Ce à quoi il tenait par-dessus tout – ses enfants et ses chevaux – lui coûtait cher.

Contrairement à ses propres écuries – délabrées, il l'admettait –, celles de Whistledown étaient magnifiques. Fraîchement repeintes, elles comportaient un étage et s'agrémentaient de deux pignons jumeaux, pourpres, l'emblème du haras.

Il souleva le loquet qui fermait les portes, fit coulisser les battants.

Et maintenant, guidé par l'odeur de l'alcool, il descendait l'allée centrale à grandes enjambées, fou de rage, résolu à secouer son père comme un prunier, à lui flanquer la peur de sa vie.

Sa patience était à bout. Six semaines auparavant, Cary Welch s'était illustré lors d'un match de basket au lycée du comté. À la mi-temps, il s'était planté au beau milieu du terrain pour brailler à tue-tête l'hymne de l'école. Eli, qui faisait partie de l'équipe, avait failli mourir de honte, de même que ses deux autres petits-enfants. Joe avait dû l'évacuer du gymnase, et Cary avait juré de ne plus boire une goutte jusqu'à la fin de son existence.

Ben voyons... Joe avait déjà entendu cette chanson si souvent qu'il la connaissait par cœur. Mais cette fois, il ne passerait pas l'éponge. Son père savait que, quand il était soûl, il n'avait pas le droit d'approcher les chevaux. Surtout ceux de Whistledown. Et encore moins lorsque Charles Haywood séjournait au manoir.

Malgré l'obscurité, Joe s'étonna que la forme immobile n'ébauche pas un geste quand il s'arrêta à un mètre d'elle. Un doute le saisit : peut-être n'était-ce pas son père. L'homme paraissait plus grand, plus robuste. Car c'était bien un homme, Joe en avait la certitude. Le pantalon, la taille des chaussures étaient indiscutablement masculins.

L'individu était assis par terre, les jambes étendues, les bras ballants, les paumes tournées vers le plafond. Sa tête était légèrement inclinée sur le côté. Joe eut l'impression qu'il avait les yeux fermés.

— Papa ? marmonna-t-il, bien que persuadé à présent qu'il ne s'agissait pas de Cary Welch.

Il capta alors dans l'air une autre odeur, plus âcre que celle de l'alcool. D'une voix sèche, il ordonna :

— Allez, debout !

L'homme ne bougea pas.

Autour de lui, du côté droit, se dessinait sur la sciure une tache ronde qui semblait s'élargir à vue d'œil. Une tache sombre, presque noire, d'aspect huileux...

Joe s'approcha, se pencha pour poser une main sur l'épaule de l'inconnu. Une épaule solide, dont pas un muscle ne frémit.

— Hé ! dit-il en le secouant. Hé !

La tête bascula en avant, puis le torse glissa latéralement, le manteau de cuir frottant la paroi en bois. On aurait cru une poupée de chiffons.

Soit ce type était en plein coma éthylique, soit il était tout simplement… mort.

Seigneur !

Les chevaux soufflaient et frappaient du sabot, s'énervaient. Ils percevaient quelque chose d'étranger à leur univers. Joe les comprenait, il éprouvait la même sensation, celle qui l'avait étreint en entrant dans les écuries : le poids d'une présence.

Il se retourna, ne vit que des ombres et les rayons de lune qui se faufilaient par l'entrebâillement des portes. Il songea alors – une idée qui ne lui était jamais venue – que le bâtiment était complètement isolé.

Puis il pensa à un film qu'Eli adorait. Il en avait oublié le titre, mais il se souvenait de l'accroche publicitaire : « Dans l'espace, vous pouvez toujours hurler, on ne vous entendra pas. »

Cela lui parut assez approprié à la situation. Accroupi dans l'obscurité près de l'homme affalé par terre, il sentait sur sa peau un regard glacé.

À nouveau, il jeta un coup d'œil derrière lui et ne distingua que les chevaux, les ombres et le clair de lune. Pourtant il eut la certitude absolue de ne pas être seul.

— Qui est là ? cria-t-il.

Pas de réponse. Naturellement. Les nerfs tendus à se rompre, il reporta son attention sur l'inconnu. Il tâta la sciure et constata, comme il s'y attendait, qu'elle était humide, visqueuse… et tiède.

Il renifla ses doigts. L'odeur ne laissait malheureusement aucun doute. Du sang.

— Bon Dieu ! s'exclama-t-il.

Il s'essuya la main sur le sol, puis palpa le cou de l'homme, cherchant la carotide. Plus de pouls. Pourtant le corps était encore chaud.

Il était maintenant accoutumé à l'obscurité. Il ne discernait pas les petits détails ni les couleurs, toutefois il voyait que l'homme avait les yeux clos, la bouche ouverte, et qu'un filet noir – du sang, forcément – coulait au coin de ses lèvres.

Charles Haywood !

Joe eut le souffle coupé en reconnaissant son employeur. Celui-ci avait à la tempe gauche un trou de la taille d'une pièce de monnaie. Un revolver gisait à vingt centimètres de sa main gauche.

L'odeur âcre que Joe avait sentie était celle de la poudre, mêlée aux relents d'alcool. Haywood était mort.

2

Le Prédateur, tapi dans l'ombre, observait avidement. Il sentait encore le sang chaud sur ses doigts, il en avait le goût salé sur la langue, il imaginait l'épais élixir de vie s'écoulant du corps de sa victime. Tout cela lui laissait une impression de vide plutôt que de plénitude, comme si on l'avait obligé à humer le fumet d'un mets délicieux sans qu'il pût le déguster. Il n'avait pas programmé son acte, la nécessité et non le plaisir l'avait poussé.

Cependant ça avait éveillé sa faim de plaisir.

Il jaugea l'homme accroupi auprès de sa proie. Il faisait très sombre, et ils étaient seuls, mais... non. Prudence. Il faisait ça depuis des années : traquer ceux qui ne se méfiaient pas, fondre sur eux à la vitesse de l'éclair, sans bruit et en pleine nuit, les emmener dans un lieu où nul ne les entendrait hurler, où il pouvait s'amuser, savourer à loisir leur souffrance et leur terreur.

Cet homme-ci ne manquait certes pas de séduction, avec son visage bien modelé, sans défauts, néanmoins il ne convenait pas. Il serait à peine plus satisfaisant que le premier, en admettant qu'il se laisse faire.

La jeunesse et la beauté... voilà ce dont il avait soif.

Le Prédateur se glissa en silence hors des écuries. Plié en deux, rasant la clôture, il contourna les champs jusqu'à l'endroit où il avait caché son véhicule. Quand il s'assit au volant, il était essoufflé et transpirait. Parce qu'il était gros, pas très en forme physiquement, et surtout parce qu'il n'avait pas étanché la soif déclenchée en lui par ce meurtre terriblement frustrant.

Il en voulait plus. Il en avait besoin. Il était comme un drogué à qui il faut sa dose. Il ne pouvait pas attendre.

Ce soir, il n'était pas sorti avec l'intention de chasser, mais peu importait, songea-t-il en démarrant son Chevy Blazer modifié par ses soins. Les proies étaient faciles à trouver, lorsqu'on savait s'y prendre, ce qui était son cas.

L'autoroute n'était qu'à huit kilomètres et là, près de sa maison – si près que le destin semblait l'avoir décidé –, était aménagée une aire de repos. Parfois il se figurait être une araignée, une énorme araignée velue en quête de nourriture. L'aire de repos faisait partie du réseau de toiles qu'il avait tissées. En cas d'urgence, il y dénichait presque toujours quelque chose d'appétissant à se mettre sous la dent.

Il baissa sa vitre, respira l'air froid de la nuit, les odeurs végétales et animales. Maintenant que la traque avait commencé, il se sentait plus vivant que jamais. Ses sens s'aiguisaient, l'euphorie qu'il connaissait si bien amenait un sourire sur ses lèvres. Il alluma la radio, réglée sur sa chaîne préférée qui diffusait de vieux tubes. *Satisfaction*, des Stones. Ça tombait pile, gloussa-t-il.

Bientôt il serait satisfait.

À cette heure de la nuit, la petite route de campagne était peu fréquentée. Ses phares éclairaient au passage des prairies moutonnantes, un cheval, une vache plantés au milieu d'un champ. Les habitants du comté dormaient. Il le savait : il était né ici et y avait grandi. Ça l'amusait de penser que ses voisins allaient se coucher le soir avec la conviction d'être en totale sécurité. Il avait passé quasiment toute sa vie parmi eux, pourtant ils n'imaginaient même pas qu'il pût exister. Leur bien-aimé comté d'Eden reposait sur un gouffre ténébreux, or personne – hormis ses victimes – ne le saurait jamais.

Il tourna à droite, s'engagea sur l'autoroute et parcourut environ cinq kilomètres pour atteindre l'aire de repos. Roulant au pas, il examina les véhicules garés devant le bâtiment en brique qui abritait les toilettes, les distributeurs automatiques et l'espace réservé aux voyageurs fatigués. Il n'y avait qu'une Camry noire et un van bleu. Une petite famille – la mère, le père et deux enfants ensommeillés – en descendait pour se diriger vers la bâtisse faiblement éclairée. Ceux-là ne l'intéressaient pas.

Il traversa toute l'étendue cimentée pour pénétrer dans le bois voisin, repaire favori des chasseurs de chevreuil. Là, il se gara. Il descendit du Chevy, le contourna pour ouvrir le coffre où il prit sa trottinette pliable, à moteur. Plus tard, il s'en servirait pour rejoindre son véhicule, mais dans l'immédiat il se contenta de la pousser tandis qu'il retournait vers le bâtiment. Étonnamment, cet engin n'éveillait jamais de signal d'alarme dans l'esprit de ceux qui l'apercevaient. La trottinette avait l'air d'un joujou d'enfant, et lui, grand et corpulent, juché là-dessus, paraissait ridicule et inoffensif.

Il avait son poste de guet favori dans l'ombre épaisse, à la lisière du bois : une souche sur laquelle il s'asseyait et d'où il pouvait observer les allées et venues sur l'aire de repos, sans qu'on le remarque. Parfois il devait attendre longtemps pour avoir ce qu'il souhaitait. Ça ne le dérangeait pas. L'attente faisait partie du plaisir de la chasse.

Il lui arrivait aussi d'être bredouille, de rentrer chez lui frustré. Dans ce cas, il recommençait le lendemain, et le surlendemain. Il écumait son territoire, aussi longtemps que nécessaire, galvanisé par une excitation croissante.

Tôt ou tard, il avait toujours ce qu'il voulait.

Il s'installa dans le froid de cette nuit d'octobre, patient comme une araignée au centre de sa toile. Il regardait la lune qui, là-haut dans le ciel, voguait vers l'ouest, les ombres des grands pins serrés les uns contre les autres, les voitures et les vans qui s'engageaient sur l'aire de repos et dégorgeaient leurs passagers.

Quand ils apparurent, il faillit ne pas les repérer. Ils étaient deux, un jeune homme et sa copine, sans doute des étudiants, dans une Volkswagen bleu clair que la fille conduisait. Il les aurait laissés filer – deux proies étaient deux fois plus difficiles à attraper qu'une seule, fatalement ; et il n'était pas fou, il n'avait aucune envie de se faire pincer. Mais à cet instant, la fille passa dans la lueur diaphane du réverbère.

Il vit qu'elle était belle, qu'elle possédait cette beauté qu'il appréciait particulièrement. Elle avait de longs cheveux blonds et raides qui brillaient à la lumière, elle était incroyablement svelte, souple comme un roseau, vêtue d'un jean et d'une veste en cuir havane. Elle parlait à son copain, elle riait, ses dents blanches et parfaites étincelaient, son rire joyeux s'envolait dans la nuit noire.

— Ce n'est pas ma faute si j'ai sans arrêt besoin de faire pipi ! disait-elle, et elle pouffa à nouveau de rire.

Il était un amateur passionné de jolies blondes rieuses. Le jeune homme répondit à sa compagne, mais le Prédateur ne l'écouta pas. Il le jaugeait. Un mètre soixante-quinze, mince, encore un gamin. Il ne serait pas gênant.

Du gâteau, se dit-il. Laissant sa trottinette sur place, il se redressa et se dirigea d'un pas pressé vers le bâtiment en brique. Il jeta un regard autour de lui, s'assura que la Volkswagen bleue était seule sur le parking, puis suivit le jeune homme dans les toilettes pour hommes. Il s'occuperait d'abord de lui.

Le garçon était planté devant un urinoir. Quand la porte s'ouvrit, il tourna la tête. Leurs regards se croisèrent.

Le Prédateur et sa proie, pensa-t-il, amusé. La proie, cependant, ignorait qu'elle n'était qu'un gibier.

— Une bien belle nuit, déclara le Prédateur en s'approchant d'un lavabo, comme pour se laver les mains. Dans le miroir encadré d'aluminium, il vit son reflet : un type ordinaire au sourire chaleureux. Qui pourrait deviner qu'il était dangereux ?

— Moi, je trouve qu'on se gèle, répondit le garçon, en remontant la fermeture éclair de sa braguette.

Le Prédateur ouvrit en grand le robinet, pour étouffer les bruits. Le garçon s'apprêtait déjà à sortir, sans s'être lavé les mains.

Mauvaise habitude. Et l'hygiène, alors ?

— Bonsoir, dit le jeune homme qui posa les doigts sur la poignée de la porte.

Mais le Prédateur était prêt, il l'était depuis la seconde où il avait pénétré dans les toilettes. Il pouvait se jeter sur ce gamin, néanmoins il avait une autre idée, beaucoup plus amusante.

— Haaaaa... gémit-il, penché sur le lavabo, une main crispée sur son cœur, l'autre tâtonnant.

Dans le miroir, il constata que le garçon réagissait comme prévu. Il se retourna pour regarder avec inquiétude l'homme d'âge mûr qui paraissait avoir un malaise.

— Monsieur...

— Mes pilules, articula le Prédateur. Dans... ma... chemise.

L'autre se précipita pour l'aider. Dès qu'il fut tout près, le Prédateur frappa. Il lui agrippa le poignet de sa main droite, le plaqua sur le lavabo et, plus rapide que l'éclair, extirpa de sa poche son aérosol incapacitant qu'il enfonça dans le cou du gamin. Un grésillement, une légère odeur de chair brûlée – une odeur douce, alléchante –, un faible cri couvert par le ruissellement de l'eau.

Voilà, le garçon était à lui ; les yeux révulsés, il s'effondrait dans ses bras. Par expérience, le Prédateur savait qu'il resterait inconscient un bon quart d'heure. Quand il reprendrait ses esprits, il serait trop tard.

L'opération n'avait duré, en tout et pour tout, qu'une minute et demie.

Soutenant le gamin, il le coucha par terre – il l'aurait bien laissé tomber, mais il ne voulait pas qu'il se blesse à la tête. Puis il quitta rapidement les toilettes et se retrouva dans la salle baignée d'une lumière jaunâtre. Si la fille était déjà là – c'était peu probable, les nanas passaient toujours un temps fou dans les toilettes –, il lui demanderait de le suivre pour s'occuper de son copain mystérieusement agressé par un individu non moins mystérieux.

Si une autre voiture arrivait sur ces entrefaites – ce qui était aussi une possibilité, laquelle ajoutait le piment du danger à la jubilation de la traque –, il décamperait, tout simplement. Le garçon ne se rappellerait pas grand-chose de sa mésaventure, et personne, à part lui, n'avait vu le Prédateur.

Cependant, si les événements s'enchaînaient comme il l'espérait, il surprendrait la fille dans les toilettes pour dames. Il la neutraliserait, les porterait, elle et son copain, jusqu'à la Volkswagen. Quand ils y seraient bien à l'abri, il retournerait sur sa trottinette récupérer le Chevy. Et tous les trois s'évanouiraient dans la nuit sans laisser de trace.

Le jeune couple disparaîtrait à jamais.

Fredonnant, le Prédateur contourna le bâtiment, constata avec plaisir qu'aucune autre voiture n'était garée sur le parking. Il allait pouvoir réaliser son plan sans anicroches. En fait, il se demandait parfois si, pour ses victimes, il n'était pas l'instrument de la destinée.

Dans ce cas, ses proies avaient dû commettre de bien vilaines actions au cours de leurs vies antérieures.

Au moment où il atteignait l'allée menant aux toilettes pour dames, la fille en émergea, secouant ses longs cheveux blonds. À sa vue, son cœur s'emballa. Dieu qu'elle était jolie !

Elle méritait amplement les efforts supplémentaires qu'il lui avait fallu fournir pour régler son compte au petit ami.

Ils se regardèrent. Elle écarquilla les yeux, il y lut une peur instinctive ; rencontrer un inconnu dans un endroit désert, en pleine nuit, l'effrayait.

De nos jours, les nanas étaient tellement méfiantes…

Il lui sourit.

— Ça va mieux, maintenant que vous avez fait pipi ? lui demanda-t-il d'un ton débonnaire, sans cesser d'avancer.

Il n'était plus qu'à quelques centimètres, elle était acculée contre le mur.

— Eric ! cria-t-elle.

Elle se retourna, sa chevelure tournoya comme une pèlerine blonde. Elle saisit frénétiquement la poignée de la porte des toilettes, comme si elle croyait lui échapper en se réfugiant à l'intérieur.

— Petite sotte, murmura-t-il, presque tendrement, en l'attirant tout contre lui pour lui enfoncer l'aérosol incapacitant dans le cou.

3

Il faisait un froid anormal pour un mois de novembre au Kentucky. Quand elle songeait au Kentucky, elle voyait toujours le soleil, des chevaux et de vertes prairies. Mais, bien sûr, elle n'était venue à Whistledown qu'en été, et sa dernière visite remontait à sept ans.

Le malheur qui la frappait l'avait ramenée ici.

Alexandra Haywood frissonna en descendant de la luxueuse Mercedes blanche – l'un des véhicules qui restaient à l'année au domaine. Elle portait une veste en lainage anthracite au col et aux poignets en astrakan, sur un pull de cachemire noir et un pantalon moulant en cuir également noir. Aux pieds, elle avait des bottes à talons hauts. Ainsi vêtue, elle n'aurait pas dû avoir aussi froid, pourtant elle était gelée et claquait littéralement des dents.

Depuis les obsèques, elle avait perdu du poids, peut-être cinq kilos, si bien qu'avec son mètre soixante-dix, elle paraissait à présent presque maigre. Et sa beauté s'était ternie, elle avait moins d'éclat, comme la flamme d'une bougie sur le point de s'éteindre. Sa peau était d'un blanc laiteux, plus pâle encore que le blond platine de ses cheveux coupés à hauteur des épaules, et retenus en chignon sur sa nuque. Ses traits finement ciselés s'étaient aiguisés, crispés, ses cernes semblaient refléter le bleu troublé de ses yeux.

Elle s'efforçait de dissimuler les ravages du chagrin sur son visage avec du rouge à lèvres et du fond de teint, mais elle n'en était pas moins l'ombre d'elle-même. Un fantôme.

C'était un matin gris, le ciel plombé annonçait du grésil. Les écuries délabrées et le manège couvert, derrière, avaient la couleur du graphite. L'herbe couverte de givre des champs environnants, le petit étang, le bosquet d'arbres dénudés qui semblaient tendre vers les nuages des bras noueux, l'étroite allée goudronnée sur laquelle elle se tenait… tout était gris.

Sa vie entière avait pris cette teinte-là, songea-t-elle, et à cette pensée une vague de chagrin l'inonda comme du sang jaillissant d'une plaie béante. Alex se raidit et retint son souffle, ainsi qu'elle avait appris à le faire, jusqu'à ce que la douleur s'apaise.

Un mouvement dans l'entrebâillement des portes des écuries attira son attention et, Dieu merci, accéléra le processus : le désespoir reflua.

Un garçon au crâne quasiment tondu, en pull-over bleu marine, l'observait, les mains dans les poches de son jean difforme. Sans doute avait-il entendu la voiture.

Méthodiquement, tel l'automate qu'elle était depuis l'enterrement, Alex verrouilla les portières de la Mercedes. Elle oubliait sans cesse qu'elle était à Simpsonville, Kentucky, et non à Philadelphie, où l'on était obligé de tout fermer à double tour. Des réalités aussi simples, banales, lui échappaient : elle était ailleurs.

Le garçon disparut à l'intérieur des écuries, cria d'une voix de stentor qui la fit sursauter :

— Papa !

Cela prouvait au moins qu'elle entendait, qu'elle n'était pas devenue sourde.

Depuis les funérailles, elle avait l'impression que ses sens fonctionnaient au ralenti, comme si on lui avait administré un anesthésiant. C'était ainsi, probablement, que la nature l'aidait à supporter la souffrance.

Son père s'était suicidé. Tous l'affirmaient : le coroner, les policiers, les avocats, les divers représentants de l'ordre chargés de se prononcer sur la mort d'un homme aussi puissant et fortuné. Elle avait lu le rapport d'autopsie, examiné les photos, épluché les moindres détails pour tenter de reconstituer les derniers instants de la vie de son père. Dans l'espoir de comprendre, d'accepter. Elle n'avait rien trouvé qui contredise la thèse du suicide. Pourtant elle ne pouvait pas y croire.

Mais tout ce qui était arrivé durant les cinq dernières semaines était impossible à croire. À l'instar d'Alice, elle avait le sentiment d'être passée de l'autre côté du miroir. Dans un autre univers, qui n'avait plus aucun rapport avec l'existence qu'elle avait connue.

Le garçon était à nouveau là, il fixait sur elle un regard empreint de curiosité. Il y avait un homme derrière lui, qui le tenait par l'épaule. Les sourcils froncés, il observait Alex.

Il correspondait à la description qu'on lui en avait faite : grand, très brun, frisant la quarantaine. C'était donc Joe Welch, le régisseur. *Son* régisseur, maintenant qu'elle était orpheline. Alex avait obtenu des renseignements sur lui grâce à Inez Johnson, la gouvernante employée à Whistledown depuis des lustres, et qui avait décrété avec enthousiasme que Joe Welch était « sacrément sexy ».

Il l'était peut-être. Alex, elle, n'était pas en état de juger. De même qu'elle avait perdu la faculté d'apprécier la nourriture et le sommeil, le plaisir de rencontrer un homme « sexy », d'avoir envie de le séduire, lui avait été ôté par le chagrin.

Oh, elle voyait bien que cet homme avait des traits marqués, un visage carré qu'une barbe de deux jours rendait extrêmement viril, mais elle ne ressentait pas ce petit frémissement si féminin qui, naguère, lui aurait indiqué qu'elle était face à un individu particulièrement attirant.

Pour elle, il était simplement un homme grand, emmitouflé dans un parka d'un bleu aveuglant qui lui élargissait encore les épaules, mettait en valeur ses hanches étroites, ses longues jambes musclées, moulées par un jean délavé.

Dans toute la grisaille qui l'entourait, ce parka bleu était comme un point de repère sur lequel Alex focalisa son attention, avançant à pas prudents sur le chemin qui, vu la température ambiante, devait être glissant.

Il continuait à l'observer, impassible. Elle se demanda s'il savait qui elle était – et pourquoi elle était là.

Probablement pas. La mort de Charles Haywood avait largement alimenté les rubriques financières des principaux journaux du pays, on avait abondamment commenté le revers de fortune cataclysmique qui l'avait poussé au suicide. Mais on n'avait publié aucune photo d'Alex ou des autres membres de la famille. En fait, on les avait à peine mentionnés.

Dire qu'il suffisait d'une infime augmentation des taux d'intérêt, de quelques investissements malencontreux et d'un suicide, pour qu'un empire de plusieurs milliards de dollars s'effondre comme un château de cartes. Banqueroute... quel mot horrible !

Alex n'aurait jamais imaginé qu'il s'appliquerait un jour à sa famille, à leurs affaires. Depuis un demi-siècle, la Haywood Harley Nichols, la société dont M. Haywood détenait toutes les parts, construisait des hôpitaux, des maisons de repos et de retraite aux quatre coins du monde. Pourtant les avocats du père d'Alex – *ses* avocats désormais – disaient que, s'ils avaient de la chance, ils seraient en mesure de tout vendre à un prix décent, ce qui lui permettrait de rembourser les dettes de son père et d'avoir encore un peu d'argent devant elle.

Sinon, la banqueroute serait l'unique issue. Alex, sa sœur, sa belle-mère et les héritiers de son père n'auraient plus rien à se partager. Mercedes, la sixième épouse de M. Haywood avait piqué plusieurs crises d'hystérie en apprenant, peu après les obsèques, qu'elle risquait fort d'être une veuve sans le sou.

Alex, si elle n'avait pas été comme anesthésiée, aurait elle aussi pu sombrer dans l'hystérie.

Une clôture formée de quatre planches superposées entourait le champ où se dressaient les écuries. Détournant les yeux du parka bleu, Alex souleva le loquet du portillon en fer rouge. Elle avait les doigts gourds ; malgré tous ses efforts, ils semblaient refuser de fonctionner.

Elle entendit un bruit de pas, leva le nez et vit Joe Welch qui s'approchait.

— Monsieur Welch ? demanda-t-elle de cette voix sourde, atone qu'elle avait depuis l'enterrement – une voix de spectre.

— C'est moi, répondit-il.

Sa voix à lui était grave, harmonieuse, teintée d'une pointe d'accent du Sud qui, dans d'autres circonstances, aurait plu à Alex. Il avait les yeux clairs, très bleus. Un regard qui ne souriait pas. Apparemment, elle n'était pas la bienvenue.

— Je suis Alexandra Haywood.

— Je sais qui vous êtes, dit-il d'un ton froid.

Il lui ouvrit le portillon, s'effaça pour la laisser passer. Elle fit un pas en avant, vacillant quelque peu sur ses hauts talons qui s'enfonçaient dans le gravier du sentier gravillonné qui prolongeait l'allée. Mue par le sens des bonnes manières qu'on lui avait inculquées durant tant d'années dans les pensions les plus chic, elle lui tendit la main.

Il pinça les lèvres, et Alex eut l'impression que son geste lui déplaisait. Néanmoins il lui serra la main. La sienne était grande et forte, sa peau rugueuse et brûlante. Quand il la relâcha, la jeune femme ne put réprimer un frisson. Ces temps-ci, elle avait un besoin pathologique de chaleur. Peut-être était-elle condamnée à ne plus avoir jamais chaud.

— Nous sommes-nous déjà rencontrés ? dit-elle.

Était-il possible qu'il se doute des raisons de sa présence ici ? Son accueil était presque hostile… mais peut-être se comportait-il ainsi avec tout le monde.

— Oui, aux obsèques de votre père.

Il referma le portillon et remit le loquet.

— Ah…

Elle ne se rappelait pas l'avoir vu, ce qui la surprenait, car il n'était pas de ces hommes qui passent inaperçus. À la vérité, ses souvenirs de ce jour-là étaient complètement flous. Elle croisa les bras sur sa poitrine, glissa les doigts sous ses manches pour les protéger de la morsure du froid.

— Excusez-moi, je ne me souviens pas très bien. J'étais dans un état second mais… je vous remercie d'être venu.

— Je suis désolé pour votre père, mademoiselle Haywood, je vous présente mes condoléances.

Alex avait si souvent entendu ces mots au cours des dernières semaines… Ils resteraient pour toujours marqués au fer rouge dans son cœur.

— Merci.

Il demeurait immobile, il était si grand et avait l'air si sévère qu'il aurait pu l'intimider… si elle avait été du genre à se laisser facilement impressionner.

— Je présume que vous souhaitez me parler ?

Son imagination ne l'avait pas trompée. Une note d'hostilité vibrait effectivement dans la voix de cet homme.

— Oui.

— Eh bien, suivez-moi dans les écuries. Je suis en plein travail.

Elle lui emboîta le pas, gênée par ses bottes. Voyant qu'elle avait de la peine à marcher, il la prit par le coude pour la soutenir. Un geste impersonnel, presque brutal.

4

— Je vous avoue que votre arrivée m'a surpris. Que puis-je pour vous ?

Marcher dans ce gravier était franchement pénible, Alex se concentrait sur ses pieds. Chaque fois qu'elle se tordait les chevilles, il resserrait l'étreinte de sa main vigoureuse sur son coude. Elle prit une profonde inspiration, inhala une bouffée d'air froid et humide, l'odeur de la terre. Serrant les dents pour repousser la vague de chagrin qui menaçait de l'envahir à nouveau, elle focalisa son attention sur le but de sa visite.

— Nous sommes samedi, dit-elle d'une voix plus ferme, c'est probablement votre jour de détente. Je vous dérange et j'en suis confuse, mais certains problèmes concernant le domaine doivent être réglés le plus vite possible. Quand j'ai téléphoné chez vous, la jeune fille qui m'a répondu m'a dit que je vous trouverais aux écuries, derrière la maison. Alors je suis venue.

— Quand on s'occupe de chevaux, mademoiselle Haywood, on travaille sept jours sur sept. Vous ne perturbez donc pas mon week-end. Et vous avez certainement dû avoir ma fille, Jenny, au téléphone.

Ils avaient presque atteint le bâtiment. Alex fut stupéfaite d'entendre une musique syncopée, Black Sabbath, résonner à l'intérieur. Elle n'aurait pas imaginé que l'homme qui l'escortait appréciait le hard rock.

Puis elle comprit : c'était sans doute le garçon, planté sur le seuil, qui aimait ces rythmes barbares.

— Si vous aviez laissé un message, je serais venu vous voir à Whistledown. Ça vous aurait épargné le déplacement.

— Ce n'est pas grave, j'avais envie de sortir. De plus, comme je compte partir dès lundi, le temps presse.

Le garçon s'effaça pour permettre à Alex d'entrer dans les écuries. Welch lui lâcha le bras et referma les portes qui roulèrent bruyamment sur leur rail. Dedans, il faisait à peine plus chaud que dehors. Des ampoules nues au plafond dispensaient une lumière avare. Une odeur musquée, mais pas désagréable, emplit les narines d'Alex.

Une dizaine de chevaux sortaient la tête des stalles alignées de chaque côté de l'allée centrale. À gauche, une paroi de planches brutes était percée d'une porte close. À droite, un espace ouvert où un grand cheval bai, si maigre qu'on distinguait nettement ses côtes, était attaché par une longue bride en cuir à un anneau métallique fixé au mur. Quoique sa robe fût terne et qu'il parût à demi-mort de faim, il avait les naseaux plongés dans une mangeoire remplie de fourrage. Près de lui, une étrille et un démêloir étaient posés sur un seau retourné. Mâchant une touffe de foin, il tourna vers Alex des yeux d'un brun liquide.

Instinctivement, attirée par le regard et l'allure pathétique de l'animal, Alex s'approcha. Deux hommes, l'un très mince en combinaison marron, l'autre plus corpulent en jean et veste de cuir, l'observaient avec une curiosité non dissimulée.

Alex ne leur prêta pas attention. Elle caressa le cheval, puis lança un coup d'œil à Welch, campé près du garçon.

— Cet animal est-il malade ? On croirait un squelette, dit-elle, haussant la voix pour couvrir le tintamarre de Black Sabbath.

Il était possible que cette pauvre bête appartienne au domaine et, par conséquent, à Alex. Peu importait. Elle aimait les chevaux et ne tolérait pas qu'on les maltraite.

— Éteins cette musique, Josh, ordonna Welch.

Avec une moue boudeuse, le garçon se dirigea en traînant les pieds vers une radiocassette jaune canari posée sur une botte de foin près de la porte. Welch rejoignit Alex. Il pêcha dans sa poche un bonbon à la menthe. La musique se tut brusquement.

— J'ai une théorie personnelle : les chevaux courent plus vite quand ils ont faim, décréta Welch, toujours impassible.

Comme Alex, révoltée, ouvrait la bouche, le garçon s'empressa de dire, en coulant un regard de reproche vers son père :

— On l'a seulement depuis ce matin.

Il avait les yeux aussi bleus et lumineux que son père.

— Le type qui l'a vendu à papa jure qu'il va très bien, qu'il a toujours eu cette allure-là.

Le cheval tendait la tête, alléché par le bonbon. Welch le lui donna et tapota le cou décharné de l'animal qui croquait goulûment la friandise. Un parfum de menthe flotta dans l'air.

Outrée que Welch se soit moqué d'elle, Alex pointa le menton. Il resta de marbre.

— Je n'arrive pas à croire que le vieux Cary t'ait persuadé de débourser trente mille dollars pour cette carne, grommela le type à la veste en cuir.

Grand – plus d'un mètre quatre-vingts –, il avait un visage ordinaire avec des cheveux châtains coiffés en arrière, des yeux bruns pétillants, et des traits grossiers qui paraissaient assortis à sa morphologie.

— Comment il s'appelle, déjà ? Victorieux Danseur ? Eh ben, si jamais tu remportes une victoire avec lui, à mon avis, c'est toi qui danseras.

Il se tourna vers Alex, lui adressa un grand sourire.

— Bonjour, ma jolie! Ça vous dirait de passer le reste de votre vie avec moi?

Interloquée, Alex ne sut que répondre. L'homme à la combinaison grimaça et contourna, comme pour prendre ses distances, le cheval qui poussa un faible hennissement, mordillant le bras de Welch. Il avait visiblement envie d'un autre bonbon.

— Ce monsieur qui débite des âneries est notre shérif, Tom Kinkaid, commenta Welch d'un ton brusque.

Il prit un deuxième bonbon dans sa poche.

— Il ne manque jamais une occasion de se taire. Chez lui, c'est inné, il n'y peut rien. J'espère que vous aurez la bonté de ne pas vous en offusquer. Tommy, je te présente Alexandra Haywood. Tu sais, la fille de Charles Haywood.

— Oh, bon Dieu! marmonna le shérif, penaud. Mes condoléances, mademoiselle Haywood.

Alex hocha la tête, lui tendit la main qu'il serra un peu trop longtemps. Il lui sourit à nouveau.

— Je comprends que vous refusiez ma première proposition, mais vous accepterez peut-être de dîner un soir avec moi.

— Non merci, répliqua-t-elle d'un ton sec, en dégageant sa main.

Elle jeta un regard à Welch, avec l'intention de lui demander quelques minutes en tête-à-tête, afin qu'elle puisse lui annoncer ce qu'elle était venue lui dire. Elle avait hâte d'en finir.

Mais il lui coupa l'herbe sous les pieds.

— Puisque nous en sommes aux présentations, voilà Ben Ryder, notre dentiste local. Et mon fils Josh.

Elle les salua poliment.

— Papa, je peux y aller? fit le garçon, impatient.

— Tu as nettoyé tous les box?

— Ouais.

— La sellerie est propre et rangée?

— Ouais.

— Est-ce que je te surprendrai une fois de plus en train de fumer une cigarette ?

Le visage de Welch reflétait une telle sévérité qu'Alex songea que, si elle avait été la fille de cet homme, elle en aurait tremblé.

— Non...

— Bon. Emmène Victorieux Danseur, ensuite rentre à la maison pour aider Jenny et grand-père à terminer cet exposé que ta sœur doit préparer pour l'école.

— Papa, protesta Josh, je suis puni depuis une semaine ! Je ne fumerai plus, je te jure. S'il te plaît, laisse-moi partir !

Welch sembla réfléchir un instant. Puis il acquiesça.

— Bien... Occupe-toi de Victorieux Danseur, ensuite tu es libre. Dis à Eli que je suis d'accord pour qu'il te dépose au Burke's en allant à son entraînement de basket.

— Oui, papa, répondit Josh.

Il détacha le cheval qu'Alex caressa une dernière fois avant que le garçon l'emmène.

— Y a-t-il un endroit où nous pourrions discuter en privé ? demanda-t-elle d'une voix déterminée, avant qu'il ne se remette à bavarder avec les deux hommes qui commentaient avec accablement les innombrables défauts de Victorieux Danseur.

— Suivez-moi dans mon bureau, répondit-il en montrant la porte close. Enfin... ce qui me tient lieu de bureau.

— Le vieux Cary devait être soûl comme un cochon ! J'ai jamais vu une bête aussi mal foutue !

Ces paroles émanaient du shérif et s'adressaient au dentiste.

Welch, qui avait entendu, se retourna à demi.

— Boucle-la, Tommy, tu veux ?

Un éclat menaçant brillait dans son regard. Cet homme n'était vraiment pas commode, songea Alex.

— Désolé, Joe, rétorqua le shérif qui ne paraissait pas spécialement intimidé.

Alex suivit Welch. Il lui ouvrit la porte, s'effaça.

La pièce était exiguë – deux mètres sur trois mètres – et n'avait effectivement rien de luxueux. Des murs peints en blanc, un linoléum gris moucheté, un plafond renforcé par des traverses en aluminium. Une suspension en verre dépoli fournissait une lumière peu flatteuse.

Au milieu du local trônaient une table métallique au dessus en placage de bois, encombrée de papiers, et un fauteuil en skaï noir. Sur une autre table, contre le mur du fond, un ordinateur éteint et un téléphone. À gauche, des étagères supportaient une collection de trophées bigarrés, de photos, de livres, de documents – le tout au-dessus d'une dizaine de classeurs. Deux fauteuils, aux pieds et aux accoudoirs métalliques, faisaient face au bureau.

— Asseyez-vous.

Welch baissa la fermeture éclair de son parka – qu'il ne retira pas – et s'approcha de son fauteuil, hésita. À l'évidence, il attendait qu'Alex soit assise. Les hommes du Sud étaient réputés pour leur galanterie, cependant elle n'aurait pas imaginé que Welch fût aussi soucieux des convenances.

Elle prit place dans l'un des fauteuils réservés aux visiteurs, il s'installa dans le sien, posa les mains à plat sur la table et la dévisagea fixement.

— Je vous écoute.

Elle se sentit vaguement mal à l'aise, ce qui l'agaça. Pour se donner une contenance et gagner un peu de temps, elle croisa les jambes, noua ses mains sur son genou.

— Ce que j'ai à vous dire n'est pas agréable.

Il haussa les sourcils.

Elle avait fait ça des centaines de fois, semblait-il, depuis les obsèques. C'était pourtant toujours aussi pénible. Le personnel des quatre propriétés avait été licencié, les maisons mises en vente. On avait prié les membres de l'équipage du yacht et du jet privé de M. Haywood de se trouver un autre emploi. On cherchait des acquéreurs pour le bateau et l'avion.

Accompagnée par un bataillon d'avocats, Alex avait vu les employés de chaque hôpital, maison de repos ou de retraite, afin de leur annoncer en personne la mauvaise nouvelle : à savoir que leur établissement serait vendu ou fermé. Les avocats auraient pu s'en charger, cependant en tant qu'exécutrice testamentaire de son père, en sa qualité de fille aînée, elle avait jugé nécessaire d'expliquer la situation, puisque M. Haywood n'était plus là pour s'exprimer.

À présent, elle avait aussi le devoir de parler au nom de son père. Elle inspira à fond.

— Monsieur Welch, j'en suis infiniment navrée, mais je suis forcée de me séparer de vous.

5

— Vous êtes en train de me dire que je suis *licencié* ?

— Effectivement, répondit-elle en soutenant son regard sans flancher. Je vous donne un préavis d'un mois, ce qui me paraît juste.

Welch se carra dans son fauteuil, contempla le plafond. Même assis, il paraissait imposant. Et son silence, Alex était contrainte de l'admettre, avait le don de mettre son interlocuteur mal à l'aise. Ses mâchoires mal rasées étaient crispées, ses lèvres ne formaient plus qu'un trait mince, tous les muscles de son corps athlétique étaient tendus, comme s'il s'apprêtait à bondir.

À l'évidence, ce qu'elle venait de lui annoncer le sidérait. Au bout d'un long moment, il braqua vers elle un regard dur.

— Vous n'êtes pas sérieuse.

Elle n'avait pas prévu qu'il discute sa décision. Jusqu'ici, personne ne l'avait fait. Certes, c'était la première fois qu'elle avait un entretien de ce genre en tête-à-tête. En principe, elle adressait son petit discours aux employés réunis pour la circonstance, les avocats se tenaient derrière elle et s'empressaient de l'emmener sitôt son dernier mot prononcé. Aujourd'hui cependant, pour des raisons personnelles, elle avait décidé de se charger toute seule de cette pénible tâche.

Peut-être avait-elle commis une erreur de jugement. Elle rassembla son courage.

— Je suis on ne peut plus sérieuse, monsieur Welch, croyez-moi.

— Vous avez quelqu'un pour me remplacer ?

— Non. Votre poste est supprimé.

— Qu'est-ce que...

Il secoua la tête, dardant sur elle un regard de plus en plus glacial.

— Comment ça, supprimé ? C'est impossible ! Le domaine que je gère pour vous, mademoiselle Haywood, s'étend sur trois cent dix hectares. Chaque année, nous plantons soixante-quinze hectares de maïs, autant de soja, et cinquante hectares de tabac. Vous connaissez le prix du tabac, les salaires des ouvriers saisonniers, et ainsi de suite ?

Elle fit non de la tête.

— Je m'en doutais. J'ajoute que j'ai quatre de vos chevaux en pension à Churchill Downs, deux ici, chez moi – des juments prêtes à pouliner, je le précise. Et je ne vous parle pas de ceux de Whistledown. Vous comptez vous en occuper vous-même ?

— Les chevaux seront vendus.

— *Quoi ?*

Soudain, il semblait prêt à se ruer sur elle pour l'étrangler.

— Vous ne pouvez pas faire ça ! Vous n'avez pas la moindre idée de ce que nous essayons d'accomplir avec ces chevaux ! Bon Dieu, nous sommes tout près du but !

Furieuse, Alex se crispa. Elle n'était pas accoutumée à ce qu'on lui parle sur ce ton.

— Détrompez-vous, je le ferai. Et je me moque de ce que vous avez tenté « d'accomplir ». Cela ne m'empêchera pas de me passer de vos services.

Là-dessus, elle se leva.

— Vous avez un acheteur ?

Il lui avait lancé cette question comme il lui aurait jeté un caillou à la figure.

— C'est votre travail, monsieur Welch. Vendre les chevaux. Je vous demande de vous acquitter de cette tâche avant la fin de votre préavis. Le domaine sera également vendu, mais cela ne vous concerne pas. Mes collaborateurs s'en chargeront.

— Vous vous séparez de Whistledown ?

Il semblait frappé de stupeur. Oubliant ses bonnes manières, il resta assis dans son fauteuil alors qu'elle était debout face à lui.

— Avez-vous seulement conscience de posséder un véritable trésor ? articula-t-il en la regardant fixement. Whistledown est l'un des rares domaines de la région qui n'ait pas été morcelé ! Trois cent dix hectares exactement de la meilleure terre du Kentucky ! Vous allez céder ce terrain à un promoteur ? Le laisser construire un lotissement avec des petits pavillons ? Votre père, s'il le savait, se retournerait dans sa tombe. Il aimait cette propriété. Moi aussi je l'aime, bon sang ! Depuis huit ans que j'en suis le régisseur, j'ai passé mes journées à trimer pour que Whistledown soit rentable. Ces cinq dernières années, nous avons fait des bénéfices ! Nous n'avons pas ménagé notre peine. Nous sommes presque arrivés au point où le haras va prendre de la valeur ! J'ai deux juments pleines dans ces écuries. Une autre qui... mais vous ne comprenez pas un traître mot de ce que je raconte, n'est-ce pas ? J'use ma salive pour rien.

— Rien de ce que vous pouvez dire ne changera la situation, monsieur Welch. Le domaine sera vendu. Comme les chevaux. Et d'ici trente jours, vous n'aurez plus d'emploi. À présent, la discussion est close.

Il se leva enfin, enfonça les mains dans les poches de son jean. Dans ce mouvement, son parka s'ouvrit et, malgré elle, Alex nota qu'il portait une chemise de flanelle gris et rouge, sur un tee-shirt dont le blanc contrastait de façon saisissante avec son teint bronzé.

— Vous réalisez que vous tireriez un bien meilleur prix des chevaux, si vous attendiez la foire d'été de Keeneland ? Ou au moins si vous patientiez jusqu'à ce que les juments aient mis bas ?

— Je vous répète que je ne discuterai pas plus longtemps avec vous, monsieur Welch. Vous avez un mois pour tout liquider.

Elle se dirigea vers la porte. Inutile de s'attarder. Elle avait dit ce qu'elle avait à dire, tant pis s'il n'appréciait pas.

— Tout liquider ! Bon Dieu !

Il contourna la table et, en deux enjambées, fut près d'Alex qu'il empoigna rudement par les bras pour la forcer à lui faire face. Elle mesurait un mètre soixante-dix, et ses talons la grandissaient de huit bons centimètres. Pourtant il était encore beaucoup plus grand qu'elle – elle devait lever la tête pour le regarder dans les yeux. Il était aussi infiniment plus robuste, avec son torse puissant, ses épaules deux fois plus larges que celles d'Alex, ses mains si fortes qu'il aurait pu sans peine lui briser les os.

La colère commençait à bouillir en elle. Elle ne supportait pas qu'un homme tente de la dominer.

— Voyez-vous, dit-il en détachant bien les syllabes, cette liquidation pose deux problèmes : d'abord, il y a les chevaux que votre père venait juste d'acquérir. Le premier lui a coûté deux millions de dollars, le second neuf cent quatre-vingt mille dollars. Ensuite nous avons les juments saillies par Tonnerre. Elles aussi valent leur pesant d'or. Il en va de même pour quelques autres. Trouver des acheteurs pour des bêtes de cette valeur, à cette époque de l'année, ne sera pas facile. Rares sont ceux qui ont les moyens d'allonger de telles sommes. Ce qui nous amène au deuxième problème : le reste vous rapportera des clopinettes. Ces chevaux finiront en pâté pour chiens ou en glu. Votre père les gardait, continuait à payer leur entretien, bien qu'ils aient quitté depuis longtemps les champs de courses, parce qu'il admirait leurs exploits passés, qu'il leur en était reconnaissant et qu'il les aimait. Vous allez brader des chevaux qu'il aimait de tout son cœur, mademoiselle Haywood. Est-ce vraiment ce que vous voulez ?

— Lâchez-moi, ordonna-t-elle.

Elle essaya de se dégager, en vain. Puis, soudain, il la libéra et recula d'un pas. Il paraissait aussi furieux qu'elle.

— Ne cherchez pas à me manipuler en jouant sur la corde des sentiments, monsieur Welch. Vous en serez pour vos frais.

— Loin de moi l'idée de vous manipuler, rétorqua-t-il d'une voix sourde. Je m'efforce de vous faire comprendre que vous me demandez d'accomplir une chose impossible, stupide, inhumaine. *Je ne peux pas vendre ces chevaux*. Pas en trente jours. Pas dans ces conditions. Je ne le peux pas, et je ne le ferai pas.

— Si vous n'êtes pas à la hauteur de cette tâche, monsieur Welch, vous ne me laissez pas le choix : je prendrai d'autres dispositions. Car, permettez-moi de vous contredire : *c'est possible*. Mes avocats se sont déjà renseignés. Il existe des sociétés capables d'organiser une telle vente aux enchères.

— Une vente aux enchères ! Espèce de...

Il n'acheva pas sa phrase, mais l'insulte se lisait dans son regard flamboyant.

Alex en avait assez entendu. Elle redressa les épaules, le fixa droit dans les yeux.

— Vous êtes licencié, monsieur Welch. À compter de cet instant. Il n'est plus question de préavis.

La tête haute, raide comme un soldat de plomb, elle marcha droit vers la porte. Elle était furibonde, il l'avait mise en rage. C'était la première véritable émotion qu'elle éprouvait depuis le décès de son père.

Durant un bref moment, elle se sentit à nouveau elle-même.

Welch ajouta, sarcastique :

— Ils sont vingt-deux en tout, ici, à Churchill et à Whistledown. On les nourrit à dix-sept heures. Du fourrage et du grain. Toréador est sous antibiotiques. Goody a une crevasse à la fourchette du sabot, il faut lui passer de l'onguent. Mamina a encore des saignements, il serait nécessaire de la faire examiner. Et je vous en passe. Vous allez vous occuper de tout ça, mademoiselle Haywood ? Ou vous pensez pouvoir trouver dans le coin quelqu'un qui soit suffisamment compétent ? Comme ça, juste en claquant des doigts ?

Alex s'immobilisa. Jamais elle n'avait rencontré un individu aussi prétentieux. Elle le détestait cordialement, et se félicitait par avance de ne plus jamais avoir affaire à lui. Néanmoins il n'avait pas tort et, malgré sa fureur, elle n'était pas stupide au point de le nier.

Les dents serrées, elle se retourna.

— D'accord, monsieur Welch. Vous avez votre préavis. Trente jours, pas un de plus, pour vendre les chevaux de Whistledown. Suis-je bien claire ?

Elle soutint longuement son regard, espérant qu'il lirait dans le sien l'autorité à laquelle il devrait se soumettre.

Muet, il acquiesça d'un bref hochement de tête. Un aveu de défaite, pensa-t-elle, à en juger par ses poings crispés.

Elle sortit du bureau puis des écuries, consciente qu'il dardait sur elle des yeux plus brûlants que des étincelles.

— Quelle garce ! marmonna Joe, hors de lui, en regardant Alexandra Haywood s'éloigner.

Le sang battait à ses tempes comme un tambour. Trente jours pour vendre vingt-deux chevaux, alors qu'il ne supportait même pas l'idée de se séparer d'un seul d'entre eux, surtout dans de pareilles conditions.

Manifestement, il n'avait pas le choix. À la vérité, cette femme avait le droit de lui ordonner de tout liquider.

Les chevaux lui appartenaient.

— Garce, répéta-t-il, cette fois d'une voix plus forte.

— Dis donc, elle est *superbe* !

Ce commentaire était lancé par Tommy qui admirait la silhouette d'Alexandra Haywood tandis qu'elle rejoignait sa voiture, ses longues jambes moulées par le pantalon de cuir, ses cheveux blonds et lisses brillant comme un feu clair dans la grisaille.

— Ça ne me dérangerait pas de l'avoir pour patronne. Avec un peu de chance, elle te sautera dessus. Moi, à ta place, je ne me débattrais pas.

Joe ne répondit pas. Il fit coulisser les portes qui se fermèrent dans un bruit de ferraille, effaçant Alexandra Haywood. Il aurait voulu pouvoir gommer son diktat aussi facilement.

La mine sombre, il contempla son petit royaume. Plus de la moitié de ses revenus mensuels venaient de s'envoler, emportant les rêves qu'il avait si patiemment construits durant ces huit dernières années. Il n'arrivait pas à y croire.

Son ambition de constituer une écurie de courses de réputation internationale était maintenant réduite à néant. Et c'était à lui de se donner le coup de grâce en vendant les chevaux de Whistledown. En trente jours. Joyeux Noël, mademoiselle Haywood ! pensa-t-il avec une amère ironie.

Lui ne serait plus là, il se serait ouvert les veines.

— Bon Dieu, Joe, qu'est-ce que tu as ? Tu as l'air complètement chamboulé.

Joe inspira profondément, pour se calmer. La rage ne menait à rien, sinon à l'infarctus. Tommy et lui étaient amis depuis l'école maternelle, quand ils étaient dans la classe de Mlle Maureen. Ils se connaissaient bien. D'ailleurs, il était inutile de garder le secret : les nouvelles ne tarderaient pas à se répandre dans Simpsonville comme une traînée de poudre, et mettraient sens dessus dessous le monde des courses, dès qu'il commencerait à chercher d'éventuels acquéreurs pour ses chevaux – enfin… pour les chevaux de cette femme.

Dans la région, c'était comme ça. Chacun savait ce qui se passait chez le voisin, et on n'y pouvait rien.

— Elle m'a viré. Elle vend le domaine. Elle m'a ordonné de vendre aussi les chevaux. J'ai trente jours devant moi.

Il entendait sa propre voix, dure, tranchante. Mais, au tréfonds de lui, la douleur s'installait. Suleiman, Toréador, Silver… nom d'une pipe, il adorait Silver ! Elle était pleine, saillie par Tonnerre, elle valait environ un demi-million de dollars. Jamais il n'aurait les moyens de l'acheter…

Tommy le dévisageait, les yeux écarquillés.

— C'est une blague, hein ?

— Pas du tout.

— La garce ! s'exclama Tommy avec une indignation qui réconforta Joe. C'est vache, mon vieux. Vraiment vache.

— Oui.

Tommy se dandinait d'un pied sur l'autre, ne sachant comment exprimer sa compassion.

Ben les rejoignit, branlant du chef. Grand et sec, Ben avait de courts cheveux d'un brun pisseux coiffés en une sorte de couronne autour d'une calvitie qui menaçait d'envahir tout son crâne. Il arborait une expression perpétuellement inquiète – due, selon ses amis, à sa peur de devenir complètement déplumé.

— Tu sais, Joe, je n'ai pas l'habitude de remettre en question le jugement de ton père, vu que, quand il s'agit de chevaux, il a généralement raison… mais je crois que le canasson qu'il t'a poussé à acheter – le fameux Victorieux Danseur – est très loin de valoir trente mille dollars. Où il l'a déniché ?

— Dans une course à Pimlico, répondit distraitement Joe.

Il passait déjà en revue, dans sa tête, les acquéreurs potentiels. Car, s'il lui fallait exécuter cette mission, il le ferait du mieux possible. Pour ses chevaux... enfin, pour les chevaux de *Mlle Haywood*. Ce ne serait pas une mince affaire. Thanksgiving arrivait et, trois semaines après, ce serait Noël. Comme l'ensemble des Américains, les éleveurs et les entraîneurs ne songeaient qu'aux fêtes et aux vacances.

Bonnes vacances pour vous aussi, mademoiselle Haywood !

— Ben, figure-toi que Joe est viré. Elle vend Whistledown. Et il est obligé de les vendre tous. Les chevaux.

Joe chuchotait, on aurait dit qu'il annonçait que Joe souffrait d'un cancer en phase terminale.

— Ne te fiche pas de moi, Tommy.

Ben aussi était avec eux à la maternelle. Ils se connaissaient depuis si longtemps qu'ils se considéraient presque comme des frères. Ce qui avait ses bons côtés, et ses inconvénients.

— C'est la vérité, je t'assure.

— Oui, Ben, confirma Joe d'un ton las. C'est la vérité.

Ben le dévisagea d'un air encore plus anxieux qu'à l'ordinaire.

— Qu'est-ce que tu vas faire ?

Joe haussa les épaules. Il était tellement révolté qu'il aurait pu tout casser. Il en était malade, mais il ne voulait pas le montrer.

— Les chevaux lui appartiennent. Elle me demande de vendre, je vais m'exécuter.

— Tu es sûr qu'elle a le droit de te virer comme ça ? objecta Ben. Tu n'as pas un contrat ?

Joe sursauta. La bombe qu'Alexandra Haywood lui avait lancée à la figure l'avait empêché de raisonner lucidement. Chaque année, il apposait son paraphe sur un document envoyé par un avocat de Charles Haywood. La première fois, il l'avait lu avec la plus extrême attention. Ensuite, c'était devenu tellement routinier qu'il y jetait à peine un coup d'œil avant de signer.

Le dernier document datait de septembre, il était encore sur son bureau. Et c'était effectivement un contrat en bonne et due forme qui le chargeait de gérer le domaine et de remplir les fonctions d'entraîneur privé des chevaux de Whistledown. Un contrat qui, si sa mémoire ne le trompait pas, était valable jusqu'en décembre de l'année prochaine.

— Mais si, j'en ai un…

Les trois amis se regardèrent un long moment, en silence.

— Tu n'as qu'à en causer avec Attila, dit Tommy.

Il sourit d'une oreille à l'autre, ravi de sa boutade.

— Attila… ça lui va bien, tu ne trouves pas ?

— Oui, je me propose d'avoir une petite conversation avec Mlle Haywood, répondit Joe d'un ton menaçant. Avant qu'elle commence à semer la pagaille.

6

Quand Alex se gara dans l'allée de Whistledown et descendit de la voiture, elle était plus déprimée que jamais. Elle avait annoncé de mauvaises nouvelles à tant de personnes, ces temps-ci, qu'elle aurait dû se blinder. Mais elle ne s'y habituait pas, elle en était bouleversée. Même lorsque son interlocuteur était aussi odieux que Joe Welch.

Heureusement, elle en avait terminé. Elle avait porté jusqu'au bout le fardeau de responsabilités que la mort de son père avait mis sur ses épaules, et accompli son devoir.

Elle aurait pu s'enorgueillir d'avoir géré une situation difficile – et affronté un homme non moins difficile – avec la fermeté requise. Son père l'aurait félicitée. Pourtant elle n'était pas fière d'elle, bien au contraire. De plus elle était horriblement fatiguée. Exténuée. Il lui semblait que, si elle se couchait maintenant, elle dormirait pendant des semaines.

Comme si la colère l'avait vidée du peu d'énergie qu'elle possédait encore.

Welch l'ignorait, mais la perspective de se séparer de Whistledown et des chevaux la tourmentait. Car il avait raison : M. Haywood avait passionnément aimé son haras et, si elle l'avait pu, elle l'aurait gardé par respect pour lui. Il attendait toujours impatiemment ses séjours à Whistledown, deux fois par an. Ici, il s'évadait de la vie trépidante, stressante, qu'il menait.

Parfois il sautait même dans son jet privé pour un bref week-end, afin de voir les progrès d'un de ses chevaux préférés. Whistledown était l'un des rares biens qu'il avait acquis simplement pour son plaisir, sans songer à réaliser des profits.

Hélas, il fallait y renoncer! Le domaine était un luxe ruineux qu'elle ne pouvait plus s'offrir.

Si elle avait suivi les conseils des avocats et les avait laissés affronter Joe Welch, elle se serait épargné cette pénible entrevue. Whistledown ne représentait qu'une partie infime de l'empire Haywood. Elle aurait pu rester chez elle à Philadelphie et tenter de reprendre le cours de son existence.

Pourtant elle avait éprouvé le besoin impérieux de venir ici. Elle prétendait vouloir informer personnellement Joe Welch. En réalité, ce n'était qu'un prétexte. Elle avait balayé d'un revers de main les arguments de ses amis, lesquels lui soutenaient que cette visite lui ferait trop de mal. Et elle avait rabroué son escouade d'avocats simplement en leur imposant sa volonté : après tout, ils travaillaient pour elle.

Il fallait qu'elle vienne à Whistledown, et qu'elle y soit seule. Le masque de femme responsable qu'elle arborait depuis la mort de son père commençait à se fissurer. En fait, elle n'assumait plus. Elle se sentait vide, engourdie, terrifiée, trahie. Quand on avait abordé la question de vendre Whistledown, elle avait ressenti ce besoin – viscéral, irrépressible – de revoir l'endroit auquel son père était si attaché. L'endroit où il était mort.

Elle voulait voir où c'était arrivé, comprendre, si possible, comment et pourquoi. Faute de quoi, elle craignait de ne jamais pouvoir surmonter cette tragédie.

Son père… suicidé ? C'était inimaginable. Un tel acte lui semblait incompatible avec le caractère de l'homme qu'elle avait connu. Ce qui l'amenait à s'interroger : le connaissait-elle aussi bien qu'elle le supposait ?

Oui, elle l'avait cru. Apparemment, elle s'était trompée.

Elle soupira, monta les marches du perron. Elle s'arrêta pour contempler le paysage. Même par une journée aussi grise, la campagne était belle. Des prairies moutonnantes, à l'infini. On n'apercevait que deux maisons alentour – l'une lointaine, l'autre plus proche, sur la gauche : la ferme aux murs blancs, recouverts de planches à clin, qu'habitaient Joe Welch et sa famille. Çà et là dans les enclos, les chevaux protégés par leur couverture rouge et blanc – les couleurs de Whistledown –, pareils à de grandes fleurs des champs.

Le manoir, lui, avait été construit en pierre de taille, des décennies avant la Guerre civile. On avait modernisé la cuisine, aménagé des salles de bains supplémentaires, refait la plomberie et l'installation électrique, cependant la demeure était restée telle qu'elle était jadis, avec son porche majestueux soutenu par six hautes colonnes corinthiennes. Elle aurait pu servir de décor pour *Autant en emporte le vent*.

Alex l'avait visitée pour la première fois juste après que son père l'avait achetée. Elle était âgée de quinze ans, en proie aux affres de l'adolescence, grassouillette, révoltée, et nantie d'une toute nouvelle belle-mère (la troisième, Alicia) : un ancien mannequin mince comme un fil et méchante comme la gale. Ce premier séjour estival avait duré deux interminables semaines, en compagnie de M. Haywood et de la demi-sœur d'Alex, Neely, qui avait alors trois ans.

L'été suivant, Alicia était déjà de l'histoire ancienne, et son père avait renoncé au concept de vacances en famille.

Mais Alex n'avait jamais oublié le bonheur de son père, lorsqu'il lui avait fait découvrir le domaine.

Je voudrais tant que tu sois encore là avec moi, songea-t-elle, la gorge nouée.

À cet instant, elle sentit sur son visage une goutte d'eau glacée. Il commençait à pleuvoir. S'arrachant à sa méditation et à ses souvenirs, elle poussa la porte et entra dans la demeure.

Il y faisait chaud, Dieu merci, et un léger parfum de cire imprégnait l'atmosphère. Le tapis d'Orient à dominante grenat, qui jonchait le parquet luisant, égayait le vaste hall très haut de plafond et tendu de damas crème. Un gigantesque lustre à pendeloques en cristal de Waterford éclaboussait l'espace de lumière. À droite on accédait au salon tendu d'une tapisserie ivoire semée de roses en relief; à gauche, à l'immense salle à manger meublée d'antiquités. Les deux pièces étaient fermées par des portes en acajou à pointes de diamant. Un large escalier incurvé conduisait à l'étage. Au fond du hall, une autre porte menait à l'office.

— Alors, vous avez trouvé Joe? lança Inez, surgissant des profondeurs de la demeure.

Ancienne émigrée qui avait épousé un homme de la région, Inez avait la cinquantaine. Bien en chair, elle avait une figure ronde, lisse, souriante. Aujourd'hui, elle était affublée d'un pantalon en polyester rouge, d'un chemisier à fleurs rose et rouge, et de chaussons noirs. Alex se demanda vaguement si c'était sa tenue de travail habituelle. Dans ce cas, elle ne ressemblait guère aux domestiques en uniforme noir qui l'avaient élevée.

— Oui, je l'ai trouvé, répondit-elle avec ironie, en ôtant sa veste qu'elle tendit à la gouvernante.

— Ce qu'il est beau gosse, ce Joe! soupira Inez. Quel dommage qu'il n'ait plus de femme! Pauvre homme. Et pauvres enfants.

— Qu'est-il arrivé à son épouse?

Le ton d'Inez indiquait que l'histoire allait au-delà d'un banal divorce.

— Oh, elle n'était pas bien pour lui! Elle est partie, imaginez-vous, elle a pris la poudre d'escampette en le plantant là avec trois gamins. Il y a des années de ça. Il s'occupe tout seul des trois petits. C'est dur, pour un homme.

— Hum...

Alex regretta presque de devoir licencier Welch, malgré son épouvantable caractère. Mais elle ne pouvait pas agir autrement, il était donc inutile d'ajouter le remords à ses tourments.

D'ailleurs, elle voulait parler d'un autre sujet avec la gouvernante. Quand le manoir était fermé, Inez n'y passait qu'une fois par semaine. Cependant, lorsqu'un membre de la famille y séjournait, elle était là quotidiennement. Peut-être était-elle présente le soir où...

— Inez...

Alex s'interrompit. Elle avait un mal fou à formuler sa question. Les mots évoquaient des images trop douloureuses. Elle se reprit :

— Vous avez travaillé au manoir lors de la dernière visite de mon père, n'est-ce pas ? Vous a-t-il paru différent des autres fois ? Triste ou... dépressif ?

Inez la dévisagea avec sollicitude.

— Beaucoup de gens m'ont déjà demandé ça. Et la réponse est : non. Il était comme toujours, un gentleman plein de bonté.

Un gentleman plein de bonté. Alex déglutit péniblement.

— Le dernier jour... vous étiez là ?

Inez opina.

— Il ne s'est rien produit d'inhabituel ? Rien du tout ?

— Non, rétorqua Inez dont les yeux noirs reflétaient le désarroi. La dernière fois que je l'ai vu, il était content, il riait et jouait aux cartes avec ses invités. Quand je suis arrivée ici le lendemain matin, quand j'ai appris que Joe l'avait trouvé dans... dans les écuries, je ne pouvais pas y croire.

— C'est Welch qui a découvert le corps de mon père ?

— Oui. Vous ne le saviez pas ? Je pensais que c'était pour ça que vous vouliez parler à Joe.

— Non…

Inez ignorait tout des licenciements en cours – y compris le sien –, et dans l'immédiat Alex n'avait pas le courage de le lui annoncer. C'était au-delà de ses forces. Peut-être confierait-elle cette détestable tâche à ses avocats.

À cet instant, le téléphone sonna.

— Vous voulez que je réponde ?

Comme Alex acquiesçait, Inez se précipita vers la cuisine dont elle laissa la porte grande ouverte. Alex perçut la voix de la gouvernante, sans prêter attention à ce qu'elle disait. Elle songeait qu'elle devrait revoir Joe Welch, à contrecœur certes. Elle l'interrogerait, elle souhaitait en savoir le plus possible. Savoir lui permettrait de ne pas sombrer.

— C'est pour vous, déclara Inez en reparaissant sur le seuil de l'office. Un certain Paul O'Neil.

Les traits d'Alex se détendirent. Paul était son fiancé, elle lui avait laissé un message sur son répondeur, la veille. Depuis les obsèques, il avait fait preuve à son égard d'une patience exemplaire. Après le désespoir, elle avait été émotionnellement et physiquement anéantie. Leur vie sexuelle en avait évidemment pâti. Plus exactement, elle en avait été détruite. Alex se promettait, dès qu'elle rentrerait à Philadelphie, de réparer les dégâts.

De plus, elle s'était souvent absentée. Elle n'avait cessé de faire la navette entre New York et Los Angeles afin de régler les problèmes causés par le décès de son père. À la réflexion, elle n'avait pas vu Paul depuis jeudi dernier. La date de leur mariage était fixée au 9 avril, jour où elle fêterait son vingt-huitième anniversaire. Bien sûr, comme tout le reste, ce projet était compromis. Avril… c'était bien trop tôt pour éprouver l'allégresse qu'on attendait d'une jeune mariée. En outre, la cérémonie serait infiniment moins fastueuse que prévu.

— Je le prends dans la bibliothèque, dit-elle.

Alex sentit son moral remonter à l'idée de bavarder avec Paul. Elle l'avait rencontré alors qu'elle explorait l'immeuble bicentenaire de Philadelphie, superbement restauré, où il travaillait. Photographe professionnelle, elle prenait des clichés de ce bâtiment pour le compte d'un éditeur spécialisé dans les livres d'art ; cela ne lui rapportait pas beaucoup d'argent, mais elle n'avait jamais eu besoin de gagner sa vie.

Paul avait ignoré qui elle était vraiment jusqu'à ce qu'ils commencent à se fréquenter assidûment. Il lui avait demandé sa main en septembre. Elle avait dit oui sans hésiter. Un mois après, son père était mort et son existence avait basculé.

Dans ce malheur, Paul l'avait soutenue de son mieux. C'était bon de savoir qu'il l'aimait, qu'elle pouvait s'appuyer sur lui.

Elle entra dans la bibliothèque, une grande pièce au plafond cintré. Des rayonnages en frêne – des arbres du domaine abattus par la tempête – recouvraient entièrement trois murs. Ils étaient chargés de livres, d'albums et de photographies. Sur le quatrième mur, peint en vert tilleul, on pouvait admirer une magnifique cheminée de pierre blanche, dont le manteau supportait deux perroquets en porcelaine de Chine, aux couleurs éclatantes. Les oiseaux encadraient le portrait de la dernière épouse de M. Haywood, la belle Mercedes, aux cheveux d'un noir bleuté qui cascadaient sur ses épaules dénudées par un fourreau Versace en soie rose.

Les portraits des cinq femmes précédentes de Charles Haywood étaient remisés dans un entrepôt de Philadelphie, ainsi qu'Alex l'avait un jour découvert. Quand son père divorçait et se remariait, sans doute s'empressait-il d'enlever ces tableaux dans toutes les résidences qu'il possédait, et de les remplacer par le portrait de sa nouvelle compagne. Au fond, c'était assez cocasse. Dans quelques années, lorsque Alex serait sortie du deuil, elle serait peut-être capable d'en rire.

Pour l'instant, cependant, elle ne put que soupirer, tout en s'asseyant dans l'imposant fauteuil de cuir derrière le bureau en noyer. Un bloc de papier et un stylo en argent étaient posés devant elle. Elle revit son père assis là, téléphonant tout en griffonnant des notes. L'image était si nette qu'elle eut un tressaillement de douleur.

Oh, papa... Pourquoi ?

Ne te laisse pas aller, se tança-t-elle. D'un geste résolu, elle décrocha le combiné.

— Paul ?

— Alex ! C'est toi ?

— Mais oui, qui veux-tu que ce soit ? le taquina-t-elle.

En entendant sa voix, le visage de Paul surgit devant ses yeux : des cheveux bruns toujours impeccablement coiffés en arrière pour dégager une figure osseuse, presque ascétique ; des yeux noisette pétillant d'intelligence, un nez droit, des lèvres fines bien dessinées. Un homme grand, svelte, séduisant, charismatique. L'homme courtois, instruit, brillant dont elle était amoureuse.

Parler avec lui, même par téléphone, était un tel plaisir qu'elle se détendit aussitôt. Elle fit pivoter le fauteuil pour contempler la pluie fine qui tombait derrière les hautes fenêtres.

— Oh, Paul, je suis si contente que tu m'appelles ! Tu es chez toi ? J'aimerais tant être près de toi !

— En fait, je ne suis pas à Philadelphie. Alex... hum... j'ai quelque chose à te dire.

Il semblait bizarrement nerveux. Or Paul était l'être le plus calme et sûr de soi qu'Alex eût jamais rencontré, jamais elle ne l'avait connu anxieux. D'instinct, elle crispa les doigts sur le combiné.

— Il y a un problème ?

Avant même qu'il ne réponde, elle eut le pressentiment que cette fois, c'était elle qui allait apprendre une mauvaise nouvelle.

— Je déplore de t'annoncer ça de cette manière, par téléphone. Mais, n'est-ce pas, tu n'es jamais là. Je n'y suis pour rien.

— De quoi s'agit-il ? rétorqua-t-elle en fournissant un effort considérable pour empêcher sa voix de trembler.

Un bref silence à l'autre bout du fil.

— Écoute... je me suis marié hier. Oh, Alex, je suis vraiment navré, mais... ça ne marchait pas entre nous, tu le sais aussi bien que moi et...

— Tu t'es... marié... hier ? balbutia-t-elle, suffoquée, comme si elle avait reçu un coup de poing à l'estomac.

— Oui, je...

— Tu as épousé une autre femme ? coupa-t-elle. Mais... c'est impossible. Nous sommes fiancés. Notre mariage est prévu pour avril. J'ai ta bague de fiançailles à mon doigt.

Machinalement, bêtement, elle contempla le gros diamant oblong qui étincelait à sa main gauche.

— Tu peux la garder, dit Paul. Tara n'en voudra pas et, même dans le cas contraire, je lui offrirai un autre diamant. Je...

— Tara ? Tara Gould ?

Celle-ci était la fille unique d'un des hommes les plus fortunés de Pennsylvanie. Paul avait travaillé pour son père durant tout l'automne. Et Tara était apparue à de nombreuses reprises alors qu'Alex assistait avec Paul à des cocktails ou à des dîners. Elle passait au bureau de Paul pour y déposer ceci ou cela.

Manifestement, elle avait été très présente pendant qu'Alex, elle, était absente. Et Alex ne s'était pas méfiée de la petite Tara, si menue et qui semblait inoffensive.

— Tu as épousé *Tara Gould* ? Hier ?

Il ne pouvait pas avoir fait une chose pareille. C'était forcément une blague, mais elle savait déjà qu'il disait la vérité.

— Tout s'est passé tellement vite, répliqua-t-il, d'un ton plus agressif que repentant. Tu étais partie, elle était là, et de fil en aiguille, eh bien…

— Elle possède une immense fortune, ce qui n'est plus mon cas, son père est très influent, tandis que le mien, outre qu'il est décédé, est au centre d'un scandale retentissant.

Alex avait parfaitement résumé la situation, elle en était convaincue. Ce mariage précipité avec Tara Gould signifiait que Paul, depuis le début, n'était intéressé que par l'argent et un appui solide pour gravir les échelons dans le monde politique.

— Voyons, Alex, tu es injuste, murmura-t-il d'une voix douce et caressante.

Naguère, elle adorait qu'il lui parle de cette manière. En cet instant, cela aviva encore le sentiment de trahison qui lui broyait le cœur.

Elle avait donc perdu son père et son fiancé. Seigneur… aurait-elle assez de courage pour le supporter ?

— Je vous souhaite, à Tara et à toi, beaucoup de bonheur, déclara-t-elle, se cramponnant à sa dignité.

Le choc avait un moment étouffé la douleur, mais à présent il lui semblait qu'une lame chauffée au rouge la fouaillait.

— Tu sais, je t'aimerai toujours, ajouta-t-il de ce ton mielleux qui était une insulte. Simplement, tu comprends…

— Adieu, Paul.

Elle raccrocha et resta là, les deux mains sur le téléphone, comme si elle craignait qu'il ne se jette sur elle, tel un fauve. Elle serrait si fort le combiné que les jointures de ses doigts étaient toutes blanches. Le diamant de sa bague de fiançailles étincelait à son index. Il semblait se moquer de sa peine.

Et Tara, qui était sans doute près de Paul, devait aussi se moquer d'elle.

— Espèce de salaud ! souffla-t-elle en retirant sa bague. Sale tricheur ! Pourriture ! Menteur !

Ravalant les larmes qui lui montaient aux yeux, elle envoya valser la bague à l'autre bout de la pièce.

— Eh bien ! lança soudain une voix grave.

Joe Welch avait franchi le seuil de la bibliothèque à la seconde même où le diamant, comme un projectile qui lui eût été destiné, volait droit vers lui. D'un geste vif, il l'attrapa et s'immobilisa, le regard rivé sur Alex.

7

— Qu'est-ce que vous faites ici ? demanda Alex, luttant pour contrôler sa respiration et refouler les sanglots qui menaçaient de l'étouffer. Franchement, vous arrivez au mauvais moment.

— C'est ce que je vois.

Au lieu de faire preuve d'un minimum de tact, de se retirer discrètement, il s'avança vers le bureau et tendit la bague à Alex. Elle paraissait minuscule et fragile dans sa grande main d'homme. Le diamant étincelait de tous ses feux.

— Je crois que vous l'avez laissée tomber.

Elle redressa crânement la tête. Il n'était pas question de fondre en larmes devant cet individu.

— Je ne l'ai pas laissée tomber. Je l'ai *jetée,* dit-elle d'un ton amer.

Elle saisit la bague, la rangea dans le tiroir du bureau, qu'elle referma brutalement.

— Je vous serais reconnaissante de sortir. Je le répète, le moment est mal choisi.

— Vous vous êtes disputée avec votre petit ami ?

Il croisa les bras, la considéra comme si elle était un papillon épinglé dans une vitrine.

— Mon *fiancé* vient juste de m'annoncer qu'il a épousé une autre femme hier.

Pourquoi lui faisait-elle cet aveu ? Mystère. Cela ne le regardait pas, et il n'avait évidemment aucune sympathie pour elle. De plus, ce n'était pas son genre de confier ses tourments à un étranger. Mais ces dernières semaines l'avaient tellement ébranlée que, pour l'instant du moins, elle ne se maîtrisait plus. Elle était à deux doigts de la chute dans le vide, tel un acrobate sur son fil malmené par le vent.

— Je vous plains, rétorqua-t-il d'un ton qui démentait l'apparente sollicitude de ses paroles.

Elle se crispa, piquée au vif.

— Allez-vous-en, je vous prie.

— Pour que vous restiez là à pleurer tout votre soûl ?

— Je ne vais pas...

Elle s'interrompit, brusquement frappée par l'expression de son visage. Il l'étudiait d'un air critique, les lèvres pincées, les yeux étrécis, si bien qu'on discernait les pattes-d'oie au coin de ses paupières. Il avait la peau tannée des hommes qui passent leur vie au grand air, une ombre de barbe accentuait ses mâchoires. Il était si grand qu'il semblait occuper tout l'espace.

Malgré elle, Alex fut troublée par l'extraordinaire virilité qui émanait de lui, sentiment qu'elle se hâta de rejeter. Comme disait le dicton, l'habit ne fait pas le moine. Cet homme n'était qu'un mufle.

— À propos, comment êtes-vous entré ? Avez-vous eu seulement la politesse de sonner à la porte ? Ou est-ce la coutume, par ici, de débarquer chez les gens sans y être invité ?

— Inez m'a fait entrer. Et j'ai sonné. Ne vous gênez pas : pleurez, si vous en avez envie. Je peux patienter.

L'odieux personnage l'observait comme s'il s'attendait vraiment à ce qu'elle éclate en sanglots devant lui. Elle prit une profonde inspiration.

— Très bien, monsieur Welch, puisque vous n'êtes pas assez courtois pour vous retirer quand on vous le demande, finissons-en : pourquoi êtes-vous là ?

Il l'observait toujours, avec une attention qui embarrassait Alex. Elle devait avoir les paupières rougies et, avec ses cheveux tirés en arrière qui lui dénudaient le visage, elle se sentait vulnérable.

— S'il vous a appris ça par téléphone, il ne mérite pas que vous le regrettiez. Croyez-moi.

— Je ne souhaite pas discuter de ma vie privée avec vous. Les mots m'ont échappé, parce que vous avez déboulé dans cette pièce sans crier gare et que j'ai été... surprise.

Elle était à nouveau maîtresse de ses nerfs. D'ordinaire, elle ne se laissait jamais aller à verser la moindre larme. C'était une chose dont elle s'enorgueillissait. Une enfance passée d'abord avec un cortège de nurses indifférentes, puis dans des pensionnats impersonnels, lui avait enseigné que geindre n'arrangeait rien. Cela ne servait qu'à vous enlaidir. D'ailleurs, son père avait toujours détesté les femmes qui sanglotaient à tout bout de champ. Il avait quitté deux de ses épouses parce que, disait-il, elles avaient la fâcheuse manie de pleurer comme des fontaines dès qu'il les contrariait.

Le souvenir de son père lui serra le cœur. Pour lui, elle avait pleuré toutes les larmes de son corps.

— Votre vie privée ne m'intéresse pas, mademoiselle Haywood. Il n'y a que Whistledown qui m'intéresse.

Elle fronça les sourcils. À force de lever la tête pour le regarder dans les yeux, elle en avait mal aux cervicales. Mais, si elle se mettait debout, elle redoutait que ses genoux ne se dérobent sous elle. Elle avait besoin de solitude, de temps pour digérer le coup que Paul venait de lui assener et panser la nouvelle plaie qu'elle avait à l'âme. Elle refusait d'arborer le pitoyable masque d'une femme vaincue, anéantie. Elle continuerait à se tenir droite, à avancer, un pas après l'autre, jusqu'à ce qu'elle aille mieux, ou jusqu'à la fin du monde s'il le fallait.

Vu la situation, elle était prête à parier que son calvaire durerait jusqu'à la fin du monde.

— Si vous êtes ici pour tenter de me faire changer d'avis, vous perdez votre temps.

Une lueur menaçante s'alluma dans les yeux de Welch.

— Détrompez-vous, mademoiselle. Je suis sous contrat.

Alex eut un petit rire sec.

— Vous commencez à m'ennuyer, monsieur Welch. Vous êtes *licencié*. Qu'y a-t-il là de si compliqué que vous ne comprenez pas ?

— J'y viens, justement. Vous ne pouvez pas me licencier. Je vous le répète, je suis sous contrat. Vous savez, un de ces documents juridiques que chacune des deux parties a l'obligation de respecter. Vous n'avez pas le droit de me donner un préavis d'un mois, de m'ordonner de vendre tous les chevaux et, ensuite, de ficher le camp. Ça ne marche pas de cette façon, conclut-il d'une voix où vibrait une note triomphale.

Alex le dévisagea, compta mentalement jusqu'à dix.

— Sortez de cette pièce, articula-t-elle.

— Vous m'écoutez quand je vous parle ? J'ai un contrat qui m'autorise à gérer Whistledown comme je l'entends. Il prendra fin en décembre de l'année prochaine. Cela signifie donc, premier point, qu'aucun cheval ne sera vendu à la va-vite.

Pourquoi cet homme s'obstinait-il ainsi ? Il avait la mine d'un joueur de poker qui a un carré d'as entre les mains. Alex n'avait qu'une solution : garder son calme, lui expliquer les choses avec un vocabulaire compréhensible pour son intelligence limitée. Après, peut-être daignerait-il la laisser tranquille.

— Où est-il, ce contrat ? Puis-je le voir ?

— Il est dans mon bureau. Et il est tout à fait valide, puisqu'il a été rédigé par *vos* avocats, ironisa-t-il.

La patience d'Alex était à bout.

— Vous êtes donc en possession de ce document. Eh bien, tant mieux pour vous ! Dites-moi, monsieur

Welch… savez-vous qu'une source tarie ne donne plus d'eau ?

Il fixa sur elle un regard soupçonneux.

— Pardon ?

— Quand je parle de source tarie, je fais allusion au patrimoine de mon père. En d'autres termes, si vous préférez, il n'y a plus d'argent. Si votre contrat est valide – ce que mes conseillers vérifieront car, pour ma part, je m'en moque éperdument –, le règlement de la succession permettra peut-être de trouver un arrangement concernant les salaires qui vous sont dus. Ou peut-être pas, tout dépendra de la somme que cela représente. Quoi qu'il en soit, il n'y a plus d'argent pour continuer à entretenir Whistledown. Contrat ou pas contrat. Si nous évitons la banqueroute, nous aurons de la chance.

— Ne me racontez pas n'importe quoi. Votre père est… était l'un des hommes les plus fortunés de la planète.

— *Était*, en effet. Il avait fait des placements très risqués. Les choses ont mal tourné. Quand on a appris sa mort, la valeur de la compagnie a coulé à pic. Ses autres biens ont immédiatement subi le même sort. Il ne reste rien, ou presque. On est en train de vendre quasiment tout ce qu'il possédait.

Elle avait réussi à débiter son laïus d'un ton neutre, sans trahir la honte, l'incrédulité et l'effroi qui l'habitaient.

Welch la considérait comme si elle s'était brusquement mise à cracher des crapauds.

— C'est vrai ?

— Croix de bois, croix de fer…

Elle fut assez fière de cette réplique qui ne manquait pas de panache. Ne jamais laisser voir ses blessures, surtout quand elles saignent. C'était l'une des maximes de son père.

— Est-ce pour cette raison qu'il s'est…

Welch s'interrompit. Pour la première fois depuis qu'elle avait eu le déplaisir de le rencontrer, il semblait gêné.

— ... que mon père s'est suicidé ?

Elle n'en revenait pas de pouvoir prononcer si froidement des mots qui la déchiraient.

— Oui, c'est ce que j'allais vous demander.

Sa confusion s'était déjà dissipée, il retrouvait son arrogance naturelle.

— Autant appeler un chat un chat, monsieur Welch. Pour répondre à votre question, je l'ignore. S'il n'était pas mort, il aurait peut-être pu redresser la situation. Les actions de notre compagnie étaient encore solides. Je ne sais pas pourquoi il a commis un tel acte. Il se peut que nous ne le sachions jamais.

— Comme je vous l'ai déjà dit, je suis vraiment navré.

Son visage, pourtant, ne reflétait aucune compassion.

— C'est vous qui l'avez découvert, n'est-ce pas ?

Elle eut l'impression qu'un étau lui comprimait la poitrine et, pour se donner du courage, elle crispa les doigts sur les accoudoirs du fauteuil.

— Oui, effectivement.

— Expliquez-moi.

Cette requête, presque une prière, avait jailli de ses lèvres. Respire, s'exhorta-t-elle, respire ! Même si elle détestait ce Welch, elle avait besoin de connaître l'ultime chapitre de la vie de son père.

— Que voulez-vous savoir ? rétorqua-t-il après une hésitation.

— Tout. Les détails.

Il secoua la tête.

— À quoi bon ? Ça ne servira qu'à vous bouleverser.

— Me *bouleverser* ? explosa-t-elle. Je ne suis pas bouleversée, je suis dévastée, et c'est un euphémisme. Je le suis depuis qu'on m'a annoncé sa mort. Vous pouvez parler, n'ayez crainte. Vous croyez que je suis venue ici dans le seul but de vous licencier ? Non. À la vérité, je ne me soucie pas le moins du monde que vous soyez au chômage, que vous ayez un contrat. Vous n'avez qu'à vous bagarrer avec nos avocats, quitte à les rendre fous. Je suis ici parce que je veux savoir ce que mon père faisait, ce qu'il *ressentait* la nuit où il est… mort. J'en ai besoin.

Elle s'interrompit une seconde pour reprendre son souffle.

— Vous pouvez m'aider. Je vous en prie.

Il la scruta un long moment, en silence. Le bleu de ses yeux s'était assombri, il avait presque la couleur de l'encre. Puis il opina.

— D'accord, je vais vous dire ce que je sais. Malheureusement, je n'ai pas beaucoup d'informations à vous donner.

Sans attendre d'y être invité, il tira l'une des petites chaises Chippendale placées vis-à-vis du bureau, la retourna et s'y assit à califourchon. La vue de son jean usé sur la délicate soie verte du siège fit tiquer Alex. Il ne respectait décidément rien, pas même une précieuse antiquité.

Sans paraître remarquer sa désapprobation, il croisa les bras sur le dossier de la chaise, planta son regard dans celui d'Alex.

— Voilà comment ça s'est passé : je l'ai trouvé vers une heure du matin. Dans les écuries, les vôtres, celles de Whistledown. Il était assis, adossé au mur. Je l'ai touché, il s'est effondré sur lui-même. Je lui ai pris le pouls. Il était déjà mort.

— Que faisiez-vous dans les écuries au milieu de la nuit ? balbutia Alex qui se tança aussitôt – respire, respire.

Les images que les paroles de Welch évoquaient lui donnaient le vertige.

— J'étais allé voir les chevaux.

Il hésita, poursuivit avec réticence :

— Je dormais, mais quelque chose m'a réveillé. Maintenant, à la réflexion, je pense que j'ai peut-être entendu le coup de feu.

— Ô mon Dieu !

Pâle comme un linge, incapable de sauver plus longtemps les apparences, elle rejeta la tête en arrière, aspira une goulée d'air.

— Mon Dieu, mon Dieu...

— Bon sang, j'étais sûr que ça vous mettrait dans tous vos états.

Se levant d'un bond, il contourna le bureau, se pencha sur Alex.

— Vous n'allez pas vous évanouir ?

— Non... souffla-t-elle.

En réalité, si elle avait été en compagnie d'un être capable de lui témoigner ne fût-ce qu'un semblant de miséricorde, elle se serait sans doute réfugiée dans l'inconscience. Pour oublier un instant sa douleur. Mais montrer sa faiblesse à cet individu ? Pas question. Il l'observait d'un air sévère, dur.

— Tant mieux.

— Excusez-moi... Chaque fois que je songe à lui, à ce qu'il a fait, je suis au bord du malaise. Je n'arrive pas y croire. Je ne cesse de me demander : pourquoi ?

— Il avait bu, répliqua-t-il, comme pour justifier l'acte de M. Haywood.

Elle tressaillit.

— Qu'est-ce qui vous fait croire ça ?

— Eh bien...

Il s'interrompit, hésitant.

— Écoutez, mademoiselle Haywood, arrêtons-nous là. Je ne suis pas un sadique. Je n'ai pas l'habitude de torturer les animaux sans défense, les petits enfants ou les femmes en détresse. Si vous voulez des renseignements supplémentaires, trouvez un autre informateur.

— Je veux savoir pourquoi vous supposez que mon père était ivre le soir de sa mort, répliqua-t-elle d'un ton farouche. Il ne buvait pas. Il est... il était abstinent.

— Il empestait le whisky au point que je l'ai senti en entrant dans les écuries ! objecta-t-il avec une étrange brutalité.

— La plupart des gens l'ignoraient, mais mon père était un ancien alcoolique. Depuis des années, il était sobre. Pendant au moins dix ans, il n'a même pas avalé une goutte de vin. Il en était très fier.

La voix d'Alex tremblait. Elle serra les dents, déclara :

— Je refuse de croire qu'il s'était enivré le soir de sa mort.

Il resta immobile, à la regarder. Puis il dit avec amertume :

— Les alcooliques repentis replongent, c'est fréquent.

Elle avait la sensation que son sang ne circulait plus, qu'il était figé dans ses veines. Était-ce donc là l'explication qu'elle avait si éperdument cherchée ? Une motivation aussi triviale, sordide ? *Les alcooliques repentis replongent*.

Non, tout son être rejetait cette hypothèse.

— Je suis désolé, dit-il et, cette fois, il semblait sincère.

À ce moment, une voix dans le hall cria le nom d'Alex.

8

— Alex ! Tu es là, Alex ?

Reconnaissant cette voix claire, Alex bondit sur ses pieds pour se précipiter vers le hall. Elle franchit le seuil de la bibliothèque et vit sa jeune sœur qui venait à sa rencontre.

À quinze ans, Neely était un peu moins grande qu'Alex, un peu plus potelée, avec des cheveux blonds et raides qui lui descendaient jusqu'à la taille. Elle les avait coiffés en une queue-de-cheval retenue par un chouchou, sur le sommet du crâne, qui dansait au rythme de sa démarche énergique. Son visage naturellement ravissant, qui conservait les rondeurs de l'enfance, était exagérément maquillé. Des paquets de mascara épaississaient ses cils, elle s'était tartiné les paupières de fard prune nacré qui éteignait le gris-bleu de ses yeux. Sur ses joues s'étirait une traînée de blush trop foncé, destiné à modeler des pommettes saillantes qui n'existaient pas encore, ses lèvres enduites de gloss rose pâle parachevaient le masque.

Elle était vêtue à la dernière mode rétro, le hippie chic : jean artistiquement délavé et rebrodé, veste assortie ornée de franges de perles, tee-shirt rose fluo. Aux pieds, elle avait des escarpins à talons aiguilles en cuir noir, aux oreilles de lourds pendants eux aussi ornés de perles. Quand Neely lui tendit les mains, Alex remarqua qu'elle s'était verni les ongles en bleu ciel et que, sur chacun d'eux, étaient peintes de minuscules marguerites.

— Neely !

Alex serra sa petite sœur dans ses bras, humant son parfum fleuri, surprise d'être aussi contente de la voir. Malgré les ravages que Neely causait invariablement sur son passage, Alex l'aimait plus que personne au monde.

— Surprise ! s'exclama Neely avec un sourire radieux.

Alex fronça les sourcils, inquiète soudain.

— Mais, au fait, tu n'es pas en vacances. Tu n'as pas à nouveau quitté l'école sans autorisation, n'est-ce pas ? La directrice t'a dit que si tu recommençais, tu serais renvoyée.

Neely fit la moue.

— Je l'espère bien. Je déteste cet endroit. C'est *assommant*.

— Oh, non ! gémit Alex.

Sa sœur avait encore fait des siennes. Après les obsèques, Neely avait refusé de regagner l'établissement huppé où elle était pensionnaire, cependant Alex l'y avait obligée. Sa cadette était maintenant orpheline – sa mère avait disparu dix ans auparavant, avec son deuxième mari, dans le crash de leur avion privé. Alex était désormais la tutrice légale de sa demi-sœur. En réalité, elle tenait ce rôle parental depuis longtemps. Leur père étant perpétuellement accaparé par ses affaires et ses épouses successives, on avait décrété que Neely passerait l'été et toutes les vacances scolaires avec Alex.

Malheureusement, qu'Alex soit à présent sa tutrice légale n'impliquait pas que Neely se sente tenue de lui obéir. En fait, Neely se rebellait contre toute forme d'autorité. Alex avait beau l'aimer tendrement, elle reconnaissait que sa petite sœur était trop gâtée et têtue comme une mule.

— Tu pourrais au moins faire semblant d'être contente de me voir !

— Je le suis, bien sûr. Mais...

Sans lui laisser le temps d'achever sa phrase, Neely entra dans la bibliothèque et s'arrêta net. Alex, qui la suivait, constata que Welch avait remis la chaise Chippendale à sa place et qu'il était planté dans la pièce, face à la porte.

Neely le détailla de pied en cap, une inspection qui ne parut pas le perturber outre mesure. De même, la tenue pittoresque de la jeune fille ne suscita chez lui aucune réaction. Il était père d'adolescents, se rappela Alex, donc immunisé.

— Qui êtes-vous ? demanda Neely sur un ton qui frisait l'insolence.

Alex réprima un soupir. Rien ne lui serait épargné.

— Joe Welch. Et vous, qui êtes-vous ? rétorqua-t-il, une ombre de sourire retroussant le coin de sa bouche.

— Cornelia Haywood. Neely. Vous êtes un copain de ma sœur ?

L'adolescente prit une pose provocante, la tête légèrement inclinée sur le côté, une main sur la hanche. Alex l'écarta doucement pour pénétrer dans la bibliothèque.

— Non, je dirige ce domaine pour votre famille.

— Oh... alors, vous êtes un employé.

— En effet.

Cet homme prétentieux méritait sans doute d'être ainsi insulté, cependant Alex fut gênée par le manque d'éducation dont faisait preuve sa cadette.

— Je vais vous laisser, reprit-il.

— Je vous raccompagne, dit Alex.

Le regard qu'elle lui lança était éloquent. Elle n'en avait pas fini avec lui, mais elle ne voulait pas parler de la mort de leur père en présence de Neely.

Les relations de Neely avec M. Haywood ne ressemblaient pas du tout à celles qui avaient existé entre

Alex et lui. Quand il avait divorcé de la mère de Neely, les choses s'étaient si mal passées que leur fille en avait été victime. Il lui consacrait peu de temps. Neely lui en voulait de la négliger et ne se privait pas de le lui dire, lors des rares occasions où ils étaient réunis. Ils avaient toujours été en conflit et, pour Neely, la mort de leur père devait être un terrible traumatisme. Même si, comme son aînée, elle avait appris au fil des ans à dissimuler ses blessures, Alex savait que Neely souffrait profondément.

— Ne vous dérangez pas, je connais le chemin.

— J'y tiens. Neely, attends-moi là.

— Ne te presse surtout pas pour moi.

L'adolescente décocha à sa sœur un sourire entendu et s'avança dans la pièce. Alex escorta Welch jusqu'au hall. Il marchait vite, comme s'il avait hâte de partir.

Elle lui posa la main sur le bras.

— Monsieur Welch...

Il se retourna, baissa les yeux sur elle. Ils se tenaient devant l'immense miroir au cadre doré face à l'escalier. Alex jeta un coup d'œil à leur reflet et songea que le tableau qu'ils formaient aurait pu être peint par un artiste fasciné par les contrastes. Malgré ses hauts talons, elle lui arrivait à peine au menton. Il était tout en muscles, tandis qu'elle paraissait fine et fragile, féminine.

— Qu'y a-t-il encore ? demanda-t-il d'un ton impatient.

— Je souhaite reprendre la conversation que nous venons d'avoir. Au sujet de mon père. Mais pas maintenant, je ne veux pas que ma sœur nous entende. Peut-être dans le courant de la journée. Ou demain.

Il secoua la tête.

— Je vous le répète, je n'ai pas d'autres informations à vous donner.

Là-dessus il se détourna et se dirigea vers la porte d'entrée qu'il claqua en sortant.

Quel grossier personnage !

— Il y a au moins quelque chose de sympa par ici, commenta Neely en la rejoignant. Il est drôlement sexy, ce type.

— Il est beaucoup trop vieux pour toi, répliqua Alex en regardant sa sœur farfouiller dans un sac à dos en jean, abandonné par terre dans le hall. Et tu as été impolie envers lui.

— J'aime les hommes plus âgés que moi. En fait, j'aime tous les hommes. À condition qu'ils soient beaux, évidemment. Et celui-là est canon.

Alex ouvrait la bouche pour la prier de ne pas raconter n'importe quoi, quand son attention fut attirée par un petit point étincelant sur le nez de sa cadette. Stupéfaite, elle réalisa que Neely arborait un petit diamant à la narine gauche.

— Tu t'es fait percer le nez ! s'exclama-t-elle, tandis qu'elles regagnaient la bibliothèque.

— Ne gueule pas comme ça, tu m'écorches les tympans.

Neely jeta son sac par terre et traversa la pièce pour s'écrouler sur une causeuse rembourrée et tendue de chintz rose.

— Et toi, surveille ton langage, riposta Alex, sévère.

Elle s'approcha du bureau, décrocha le téléphone.

— Tu appelles qui ?

— Ton école.

Neely grimaça.

Mme Stanton, la directrice, ne tourna pas autour du pot.

— Je suis désolée de vous créer des soucis supplémentaires en des moments aussi pénibles pour vous, mademoiselle Haywood, mais je suis contrainte de renvoyer Cornelia.

Cette nouvelle, même si elle était prévisible, n'en fut pas moins un choc pour Alex. Elle darda un regard noir sur sa sœur qui lui tira la langue, sans le moindre repentir.

— Madame Stanton, essayez de comprendre. Depuis le décès de notre père, elle n'est plus elle-même...

— Oh si, elle a été fidèle à elle-même, et c'est justement le problème ! répliqua la directrice avec fermeté. Croyez-moi, j'apprécie les qualités de Cornelia – car elle en a – mais elle montre le mauvais exemple à ses camarades. Nous ne pouvons plus la garder à Pomfret. J'estime que nous avons été très patients avec elle, cependant je dois fixer certaines limites. Or nous avons atteint le point de non-retour. C'est la troisième fois qu'elle s'enfuit.

Alex resta un instant silencieuse. Avant même la mort de leur père, durant les dix-huit mois de son séjour à Pomfret, Neely avait accumulé les bêtises. Elle avait été surprise en train de fumer (des cigarettes et de la marijuana), de boire de l'alcool, de faire le mur, d'introduire clandestinement un garçon dans sa chambre. Et tout cela, à de multiples reprises. Elle s'était connectée sur des sites Internet interdits, des *chats* plus ou moins douteux, avait donné et reçu des coups de fil sans y être autorisée, traîné en ville bien après le couvre-feu – si souvent qu'elle n'avait plus la permission de sortir du pensionnat le week-end.

Alex était parfaitement consciente des exploits peu glorieux de Neely. Mais elle avait des excuses. Pourtant, nul ne semblait s'en soucier.

— Que puis-je faire pour vous convaincre de lui accorder une autre chance ? demanda-t-elle, sachant déjà que la bataille était perdue.

Mme Stanton ne manquait pas d'humanité, néanmoins elle était fatiguée des frasques de Neely. Au fond, Alex ne l'en blâmait pas. Sa sœur aurait usé la patience d'un saint.

— Je le déplore, mais ma décision est définitive.

Alex poussa un soupir, vaincue.

— Je vous remercie pour la compréhension que vous avez manifestée à l'égard de Neely. Je sais qu'elle est un peu… difficile.

— Oui, certaines adolescentes le sont, rétorqua Mme Stanton d'un ton radouci. Ce n'est pas une mauvaise fille, mademoiselle Haywood, simplement elle n'a pas sa place à Pomfret. Si vous désirez l'inscrire dans un autre établissement, nous vous aiderons. Tenez-moi au courant.

— Merci, madame Stanton, conclut Alex en raccrochant.

Elle ferma brièvement les yeux. Une catastrophe de plus… Qu'allait-elle faire de Neely, à présent ? La mettre dans un autre pensionnat, certes, mais lequel ? Et aurait-elle assez d'argent pour couvrir les frais ? Jusque-là, elle s'était rassurée en se disant que les études de Neely étaient payées pour toute l'année scolaire, mais à présent… Pomfret la rembourserait-il ?

Elle se serait volontiers passée de ce problème, malheureusement c'était à elle de le régler. Comme c'était à elle de veiller sur Neely.

— Pour ta gouverne, sache que tu es renvoyée, déclara-t-elle.

— Ouais, répondit négligemment Neely.

— Mes félicitations, marmonna Alex en se dirigeant vers la causeuse pour s'asseoir près de sa sœur.

— Je fais de mon mieux, ironisa Neely.

— Et maintenant, tu as une idée lumineuse à me soumettre ?

Neely haussa les épaules.

Alex attendit une réponse. Celle-ci ne venant pas, elle passa mentalement en revue les solutions possibles. Depuis sa plus tendre enfance, Neely était la vivante illustration du proverbe : « On ne fait pas boire un cheval qui n'a pas soif. » La heurter de front avait toujours été une erreur. Elle se cabrait et faisait exactement le contraire de ce qu'on lui demandait.

De toute manière, il n'y avait plus moyen d'arranger les choses avec Pomfret. Alors, à quoi bon s'étendre sur le sujet ? Cela ne servirait qu'à susciter des tensions entre elles. Or, en ce moment, elles avaient besoin l'une de l'autre. Elles étaient désormais seules au monde.

Peut-être Alex n'était-elle pas assez stricte. Peut-être fallait-il sermonner Neely, voire la punir (par exemple la priver de ses produits de maquillage – ce qui lui éviterait de se promener avec ce visage de carnaval). Cependant, vu toutes les épreuves qu'elles avaient traversées ces derniers temps, Alex ne pouvait s'y résoudre. Que ce soit ou non judicieux, elle essaierait de gérer cette crise relativement mineure en employant la manière douce.

— T'ai-je déjà dit que tu es parfois vraiment insupportable, sœurette ? Bon... Dès lundi matin, nous chercherons une autre école. Mme Stanton a eu la gentillesse de proposer de nous aider. Elle a ajouté que tu ne manquais pas de qualités.

— Quelle vieille bique !

À cet instant, le téléphone sonna. Neely sursauta et agrippa le poignet d'Alex pour la forcer à rester assise.

— Non !

La sonnerie se tut. Sans doute Inez avait-elle pris la communication.

— Qu'est-ce que tu as ?

Neely ne s'était jamais comportée de la sorte, hormis quand elle attendait un appel de son petit ami du moment et se ruait sur le téléphone avant que quelqu'un ne décroche. Aujourd'hui, cela ne semblait pas être le cas.

Cette attitude raviva l'inquiétude d'Alex. Si Neely l'avait empêchée de répondre, elle devait avoir une bonne raison – elle voulait lui cacher quelque chose. La cerise sur le gâteau, après son renvoi du pensionnat.

— Alex...

Neely, toujours si intrépide et dotée d'un culot monstre, paraissait presque anxieuse. Elle se redressa et étreignit les deux mains de son aînée. Là, Alex eut peur.

— Oh non, pitié, tu ne vas pas m'annoncer que tu es enceinte ! implora-t-elle.

Dans l'immédiat, elle ne voyait pas ce qui pourrait être pire, à part la mort.

— Quoi ? Bien sûr que non ! s'indigna Neely. Tu me prends pour une crétine ?

— Ouf... Bon, maintenant que je suis rassurée, explique-moi ce que tu as encore fait.

— Il ne s'agit pas de moi, mais... de toi.

— De moi ?

Neely lui pressa les mains.

— J'ai de mauvaises nouvelles. Euh... Paul a épousé Tara Gould hier.

La jeune fille grimaça, elle paraissait rassembler son courage pour affronter un ouragan. Comme Alex gardait le silence, elle se hâta d'enchaîner, dans l'espoir de retarder l'inévitable :

— Sa cousine, Carole Segal, est à Pomfret. Hier soir, elle a eu un coup de fil de sa mère. La mère venait d'avoir son frère au téléphone, le père de Tara. Il l'appelait pour lui annoncer que Tara avait épousé Paul O'Neil, qu'ils étaient tous très heureux et qu'il y aurait une réception ce week-end au Country Club de Philadelphie. Carole y sera. C'est dingue, non ? Je suis tellement désolée pour toi, Alex, acheva Neely dans un murmure.

— Cornelia Haywood, tu as quitté ton école sans autorisation, et tu t'es fait renvoyer, simplement pour foncer jusqu'ici me raconter ça ?

L'adolescente opina d'un air malheureux.

— Je ne voulais pas que tu l'apprennes par une de tes copines, une langue de vipère quelconque.

Alex, émue, l'attira contre elle pour la serrer dans ses bras.

— S'il te plaît, ne sois pas triste. Moi de toute façon, ton Paul, je ne l'ai jamais aimé. Ce n'est qu'un salaud.

— Oui, n'est-ce pas ? répliqua Alex avec un pâle sourire. Un salaud intégral. Bon débarras... C'est ce que je pense depuis une heure et demie environ, depuis qu'il m'a téléphoné pour me prévenir.

Nelly écarquilla les yeux.

— Tu étais au courant ? Je me suis mise dans la panade, je me suis tapé des kilomètres en me demandant comment t'annoncer ça... pour rien ? Alors là, c'est le bouquet !

— Non, au contraire, c'est la chose la plus gentille que tu aies faite pour moi. Même si, de temps en temps, tu es franchement pénible, je suis heureuse de t'avoir pour sœur.

— Moi aussi, murmura Neely en appuyant son front contre celui d'Alex.

Elles restèrent un moment ainsi, enlacées. Puis Alex s'écarta.

— Nous formons un fameux tandem, toutes les deux. Tu es renvoyée de ton pensionnat, et je suis abandonnée par mon fiancé. Qu'allons-nous devenir maintenant ? Tu en as une idée, toi ?

9

Le Prédateur surveillait le chien depuis deux jours. Un petit chien, pas beaucoup plus gros qu'un chat, laid comme un pou – un mélange de dogue et de Dieu savait quoi. Hormis une unique tache noire, il était blanc, le poil si ras qu'il semblait n'avoir que la peau sur le dos. Une courte queue hérissée et une large gueule rose qui bavait en permanence complétaient le tableau.

Chaque fois qu'il sortait, ce clébard était là, même s'il s'enfuyait sitôt qu'il apparaissait.

— Viens là, toutou...

C'était le deuxième jour, en fin d'après-midi. Il suivit le chien jusqu'à sa cachette, s'accroupit et claqua des doigts. Planqué sous une voiture, le chien le regarda sans broncher.

— Viens là...

— Vous avez l'intention d'adopter un chien ?

Le Prédateur jeta un coup d'œil par-dessus son épaule. Il connaissait celui qui venait de l'interpeller, naturellement. Il connaissait tout le monde.

— J'y pense, répondit-il, affable, tandis que l'autre montait dans sa voiture et démarrait.

Laissant le chien où il était, il se redressa et retourna à son travail. Mais peu après le crépuscule, il sortit à nouveau ; cette fois, il tenait une part de pizza sur une assiette en carton. Un vent violent soufflait, qui annonçait de la pluie. Le parking était complet, pourtant il n'y avait personne en vue. Les gens étaient tous à l'abri.

Il regarda autour de lui, crut un moment que le chien s'en était finalement allé. Puis il discerna une ombre pâle tapie sous un buisson. Il s'en approcha et posa sur le sol l'assiette en carton.

— Viens, toutou, roucoula-t-il.

Cette fois, le chien ne résista pas et rampa jusqu'à la nourriture. Pendant qu'il dévorait la pizza, le Prédateur le caressa. Depuis sa plus petite enfance, il adorait les chiens. Ils avaient été ses premiers joujoux, ceux qu'il préférait.

— Il est gentil, le toutou...

Après quoi, il retourna à l'intérieur.

Plus tard, beaucoup plus tard, alors que presque toutes les voitures étaient parties, il ressortit. Il avait dans une main une laisse de fortune, dans l'autre un hamburger. Il pleuvait à présent et, malgré les lumières du bâtiment derrière lui, l'obscurité était telle qu'on ne voyait qu'une partie du parking.

Il portait un imperméable à capuche, mais il s'inquiétait pour le hamburger qui risquait d'être imbibé d'eau avant qu'il n'ait repéré le chien. Ce clébard daignerait-il se hasarder hors de sa cachette pour un bout de viande trempée ?

Réussirait-il à le trouver dans le noir ? Il pouvait peut-être attendre jusqu'à demain. Et si, demain, le chien s'était réfugié ailleurs, eh bien, tant pis..

Seulement... il le voulait ce soir.

Il faisait demi-tour pour rentrer, lorsqu'il aperçut le chien, assis près du bâtiment, éclairé par une lampe de sécurité, sous un avant-toit qui le protégeait de la pluie.

Le Prédateur sourit et, veillant à ne pas trop mouiller le hamburger, se dirigea vers le chien qui, reconnaissant son bienfaiteur, agita son trognon de queue.

— Tiens, c'est pour toi.

Le chien lorgna la viande grillée à point, luisante, et s'avança.

— Il est gentil, le toutou.

Il lui grattouilla la tête. Pendant que l'animal engloutissait son casse-croûte en deux bouchées, il lui passa la laisse autour du cou – une corde dont l'une des extrémités formait une sorte de nœud coulant.

Le chien n'ébaucha pas un mouvement de recul.

— Gentil toutou, dit le Prédateur, satisfait, en se redressant. Allez, viens.

Il s'attendait à ce que le bâtard résiste un peu, mais non. Il contourna le bâtiment, en rasant les murs, pour ne pas prendre la saucée. Son Chevy était garé au fond du parking. Le chien le suivit et, quand il ouvrit la portière arrière de sa voiture, il sauta docilement sur la banquette.

Le Prédateur le récompensa d'une caresse affectueuse.

— Gentil toutou, répéta-t-il, et il claqua la portière.

Il se mit au volant, commença par essuyer son imperméable, puis décida que quelques gouttes d'eau n'abîmeraient pas ses beaux sièges en cuir. Il alluma les phares, démarra.

Il ne lui faudrait qu'un quart d'heure pour atteindre sa destination, et il connaissait le chemin aussi bien qu'il connaissait celui menant de son lit à sa salle de bains.

Bercé par la vitesse et le chuintement cadencé des essuie-glaces, le chien s'était roulé en boule et sommeillait. À en juger par la façon dont il avait accepté qu'on lui passe une laisse autour du cou, il avait dû avoir un maître qui l'avait perdu ou abandonné au bord d'une route. Les gens n'avaient pas de cœur. Laisser une bête en pleine cambrousse, dans l'espoir qu'un paysan généreux offrirait à la pauvre créature un nouveau toit...

Les humains étaient une espèce fondamentalement stupide. Ou fondamentalement cruelle, ce qui, en fait, revenait au même.

Un seul véhicule le dépassa pendant le trajet, un semi-remorque qui roulait beaucoup trop vite, vu les conditions météo, et qui le déporta vers le bas-côté. Des trombes d'eau éclaboussèrent le pare-brise.

Les camions n'avaient rien à faire en dehors de l'autoroute, pensa-t-il avec réprobation. Peut-être le conducteur cherchait-il de l'essence ou de quoi manger. Dans ce cas, il n'avait pas de bol. Par ici, à vingt-deux heures, tout était fermé.

Il était presque arrivé. Il quitta la route, s'engagea sur un chemin qui descendait une colline à travers bois. Il se gara comme d'habitude à la lisière du champ de maïs de Bob Toler. Prenant une torche électrique dans la boîte à gants, il sortit de la voiture. Le chien s'était redressé sur la banquette arrière, impatient, et sauta à terre sans se soucier de la pluie qui, maintenant, tombait à verse.

Le tonnerre gronda, un éclair zébra le ciel, éclairant les hautes tiges des maïs dont on avait récolté les épis et qui, un instant, eurent l'apparence d'une assemblée de fantômes maigres et blafards.

Il ne croyait pas aux fantômes. Mais s'ils existaient, ils étaient peut-être là, à attendre qu'il s'emploie à grossir leur armée.

Cette idée l'amusa et fit naître un sourire sur ses lèvres, alors qu'il traversait l'étroit ruisseau pour atteindre la rive opposée, un mur de roche tapissé d'une épaisse végétation que, depuis des années, aucune main humaine – hormis la sienne – n'avait touchée. Le chien le suivait toujours. Pataugeant dans l'eau jusqu'aux chevilles, le Prédateur écarta précautionneusement le rideau de lambrusque, découvrant un trou dans la paroi rocheuse, à environ un mètre de hauteur, qui ressemblait au repaire d'un animal. En réalité, c'était l'entrée d'une grotte.

Il l'avait découverte quand il était enfant et, depuis, en avait fait souvent usage. Bien sûr, maintenant qu'il était grand et corpulent, se glisser dans ce monde souterrain était plus difficile qu'autrefois. C'était toutefois possible, à condition de passer d'abord la tête, puis de ramper sur le ventre jusqu'à l'endroit où le boyau s'élargissait.

Le chien ne se débattit pas, quand il le souleva et le poussa dans le trou, avant de s'y faufiler lui-même. Le passage était aussi ténébreux qu'un tombeau, mais il ne voyait pas la nécessité d'allumer la torche. Il connaissait le terrain comme sa poche.

Avec l'habileté due à une longue pratique, il progressa centimètre par centimètre pour atteindre la grotte à proprement parler. Là, il se redressa en faisant attention à ne pas se cogner la tête – ce qui lui était arrivé plus d'une fois. Le chien, visiblement inquiet de se retrouver dans ce décor inconnu, se pressa contre sa jambe.

Il alluma la torche.

— Gentil toutou, murmura-t-il, content que le chien lui fasse une telle confiance.

Le tenant toujours en laisse, même si cela semblait à présent inutile, il longea, courbé en deux, le tunnel pavé qui avait jadis probablement servi au trafic d'esclaves. Bientôt il fut devant une porte en fer. Elle avait plus d'une centaine d'années, mais le cadenas qui la fermait était flambant neuf. La clé était parmi ses semblables, fixée à l'anneau qu'il portait toujours sur lui.

Il déverrouilla la porte, pénétra dans une salle plus haute, creusée dans la terre. Avec soulagement, il se redressa de toute sa taille. À force de marcher la tête baissée, il avait un torticolis.

— Viens, dit-il au chien qui agita à nouveau la queue.

Il se dirigea vers une deuxième porte qui ouvrait sur une autre salle, dont le plafond, le sol et les quatre murs étaient en lourdes pierres taillées. Cette salle datait de la même époque que le tunnel, et tout le monde à part lui en avait oublié l'existence. Il en avait fait depuis longtemps sa salle de jeu.

— Salut, Cassandra ! lança-t-il, débonnaire, à la fille qui l'attendait, toute nue au bord d'un des deux petits lits jumeaux qu'il avait installés là pour ses invités – il était très attentionné.

Les cheveux plats et ternes, les yeux éteints, elle ne se levait même plus quand il apparaissait. Elle se contentait de le regarder à travers les barreaux de sa cellule.

— Je t'ai amené un gentil compagnon, dit-il en souriant.

Il alluma la lampe de camping posée sur la table, dans la partie de la salle séparée de la cellule. La lumière projeta son ombre sur le mur, et cette ombre le représentait, avec une étonnante justesse, tel qu'il était : sinistre et redoutable, ce qu'il ne semblait pourtant pas être dans la vie réelle.

Cette image lui plut, d'autant qu'elle incluait le bâtard aux pattes arquées et la corde qui les reliait. La lueur de la lampe n'éclairait pas les coins de la salle, mais il y voyait suffisamment pour faire ce qu'il voulait faire.

Jetant un coup d'œil machinal autour de lui, il constata que tout était comme il l'avait laissé : son confortable fauteuil inclinable, son téléviseur, la télécommande, sa collection de vidéocassettes, les portraits de ses hôtes. Ils étaient tous là, photographiés vivants, et lors des étapes successives qui les avaient menés à la mort.

Il avait gravé sur pellicule la métamorphose de chacune de ses victimes, de la première à Eric, l'ex-copain de Cassandra, laquelle était la dernière en date. Néanmoins, le press-book de Cassandra n'était pas encore terminé. Il commençait par le cliché qu'il avait pris la nuit où il l'avait conduite ici. Elle était belle sur cette photo, les yeux écarquillés d'effroi, mais souriant courageusement à l'objectif, parce qu'il le lui avait ordonné.

Bientôt il prendrait l'ultime photo de Cassandra : l'expression de son visage quand elle rendrait l'âme. Elle serait sans doute d'une beauté moins conventionnelle, mais plus fascinante. Chaque individu avait sa propre façon de mourir, et ces particularités lui donnaient à réfléchir. Certains priaient, d'autres non. Certains fermaient les yeux, d'autres regardaient la mort en face. Mais tous, absolument tous, hurlaient au moment fatidique. La mort était si naturelle, si purifiante. Il ne comprenait pas pourquoi les gens en avaient tellement peur.

Lui ne la craignait pas. Quand elle viendrait, il l'accueillerait à bras ouverts. Néanmoins il n'était pas encore prêt.

— Viens, toutou, dit-il au chien qui le contemplait avec une sorte de vénération.

Il poussa le chien vers le mur, saisit le bout d'une chaîne métallique accrochée à un anneau rivé dans la pierre, l'entortilla autour du cou de l'animal et le cadenassa. Le chien se coucha sur le ventre. À l'évidence, il n'appréciait pas trop d'être enchaîné, mais il n'essaya pas de se libérer.

Devinant ce qui allait suivre – elle avait assisté à la fin de son cher Eric –, Cassandra se mit à sangloter, des sanglots secs, douloureux.

— Il ne te plaît pas, ce toutou ? dit-il d'un ton de reproche.

Il tira sur la chaîne, deux fois, juste pour vérifier qu'elle tenait solidement, tapota la tête du bâtard.

— Il est gentil pourtant.

Il se dirigea vers l'armoire où il rangeait son matériel. Le chien voulut lui emboîter le pas, en compagnon fidèle qu'il était déjà.

Il prit un bidon de kérosène et une boîte d'allumettes, retourna près du chien qui le fixait avec adoration.

Les sanglots de Cassandra étaient agaçants. Pivotant à demi, il s'aperçut qu'elle avait les paupières closes, toutes plissées.

— Ouvre les yeux, commanda-t-il d'une voix soudain dure. Ouvre les yeux et regarde, sinon c'est toi qui vas y avoir droit.

Elle obtempéra. Il sourit, content, et déversa presque tout le contenu du bidon sur le chien. L'odeur du kérosène était si désagréable qu'il fronça le nez. Le chien se recroquevilla sur lui-même, apeuré par ce liquide puant qui coulait sur lui. Il lâcha un faible gémissement, leva vers son nouveau maître un regard suppliant.

Après s'être assuré que Cassandra observait bien le spectacle, le Prédateur recula, gratta une allumette et la jeta sur le chien. L'essence s'enflamma avec un bruit sourd.

Les hurlements de l'animal semblaient presque humains, lorsqu'il commença à brûler comme une torche.

— Gentil toutou, dit-il une dernière fois, le sourire aux lèvres, tandis que le chien bondissait et tournait en rond, luttant frénétiquement, désespérément et vainement pour échapper au feu.

Pendant ce temps, Alex et Neely passaient une agréable soirée. Elles avaient discuté, exploré le manoir, fait une razzia dans le réfrigérateur pour se préparer un repas froid, et regardé la télévision dans le petit salon douillet attenant au grand salon.

Avoir Neely auprès d'elle changeait tout pour Alex. La compagnie de sa sœur, si débordante de vitalité et de gaieté, lui remontait le moral et lui mettait du baume dans son cœur blessé. Même si elle s'inquiétait pour la scolarité de Neely, ce souci pour l'instant passait au second plan.

De même, sitôt que le souvenir de la trahison de Paul s'insinuait dans son esprit, Alex le repoussait résolument. Bien sûr, elle ne parvenait pas à l'effacer totalement. Cela, ajouté à son deuil, à son chagrin toujours présent, aurait pu faire de cette soirée le pire moment de son existence.

Grâce à Neely, ce n'était pas le cas.

De toute manière, même si Paul ne lui avait pas planté ce couteau dans le dos, elle n'aurait pas aimé rester seule ce soir, songea-t-elle, un livre ouvert abandonné sur ses genoux. Quand elle avait décidé de venir à Whistledown, elle n'avait pas imaginé que la solitude dans cette immense demeure pourrait être perturbante, surtout la nuit. Maintenant que Neely était à son côté, elle réalisait que le silence ambiant eût été difficile à supporter.

Leur père avait passé ici les derniers jours de sa vie, il y était mort. Sa présence imprégnait ces lieux. Quand Alex se taisait, comme en cet instant, elle la sentait et cela la troublait. Sans Neely, elle aurait sans doute fini par aller dormir à l'hôtel. Pas à Simpsonville, le village était trop petit pour avoir un hôtel, mais à Shelbyville. Là, il y en avait un, elle l'avait aperçu lors de ses précédentes visites.

La dernière fois qu'elle avait séjourné ici, elle venait de décrocher son diplôme universitaire. On était en juillet, elle avait vingt et un ans, et son père l'avait invitée à le rejoindre pour un week-end à Whistledown où il devait participer à la vente de yearlings de Keeneland. Ils avaient rarement passé autant de temps en tête-à-tête – il avait toujours une épouse ou une fiancée pendue à ses basques –, et elle avait été ravie et émue de l'entendre dire que, cette fois, ils seraient seuls tous les deux.

Naturellement, il voulait surtout discuter avec elle de son avenir. Il envisageait de la faire entrer dans la compagnie Haywood Harley Nichols, dont elle pourrait peut-être prendre un jour la direction. Elle avait refusé tout net sa proposition, et ils s'étaient violemment disputés. Elle était partie le lendemain de son arrivée, sans assister à la vente de yearlings.

En repensant à cet épisode, son cœur se serra. Oh papa, si j'avais travaillé pour toi, les choses auraient-elles tourné autrement ? J'aurais pu le faire, c'était si simple. J'aurais dû...

Les larmes lui montèrent aux yeux, elle battit des paupières pour les chasser. Inutile de déprimer Neely. D'ailleurs, regretter de ne pas avoir exaucé le souhait de son père ne servait plus à rien désormais. On ne réécrivait pas l'histoire.

L'orage éclata vers vingt-trois heures, une pluie diluvienne s'abattit sur le manoir. Le tonnerre grondait, les éclairs fulguraient dans le ciel, un vent violent soufflait. Neely monta se coucher la première, dans la suite voisine de celle d'Alex. Toutes deux avaient machinalement choisi les chambres qu'elles occupaient lors de leurs précédentes visites.

Alex prenait des somnifères, que son médecin lui avait prescrits pour combattre l'insomnie dont elle souffrait depuis le décès de son père. Ces pilules l'assommaient pendant une dizaine d'heures.

L'orage se déchaînait, les boiseries de l'antique demeure craquaient, le chauffage central ronflait. Rien de tout cela n'était cependant capable de réveiller Alex.

Et pourtant, quelque chose la réveilla, l'arracha à son sommeil de plomb, proche d'un semi-coma. Elle émergea de l'inconscience avec la sensation affolante qu'une chose dégoûtante venait de frôler sa joue. Elle ouvrit les yeux, scruta l'obscurité. Il lui fallut un instant pour savoir où elle était et pourquoi.

Son instinct lui commanda de rester absolument immobile.

Un léger parfum fleuri – l'adoucissant qu'Inez utilisait quand elle lavait les draps – lui chatouillait les narines. Elle était couchée sur le côté droit, le visage enfoui dans l'oreiller moelleux. La pluie crépitait sur les carreaux. Un filet d'air froid se faufilait sous les fenêtres anciennes et mal calfeutrées. Sans doute était-ce ce léger courant d'air qu'elle avait senti sur sa joue.

Mais non... elle discernait un autre son, malgré la pluie. Plus sourd, plus proche. Au pied du lit en noyer sculpté.

Elle se figea, les yeux grands ouverts dans le noir, tendant l'oreille. Les battements de son cœur s'accéléraient, elle ne pouvait plus déglutir tant elle avait la bouche sèche. Car il n'y avait plus de doute : elle entendait la respiration régulière, profonde d'un être humain ou d'une bête qui était là, dans la chambre, avec elle.

10

Pétrifiée, Alex sentait ses cheveux se hérisser sur son crâne. La personne ou la créature qui était là, au pied du lit, ne bougeait pas non plus, elle se bornait à respirer.

Seigneur, que faire ?

Son instinct de survie lui dictait de bondir sur l'intrus, mais elle se forçait à faire la sourde oreille. Tant qu'elle ne trouverait pas une meilleure idée, elle avait intérêt à feindre de dormir.

Elle entendait toujours la respiration. Lourde, un peu rauque. Ce bruit lui semblait tellement fort qu'il étouffait même le fracas de l'orage.

Serait-ce Neely qui, pour une raison mystérieuse, se tenait là, dans l'obscurité, à l'épier ?

Non, impossible. D'une part, Neely ne respirait pas de cette manière. Ensuite, elle aurait manifesté sa présence en appelant sa sœur ou en la secouant, voire en se glissant carrément dans le lit. Neely n'était pas du genre discret.

Alex et sa sœur cadette étaient seules au manoir.

Serait-ce un cambrioleur ? À cette pensée, le cœur d'Alex battit plus vite encore. Serait-ce un... fantôme ? Là, elle eut l'impression que son sang se glaçait dans ses veines.

Elle avait rêvé de son père. Des bribes de son rêve restaient présentes à son esprit, comme des traînées de brume. C'était ici, à Whistledown, qu'il avait trouvé la mort. Une mort violente. À la seconde où elle avait appris le drame, elle s'était dit que jamais il n'aurait abandonné sa famille de cette façon, sans un mot d'explication.

Cette respiration serait-elle une sorte de message qu'il tentait de lui envoyer depuis l'au-delà ?

Elle n'avait jamais cru aux fantômes, mais à présent…

Alex en était là de ses spéculations, lorsque la respiration parut se déplacer. Le son faiblissait, s'éloignait de plus en plus. La personne ou la créature se dirigeait vers la porte entrebâillée de la chambre, comprit-elle soudain.

Elle ne distinguait absolument rien, pas même l'oreiller sur lequel sa tête reposait, cependant elle savait qu'elle ne dormait pas, qu'elle n'était pas la proie d'une hallucination auditive. C'était bien réel.

Subitement, le besoin impérieux de voir domina sa terreur. Elle se redressa dans le lit, chercha à tâtons le commutateur de la lampe de chevet. Elle trouva le fil électrique, la poire, appuya sur le bouton.

Clic.

Le rythme de la respiration s'altéra imperceptiblement, mais ce fut tout. La lumière ne s'alluma pas.

Clic, clic.

Alex s'acharnait, en vain. Et la respiration continuait à s'éloigner. Elle était moins régulière, l'intrus s'enfuyait.

Elle refusait de le laisser disparaître sans savoir. Quitte à se trouver nez à nez avec un cambrioleur.

Papa, c'est toi ?

Une idée stupide, bien sûr, mais…

Elle rejeta les couvertures, se leva. Ses pieds nus glissaient silencieusement sur le tapis persan qui jonchait le parquet de la pièce. Les bras tendus, comme une somnambule, elle avança dans le noir, jusqu'à ce que ses mains frôlent le mur.

La respiration était maintenant presque inaudible, elle s'éloignait de plus en plus dans le couloir sur lequel donnaient toutes les chambres. Alex s'arrêta un instant sur le seuil de la sienne, tâtonna à nouveau, à la recherche de l'interrupteur qui allumait le plafonnier. Une coulée d'air froid lui léchait les chevilles, sous la dentelle de sa chemise de nuit en soie ivoire.

Le crépitement de la pluie étouffait le bruit de la respiration.

Elle trouva enfin l'interrupteur. Rien... Pas de lumière.

Et maintenant, malgré tous ses efforts, elle ne discernait plus le bruit de la respiration. Elle retint son propre souffle, à l'affût. Elle n'avait même plus peur.

Il fallait qu'elle sache si c'était son père.

Elle fit un pas en avant, puis deux, à l'aveuglette – et soudain, elle perçut à nouveau la respiration. Se retournant brusquement, elle trébucha et tendit les mains, par réflexe. Ses doigts agrippèrent du tissu... puis elle reçut un coup violent sur l'arrière du crâne. Des étoiles explosèrent devant ses yeux, et elle sombra dans un puits ténébreux.

Quand elle reprit conscience, elle était affalée à plat ventre sur le tapis qui courait le long du couloir. L'odeur de la laine, qui sentait le renfermé, lui emplissait les narines. Outre sa tête qui l'élançait, elle s'était fait mal aux genoux et aux paumes. Elle poussa un gémissement.

— Alex ?

La voix de Neely venait de l'extrémité nord du couloir où étaient situées leurs suites contiguës, composées d'une chambre, d'un boudoir et d'une salle de bains.

— Fais... attention, bredouilla Alex en s'asseyant péniblement. Je... je crois qu'il y a quelqu'un dans la maison.

L'obscurité tanguait autour d'elle comme une mer houleuse. Alex serra les dents pour ne pas s'évanouir. Elle se palpa le crâne, sentit du sang sous ses doigts. Que lui était-il arrivé ? Elle se souvenait vaguement d'avoir trébuché, mais la suite s'était effacée de sa mémoire.

— Qu'est-ce que tu dis ?

Neely essayait sans succès d'allumer la lumière.

— Alex, tu es tombée ? Tu t'es blessée ?

— Oui, je suis tombée, mais ça va. L'électricité est coupée, répondit Alex d'une voix plus ferme. Tu m'as entendue, Neely ? Je pense qu'il y a quelqu'un dans la maison.

Elle se mit à genoux, pour tenter de se relever. Le vertige la saisit à nouveau, pourtant ce n'était pas le moment de flancher. Neely l'avait rejointe, elle se baissait pour l'aider.

— Comment ça, il y a quelqu'un ?

Alex hésita. Pouvait-elle dire à sa sœur que c'était peut-être le fantôme de leur père qui essayait de prendre contact avec elles ? Non, bien sûr, c'était absurde.

L'intrus qui avait pénétré dans sa chambre n'était pas un revenant.

Car même si les fantômes existaient – une croyance que son esprit rationnel rejetait –, ils ne respiraient pas.

Ce qui l'amenait à la conclusion suivante : une créature vivante et qui, elle, respirait bel et bien s'était introduite dans sa chambre et se cachait peut-être encore quelque part dans le manoir.

— Neely, dit-elle d'une voix vibrante, en serrant la manche en pilou de sa sœur, il y avait quelqu'un au pied de mon lit. Je l'ai suivi dans le couloir. Il se peut qu'il rôde toujours dans la maison.

— Quoi ?

— Chut !

Alex réfléchissait à toute allure. Son téléphone portable était dans son sac, au rez-de-chaussée ; elle avait oublié de le recharger. Donc, même si elle réussissait à le récupérer, il ne lui servirait à rien. En revanche, il y avait un combiné dans sa suite. Leur seul recours était de retourner dans la chambre, de s'y enfermer à double tour et d'alerter la police. Pouvait-on, dans ce coin perdu, appeler directement le 911, ou fallait-il passer par un opérateur ?

— Tu me racontes des craques ? chuchota Neely.

— Non.

Alex se redressa, soutenue par sa cadette. Elle eut à nouveau le vertige, la nausée, mais se força à avancer. Elles ne devaient pas rester là, c'était trop dangereux.

— On va prévenir la police, j'ai un téléphone sur ma table de chevet.

— Oh, merde !

— Ne dis pas de gros mots, rétorqua Alex, par réflexe.

Cahin-caha, elles regagnèrent la chambre, aussi vite et silencieusement que possible.

— Verrouille la porte.

Neely s'empressa d'obéir. L'obscurité totale, l'orage au-dehors, la certitude que quelqu'un était tapi dans le manoir angoissaient tellement Alex que, pour un peu, elle se serait roulée en boule sur le sol. Mais elle avait le devoir de se montrer courageuse pour Neely qui, après tout, n'était qu'une gamine.

Elle parvint tant bien que mal à atteindre le lit puis, s'appuyant au matelas, la table de chevet. Sa main tremblante en explora la surface – la lampe, un livre, le réveil, le *téléphone*. Elle souleva le combiné. Pas de tonalité.

— Alex, tu ne sens pas une odeur de fumée ? demanda Neely.

Alex enfonçait fébrilement les touches du cadran – qu'elle ne distinguait même pas – dans l'espoir d'arracher ce maudit téléphone à son mutisme. À la question de Neely, elle s'arrêta et flaira l'air. Le simple fait de froncer le nez accentua la douleur qui lui taraudait le crâne.

Elle perçut effectivement une odeur, ténue mais suspecte. Comme du caoutchouc qui brûlait.

— Je sens quelque chose, oui.

Elle reposa le combiné, se palpa avec précaution le cuir chevelu. Elle saignait et avait une bosse de la taille d'un œuf de pigeon.

— Le téléphone ne fonctionne plus.

— Qu'est-ce qu'on va faire ? dit Neely d'une voix de petite fille effrayée.

— À mon avis, il vaut mieux sortir d'ici, répondit Alex en cherchant sur la table la boîte de mouchoirs en papier.

L'odeur de brûlé l'inquiétait, il n'était pas raisonnable de rester là en attendant de savoir d'où cela provenait au juste.

— J'ai peur, murmura Neely.

— Moi aussi.

Alex saisit une poignée de mouchoirs qu'elle pressa sur sa blessure, ce qui la fit tressaillir. Elle ravala un gémissement, pour ne pas alarmer davantage sa cadette.

— Tu crois qu'il y a le feu dans la maison ? balbutia Neely.

— Peut-être.

Si seulement elles pouvaient prendre l'une des voitures… mais les clés de la Mercedes étaient pendues à un crochet, à l'office, et le véhicule – comme tous ceux du domaine – était dans le garage derrière le manoir, à l'écart.

Elle préférait ne pas essayer de rejoindre la cuisine, dans le noir. Quant au garage, il était trop isolé.

— L'homme qui était là aujourd'hui – Joe Welch, le régisseur – habite en bas de la colline. Nous n'avons qu'à descendre l'escalier et sortir. En quelques minutes, nous serons chez lui.

— Mais il pleut, et s'il y a quelqu'un dans la maison qui nous guette... Dans *Scream*...

— Je ne veux pas le savoir, l'interrompit fermement Alex.

Neely adorait les films d'horreur, alors qu'Alex ne les supportait pas. Les rares fois où sa sœur l'avait persuadée de l'accompagner au cinéma, elle avait passé toute la séance la main devant les yeux. S'il lui arrivait de couler un regard sous le bandeau de ses doigts, les images sur l'écran lui faisaient pousser des cris d'orfraie, ce qui embarrassait Neely au plus haut point.

— Dépêchons-nous, ordonna-t-elle.

— Mais dans *Scream*...

— Nous sommes dans la vraie vie, pas dans un film d'épouvante.

L'âcre odeur de brûlé devenait de plus en plus forte. Elles devaient impérativement quitter le manoir. Pour courir à travers la prairie détrempée par la pluie, il leur fallait des chaussures. Les chaussons d'Alex avaient des semelles en caoutchouc et étaient suffisamment élastiques pour aller à Neely qui faisait une pointure de plus qu'elle. Tâtant le sol du bout des orteils, elle les repéra près du lit, les ramassa et les donna à sa sœur.

— Mets ça.

Alex, qui avait soigneusement rangé ses affaires à son arrivée, savait exactement où se trouvaient ses mocassins à talons plats : dans la penderie.

— Où tu vas ? bredouilla Neely, paniquée, en sentant que sa sœur s'écartait.

— Prendre mes chaussures.

Alex avançait pas à pas. La coiffeuse, le mur... la penderie, la poignée en cuivre. Elle ouvrit le battant, saisit ses mocassins en cuir, les enfila.

— Alex…

— Je suis là.

Alex retourna vers le lit, attrapa un coin de la courtepointe en patchwork faite à la main et la mit dans les bras de sa sœur.

— Enveloppe-toi là-dedans.

Prenant l'autre couverture, en laine, Alex la drapa sur ses épaules. Puis, toujours à l'aveuglette, elle chercha la main de Neely.

L'adolescente sursauta brusquement.

— Alex… je viens de me souvenir du film…

— Si tu me parles une fois de plus de ces navets ridicules dont tu te gaves, je t'étrangle, rétorqua Alex. Maintenant, on y va. Ne dis plus un mot jusqu'à ce qu'on soit dehors. Et, quoi qu'il advienne, reste près de moi.

— Promis, répondit Neely.

Alex serra fortement la main glacée de sa petite sœur. Son cœur cognait sur le même tempo que la plaie qu'elle avait à la tête. Il lui semblait qu'un étau lui comprimait l'estomac, que sa langue dans sa bouche prenait la consistance du carton.

On les attendait peut-être dans le noir, derrière la porte.

Malgré toutes ses précautions, le cliquetis de la clé dans la serrure lui parut aussi assourdissant qu'une détonation. Puis elle tourna la poignée.

11

Joe, couché à plat, les mains nouées sous la nuque, contemplait les ombres qui dansaient au plafond. Il aurait dû dormir depuis longtemps. Dehors, il tombait des hallebardes. Le comté de Shelby, cet été, avait subi l'une des pires sécheresses du siècle : les ruisseaux s'étaient taris, le soleil avait rôti les récoltes, le feuillage des arbres. Maintenant, alors qu'il était trop tard pour que la pluie soit bénéfique, c'était un déluge. Pourvu qu'il n'y ait pas de fuites dans la toiture !

Il aurait pu descendre au rez-de-chaussée, manger un morceau. Pas question de regarder la télé, l'électricité était coupée depuis une bonne vingtaine de minutes, comme cela se produisait souvent quand il y avait de l'orage.

Mais il ne bougeait pas, stoïque. L'insomnie était pour lui une vieille compagne. Après le départ de Laura, lorsqu'elle l'avait abandonné avec trois jeunes enfants à élever, une montagne de dettes, des ambitions personnelles réduites à néant, il avait perdu le sommeil durant des années. À force d'acharnement, il avait vaincu ses démons, repris les rênes de sa vie et retrouvé la faculté de dormir.

Aujourd'hui cependant, Alexandra Haywood avait à nouveau dévasté l'existence tranquille qu'il s'était bâtie.

Son salaire de régisseur constituait quasiment la moitié de ses revenus. Sans parler des autres avantages – notamment une mutuelle fort peu onéreuse, pour les frais de santé et les soins dentaires, puisqu'il était considéré comme un employé de la compagnie Haywood. On lui enlevait tout ça d'un coup.

Et les chevaux... Les perdre était presque pire que de se retrouver au chômage. S'il n'avait pas pensé aux enfants, au fait qu'ils allaient pâtir de leur situation pécuniaire peu reluisante, il aurait estimé que perdre les chevaux était infiniment plus terrible que le reste.

Il avait un contrat, d'accord, mais il n'était pas stupide : parfois un contrat ne valait même pas le prix du papier sur lequel il était imprimé. Ça ne lui servirait qu'à gagner du temps. Il dirait à Alexandra Haywood et à ses sbires qu'il comptait les obliger à respecter leurs engagements. Au besoin, il menacerait de les poursuivre en justice. En principe, ça lui laisserait quelques semaines ou quelques mois de répit. Il pourrait aussi négocier un arrangement financier pour rupture de contrat.

Néanmoins, si la compagnie Haywood était au bord de la faillite, ainsi que le prétendait cette femme – or il pensait qu'elle ne mentait pas –, tôt ou tard le haras de Whistledown et les terres seraient vendus.

Telle était la réalité. Il n'avait plus qu'à l'affronter et à chercher des solutions.

D'abord, trouver les meilleurs acquéreurs possibles pour les chevaux. Chacun d'eux posait un problème différent. Il y avait d'abord le plus précieux de tous – le fringant Dreamer, issu du célébrissime Chercheur d'Or. Et – à l'autre extrémité de la chaîne – Suleiman, âgé de douze ans, qui n'avait jamais fait mieux que troisième dans une course et valait au maximum cent mille dollars.

Il achèterait Suleiman. Cent mille dollars, c'était dans ses moyens. Mais Silver... environ un demi-million de dollars ? Là, il rêvait. À moins qu'il ne réussisse à réunir des investisseurs prêts à lui faire confiance.

Était-ce réalisable ?

Pour ce qui concernait ses finances personnelles, il lui faudrait trouver une autre source de revenus. Il avait la possibilité de prendre plus de chevaux en pension – le départ de ceux de Whistledown libérerait de nombreuses stalles dans ses propres écuries. Il pouvait aussi tenter de se placer ailleurs comme régisseur, mais à sa connaissance les divers domaines de la région avaient déjà le leur. Au lieu d'assumer les fonctions d'entraîneur privé appointé par M. Haywood, il pouvait également travailler pour plusieurs propriétaires. Cependant rentabiliser ce genre d'entreprise réclamait du temps et de fréquents déplacements. Or s'il était contraint de voyager souvent, il négligerait les enfants qui avaient besoin de lui.

Surtout les garçons, maintenant qu'ils étaient adolescents.

Il pouvait encore se faire embaucher chez Budd, la gigantesque firme industrielle qui fabriquait des pièces détachées, ou chez Ford, à Louisville. Les salaires étaient corrects.

Joe grimaça. À dix-neuf ans, il voulait devenir un entraîneur célèbre, persuadé d'avoir le talent nécessaire pour être l'un des meilleurs, la fine fleur de l'élite. Il ambitionnait de remporter les plus grandes courses, le Derby, la Breeder's Cup et peut-être même la Triple Couronne. Mais il y avait eu Laura, les gosses, le désastre de sa vie conjugale.

Quand il avait dû choisir entre le bien-être des enfants et ses propres rêves, il n'avait pas eu une seconde d'hésitation. Il croyait avoir trouvé un compromis acceptable en travaillant pour Charles Haywood : un chèque à la fin du mois et le défi de créer un haras de premier plan avec l'argent d'un autre.

Aujourd'hui, à trente-sept ans, il récoltait ce qu'il avait semé : le haras auquel il avait consacré tant d'énergie et d'efforts lui était enlevé parce qu'il ne lui appartenait pas. Et il en arrivait à envisager de se faire embaucher dans une usine pour entretenir ses enfants.

Il aurait dû pressentir ce qui lui pendait au nez à l'instant même où il avait découvert le cadavre de Haywood. Peut-être l'avait-il eu, ce pressentiment, car, quand Alexandra Haywood avait débarqué ici sans crier gare, il avait immédiatement su que sa visite à Whistledown n'augurait rien de bon.

Vous êtes licencié. Est-ce donc si difficile à comprendre ? Sa voix froide, ironique...

Sale petite snobinarde... avait-il pensé, une réaction viscérale.

Le comble, c'est qu'il avait eu de la peine pour elle, au moment des obsèques à Philadelphie. Il avait pris l'avion pour assister à la cérémonie. Son patron lui inspirait du respect et de la sympathie. Tous deux nourrissaient le même projet : faire de Whistledown l'une des meilleures écuries de courses du pays.

Lorsque Haywood était là, deux mois par an en général, ils passaient beaucoup de temps ensemble, le propriétaire et son entraîneur, à discuter des chevaux et du domaine. Haywood parlait souvent de sa fille aînée, il vantait son intelligence, sa beauté. « Un jour, disait-il, quand elle aura mûri et se sera débarrassée de toutes ces âneries sur l'art qu'on lui a fourrées dans le crâne à l'université, elle travaillera avec moi. Je la formerai pour qu'elle prenne la direction de Haywood Harley Nichols ; elle est brillante, elle en a les capacités. »

Joe écoutait ces éloges d'une oreille distraite. Un père était toujours fier de sa fille, c'était naturel. Il avait été surpris, lors de l'enterrement, de constater qu'Alexandra Haywood était effectivement aussi belle que le prétendait le défunt. Blonde et élégante dans son tailleur noir, fine et délicate, l'air réservé, elle avait capté son attention sitôt qu'elle s'était avancée dans la travée centrale de l'église, auprès de sa belle-mère.

Il n'était pas encore vraiment sûr de son identité, mais il avait supposé qu'elle était la fille bien-aimée de Charles Haywood. Il l'avait observée durant l'office et avait été frappé par la douleur qui émanait d'elle. Son visage semblait sculpté dans du marbre blanc. Elle était assise entre sa sœur et un homme brun, vêtu d'un costume coûteux, qui lui tenait la main – sans doute le fiancé qui l'avait plaquée aujourd'hui même.

Elle avait écouté sans bouger un cil le prêtre à la figure rubiconde, les cantiques chantés par les choristes à la voix d'ange. Les larmes roulaient sur ses joues.

Plus tard, pendant la réception qui se déroulait dans l'hôtel particulier des Haywood, il s'était attardé avec l'intention de lui présenter ses condoléances, même s'il se sentait complètement déplacé au milieu de tous ces gens chic qu'il ne connaissait pas, devant un buffet croulant sous des mets raffinés qu'il n'aimait pas – saumon fumé, caviar sur des toasts triangulaires. Sans parler du pianiste qui jouait en sourdine et de la jeune et ravissante veuve qui naviguait dans les salons afin de saluer et de remercier tout le monde.

Joe avait échangé quelques mots avec certains invités, exprimé ses condoléances à la veuve, tout en guettant l'apparition de la fille aînée de M. Haywood. Finalement, elle était arrivée, les paupières rougies, les lèvres pincées comme pour ravaler ses larmes. Il s'était approché d'elle, s'était présenté et lui avait serré la main, en disant combien il compatissait à son chagrin et combien il admirait son père.

Pourtant, à l'évidence, elle ne se rappelait pas l'avoir rencontré. Oh, il ne lui en voulait pas ! Il avait eu sa part de souffrances, et savait que la douleur vous plongeait dans une sorte de brouillard.

Quoique courroucé qu'elle l'ait licencié de cette manière, il avait, malgré lui, éprouvé un regain de pitié quand elle l'avait supplié de lui raconter comment il avait découvert le cadavre de son père.

Chez lui, c'était une seconde nature : les femmes et les enfants malheureux l'émouvaient. Pour se cramponner à sa volonté de garder Whistledown aussi longtemps que possible, il avait sans doute été plus brutal que nécessaire. Lorsqu'elle avait failli éclater en sanglots, il s'était reproché d'avoir accédé à sa requête. Et comme elle insistait, il s'était dit que la peine d'Alexandra Haywood ne le concernait pas, qu'il n'avait pas à la protéger.

Il avait suffisamment de problèmes personnels à résoudre.

Il s'était investi corps et âme dans Whistledown, et maintenant son rêve le plus cher lui échappait.

N'avoir plus d'emploi, plus de salaire... il y avait de quoi se faire du souci. Mais renoncer à son rêve, c'était ça, le pire.

À trente-sept ans, il devait repartir de zéro.

Bon Dieu, cette perspective le déprimait !

Mieux valait ne plus y réfléchir pour l'instant. Demain, il aviserait.

Joe roula sur le ventre, boxa son oreiller pour le retaper, et essaya à nouveau de trouver le sommeil.

— Je suis gelée ! Dépêche-toi, Alex !

L'orage étouffait la voix de Neely, si bien qu'Alex comprenait à peine ce qu'elle disait. Les rafales de pluie que le vent faisait tourbillonner martelaient le sol. Une odeur de vase montait de la terre gorgée d'eau. À chaque pas, les mocassins d'Alex s'enfonçaient dans la boue gluante. Seuls les éclairs trouaient la nuit noire.

Alex s'accrochait à une pensée rassurante : même un tueur maniaque y réfléchirait à deux fois avant de se hasarder sous ce déluge. Cependant elle ne se leurrait pas : sa sœur et elle n'étaient pas encore hors de danger.

Levant les yeux sous la couverture qui l'enveloppait comme une cape à capuche, elle distingua la silhouette sombre de Neely qui enjambait la clôture de bois. C'était la deuxième qu'elles avaient à franchir. Neely, vêtue d'un pyjama en pilou, les sautait sans difficulté, tandis qu'Alex était empêtrée dans sa longue chemise de dentelle.

Comment avait-elle pu imaginer que descendre en courant la colline jusqu'à la ferme du régisseur serait un jeu d'enfant ?

Ses jambes flageolaient, sa tête l'élançait. Si la pluie glacée avait l'avantage de cautériser sa blessure, elle s'insinuait jusqu'à la moelle de ses os, l'ankylosait au point que, si elle s'enfonçait un clou dans la main, elle ne le sentirait même pas.

Neely, de l'autre côté de la barrière, l'attendait. Pelotonnée sous la courtepointe en patchwork qui encadrait l'ovale pâle de son visage, elle était à peine visible à travers l'épais rideau argenté qui ruisselait du ciel.

— Continue sans moi, je te rejoins ! cria Alex.

Sa sœur disparut. Alex s'arrêta un instant – juste un instant – pour se reposer. Elle s'appuya à la clôture, essaya de reprendre son souffle. Pour se redonner du courage, elle se remémora ce qu'elle avait fui : la respiration rythmique, l'odeur de brûlé, l'intrus qui les traquait peut-être encore.

Un roulement de tonnerre ébranla la campagne. Un éclair aveuglant zigzagua dans le ciel, suivi d'un fracas assourdissant. La foudre était tombée tout près. Galvanisée, Alex se remit en marche. Extirpant un pied de la boue, elle remonta sa chemise sur ses cuisses et entreprit d'enjamber la clôture. Les planches étaient rugueuses et glissantes. Alex, qui scrutait l'obscurité, discerna la maison blanche de Welch, droit devant elle.

Tu y es presque...

Neely devait déjà avoir atteint la cour de la ferme.

Et soudain, elle tomba.

Tout se passa si vite qu'elle n'eut même pas le réflexe de pousser un cri. La semelle en cuir de son mocassin dérapa sur le bord de la planche, Alex se sentit partir en arrière et atterrir brutalement sur le sol boueux. Elle se cogna la tête et, pour la deuxième fois en une seule nuit, vit trente-six chandelles. Elle resta là, étalée de tout son long, incapable d'ébaucher un mouvement. La couverture s'était accrochée à la barrière, elle pendouillait tel un drapeau blanc, symbole de défaite.

La pluie la fouettait, les gouttes pénétraient sa poitrine comme autant de dards glacés. Elle roula sur le ventre pour tenter de se protéger et d'évaluer la situation.

Sa tête avait heurté l'un des piquets de la clôture, réalisa-t-elle. Deux coups sur le crâne en une seule soirée, c'était beaucoup. Elle avait la nausée, le vertige, jamais elle ne réussirait à se remettre debout. Tout tournait devant ses yeux, à une vitesse hallucinante : la nuit, la pluie, le sol. Elle posa le front sur ses bras repliés, ferma les paupières.

Quelques minutes ou peut-être quelques heures après – elle avait perdu la notion du temps –, elle perçut un bruit de pas qui approchait.

Engourdie, l'esprit vide, elle constata qu'elle était toujours vautrée dans la boue, le dos trempé, les membres raidis par le froid. L'odeur de la tourbe imprégnait tout son corps, comme un mauvais parfum.

Elle distingua alors des bottes qui avançaient dans sa direction, qui s'immobilisaient... tout près de son visage. Des bottes crottées, d'une pointure impressionnante. Des bottes d'homme...

La terreur la submergea et, avec elle, les souvenirs que sa chute avait presque effacés de son esprit. L'intrus dans sa chambre...

Affolée, le cœur battant à se rompre, elle essaya de se redresser, le regard rivé sur la haute silhouette noire et menaçante qui la dominait.

— Qu'est-ce que vous faites là, à barboter dans cette mare ?

La voix était tonitruante, irritée. Pourtant, Alex crut défaillir de soulagement. Au lieu de l'assassin qu'elle redoutait, c'était Welch qui se tenait auprès d'elle, toujours aussi arrogant et insupportable, certes, mais dans l'immédiat elle était prête à tout lui pardonner.

— Je suis tombée, bredouilla-t-elle, tandis qu'il la prenait par les aisselles pour l'aider à se relever.

Elle sentit ses jambes se dérober sous elle et se laissa aller contre lui, agrippant à deux mains la flanelle de sa chemise. Il avait le col ouvert, la toison de sa poitrine chatouillait la joue d'Alex. Sa peau dégageait une odeur de savon et de vêtements mouillés. Sous cette peau fraîche, les muscles étaient fermes, solides.

Alex avait bien failli mourir de peur. Maintenant, elle était rassurée. Welch ne l'aimait pas, mais il la protégerait.

— Il y avait quelqu'un au manoir... balbutia-t-elle.

— Ne vous fatiguez pas à parler!

Il hurlait littéralement. Avant qu'elle comprenne ce qu'il voulait faire, il glissa un bras autour de ses épaules, l'autre sous ses genoux et la souleva. Il l'emporta vers la maison, sans effort, comme si elle avait été une toute petite fille aussi légère qu'une plume.

Il marchait à grands pas, la tête baissée, le dos voûté, pour se préserver du mieux possible de la pluie. Alex fut d'abord un peu gênée de lui causer tout ce tracas. Puis, oubliant ses scrupules, elle noua ses mains autour du cou de Joe Welch.

12

Il y avait un attroupement dans l'encadrement de la porte ouverte. On ne distinguait, dans le noir, que des silhouettes fantomatiques, l'éclat de regards dardés sur Joe Welch qui, chargé de son fardeau, grimpait rapidement les marches du perron surmonté d'un auvent.

Échapper enfin à la pluie cinglante fut pour Alex un tel soulagement qu'elle se blottit plus étroitement contre Welch. Un faisceau de lumière la frôla : l'une des personnes agglutinées sur le seuil avait une torche électrique. Alex prit soudain conscience qu'elle n'était vêtue que de sa chemise trempée. Ses mamelons durcis par le froid pointaient sous la soie légère qui moulait son corps et ne laissait rien ignorer de son anatomie. Elle bénit l'obscurité sans laquelle elle eût été carrément indécente.

— Baisse cette lampe, ordonna Welch, ce dont Alex lui fut reconnaissante.

Le groupe recula, lorsqu'ils pénétrèrent dans la maison. Elle avait l'impression que sa tête était trop lourde pour que son cou puisse la porter. Elle avait envie de vomir, elle grelottait. Si Welch n'était pas venu à son secours, elle n'aurait jamais eu la force d'arriver jusqu'ici.

Elle avait une dette envers lui.

— Alex, ça va ?

C'était Neely qui lui touchait le bras. Elle aussi claquait des dents, au point qu'elle avait du mal à articuler.

— Qu'est-ce qui s'est passé ? Je croyais que tu me suivais.

— J'ai glissé en enjambant la clôture, je suis tombée. Mais je vais bien, je suis simplement frigorifiée.

La chaleur qui régnait dans la maison l'enveloppait tel un cocon douillet, pourtant des tremblements violents la secouaient. Welch la serrait toujours contre lui, comme s'ils étaient encore sous la pluie. Et elle se pressait contre ce corps d'homme avec une sorte d'avidité. Ses seins, son ventre, ses cuisses se tournaient vers lui comme une fleur se tourne vers le soleil pour absorber ses rayons bienfaisants.

Mais Neely et les autres les observaient, si bien qu'Alex eut soudain honte. Elle se raidit dans les bras de Welch, lui demandant par ce mouvement de la lâcher. Il comprit le message, la mit debout, en la tenant cependant par la taille.

Dès qu'elle eut les pieds par terre, Alex chancela. À nouveau, elle se cramponna à Welch.

— Ça va ? questionna-t-il.

Avant qu'elle ait pu répondre, on braqua la torche vers son visage. Éblouie, elle ferma les yeux. Welch l'attira contre lui.

— Josh, je t'ai dit de baisser cette lampe !

— Pardon, répondit une voix masculine et juvénile.

Alex se rappela l'adolescent dégingandé qu'elle avait vu le matin, dans l'écurie, et en conclut que ces gens qui l'entouraient étaient les enfants de Welch. Tout à coup, elle sentit une chose pelucheuse lui effleurer les chevilles. Surprise, elle sursauta puis s'aperçut que c'était un chien, bien gras, qui reniflait ses mocassins.

— Au manoir, elle est aussi tombée. Elle est peut-être blessée, déclara Neely d'un ton anxieux.

Alex tourna la tête vers sa sœur. Elle avait la joue sur la poitrine de Welch, elle entendait battre son cœur. Elle distinguait mal Neely, même si des pinceaux de lumière éclairaient par instants ses cheveux dégoulinants d'eau, ses yeux écarquillés, sa figure blême.

— Vous avez plusieurs torches, hein ? demanda Welch.

— On en a trois, répliqua une autre voix masculine et juvénile, plus grave cependant que la précédente.

— Donnez-m'en une.

La lampe se retrouva dans la main de Welch. Au grand étonnement d'Alex, il la souleva à nouveau de terre et, sans un mot, s'enfonça dans les profondeurs ténébreuses de la maison.

— Ce n'est pas la peine de... protesta-t-elle en s'accrochant cependant à son cou pour combattre le vertige qui la gagnait au moindre mouvement.

Elle n'acheva pas sa phrase, s'abandonna. Malgré tous ses défauts, cet homme était robuste comme un chêne et, pour l'heure, elle trouvait ça vraiment réconfortant.

— Au contraire, je crois que c'est indispensable, rétorqua-t-il, catégorique.

Il monta l'escalier menant à l'étage, lançant des ordres par-dessus son épaule :

— Eli, prends les lampes de camping, elles sont sous l'évier. Josh, va chercher des serviettes. Regarde dans le sèche-linge, je l'ai rempli avant de me coucher. Jenny, conduis Neely à la salle de bains. Eli, tu leur donneras une lampe, et tu m'en apporteras une autre, avec les serviettes, dans ma chambre.

Un chœur de « oui » retentit. Alex s'étonna de ne pas entendre le petit groupe claquer des talons en aboyant : « Bien, mon commandant ! »

En haut de l'escalier, Welch bifurqua à gauche et longea un étroit couloir. Ses bottes faisaient un bruit de succion. Sans doute était-il aussi trempé et frigorifié qu'Alex.

Il avait beau être un despote, il était venu à son secours sans se soucier de recevoir la saucée. Elle ne pouvait que l'en remercier.

— Votre téléphone fonctionne? bredouilla-t-elle d'une voix chevrotante – elle n'arrivait pas à contrôler ses tremblements. Il faut appeler les pompiers. Et la police. Neely et moi, nous avons senti... une odeur de brûlé, et... quelqu'un s'est introduit dans le manoir.

— C'est ce que m'a expliqué votre sœur, répliqua-t-il, placide.

Il ouvrit une porte au bout du couloir, traversa une chambre et entra dans une salle de bains toute carrelée de blanc. À la lueur de la lampe, Alex vit que le cabinet de toilette était assez exigu, fonctionnel, équipé d'une simple cabine de douche.

— Bon, attention, je vous remets debout.

Tenant toujours Alex par la taille, il posa la torche sur la chasse d'eau, près d'une boîte de mouchoirs de papier. Ainsi placée, elle éclairait suffisamment la pièce.

Tous deux étaient tellement trempés qu'une mare d'eau brunâtre se formait autour de leurs pieds.

Welch portait la chemise en flanelle rouge et gris qu'il arborait le matin, un jean et ses bottes crottées. Alex n'avait pas plus fière allure. Des traînées de boue souillaient sa chemise de nuit, ses bras et sans doute son visage. Ses mocassins, eux aussi, étaient en piteux état. Et elle offrait toujours à son sauveur le spectacle impudique de sa quasi-nudité: ses seins ronds aux mamelons durcis, son ventre plat, le triangle blond entre ses cuisses. Mortifiée, elle se retourna.

— Du calme, dit-il, comme si elle était une pouliche récalcitrante. Ça va?

Sa main grande et forte glissa sur la hanche d'Alex.

— Oui...

Elle mentait. Elle s'était retournée trop vivement, la nausée lui chavirait à nouveau l'estomac, ses jambes flageolaient. Elle vacilla, fit un pas en avant pour s'éloigner de Welch. Il la retint, serra son bras autour des hanches d'Alex qui, incapable de se tenir debout toute seule, s'appuya une fois de plus contre lui.

— Alors, comme ça, vous êtes en pleine forme? railla-t-il.

Sans la lâcher, il ouvrit les robinets de la douche.

— Vous devez appeler les pompiers... et la police, bafouilla-t-elle.

— Le téléphone est coupé. Quand votre sœur et vous serez remises de vos émotions, j'irai inspecter le manoir. S'il y a le feu à Whistledown, quelques minutes de plus ou de moins ne feront pas une grande différence. Et s'il y a quelqu'un dans la maison, je suis de taille à m'en charger moi-même.

Elle n'en doutait pas.

— Vous n'avez pas de portable?

Il vérifia la température de l'eau, ferma la porte de la salle de bains qui s'emplit aussitôt de vapeur.

— Par ici, la réception est mauvaise. Avoir un portable ne sert à rien.

Il baissa les yeux sur elle. Ses cheveux noirs plaqués sur son crâne par la pluie accentuaient ses traits volontaires, anguleux. Il avait un grand front, un nez droit et fin, une bouche aux lèvres bien modelées. Elle fut surprise de sentir un petit frisson s'éveiller au tréfonds d'elle et ne put s'empêcher de le dévisager.

— Un problème? demanda-t-il.

— Non...

— Commençons par vous réchauffer.

S'il était troublé, lui aussi, il le dissimulait bien. Il la reprit dans ses bras et entra avec elle dans la cabine. L'eau brûlante ruisselait sur eux. Une bénédiction. Toujours tremblante, les mains nouées autour du cou de Welch, Alex leva son visage vers le pommeau de la douche et ferma les yeux.

Elle était consciente de l'attirance subite qu'elle éprouvait pour cet homme. Peut-être était-ce une réaction purement physiologique, due au fait qu'ils étaient serrés l'un contre l'autre. En tout cas, cela signifiait – et c'était une bonne nouvelle – que ses sens, engourdis depuis la mort de son père, se réveillaient.

Malheureusement, cela se produisait trop tard. Si elle n'avait pas refusé les caresses de Paul durant toutes ces semaines cauchemardesques, il ne se serait peut-être pas consolé avec Tara Gould.

Arrête, se tança-t-elle. Plus jamais elle n'accorderait une pensée à Paul, il ne le méritait pas.

— Vous vous réchauffez ? dit Welch à son oreille.

Elle ne rouvrit pas les paupières. Elle ne voulait pas voir sa figure, si près de la sienne. Inutile d'attiser davantage sa sensualité renaissante.

— Mmm...

Elle avait des fourmillements dans les membres, surtout dans ses jambes gelées. Elle remua les orteils, pour faire circuler le sang. Welch crut qu'elle souhaitait qu'il la lâche et, avec précaution, il la remit une fois de plus debout. Le corps d'Alex glissa contre le sien, avec une lenteur si érotique qu'elle faillit gémir.

Elle le regarda. Il était penché vers elle, comme pour mieux la protéger. Ses pupilles dilatées mangeaient ses iris, au point que ses yeux paraissaient presque noirs.

— Vous avez encore de la boue sur le visage, dit-il en lui essuyant la joue avec le pouce.

Un geste incroyablement intime.

— Vous aussi, murmura-t-elle en détournant les yeux, atrocement embarrassée.

— Moi, j'y suis habitué.

— Qu'est-ce qui vous fait croire que je ne le suis pas ?

— Une intuition.

Il posa les mains sur les hanches d'Alex, pivota afin que l'eau lave le dos de la jeune femme. Elle se serait effondrée s'il ne l'avait pas soutenue, mais ce contact étroit la mettait dans un drôle d'état. Elle était collée à lui, cramponnée à ses épaules musclées, les seins pressés contre son torse. Elle n'avait plus froid à présent, pourtant ses mamelons pointaient sous la soie détrempée de sa chemise.

Elle en fut presque affolée. Pendant des semaines, elle n'avait éprouvé aucune sensation, et voilà qu'elle vibrait soudain de toutes ses fibres. Dire qu'il fallait que ça lui arrive avec cet homme-là...

Cet individu que, quelques heures auparavant, elle jugeait grossier et odieux. Comment était-ce possible ?

D'une main, il prit sur le porte-savon, creusé dans la paroi de la cabine, une savonnette verte au parfum épicé, très agréable.

— Fermez les yeux.

Il lui savonna le visage. Ses doigts étaient légèrement calleux, ses paumes larges et carrées. Alex, soudain, eut de la peine à respirer. Elle imaginait ces mains sur tout son corps.

— Levez la tête.

Elle obéit, cligna des paupières et le regarda rejeter lui aussi la tête en arrière. Elle contempla, fascinée, son cou pareil à une colonne de bronze, sa mâchoire, sa bouche, ses cils noirs qui dessinaient un croissant sur ses pommettes.

Elle brûlait de poser ses lèvres sur sa pomme d'Adam, de déboutonner sa chemise, de caresser son torse, de glisser ses doigts sous la ceinture de son jean...

Stop ! se dit-elle, horrifiée. Il n'était pas question de se laisser aller à de semblables pulsions, mais elle devait l'admettre : jamais elle n'avait ressenti un désir aussi impérieux.

Elle ne put résister à la tentation de se rapprocher encore, de presser son pelvis – doucement, comme par inadvertance – contre sa cuisse. Une décharge électrique la transperça tout entière. Son pouls s'accéléra, une crispation à la fois divine et douloureuse naquit au plus profond de son ventre.

L'intensité de sa réaction la sidéra. Pourquoi maintenant? Pourquoi lui? Car lui non plus n'était pas insensible. Malgré la toile épaisse du jean, elle sentait son érection.

Leurs regards s'accrochèrent l'un à l'autre. Elle perçut dans les yeux étrécis de Welch une ombre de méfiance. Il paraissait aussi abasourdi qu'elle.

13

Les mains sur les hanches d'Alex, il l'attira contre lui, contre la braguette gonflée de son jean. Son regard glissa sur le visage de la jeune femme, jusqu'à sa bouche qu'il contempla fixement. Frissonnante, elle entrouvrit les lèvres.

Mais soudain il cligna les paupières, comme s'il émergeait d'un sommeil hypnotique, et la repoussa légèrement afin que leurs bassins ne se touchent plus.

— Vous avez aussi de la boue dans les cheveux, dit-il d'un ton neutre.

Ces mots, Alex le nota avec un brin de dépit, brisèrent le sortilège qui électrisait l'atmosphère. Il la positionna de sorte que le jet de la douche lui ruisselle directement sur la tête. Elle eut l'impression que son crâne explosait, elle poussa un cri. Ses pensées érotiques étaient bel et bien envolées.

— Qu'est-ce que vous avez ? demanda-t-il, les sourcils froncés.

— Ma tête... je me suis cognée.

Elle avait eu si froid et si peur qu'elle en avait presque oublié sa blessure, laquelle se rappelait maintenant à son souvenir avec virulence.

— Vous vous êtes cognée ? Comment ça ?

Il la fit pivoter à nouveau pour que l'eau ne la meurtrisse plus.

— Je vous l'ai dit : il y avait quelqu'un dans ma chambre quand je me suis réveillée. J'ai voulu en avoir le cœur net, je l'ai suivi dans le couloir et... je crois qu'on m'a frappée avec un objet. Je suis sans doute restée évanouie un moment. Lorsque j'ai repris conscience, il n'y avait plus personne et... je saignais.

— Et c'est maintenant que vous m'en parlez ? rétorqua-t-il, irrité. Montrez-moi ça.

Docile, Alex écarta ses cheveux mouillés pour découvrir la plaie. Il lui semblait qu'un tambour battait sauvagement sous son crâne.

— Vous voyez ?

Il émit un petit sifflement.

— Je comprends pourquoi vous ne teniez pas debout.

Il palpa précautionneusement l'hématome ; elle tressaillit.

— Vous avez une vilaine coupure et une bosse de la taille d'une balle de golf.

Il baissa la main, Alex rejeta ses cheveux en arrière.

— Vous dites que quelqu'un vous a agressée dans le manoir ? reprit-il d'un ton où elle discerna une note de scepticisme.

— Je vous dis qu'il y avait quelqu'un dans ma chambre, s'énerva-t-elle. Au pied de mon lit. Une ou plusieurs personnes, je l'ignore. J'entendais leur respiration. Lourde, régulière. La porte était entrebâillée, et quand cette... respiration s'est éloignée, je... je l'ai suivie. Dans le couloir, j'ai trébuché et reçu un coup sur la tête. Je pense qu'on m'a frappée, je n'en suis pas certaine. Il se peut que j'aie heurté un meuble ou je ne sais quoi. Il faisait noir, je n'y voyais rien.

Il demeura un instant silencieux. Fatiguée de se tordre le cou pour le regarder dans les yeux, Alex ferma à nouveau les paupières. La douche l'avait réchauffée, mais à présent elle le payait cher. Pour un peu, elle aurait regretté le froid glacial qui avait au moins l'avantage d'anesthésier son pauvre crâne.

Si la douleur qui la torturait avait tué dans l'œuf ses pulsions sexuelles, elle n'étouffait cependant pas le sentiment qu'elle pouvait se reposer sur Welch. Vu les événements de la journée – après tout, elle avait licencié cet homme, et il en avait été révolté –, elle se rendait compte avec stupéfaction qu'elle était disposée à le laisser gérer la situation présente à sa guise. À condition qu'il soit persuadé de sa sincérité.

Elle rouvrit les yeux.

— Croyez-moi, même si cette histoire vous paraît rocambolesque, je ne l'invente pas, marmonna-t-elle.

— Cette plaie n'est pas le fruit de votre imagination, effectivement, rétorqua-t-il, pensif.

— Le reste non plus.

— Je n'ai jamais prétendu le contraire.

— Vous l'avez sous-entendu.

— Vous vous trompez, je vous assure. Écoutez, nous allons tirer tout ça au clair. Mais une chose après l'autre. D'abord, il faut laver cette blessure. Vous avez encore de la boue dans les cheveux. Vous croyez pouvoir le supporter ?

Grimaçant à la perspective de l'épreuve qui l'attendait, elle acquiesça.

— Bravo, vous êtes courageuse.

Délicatement, il sépara les longues mèches blondes pour découvrir la blessure. Alex appuya le front contre son torse, noua les bras autour de sa taille et serra les dents.

— On y va.

Elle sentit le jet d'eau chaude crépiter sur sa tête, néanmoins ce fut moins épouvantable qu'elle ne le redoutait. Elle ne put cependant réprimer un gémissement.

— Voilà, c'est fini... murmura-t-il en l'enlaçant fermement pour la soutenir, car elle avait les jambes en coton.

À cet instant, on frappa à la porte.

— Hé, papa ! Je t'ai mis une lampe et des serviettes sur le lit !

— Merci, Eli. Je crois que c'est vraiment la fin de l'intermède, ajouta Joe d'un ton narquois.

La soulevant dans ses bras, il sortit de la cabine de douche. Malgré la chaleur qui régnait dans la salle de bains, le changement de température fit frissonner Alex. Tous deux dégoulinaient littéralement, une véritable mare recouvrait le sol.

— Vous pourrez rester assise une minute sur la cuvette des toilettes sans tourner de l'œil ?

— Oui.

Alex se sentait faible et nauséeuse mais, si on ne lui demandait pas de marcher, elle avait une chance de ne pas tomber dans les pommes.

Welch l'installa sur la cuvette des W-C, la tint un instant par les épaules pour s'assurer qu'elle n'allait pas s'effondrer. Quand il s'écarta, elle se pencha en avant, les coudes sur ses genoux, le visage caché dans ses mains. Elle inspira à fond, expira, résolue à ne pas flancher. Welch l'observait et semblait hésiter.

— Ça va, chuchota-t-elle sans lever le nez.

Il émit un grognement dubitatif, néanmoins elle l'entendit ouvrir la porte de la salle de bains, qui laissa passer un filet d'air frais. De nouveaux frissons la parcoururent. Elle était quasiment nue, trempée et sensible à la moindre variation de température. Sans parler de l'indécence de sa tenue. Heureusement, Welch ne semblait pas du genre à profiter de la vulnérabilité d'une femme. Elle devait lui reconnaître cette qualité.

Il la rejoignit presque aussitôt, enroula une serviette autour de sa tête, et drapa un grand drap de bain sur ses épaules. Un rai de lumière – sans doute projeté par la lampe de camping que le jeune Welch avait laissée dans la chambre – se faufilait par la porte ouverte de la salle de bains.

Grâce à ses exercices respiratoires – et à sa volonté de fer –, Alex allait un peu mieux. Welch lui sécha doucement les cheveux, puis appliqua le tissu éponge sur la plaie, sans doute pour arrêter l'hémorragie. Elle lui agrippa les mains pour l'empêcher de continuer, mais réussit à ne pas crier.

— Je le ferai moi-même, dit-elle en se redressant pour s'adosser à la porcelaine froide de la chasse d'eau.

Et, comme pour lui prouver qu'elle ne mentait pas, elle maintint la serviette sur la blessure, avec cependant beaucoup moins de vigueur que Welch.

Il la contempla un instant, soupira et s'écarta. Alex s'empressa alors de retirer la serviette et constata avec stupéfaction qu'elle était déjà rouge de sang. Elle en fit un tampon qu'elle plaça sur l'hématome, puis, sur ce bandage de fortune, enroula le drap de bain, comme un turban.

Elle leva alors les yeux vers Welch. Il était en train d'ôter sa chemise en la faisant passer par-dessus sa tête. Alex se retrouva face à un torse viril, nu et tellement sexy, qu'elle en eut le souffle coupé et en oublia presque sa souffrance.

— Mais que faites-vous ? demanda-t-elle avec une politesse exquise, tandis qu'il laissait tomber sa chemise sur le sol.

Elle promenait son regard sur lui, c'était plus fort qu'elle. À l'évidence, cet homme était accoutumé au travail physique, ou adepte de la musculation, ou les deux. Il avait une carrure et des biceps impressionnants. Ses pectoraux et ses abdominaux paraissaient sculptés au ciseau. L'étroitesse de sa taille et de ses hanches contrastait superbement avec la largeur de ses épaules. Une épaisse toison noire et bouclée formait un triangle sur sa poitrine.

Quelle expression Neely avait-elle employée ? Un type canon, ou quelque chose dans ce goût-là. Eh bien, elle était encore très loin de la vérité.

— Je me déshabille, répondit-il, comme si c'était la chose la plus naturelle du monde. Je suis trempé, au cas où vous ne l'auriez pas remarqué. Tenez...

Il lui lança un autre drap de bain. Alex s'en couvrit fébrilement et garda le silence, sans cesser pourtant d'admirer le spectacle. Il retira ses bottes. Elle sentit son cœur manquer un battement quand il s'attaqua au ceinturon de son jean. Mais il interrompit son geste et la dévisagea.

— À vous.

— Pardon ?

Elle ne comprenait strictement plus rien, son cerveau ne fonctionnait plus. L'exiguïté de la salle de bains la forçait à contempler fixement ce triangle de toison noire dont la pointe se perdait sous la ceinture du jean, ce velours où s'accrochaient des gouttelettes d'eau scintillantes, et la fermeture éclair du pantalon sous laquelle se devinait une turgescence...

Honteuse, elle releva brusquement la tête.

— Tenez, dit-il en lui tendant une serviette de plage orange. Je veux que vous ôtiez cette chemise de nuit et que vous mettiez ça. Vous y arriverez ?

Les choses allaient beaucoup trop vite. Il n'était pas question de se dénuder devant lui. Même si son corps, ce traître, frémissait à cette perspective, son esprit la refusait catégoriquement.

— Pas si vous restez là.

Un petit sourire charmeur joua sur les lèvres de Welch. C'était la première fois qu'elle le voyait sourire, et cela ajouta encore à son trouble.

Il était incroyablement séduisant.

— Je comptais éteindre la lampe. Qu'en pensez-vous ?

— Euh... bonne idée.

Jusqu'ici, il n'avait manifesté aucun signe de lubricité. Au contraire, il avait été plus courtois et plus délicat que la plupart des hommes ne l'auraient été dans de pareilles circonstances. Sous la douche, par exemple, il aurait pu faire d'elle ce qu'il voulait. Et, honnêtement, elle ne lui aurait opposé aucune résistance.

Il l'avait senti, mais il s'était contenu. Alex en concevait à la fois de la gêne et – autant l'avouer – une certaine excitation.

Il s'approcha, éteignit la torche.

— Si vous avez besoin d'aide, dites-le.

Cette soudaine obscurité était si dense qu'Alex eut l'impression de se retrouver dans un tunnel. Maladroitement, elle se débarrassa de ses mocassins, puis entreprit de retirer sa chemise de nuit. Un instant, elle craignit de glisser du siège des toilettes. Elle tremblait, sa blessure l'élançait, elle avait toujours le vertige.

Tremblante, elle se sécha avec la serviette drapée sur ses épaules.

— Vous vous en sortez ?

— Oui… bredouilla-t-elle.

Il était tout près. Elle entendait le froissement de son jean, indiquant qu'il achevait de se dévêtir. Elle sentait le parfum épicé de la savonnette qui masquait à peine sa chaude odeur d'homme.

Elle s'enveloppa dans la serviette de plage, comme dans un sarong dont elle noua les pans sur sa poitrine, en s'efforçant de ne pas imaginer Joe Welch qui, dans le noir, faisait sans doute les mêmes gestes qu'elle.

14

— Vous êtes décente ?
— Oui.
La torche se ralluma. Joe se tenait au milieu de la salle de bains, une serviette vert émeraude nouée sur les hanches, et une deuxième, d'un blanc immaculé, autour du cou. Il s'était séché les cheveux qui ressemblaient à une couronne de boucles ébouriffées. Sa peau, dans cette lumière incertaine, prenait la couleur du bronze. Il avait de longues jambes musculeuses et velues, des chevilles solides.
Lui aussi la détaillait. Et Alex savait ce qu'il voyait : une jeune femme pâle et trop mince, aux épaules étroites, aux membres délicats, aux traits finement ciselés. Vêtue de son seul sarong de fortune et coiffée d'une serviette à rayures bleues et blanches roulée en turban, sans maquillage, elle se sentait vulnérable, mal à l'aise. Jamais auparavant elle ne s'était demandé si elle avait les atouts nécessaires pour séduire un homme ; mais à présent, tout à coup – parce que Paul l'avait abandonnée –, elle se posait la question.
Ce qui en amenait une autre : voulait-elle que Welch la juge attirante ? La réponse s'imposa aussitôt : oui, elle le voulait.
Elle souhaitait qu'il partage son trouble. Ne fût-ce que par amour-propre.
— Venez, dit-il en s'approchant et en repoussant du pied les vêtements éparpillés sur le sol.

Il se pencha pour la soulever à nouveau dans ses bras, comme si c'était devenu une habitude. Alex elle-même s'accoutumait à être ainsi portée, à se blottir contre lui et à s'accrocher à son cou.

Hélas, chaque fois, ses sens s'affolaient !

Elle s'obligea à respirer lentement, pour se contrôler. Sa visite à Whistledown, songea-t-elle avec ironie, aurait au moins un effet bénéfique : réveiller sa libido.

Elle regrettait seulement que ce petit miracle ne se soit pas produit quand elle était avec Paul.

Ne pense plus à Paul.

— Je vais devoir vous prêter des habits, sauf si vous préférez aller à l'hôpital en pagne.

Ils étaient dans la chambre. Welch la déposa sur le grand lit, dont les couvertures étaient repoussées, les draps froissés, les oreillers aplatis.

— Je n'ai pas besoin d'aller à l'hôpital.

Il s'était déjà détourné pour se diriger vers la commode placée contre le mur opposé. Comme le reste du mobilier – le lit, la bibliothèque remplie de livres de poche, les deux tables de chevet et le fauteuil vert rembourré sous un lampadaire –, cette commode était en chêne massif, rustique. La pièce était de dimensions modestes, impeccablement rangée. La peinture sable des murs incitait au repos.

— Oh, que si ! Il faut suturer cette plaie. Je suis capable de recoudre des chevaux, mais il vaut mieux pour vous qu'un médecin s'occupe de votre tête. Une radio ne sera pas non plus du luxe.

— Écoutez, j'apprécie beaucoup tout ce que vous avez fait, mais c'est à moi de décider.

Elle avait horreur des hôpitaux. La dernière fois qu'elle y avait mis les pieds, elle avait neuf ans et était en pension. Un coup donné avec une crosse de hockey lui avait fracturé le crâne, on avait dû l'opérer. Ses parents avaient attendu trois jours pour venir la voir. Ils étaient déjà divorcés, la mère d'Alex était injoignable, partie pour l'un de ses perpétuels voyages avec l'un de ses innombrables amants. Son père faisait la java avec ses copains de beuverie ; il le lui avait avoué des années après, alors qu'il ne buvait plus.

Elle se rappelait à quel point elle avait eu peur de mourir. Puis, comme ses professeurs ne cessaient de lui rendre visite, elle avait eu honte, parce que ses parents n'étaient pas là. Elle s'était sentie abandonnée, mal aimée, et coupable. Cette pénible expérience lui avait inspiré une aversion pour les hôpitaux qui ne l'avait jamais quittée.

— Je ne suis pas d'accord, dit-il placidement.

Il fourragea dans un tiroir de la commode, en extirpa un pantalon de survêtement anthracite, un sweat-shirt gris et une paire de chaussettes. Il lança le tout sur le lit.

— Et ici, c'est moi qui commande, reprit-il. Excusez-moi, ajouta-t-il d'un ton plus doux, mais ma garde-robe ne comporte pas de sous-vêtements féminins.

— Vous travaillez pour *moi*, objecta-t-elle en le regardant s'approcher de la penderie. Cela signifie donc que c'est *moi* qui commande.

— Je vous signale que vous m'avez licencié. Par conséquent, vous n'avez plus d'autorité sur ma personne.

— Je vous ai donné un préavis de trente jours, que vous avez d'ailleurs refusé. Jusqu'à la fin du mois, je suis votre patronne.

— Si je ne m'abuse, ma fiche de paye est établie par la compagnie Haywood, et non par vous. De toute manière, ça n'a pas d'importance. Je vais m'habiller à côté. Si vous avez du mal à enfiler ce pantalon, je me ferai un plaisir de vous aider.

Sur ces mots, qui résonnaient comme une menace, il disparut dans la salle de bains, dont il tira le battant. Alex darda un regard furibond sur la porte close. Peut-être avait-il raison, peut-être avait-elle besoin de points de suture. Mais elle ne supportait pas qu'il lui donne des ordres. Elle prenait ses décisions toute seule, et ce depuis longtemps. Or cela lui convenait parfaitement.

Le despotisme de cet homme était horripilant.

Néanmoins, elle enfila les vêtements, certaine que, si elle renâclait, il n'hésiterait pas à l'habiller de force. Elle ne tenait pas à sacrifier ce qu'il lui restait de dignité.

Elle l'entendit frapper à la porte de la salle de bains, alors qu'elle ôtait la serviette enroulée autour de sa tête et vérifiait le tampon improvisé qu'elle avait appliqué sur sa blessure. Il était souillé de sang, et elle le lâcha comme s'il lui brûlait les doigts. Saisissant la serviette à rayures blanches et bleues, elle entreprit, avec précaution, de se sécher les cheveux.

Elle s'était bien gardée de lui dire qu'il pouvait sortir, mais cela ne l'empêcha pas d'ouvrir la porte et de s'avancer dans la chambre.

— Très bien, commenta-t-il, constatant qu'elle lui avait obéi.

Adossée aux oreillers, occupée à sécher ses longues mèches blondes, négligemment, comme si sa blessure était le cadet de ses soucis, Alex lui lança un regard noir. Vêtu d'un jean propre et d'un sweat-shirt marine, il paraissait presque guilleret. Un comble.

— Je me sentais mal simplement parce que j'avais froid, balbutia-t-elle en se hâtant de cacher les taches de sang.

Elle ne portait pas de sous-vêtements, le sweat de Welch était trois fois trop grand pour elle, sa chevelure aurait bientôt l'allure d'un bouquet d'aigrettes de pissenlits et, comme si cela ne suffisait pas, la chambre tanguait autour d'elle.

Sans doute fallait-il qu'elle se fasse examiner par un médecin, mais elle livrerait sa pauvre tête meurtrie à la guillotine plutôt que de l'avouer. Welch semblait tellement content de lui que, si elle avait eu un objet quelconque sous la main – de préférence contondant –, elle le lui aurait balancé à la figure.

— Ne croyez pas que je me suis habillée pour aller à l'hôpital, enchaîna-t-elle, de plus en plus véhémente. Il n'en est pas question.

Il s'immobilisa près du lit, tendit à Alex un gant de toilette plié.

— Mettez ça sur la plaie pour le trajet.

— Vous êtes sourd ? rétorqua-t-elle d'un ton sec, tout en saisissant machinalement le gant.

Il resta un instant silencieux, à la considérer d'un air méditatif.

— Êtes-vous toujours aussi pénible, ou cela m'est-il réservé ?

— Écoutez, monsieur Welch, j'ai juste besoin d'un...

Elle allait dire : *d'un comprimé d'aspirine*. Elle n'en eut pas le temps, il la soulevait dans ses bras.

— Si vous comptez vous chamailler avec moi jusqu'au petit matin, autant m'appeler Joe.

— Je n'irai pas à l'hôpital, *Joe* !

C'était étrangement facile de l'appeler par son prénom. Probablement parce que, tout à l'heure sous la douche, quand elle fondait de désir comme beurre au soleil, il n'était déjà plus à ses yeux « M. Welch ».

Mais cette fois, au lieu de se pelotonner contre lui, elle se débattit.

— Reposez-moi par terre !

— Parfait.

Il s'exécuta, si brusquement qu'elle en fut tout étourdie.

— Prouvez-moi qu'il est inutile de vous emmener à l'hôpital. Marchez.

Sans son soutien, Alex eut l'impression que le plancher basculait. Résolue à ne pas montrer sa faiblesse, elle pointa le menton, fit un pas, un deuxième. Soudain, ses genoux se dérobèrent, elle vacilla. Il la saisit par la taille alors qu'elle se cramponnait instinctivement au lit et la prit dans ses bras.

— Vous avez toujours envie de discutailler ?

— D'accord, répliqua-t-elle avec rancœur, j'ai peut-être besoin de soins...

Elle appliqua le gant sur sa blessure, tressaillit. Joe esquissa un sourire ironique.

— Vous croyez ?

Elle posa la tête sur son épaule, en signe de capitulation. Ils sortirent de la chambre, longèrent le couloir et descendirent l'escalier. Alex avait la sensation d'être emportée par un manège qui tournait à une vitesse folle.

— Alex ! Ça ne va pas ?

Affublée d'un peignoir en éponge sur un pyjama de garçon, tout ébouriffée, Neely se précipita vers eux. Les trois enfants de Joe étaient assis autour de la grande table rectangulaire, dans la cuisine éclairée par les lampes de camping. Il y avait là une préadolescente aux courts cheveux bruns, vêtue d'un ample caleçon blanc et d'un tee-shirt ; le garçon au crâne quasiment tondu, en jean informe ; et l'aîné des trois, également en jean : le sosie de Joe, en plus jeune, plus efflanqué et plus chevelu.

L'apparition de leur père interrompit une conversation apparemment animée. Tous observèrent Alex avec curiosité, même le chien émergea de sous la table pour la regarder.

— J'emmène votre sœur à l'hôpital, expliqua Joe à Neely. Il faut qu'on lui fasse quelques points de suture.

— Des points de suture ! s'exclama Neely, affolée.

Joe passa devant elle et assit Alex sur une chaise ; la jeune femme se cramponna à lui, le temps que le vertige reflue.

— Ne vous évanouissez pas, lui murmura-t-il.

Neely le bouscula pour se pencher sur sa sœur, les yeux rivés sur le gant rougi qu'Alex pressait sur son crâne.

— Je me suis écorchée en tombant, ce n'est pas grave, dit Alex pour la rassurer.

Neely avait perdu trop d'êtres chers au cours de sa jeune existence, elle craignait toujours d'être privée, du jour au lendemain, de ceux qu'elle aimait.

— Laisse-moi voir.

Avec réticence, Alex souleva le gant.

— Ô mon Dieu !

— Ce n'est pas très joli, je te l'accorde.

— Un peu de broderie, et elle sera en pleine forme, dit Joe d'un ton léger.

Il avait revêtu un poncho imperméable vert foncé qui lui arrivait à mi-cuisse. Il tendit à Alex un grand trench-coat – qui lui appartenait, à en juger par sa taille. Tandis qu'elle enfilait les manches, il s'accroupit devant elle. La lampe de camping, nota-t-elle, allumait des reflets bleutés dans sa chevelure noire.

— Mettez vos pieds là-dedans, ordonna-t-il. Eli, trouve-moi un parapluie.

Là-dedans... autrement dit, des bottes en caoutchouc, trop petites pour être les siennes. Quand elle fut chaussée, il resserra autour d'elle les pans du trench-coat et la souleva à nouveau dans ses bras. Alex, bien qu'elle fût à présent résignée à se laisser porter comme une poupée, fut embarrassée par les quatre paires d'yeux qui les scrutaient avec un intérêt non dissimulé.

— Au fait, je vous présente mes enfants. Jenny, Eli et Josh que vous avez déjà rencontré. Nous serons à l'hôpital, si vous avez besoin de me joindre. Nous en aurons sans doute pour un moment, aussi je vous conseille de vous recoucher.

Il se tourna vers Neely.

— Il y a un lit d'appoint dans la chambre de Jenny. Vous pouvez vous y installer, si vous voulez. À notre retour, votre sœur prendra ma chambre, et moi, je dormirai sur le canapé. À moins que vous n'ayez l'intention de finir la nuit à Whistledown.

Alex et Neely échangèrent un regard et, sans hésiter, firent non de la tête. Dans l'immédiat, vu la frayeur qu'elles avaient eue, rentrer à Whistledown ne les tentait pas.

— Le manoir est probablement en cendres à l'heure qu'il est, marmonna Alex à voix basse, de sorte que Joe soit seul à l'entendre.

— Non, on verrait les flammes d'ici, objecta-t-il en se dirigeant vers la porte.

— Alex, tu veux que je t'accompagne ?

La jeune femme, par-dessus l'épaule de Joe, adressa un sourire affectueux à sa cadette.

— Dans cette tenue ? Jamais de la vie. Reste ici et repose-toi.

— Tiens, papa, dit l'aîné des garçons, Eli, en tendant un parapluie à Joe.

— Merci. N'oublie pas que tu es le baby-sitter de service.

— Je sais.

— En tout cas, il ne fera pas la nounou avec moi. J'ai presque le même âge que lui, grommela Josh.

— Tous les deux, vous veillez sur Jenny.

Puis Eli poussa le battant. Une rafale d'air froid et de pluie leur coupa le souffle, lorsqu'ils sortirent sur le petit porche heureusement couvert, ce qui permit à Joe d'ouvrir le parapluie.

— Je vais le tenir, proposa Alex.

Elle fourra le gant de toilette dans une poche du trench-coat et saisit la poignée du parapluie. La pluie crépitait sur la toile comme de la grêle, le vent s'engouffrait sous ce fragile abri et s'acharnait à l'arracher des mains d'Alex.

Joe dévala les marches et courut vers le véhicule garé dans l'allée. L'étroit rectangle de lumière tremblotante, dans leur dos, disparut soudainement. La nuit les enveloppa comme une lourde cape détrempée.

15

— J'espère qu'ils penseront à verrouiller la porte ? dit Alex.

Se retrouver dehors, sous l'orage, ranimait la peur atroce qu'elle avait éprouvée avant que Joe ne vienne à son secours.

Il la déposa près de la voiture, un genre de 4 x 4 de couleur sombre, ouvrit la portière et poussa la jeune femme à l'intérieur. Alex attendit qu'il soit au volant, qu'il ait jeté le parapluie dégoulinant sur le plancher, à l'arrière, pour lui reposer la question qui la tourmentait.

— Mais oui, ils le feront. De toute façon, ne vous inquiétez pas : il n'y a quasiment jamais de délits dans notre petit coin de paradis. Nous n'avons pas de voyous par ici.

Il alluma les phares, mit les essuie-glaces, et démarra. Le tonnerre grondait, on n'entendait même pas le gravier crisser sous les roues. Il ne faisait pas chaud dans l'habitacle, mais au moins ils y étaient au sec et Alex eut l'impression d'être dans un cocon protecteur.

— Ah bon ? ironisa-t-elle. Je vous rappelle que, cette nuit, quelqu'un s'est introduit dans ma chambre !

Elle extirpa le gant de sa poche, l'appliqua à nouveau sur sa blessure.

— Vous êtes certaine de ne pas avoir rêvé ?

— On m'a donné un coup sur la tête! Ça, je suis sûre de ne pas l'avoir rêvé!

— Effectivement.

Ils avaient atteint la route. Joe, du coin de l'œil, observa sa compagne, dans la faible lueur des voyants du tableau de bord.

— Ça fait très mal?

— Ce n'est pas agréable.

— Vous savez, par une nuit pareille, j'imagine mal un cambrioleur dans le manoir. Même les criminels endurcis préfèrent ne pas se tremper jusqu'aux os.

— Si vous avez une autre explica...

Elle s'interrompit, surprise par un éclair gigantesque qui zébrait le ciel. En haut de la colline, Whistledown fut brusquement illuminé, comme par de puissants projecteurs.

Sur la terrasse du premier étage, une silhouette sombre se découpait sur la pierre blanche.

Une forme humaine. Un homme.

Le cœur d'Alex se mit à cogner. Elle se redressa sur son siège, les yeux écarquillés, tandis que le voile noir de la nuit recouvrait à nouveau le manoir, comme manipulé par un prestidigitateur.

— Vous avez vu? Il y a quelqu'un sur la terrasse du premier au-dessus du porche! s'écria-t-elle en agrippant le bras de Joe.

Le 4x4 faillit faire un tête-à-queue. Joe dégagea brutalement son bras, freina pour regagner le côté droit de la route.

— Bon Dieu, Alex, vous êtes folle!

Elle ne remarqua même pas qu'il l'avait appelée par son prénom. Elle scrutait le manoir. Elle était convaincue d'avoir aperçu une silhouette.

— Vous ne l'avez pas vu? C'est celui qui était dans ma chambre, qui m'a frappée! Il est encore là! Il faut alerter la police...

Il lui jeta un regard de biais.

— Vous n'auriez pas eu une hallucination, par hasard ?

— Non !

— Vous avez le chic pour créer des problèmes, bougonna-t-il en accélérant.

Quelques secondes après, il s'engageait dans l'allée goudronnée de Whistledown.

— Mais qu'est-ce que vous faites ?

— Je vais vérifier.

— Il n'en est pas question ! C'est aux policiers d'intervenir. Il est peut-être armé ou…

— Ça m'étonnerait, coupa-t-il d'un ton sarcastique.

— Vous pensez encore que je délire ? s'indigna-t-elle.

— Je pense que, si vous aviez un brin de jugeote, vous comprendriez que ce que vous affirmez est quasiment impossible. Nous ne sommes pas à Philadelphie. Ici, les habitations sont très éloignées les unes des autres. Essayez de raisonner : si quelqu'un s'est introduit dans le manoir, comment est-il arrivé jusqu'ici ? Je ne vois pas de voiture. Vous non plus, n'est-ce pas ? Est-il venu à pied ? Mais d'où ? De Simpsonville, la ville la plus proche, qui se trouve à huit kilomètres ? Utilisez votre cervelle, Alex. Il pleut à seaux depuis des heures. Même un violeur maniaque renoncerait à faire des kilomètres par ce temps de chien.

Il gara le 4 x 4 au pied de l'escalier de pierre menant à l'entrée de Whistledown, ouvrit la boîte à gants pour y prendre une torche électrique.

— Non, s'il vous plaît, balbutia-t-elle, n'y allez pas ! Ce n'est pas prudent. Je…

Muet, il ouvrit la portière. Le plafonnier s'alluma, éclairant son visage à l'expression résolue. Il la regarda.

— Je reviens tout de suite. Au besoin, klaxonnez.

— Oh, Joe, *s'il vous plaît...*

Mais il disparaissait déjà dans la nuit. Alex enfonça le bouton qui commandait la fermeture des portières, se recroquevilla sur son siège, scrutant intensément l'obscurité. La pluie redoublait de violence. Elle était presque assourdissante, pareille au grondement du trafic sur une autoroute embouteillée. Les phares de la voiture formaient deux minces pinceaux parallèles de lumière jaunâtre où dansaient de lourdes gouttes d'eau pareilles à des glaçons.

Alex se demanda s'il ne vaudrait pas mieux éteindre les phares, mais la pensée de se retrouver seule dans le noir l'en dissuada. D'ailleurs, à quoi bon ? Si l'intrus était toujours sur la terrasse du premier, il les avait vus arriver. Et s'il n'était pas complètement inconscient, il avait probablement pris la fuite. Il était peut-être tout près de la voiture...

Alex jeta un regard éperdu autour d'elle. Elle ne discernait rien, hormis la pluie qui tourbillonnait devant le capot et le ronronnement feutré du moteur. Elle était comme sourde et aveugle. Seules les portières verrouillées pouvaient la protéger contre un éventuel agresseur.

Ô mon Dieu, s'il était armé d'une matraque ou d'un instrument quelconque, il n'aurait aucun mal à fracasser les vitres !

Elle se glissa sur le siège du conducteur, sans se soucier de la douleur que ce mouvement faisait fulgurer sous son crâne, de la nausée qui lui tordait l'estomac. Si elle était au volant, il lui serait plus facile de klaxonner ou de démarrer en trombe.

Le tonnerre continuait à gronder. Si on attaquait Alex, Joe n'entendrait même pas le klaxon.

Quelques minutes plus tard, on frappait à la vitre, côté conducteur. Alex fit un bond. Du coin de l'œil, elle distingua une haute silhouette, impossible cependant à identifier.

Seigneur, pitié, faites que ce soit Joe. Elle tourna la tête, vit un visage, poussa un soupir de soulagement.

C'était bien Joe.

Elle déverrouilla la portière qu'il s'empressa d'ouvrir. Saisie par le froid humide qui s'engouffrait dans le véhicule, elle se poussa avec difficulté pour céder la place à Joe.

— Je vous ai manqué ? dit-il, moqueur, en lançant un bref regard à la jeune femme, blanche comme un linge.

Il repoussa la capuche de son poncho ruisselant ; ses cheveux étaient secs, mais des gouttes d'eau perlaient à ses cils.

Tranquillement, il rangea la torche dans la boîte à gants.

— Vous... bredouilla-t-elle. Est-ce que...

— Il n'y avait personne dans la maison, répondit-il en faisant demi-tour dans l'allée. Pas le moindre indice permettant de supposer qu'un intrus y a pénétré. Pas la moindre trace d'incendie non plus. La porte d'entrée n'était pas fermée à clé.

— Effectivement, je ne l'ai pas fermée quand nous nous sommes enfuies, mais...

— Laissez-moi terminer, coupa-t-il. La porte de derrière, elle, était verrouillée. J'ai inspecté la terrasse du premier. La porte-fenêtre était fermée de l'intérieur. Toutes les portes des chambres étaient ouvertes, et une statuette en bronze représentant une femme – de la taille de mon avant-bras – gisait par terre au milieu du couloir. À mon avis, c'est ça que vous avez reçu sur le crâne.

— Il a dû s'en servir pour...

— Alex, ma grande, il y a deux statuettes de bronze identiques, posées sur des tablettes de chaque côté du miroir. Si vous vous êtes pris les pieds dans le tapis, ce qui vous a déséquilibrée, vous avez sans doute heurté l'une des statues qui est tombée de son perchoir. Ça vous paraît invraisemblable ?

Alex le dévisagea. Ce « ma grande » susurré d'une voix empreinte de condescendance indiquait clairement qu'il considérait les événements de cette nuit comme accidentels et imaginaires à la fois.

— Je ne suis pas folle ni sujette aux crises d'hystérie, rétorqua-t-elle d'un ton sec. En admettant que cette statuette soit tombée toute seule, que faites-vous du bruit qui m'a réveillée ? Cette respiration... Et la silhouette que j'ai aperçue sur la terrasse ?

— Êtes-vous sûre que votre vision n'est pas un peu... brouillée ? objecta-t-il avec une certaine gentillesse.

Ils avaient atteint l'autoroute. Il bifurqua à gauche, accéléra et s'engagea sur la voie rapide, déserte à cette heure de la nuit.

— Vous avez eu une rude journée, n'est-ce pas ? ajouta-t-il.

C'était l'euphémisme du siècle. Alex avait une énorme bosse et une plaie à la tête, elle ne tenait plus debout, mais ce n'était pas le pire. Elle avait dû licencier l'homme assis à son côté, qui n'avait même pas eu l'élégance d'accepter sa décision ; son fiancé lui avait annoncé par téléphone qu'il venait d'épouser une autre femme ; sa sœur cadette avait été renvoyée de son pensionnat ; et un inconnu s'était faufilé dans sa chambre, la tirant d'un sommeil de plomb. À part ça, tout allait bien, songea-t-elle avec une grimace qui lui arracha un tressaillement de douleur. Dès qu'elle contractait un muscle facial, elle avait le cœur au bord des lèvres.

— Alors, quelle est votre théorie ? lança-t-elle, agressive.

Ils rejoignaient la civilisation, des enseignes au néon commençaient à défiler dans la nuit. D'abord celle d'un supermarché, à gauche, puis sur la droite, celles d'une station-service et d'un motel, le Dixie Inn, et enfin des alignements de réverbères. À l'évidence, ici, l'électricité n'avait pas été coupée. Mais peut-être le courant était-il maintenant rétabli dans toute la région.

— Je n'ai pas de théorie, j'ai simplement constaté qu'il n'y avait personne au manoir, dit-il avec un sourire. Allons, ne vous fâchez pas. Je suis tout à fait prêt à admettre que ce fameux intrus était caché quelque part, ou qu'il a décampé par la porte de derrière en ayant soin de la verrouiller en sortant, pendant que j'entrais dans le hall.

— Oh, taisez-vous !

Elle ne s'était pas leurrée. Elle avait clairement vu un homme sur la terrasse. Et elle l'avait entendu respirer, dans la chambre.

N'est-ce pas ?

Pouvait-il y avoir d'autres explications et, dans ce cas, lesquelles ? Des hallucinations dues aux somnifères, associés au stress et au coup reçu sur la tête ; la présence bien réelle d'un individu, dans sa chambre puis sur la terrasse ; ou bien encore un phénomène paranormal.

— Joe... Vous croyez aux... fantômes ?

— Ah, fit-il en coulant un regard vers elle, serait-il question du fantôme de votre père ?

— Ça vous paraît absurde, je suppose ?

Elle-même jugeait cela grotesque.

— Pas vraiment. Ma mère et ma sœur sont mortes dans un accident de voiture. J'avais vingt ans à l'époque.

Il concentrait son attention sur la route, parlait d'un ton neutre, comme s'il racontait une histoire dénuée d'importance. Pourtant dans la lueur des réverbères qui éclairait son profil, Alex remarqua qu'un pli amer s'était imprimé à la commissure de ses lèvres. Le sujet n'était sans doute pas aussi anodin pour lui qu'il voulait le laisser entendre.

— Après leur disparition, pendant des mois, j'ai rêvé d'elles. Presque chaque nuit, je les voyais entrer dans ma chambre. Parfois c'était seulement ma mère qui me rendait visite, ou ma sœur Carol, ou parfois elles étaient ensemble. Elles me parlaient, elles me disaient que tout irait bien, que je ne devais pas sombrer dans le chagrin. Rêve ou pas, pour moi, c'était extraordinairement réel. Peu à peu, j'ai commencé à me remettre, et elles ont cessé de me rendre visite. Je suppose que mon esprit s'efforçait d'assimiler leur mort, que j'étais en plein travail de deuil. C'est une expérience commune à tous ceux qui ont perdu un être cher.

— Oh, Joe, murmura-t-elle en lui effleurant le bras, je suis navrée !

— Ça ne date pas d'hier, j'ai surmonté cette épreuve depuis longtemps. Mais je sais ce qu'on ressent au début, durant des semaines et des mois. Croyez-moi, ce n'est assurément pas moi qui me moquerai de votre fantôme.

Il braqua pour s'engager sur un parking.

— Nous y sommes.

Alex leva les yeux vers un panneau lumineux qui annonçait : HÔPITAL MUNICIPAL. Joe se gara devant un imposant bâtiment de plain-pied, en brique jaune, à l'intérieur brillamment éclairé. Au-dessus de doubles portes au chambranle métallique, Alex déchiffra les lettres inscrites sur un autre panneau : URGENCES.

— Et maintenant, on va vous soigner, dit Joe en descendant de la voiture.

La pluie s'était arrêtée, aussi subitement qu'elle avait dégringolé du ciel.

Alex ouvrit la portière, posa les pieds par terre. Sans lui laisser le temps d'ébaucher un autre mouvement, Joe la reprit dans ses bras et se dirigea à grands pas vers le hall de l'hôpital.

16

Le lendemain matin, Alex émergea lentement du sommeil, s'étira et se tourna dans le lit sans ouvrir les yeux. Pendant ces quelques secondes, elle éprouva une vague angoisse – elle était dans la bibliothèque de Whistledown, elle avait son père au téléphone, et il essayait de lui dire quelque chose de très important. Mais la friture sur la ligne empêchait Alex de comprendre ses paroles, et ensuite la communication avait été coupée. Elle se dit qu'elle devrait le rappeler immédiatement.

Et soudain, la réalité la frappa de plein fouet. Le chagrin désormais familier s'abattit sur elle comme une chape de plomb qui la clouait au matelas. Son père était mort. Leur conversation interrompue n'était qu'un songe. Elle ne lui parlerait plus jamais.

Et hier, Paul avait épousé une autre femme.

Oh, Seigneur, c'était trop ! Comment survivrait-elle à toutes ces épreuves ?

Elle demeura immobile, espérant en vain que le sommeil l'engloutirait à nouveau. Se lever et affronter le monde lui semblait au-dessus de ses forces. Jamais elle ne réussirait à bouger un bras ou une jambe. Son chagrin la paralysait, il en était ainsi depuis cinq interminables semaines. Mais elle le savait à présent par expérience, elle *pouvait* bouger, elle *pouvait* continuer à vivre. Il lui suffisait de respirer. Inspirer, expirer...

Comme l'individu qui, cette nuit, respirait dans l'obscurité. Celui qu'elle avait vu sur la terrasse. Un être réel, ou imaginaire, ou... un fantôme ?

À ce souvenir, elle ouvrit grand les yeux, roula sur le dos. Sa tête frôla le montant du lit, une douleur, cette fois purement physique, la fit tressaillir. Avec précaution, elle tâta ses trois points de suture.

Par chance, d'après le médecin qui l'avait radiographiée, elle n'avait pas de traumatisme crânien.

Le soleil filtrait à travers le voilage de la fenêtre. Apparemment, il faisait beau, et Alex avait dormi longtemps. Elle était couchée dans le lit de Joe.

À cette pensée, un délicieux frisson la parcourut. Dommage qu'il ne soit pas auprès d'elle ! Faire l'amour avec lui serait sans doute un excellent remède à ses maux. C'était bon de savoir qu'elle n'était pas devenue totalement insensible au charme d'un homme. Peut-être un jour parviendrait-elle à guérir.

Joe le lui avait affirmé. La seule solution, lui avait-il dit alors qu'ils attendaient dans la salle des urgences, c'était de mettre un pied devant l'autre et de continuer à avancer. Un jour, elle s'apercevrait qu'elle était sortie des ténèbres, que le soleil brillait à nouveau pour elle.

« Je vous promets que ça vous arrivera », avait-il dit. L'odieux personnage s'était, en une nuit, métamorphosé en un homme prêt à lui offrir une épaule secourable. Il s'était occupé d'elle malgré ses protestations, l'avait écoutée parler de fantômes sans rire (Paul aurait sur-le-champ téléphoné à un psychiatre), il était resté à ses côtés tandis qu'on la torturait à l'hôpital. Au retour, il l'avait montée jusqu'à cette chambre et allongée dans son lit.

Tout cela, sans rien demander en échange.

Paul n'aurait jamais agi de cette manière. Paul ne faisait jamais rien sans contrepartie. Depuis le premier soir où il l'avait emmenée dîner, chaque fois qu'il se montrait attentionné envers elle, il attendait un remerciement – du sexe, généralement. Il n'aurait pas été capable de porter Alex pendant des heures. De toute façon, il n'avait pas la force physique de Joe.

Prends ça dans les dents ! lança-t-elle mentalement – et perfidement – à son ex-fiancé. Elle se redressa sur son séant, curieuse de voir ce qu'elle ressentait en position verticale. Les points de suture tiraient sur son cuir chevelu, elle avait une légère migraine, mais à part ça elle se sentait à peu près bien. Beaucoup mieux, en tout cas.

Pourrait-elle cependant se lever sans tomber ? Ça devenait urgent. Elle posa les pieds par terre et, se cramponnant à la table de chevet, se redressa. Elle resta un moment immobile, pour s'assurer que ses genoux ne la trahiraient pas. Puis, à petits pas prudents, elle gagna la salle de bains. Lorsqu'elle actionna l'interrupteur, le plafonnier ne s'alluma pas. Soit l'électricité était toujours coupée, soit l'ampoule était grillée.

Les vêtements et les serviettes qui, cette nuit, jonchaient le sol, avaient disparu. Le carrelage était propre. Sur le porte-serviettes, elle avisa deux grands draps de bain et se remémora Joe avec son pagne improvisé, vert émeraude, noué sur les hanches. Les battements de son cœur s'accélérèrent.

Peu à peu, tout doucement, elle revenait à la vie.

Retirant le tee-shirt qu'elle avait mis pour dormir – il appartenait à Joe et lui couvrait les cuisses –, elle prit une douche rapide, en veillant à ne pas se mouiller les cheveux. Puis elle se sécha, hésita : elle avait scrupule à violer l'intimité de Joe. Tant pis...

Elle ouvrit l'armoire à pharmacie, espérant y trouver de l'aspirine et, peut-être, une crème hydratante. Elle en fut pour ses frais. Mousse à raser, rasoir mécanique et lames neuves, déodorant, dentifrice, eau de bouche, fil dentaire. C'était tout. Sur le lavabo, une brosse à dents verte et une brosse à cheveux en plastique.

Aucune trace d'une présence féminine, pensa-t-elle en saisissant la brosse à cheveux pour démêler avec précaution ses longues mèches embroussaillées.

— Alex ?

La voix de Neely.

Alex passa la tête par l'entrebâillement de la porte et fut surprise de découvrir sa sœur, vêtue d'un jean et d'un pull à col roulé rose, moulant.

— Ce sont tes vêtements, n'est-ce pas ? Comment les as-tu eus ?

— Joe m'a conduite à Whistledown. Je t'ai apporté des affaires.

La jeune fille posa par terre un sac plastique renflé et s'assit sur le lit.

— Formidable, merci.

— Tu te sens mieux ? demanda Neely en la détaillant avec attention.

Les deux fils de Joe et elle n'étaient pas encore couchés, quand Alex était rentrée de l'hôpital. Installés sur le tapis du salon, autour de la table basse, ils jouaient aux cartes à la lueur des lampes de camping. Jenny dormait, pelotonnée sur le canapé. Alex avait montré ses points de suture aux adolescents – qui semblaient s'entendre à merveille –, Joe leur avait brièvement raconté son inspection du manoir, puis les avait expédiés dare-dare dans leurs chambres.

Alex n'avait pas parlé à Neely de la silhouette aperçue sur la terrasse. Quoique toujours convaincue d'avoir vu *quelque chose,* elle ne savait plus très bien de quoi il s'agissait : un homme en chair et en os, ou une illusion née de son esprit bouleversé par le chagrin. Quelle que fût la vérité, elle estimait inutile d'inquiéter sa cadette.

— Oui, beaucoup mieux. Tu n'aurais pas de l'aspirine ?

— Non, désolée. Je peux demander à Joe.

— Je le ferai moi-même quand je descendrai.

Le sac contenait un pantalon kaki, un twin-set en cachemire noir, des sous-vêtements, ses bottes à hauts talons et son sac à main, lequel renfermait une trousse à maquillage ainsi qu'un petit tube d'aspirine.

— Dieu te bénisse, sœurette ! dit Alex en brandissant triomphalement le tube.

Elle retourna dans la salle de bains, avala deux comprimés avec une gorgée d'eau.

— Alors, qu'est-ce que tu penses des Welch ? questionna Neely d'un ton faussement détaché, tandis que son aînée commençait à s'habiller.

Les antennes d'Alex frémirent aussitôt.

— Tu fais allusion à un Welch en particulier ?

Neely lui tira la langue.

— Eli.

— Je le trouve mignon. Et toi ?

— Moi, je trouve qu'il est encore plus sexy que Joe. Et il est timide, c'est trop adorable. Je me demande s'il est encore puceau.

Alex lui décocha un regard sévère.

— Nous ne resterons pas assez longtemps ici pour que tu aies l'occasion de le découvrir.

Neely lui adressa un sourire câlin.

— Qui sait...

— Déjeuner ! vociféra une voix depuis le rez-de-chaussée.

Neely bondit sur ses pieds.

— C'est Josh. Comme le courant n'est toujours pas rétabli, Joe est allé au Fried Chicken. Viens, je meurs de faim.

La jeune fille se précipita vers la porte, s'arrêta net.

— Oh, pardon ! Tu veux que je t'aide à descendre l'escalier ? Tu préfères que j'appelle Joe ?

Alex fit non de la tête. L'idée que Joe la porte à nouveau dans ses bras était tentante, mais...

— Non, je me débrouillerai toute seule.

Avec un nouveau sourire – canaille, celui-ci, et signifiant qu'elle devinait les pensées inavouables de son aînée –, Neely s'élança dans le couloir.

Alex entreprit de se maquiller, sommairement, et de coiffer ses cheveux en queue-de-cheval retenue sur la nuque par une barrette d'argent. Hormis la migraine, que l'aspirine dissipait déjà, et une vague sensation de léthargie, elle s'étonnait d'aller aussi bien.

Quand elle fut prête, une main sur la rampe de l'escalier pour ne pas trébucher, elle descendit au rez-de-chaussée. Une délicieuse odeur de nourriture lui chatouillait les narines. Elle en conçut un plaisir qui la sidéra. Depuis la mort de son père, elle avait perdu l'appétit. Elle s'alimentait parce qu'il le fallait, et elle dormait pour la même raison, grâce aux somnifères.

— Bonjour !

Joe apparut devant elle. En jean et confortable chemise gris et marine, chaussé de mocassins. Il s'était rasé, ce qui mettait en valeur le modelé de sa mâchoire et de son menton. Il était si séduisant ! Et, lorsqu'il lui sourit, elle en fut littéralement éblouie.

— J'allais monter, je me disais que vous aviez peut-être besoin d'aide.

Elle lui rendit son sourire. C'était incroyable. Hier à cette heure-ci, Joe Welch était l'ennemi. Et maintenant, il était un ami. Non, rectifia-t-elle, pas vraiment un ami. Elle avait de nombreux amis, or aucun n'avait sur elle cet effet-là.

— Je vais mieux. Au moins, je suis capable de tenir debout. Quelle heure est-il, à propos ?

— Presque treize heures. Vous avez faim ?

— Un peu, répondit-elle, et elle ne mentait pas. Joe... je vous remercie pour tout ce que vous avez fait cette nuit.

— À votre disposition.

Il plongea son regard dans le sien et, une seconde, Alex crut y lire le reflet du trouble qu'elle éprouvait.

— Hé, papa ! Si tu ne te dépêches pas, on commence sans toi ! cria l'un des garçons.

— On arrive ! répliqua-t-il. Venez, Alex, sinon ces rapaces ne nous laisseront que des miettes.

D'un geste, il l'invita à le précéder dans le vestibule puis la cuisine qui, au premier abord, paraissait comble. Un homme d'une soixante d'années, grand et maigre, en chemise bleue et pantalon kaki impeccablement repassé, posait deux plats de poulet grillé sur la table. Derrière lui, Jenny portait un énorme plat de purée de pommes de terre. Josh suivait avec une cocotte débordant d'épis de maïs. Neely – dont l'aversion pour les travaux domestiques était légendaire – remplissait des verres de glaçons, verres qu'Eli véhiculait ensuite jusqu'à la table, ce qui expliquait sans doute l'humeur laborieuse de la jeune fille. Tous les enfants de Joe, comme Neely, étaient en jean. Eli arborait un maillot de footballeur sur un tee-shirt blanc ; avec ses longs cheveux noirs et bouclés, coiffés en queue-de-cheval, il avait de quoi envoûter n'importe quelle adolescente, surtout Neely, particulièrement sensible au sexe opposé. Josh, en chemise de flanelle, faisait la tête. Jenny était affublée d'un sweater trop ample qui avait manifestement appartenu à l'un ou l'autre de ses frères.

— Eh bien, mais la voilà ! s'exclama le sexagénaire qui fut le premier à apercevoir Alex sur le seuil de la cuisine.

Il la détailla discrètement, d'un air admiratif, lui sourit. Les jeunes Welch l'accueillirent par des « salut ! » polis.

— Enchanté de faire votre connaissance, mademoiselle Haywood, déclara l'homme. J'ai entendu parler de vous toute la matinée. Je suis Cary Welch.

— Mon père, précisa Joe.

Il lui lança, Alex le remarqua, un coup d'œil qui lui intimait l'ordre de se taire. Elle se demanda ce que Cary Welch avait appris au juste, et si Joe était son informateur.

— Appelez-moi Alex, je vous en prie, dit-elle en lui tendant une main qu'il serra vigoureusement.

— Eh bien, Alex, il paraît que, cette nuit à Whistledown, vous avez eu des émotions.

Il fixait sur elle un regard pétillant. Il avait les mêmes yeux bleus, ravageurs, que Joe et ses petits-fils. Ceux de Jenny, en revanche, étaient d'un brun doux, presque identique à la couleur de ses cheveux.

— En effet.

— Pour nous, c'est génial, intervint Eli. On s'est couchés trop tard pour aller à l'église ce matin.

— Pourtant, tu adores aller à l'église, ironisa Joe en lui donnant une tape amicale.

— Comme j'adore les visites chez le dentiste, marmonna Eli en posant les derniers verres sur la table.

— Je parie que Heather a été bien triste que tu ne sois pas là, le taquina Jenny qui s'affairait à extirper des canettes de Coca de leur emballage plastique.

— Qui est Heather? demanda Neely d'un ton presque désinvolte.

— La petite amie d'Eli, répondit Josh. Il est aaamouuu-reux.

— Ferme-la, crétin.

— Du calme, les garçons, gronda Joe. Alex, vous n'avez qu'à vous asseoir à côté de votre sœur.

Chacun prit sa place, dans un joyeux tohu-bohu. Les Welch avaient l'habitude de réciter le bénédicité. Alex en fut surprise, elle n'aurait pas cru que Joe attachait autant d'importance à l'office du dimanche et à la prière. Visiblement, il prenait ses responsabilités de père au sérieux et s'efforçait de donner à ses enfants la meilleure éducation possible.

Aujourd'hui, c'était à Josh de dire le bénédicité. Quand les autres tournèrent la tête vers lui, il grimaça et jeta un coup d'œil gêné à Neely.

— De la bonne bouffe, du bon Coca, merci bon Dieu. Amen, marmonna-t-il.

— Josh! articula Joe d'un ton menaçant.

Le garçon rougit, regarda à nouveau Neely.

— Ouais, d'accord. *Nous te remercions, Seigneur, pour cette nourriture que tu nous offres. Amen.*

— C'est mieux, dit Joe, après quoi les plats passèrent de main en main.

Alex, en principe, n'était pas une adepte du fast-food, néanmoins le poulet lui parut succulent. À son grand étonnement, elle goûta à tout – purée, maïs – et mangea avec plaisir.

— Et maintenant, on peut faire un tour sur ta moto ? demanda Neely à Eli, quand ils eurent terminé leur repas.

Eli se tourna vers son père.

— D'accord, dès que tu auras fini ton travail.

— Quel travail ? s'étonna Neely.

— Je charge le lave-vaisselle. Josh nettoie, Jenny récure. En principe, papa fait la cuisine. Le chien dévore les restes, ajouta-t-il avec un sourire. Et grand-père a le droit de faire ce qui lui chante.

— Tu l'auras toi aussi, quand tu auras mon âge, répliqua Cary Welch en se levant. Joe, je vais voir comment se porte Victorieux Danseur. Si tu as besoin de moi, je serai aux écuries.

Joe opina, chercha le regard d'Alex.

— Et vous, ça vous dirait de faire le tour du domaine ?

— Volontiers.

Alex se redressa et observa Neely. Sa sœur, qui ne s'était jamais autant démenée de sa vie, aidait Jenny à récurer les plats. Un vrai miracle.

— Neely, je monte à Whistledown.

L'adolescente agita une main négligente.

— Amuse-toi bien.

— Il vous faut un manteau, décréta Joe, alors qu'ils s'apprêtaient à sortir.

Il saisit un vêtement accroché à une patère, près de la porte de derrière, et le lui drapa sur les épaules. C'était une vieille vareuse militaire, verte, trois fois trop grande pour Alex. Elle l'enfila et la boutonna. Joe, lui, remit le parka bleu qu'il portait la veille. Elle se remémora leur première rencontre, si désagréable. Que de changements en vingt-quatre heures !

Le soleil brillait, mais l'orage avait laissé des traces un peu partout. De larges flaques d'eau s'attardaient dans la cour et les champs environnants, miroitant dans la lumière. Des branches cassées jonchaient le sol. Des ruisselets d'argile rougeâtre couraient dans l'herbe aplatie par le vent. Une fine couche de boue séchée recouvrait l'allée goudronnée. L'air était frais et vif, il sentait la terre mouillée.

— Vous ne voyez pas d'inconvénient à voyager à bord d'un pick-up ?

Il montrait du doigt un engin bleu, passablement cabossé, devant une remise. Comme le 4x4 qu'il avait prise la veille était garée à côté, elle présuma qu'il avait une bonne raison pour préférer le pick-up.

— Pourquoi cela m'ennuierait-il ? rétorqua-t-elle. J'aime ce genre de véhicule.

Il la dévisagea avec un sourire taquin.

— Ah oui ? Et moi, j'ai une passion pour les réceptions mondaines. Grimpez là-dedans, princesse. Je veux profiter de l'occasion pour passer à l'écurie déposer du fourrage.

17

— J'ai une question à vous poser, dit Alex, en suivant Joe vers l'écurie.

Il transbahutait sur son épaule une botte de fourrage, qui pesait bien cinquante kilos, comme s'il s'agissait d'une miche de pain. Pas étonnant qu'il ait porté Alex sans effort apparent durant une bonne partie de la nuit.

Il arqua un sourcil interrogateur.

— Où avez-vous trouvé *ça* ? enchaîna-t-elle, désignant son parka.

Un sourire malicieux plissa les paupières de Joe.

— Il ne vous plaît pas ?

— Il est un peu... euh... voyant, non ? Ce bleu... éclatant n'est pas ordinaire.

Ils étaient à présent à l'intérieur de l'écurie. Alex huma l'odeur puissante et chaude de foin et de cheval. Au bout de l'allée, Cary Welch sortait un animal de son box.

— C'est le bleu UK. Autrement dit, université du Kentucky. Les Wildcats.

Il ouvrit la porte d'un petit local, voisin de son bureau où il déposa la botte de foin. Il ajouta d'une voix plus forte :

— Mon père, lui, est fan de l'UL.

Cary Welch agita une main menaçante.

— Attends le match, on verra bien qui écrase l'autre.

— Je présume que vous parlez de basket, ironisa Alex.

— L'université du Kentucky contre celle de Louisville. Les éternelles rivales. Le match capital aura lieu samedi. Vous serez déjà de retour à Philadelphie, et ça m'étonnerait que vos chaînes de télé le diffusent.

— Oui...

À la pensée de rentrer chez elle, Alex eut un pincement au cœur. Elle savait très bien pourquoi. Ce qui se passait entre Joe et elle – cette vibration si érotique – n'avait aucune chance de se transformer en une relation plus profonde. Dès demain, elle serait dans un avion, et elle ne le reverrait sans doute plus jamais.

— Hé, Joe, viens là une minute ! lança Cary Welch. Je voudrais que tu regardes le sabot de Danseur.

Joe rejoignit son père, Alex lui emboîta le pas. Ses hauts talons s'enfonçaient dans l'épais tapis de sciure fraîchement ratissée. Elle se tordait les chevilles et, instinctivement, se cramponna au bras de Joe.

— Des talons hauts dans une écurie, ce n'est pas l'idéal, la taquina-t-il.

— Je ne prétendrai pas le contraire.

Ils s'arrêtèrent près de Cary et de Danseur. Le grand pur-sang bai, squelettique, avait toujours cet air de pauvre créature abandonnée qui avait ému Alex la veille. Il la regarda de ses beaux yeux, comme s'il la reconnaissait, poussa un doux hennissement et tendit le cou vers elle. Alex le caressa.

— Tenez, donnez-lui ça, dit Joe en lui tendant un bonbon à la menthe.

Elle le posa au creux de sa paume et l'offrit au cheval qui le saisit entre ses lèvres veloutées et le mastiqua avec une évidente satisfaction. Comme les deux hommes ne lui prêtaient plus attention, Alex se mit à parler à l'animal, d'une voix cajoleuse, à lui grattouiller la tête. Joe et son père examinaient le sabot de son antérieur, le palpaient et discutaient des divers traitements possibles.

— Alors, Alex, qu'est-ce que vous pensez de lui ? demanda Cary, lorsqu'ils eurent achevé leur auscultation.

— À mon avis, il aurait grand besoin de quelques repas consistants et d'une tonne de vitamines. Ou d'un paquet entier de bonbons à la menthe.

Joe éclata de rire, Cary leva les yeux au ciel.

— Pour votre gouverne, jeune dame, sachez que vous avez un champion devant vous. N'oubliez pas ce que je vous dis. Et toi, fiston, ne rigole pas. Si je me plante sur ce coup-là, je ne ferai plus jamais un pronostic jusqu'à la fin de mes jours.

Sur quoi, il ramena Victorieux Danseur dans sa stalle, tandis que Joe et Alex quittaient l'écurie.

— Le plus drôle, déclara Joe, c'est qu'il connaît les chevaux, et qu'il se trompe très rarement. C'est pour ça que j'ai acheté Danseur, malgré sa piètre allure. À ce propos, j'en suis le propriétaire, il n'appartient pas à Whistledown.

Elle perçut dans sa voix une crispation : les événements de la nuit n'avaient pas effacé tous les problèmes.

— Je suis vraiment navrée pour hier. Je regrette d'avoir été la messagère porteuse de mauvaises nouvelles. Croyez-moi, la situation n'est pas facile, pour moi non plus.

— Je m'en doute, rétorqua-t-il d'un ton radouci.

Il lui ouvrit la portière du pick-up. Elle grimpa sur le siège avant, tandis qu'il contournait le véhicule pour se mettre au volant.

— Parlez-moi un peu de vous, reprit-il en démarrant. C'est comment, l'enfance d'une petite fille abominablement riche ?

— Pas aussi amusant que vous pourriez le supposer.

Alex appuya la nuque contre le haut du siège en vinyle bleu, tourna le regard vers son compagnon.

— J'ai d'abord eu des tonnes de jouets, ensuite des tonnes de vêtements, on m'a payé des centaines d'heures de cours pour toutes les disciplines imaginables. Tennis, golf, ski, piano, danse, et j'en passe. Nous possédions une ribambelle d'immenses maisons, avec des foules de domestiques et, dès que j'en ai eu l'âge, j'ai pu visiter tous les pays que je souhaitais. Mais vous savez, on ne possède que des biens matériels, et on se lasse des voyages. Au bout d'un moment, tout cela perd de son sel. Il me semble, du moins. J'ignore ce qu'on ressent quand on n'est pas riche. J'espère que ce ne sera pas trop dur.

— Vous vous y habituerez, répliqua-t-il avec un petit rire. Vous êtes allée à l'école ?

— Bien sûr. Au pensionnat, plus exactement. À Shipley, au pensionnat de la Chassotte en Suisse, et au Rosey. Les gosses de riches sont toujours pensionnaires. De cette manière, les parents ne les ont pas dans les pattes.

Joe lui lança un bref coup d'œil. Le pick-up bringuebalait allégrement sur la route.

— Où est votre mère ? Elle est toujours de ce monde ?

— Oui, et elle a même un palmarès plus glorieux que mon père : elle en est à son *septième* mari. Elle vit maintenant en Australie. Nous n'avons pas des relations très suivies, quoiqu'elle me téléphone de temps à autre. Primo, elle ne supporte pas d'avoir une fille adulte. Cela lui rappelle qu'elle n'est plus toute jeune. Deuzio, elle ne supporte pas Neely. Pour être plus précise, ce n'est pas Neely en soi qu'elle déteste. Elle ne lui a jamais adressé la parole. Non, c'est *l'idée* de Neely qui lui donne de l'urticaire.

— Comment ça ?

— Ma mère était la deuxième épouse de mon père. Celle de Neely était la troisième. La mienne reproche à la mère de Neely de lui avoir volé son mari, encore aujourd'hui. Elle refuse d'admettre que, de toute façon, elle aurait eu une rivale. Mon père aimait à la folie les femmes jeunes et belles. Une fois qu'elles n'étaient plus aussi jeunes ni aussi belles, hop, il leur coupait la tête. C'est une métaphore, bien entendu.

— Mais qui s'occupait de vous pendant les vacances d'été, de Noël, etc. ? Votre père ou votre mère ?

— Les deux. Ou aucun. Parfois je rentrais à la maison avec des amies. Je séjournais dans l'une ou l'autre de nos propriétés, néanmoins mes parents étaient généralement absents. Ils vaquaient à leurs affaires, et moi aux miennes. Le personnel veillait sur moi, naturellement.

— Vous deviez vous sentir seule.

— En fait, non. Cela ne me dérangeait pas. Ensuite, quand Neely est arrivée, je passais toujours les vacances avec elle. Ma sœur avait six ans, lorsque sa mère est morte. Je lui ai servi de mère de substitution. Aucune des épouses successives de mon père n'était décidée à jouer ce rôle. Certaines avaient déjà des enfants de leur côté, et les autres… eh bien, disons qu'elles n'avaient pas la fibre maternelle.

— J'ai rencontré votre actuelle belle-mère. Je dois admettre que je la vois mal maternant Neely ou qui que ce soit.

Alex esquissa un sourire.

— Effectivement, ce n'est pas trop le style de Mercedes. Notez que je n'ai pas d'antipathie pour elle. Quand nous sommes ensemble, nous nous entendons bien. Avec Neely, en revanche, c'est une autre paire de manches. Si vous forcez la main à Neely, elle rue dans les brancards. Mercedes n'arrive pas à le comprendre. Elles sont comme chien et chat.

— Et que faites-vous, à présent que vous êtes adulte et que vous avez fini vos études ? À moins que les filles riches se tournent les pouces ?

— Vous devenez insultant, mon cher.

Joe éclata de rire.

— Pardon, je n'ai pas l'habitude de fréquenter les milliardaires.

— Je suis photographe, figurez-vous. Une très bonne photographe, en toute modestie. Vous connaissez ces livres d'art que les gens exposent dans leur salon ? Eh bien, je travaille pour ce type d'ouvrages. Je ne suis pas très bien payée mais, jusqu'ici, cela ne me préoccupait pas.

— Je présume que votre ex-fiancé roule sur l'or, lui aussi ?

Ils avaient atteint l'allée de Whistledown, Joe s'y engagea.

Alex émit un reniflement de mépris. Étonnamment, entendre prononcer le nom de Paul la laissait presque de marbre. Son cœur brisé se réparait à une vitesse folle, et elle savait fort bien pourquoi. Éprouver de l'attirance pour un autre homme était le meilleur des remèdes.

— Disons simplement que sa nouvelle conjointe est la fille d'un Crésus. Paul réussit dans tout ce qu'il entreprend, mais il n'a pas de fortune personnelle. Du moins il n'en avait pas avant de se marier avec Tara Gould. Au fond, je ne suis pas mécontente d'avoir découvert la vérité en ce qui le concerne. Je n'aurais pas aimé qu'on m'épouse pour mon argent.

— Je ne vois pas pourquoi on vous épouserait pour cette seule raison. Vous êtes belle, intelligente, pleine de charme. Un peu autoritaire, tout comme moi.

— Vous croyez ? répliqua-t-elle en riant. Merci quand même pour tous vos compliments.

Le manoir se dressait devant eux et, quand Joe gara le pick-up, Alex ne put s'empêcher de lever les yeux vers la terrasse au-dessus du porche. Elle en eut la chair de poule. C'était là qu'elle avait aperçu l'homme – là, entre les deux hautes fenêtres de droite. Aujourd'hui, il n'y avait plus rien, hormis les colonnettes de la balustrade et les pierres blanches de la façade.

— Prête ?

Alex descendit du véhicule, sans attendre qu'il vienne lui ouvrir galamment la portière. Elle le suivit d'un pas circonspect, alors qu'il se dirigeait vers le perron. Cette nuit, elle avait eu une telle frayeur... c'était difficile à oublier.

— J'ai passé les lieux au peigne fin, avec votre sœur, et je vous assure qu'on n'a touché à rien, dit-il, l'arrachant à ses pensées.

Il était sur le seuil, s'effaçait pour la laisser entrer dans le hall.

Elle hésita encore un instant, envahie par une appréhension qui l'empêchait d'avancer. Puis elle regarda Joe. Il était si grand, si solide, capable de la protéger contre tous les dangers. Forte de cette conviction, elle pénétra dans la demeure.

Le courant n'étant toujours pas rétabli, le hall, malgré le soleil qui brillait au-dehors, était plongé dans une obscurité mystérieuse. À cause des lourdes tentures qui masquaient les fenêtres, se dit fermement Alex. Un léger parfum de pot-pourri à la rose flottait dans l'air. Le manoir semblait presque trop silencieux, comme s'il guettait quelque chose ou quelqu'un. Alex ?

Elle frémit à nouveau et dut se mordre les lèvres pour ne pas protester lorsque Joe referma la porte massive derrière eux.

Un instant, Alex eut la sensation que les murs l'enserraient. Des ombres bougeaient devant ses yeux, tels des spectres.

— Il nous faut un peu de lumière, dit Joe.

Il entra dans le salon, tira les rideaux. Alex, qui lui avait emboîté le pas (pas question qu'elle le lâche d'une semelle), poussa un soupir de soulagement. L'atmosphère était soudain infiniment moins pesante.

Elle suivit Joe à travers toutes les pièces du rez-de-chaussée. Quand ils atteignirent la cuisine, elle s'immobilisa pour jeter un regard circulaire. Depuis que son père avait acheté le manoir, l'office avait été rénové. On l'avait équipé de plans de travail en granite vert malachite, diapré, et de placards décorés de fleurs peintes à la main, ce qui conférait à la pièce un aspect désuet. Le sol était recouvert de tomettes cirées, d'un rouge sombre qui rehaussait le vert tendre des murs lambrissés.

C'était une pièce magnifique, comme toutes celles de Whistledown. Du moins, en apparence, songea Alex. Car elle avait désormais le sentiment que cela cachait une menace.

— Prête à monter au premier ?

Joe se tenait près de la petite porte qui donnait accès à l'escalier de service. À l'idée de se retrouver à l'étage, l'appréhension d'Alex s'accentua.

Tu n'as rien à craindre, se gourmanda-t-elle. Joe est là.

— D'accord, répondit-elle avec un manque d'enthousiasme qui le fit sourire.

Une fois de plus, il s'effaça pour qu'elle le précède dans l'escalier.

— Si vous me permettez une remarque, déclara-t-il, puisque vous étiez convaincue qu'un intrus se trouvait dans la maison cette nuit, vous lancer à sa poursuite n'était peut-être pas très malin.

Alex lui lança un regard par-dessus son épaule. Il était deux marches plus bas, pourtant le sommet de sa tête brune était à la hauteur du menton de la jeune femme, et ses épaules, élargies par le parka bleu, paraissaient emplir l'espace. Ses yeux brillaient dans la pénombre. Sa présence était tellement rassurante, qu'elle ne songea même pas à s'offusquer de sa critique.

— Vous n'avez sans doute pas tort, admit-elle en posant le pied sur le palier. Mais j'ai pensé…

Elle s'interrompit, scrutant le couloir.

— Vous avez pensé… ?

— Que c'était peut-être mon père.

— Ah ! murmura-t-il d'un ton si compréhensif qu'elle lui sourit.

Tout était exactement comme la veille – les murs crème, les chambranles blancs, richement ouvragés, qui encadraient les portes en acajou luisant, le tapis d'Orient à dominante grenat qui courait sur le plancher de bois sombre, la console flanquée de deux fauteuils jumeaux, surmontée d'une splendide tapisserie. Au-dessus des fauteuils étaient fixées deux petites tablettes dorées, à hauteur d'homme. Sur ces tablettes, deux statuettes représentant des déesses mythologiques. Quelqu'un – Joe ou Neely – avait remis à sa place la statuette qui était tombée.

Mentalement, Alex se repassa le film des secondes qui avaient précédé l'instant où elle avait reçu ce coup sur la tête. Elle avait trébuché – probablement sur le tapis dont les franges se trouvaient juste devant la porte de sa chambre. Elle avait basculé en avant, agrippé du tissu – la tapisserie ? Peut-être.

Elle toucha la tapisserie pour vérifier si cela correspondait à la sensation tactile qu'elle avait eue. Elle fronça les sourcils. Il lui semblait que cette tapisserie était plus épaisse, plus graisseuse. Mais ses souvenirs étaient trop vagues. Était-il possible qu'en se retenant à cette tapisserie, elle ait fait dégringoler la statuette ?

En se remémorant la violence du choc, son estomac se noua et elle eut l'impression que son malheureux crâne suturé palpitait douloureusement. Le simple fait d'être à nouveau là, dans ce couloir, ranimait sa terreur. Elle entendait quasiment cette affreuse respiration : inspiration, expiration…

— Nom d'une pipe, vous êtes en hyperventilation.

Joe lui prit le bras pour l'obliger à lui faire face. Elle le dévisagea, réalisa qu'elle avait inconsciemment imité cette respiration qui la hantait. Heureusement qu'il était là, sinon elle aurait eu un malaise.

Soudain, un bruit les fit sursauter. Un bruit sourd, mais inattendu dans une maison déserte. Alex se raidit, effrayée, enfonça les ongles dans les manches du parka bleu de Joe.

— Qu'est-ce que c'est ? chuchota-t-elle.

— Ne bougez pas, je vais voir.

Il allait la laisser toute seule dans ce couloir, à la merci de Dieu savait quoi ?

— Ah non, je reste avec vous !

Elle lui saisit la main. Cette fois, le doute n'était plus permis. Il y avait *quelqu'un* dans le manoir.

Boum...

Le bruit provenait de la chambre d'Alex. Elle serra plus fort les doigts de Joe, affolée, le cœur battant à se rompre.

— Il vaudrait mieux filer prévenir la police, murmura-t-elle, tout en sachant que Joe rejetterait sa suggestion.

— Chut...

D'un geste prompt, il poussa la porte entrebâillée qui grinça, ce qui accrut encore la panique d'Alex.

Au premier coup d'œil, cependant, elle constata que la pièce était vide. L'intrus n'avait pu que se dissimuler sous le lit ou dans la penderie.

Boum...

Elle faillit crier. Le bruit venait de la penderie. Joe lui lâcha la main, lui lança un regard qui signifiait : *ne bougez pas*. En trois enjambées, il traversa la chambre. Alex se mit à trembler comme une feuille.

Si un individu bien réel et bien vivant se cachait dans la penderie, il était peut-être armé d'un revolver tout aussi réel.

18

Si un cambrioleur armé apparaissait, elle s'enfuirait. Elle hurlerait, elle appellerait le 911.

Zut, le téléphone était coupé.

Joe ouvrit la penderie, regarda à l'intérieur... Un énorme chat roux et tigré apparut soudain entre ses jambes.

Alex le contempla fixement. Joe, d'abord aussi surpris qu'elle, éclata de rire et se pencha pour prendre le monstre dans ses bras. Le chat était gras, il avait le poil luisant. Il devait bien peser dix kilos.

— Je vous présente Hannibal, dit-il en caressant la fourrure soyeuse de l'animal. J'ignore comment il a réussi à entrer dans cette penderie, mais il a l'air sacrément content de nous voir.

— Hannibal ? articula-t-elle.

Un nom bizarre pour un chat.

— C'est un redoutable chasseur de souris, répondit Joe d'un ton malicieux. Hannibal le Cannibale. Vous saisissez ?

— Oh, très drôle !

La queue battant la mesure, le chat dardait sur Alex ses yeux verts aux prunelles étrécies. Il ronronnait comme un moteur. Et entre deux ronrons, on entendait sa respiration – profonde, sonore.

— D'où vient-il ?

Elle se souvenait d'avoir pris ses mocassins dans la penderie, cette nuit. Elle avait repoussé la porte, elle en était sûre. Avait-elle *enfermé* cet animal à l'intérieur ? Seigneur, était-ce sa respiration qui l'avait tellement effrayée ? Poursuivait-elle un *chat*, quand elle était tombée ? Et avait-il profité du remue-ménage pour se réfugier à nouveau, Dieu savait comment, dans la penderie ?

Pour rien au monde, elle ne mentionnerait cette éventualité. Elle se sentait déjà suffisamment stupide.

— C'est un résident attitré de Whistledown. En principe, il loge dans les écuries. Il a dû se débrouiller pour entrer dans la maison.

Alex caressa la tête du chat avec prudence – elle n'avait jamais été autorisée à adopter un animal domestique, et s'en méfiait. Elle s'aperçut que Joe arborait un grand sourire et espéra qu'il ne s'amusait pas à ses dépens.

Erreur.

— Il est un peu trop charnu pour un fantôme, mais il ferait un cambrioleur du tonnerre, si vous aviez le malheur de laisser traîner un sandwich au thon, dit-il d'un ton méditatif.

— Épargnez-moi vos commentaires. D'ailleurs, même en admettant que ce soit lui que j'ai entendu respirer – une hypothèse peu vraisemblable, entre parenthèses –, je n'ai pas vu un chat sur la terrasse, mais un homme. Donc, cela n'explique pas tout.

— En effet, rétorqua-t-il en reposant Hannibal qui, la queue en point d'exclamation, s'en fut tranquillement. Venez, allons inspecter cette terrasse.

Elle était vide. Pas de rocking-chairs, ni de balancelle, ni de plantes en pots. Rien qui soit susceptible de dessiner dans l'obscurité une ombre évoquant une forme humaine.

Alex s'approcha de la balustrade, à l'endroit où elle avait discerné la silhouette. Elle demeura un moment immobile, contemplant l'allée, la pelouse devant le manoir, la route. D'ici, on distinguait clairement la maison de Joe.

Songeuse, elle se retourna, étudia le mur : pas de tache sur la pierre, aucune lézarde, rien. Les sourcils froncés, elle baissa les yeux sur le sol gris.

— Alors, pas d'ectoplasme nulle part ? demanda Joe.

Les bras croisés, il l'observait avec un léger sourire.

— J'ai pourtant aperçu quelque chose, s'entêta-t-elle. Enfin... je crois, ajouta-t-elle honnêtement.

— Ce n'était pas une critique, je sais ce que vous traversez, dit-il d'un ton chaleureux.

Une pause.

— Il parlait beaucoup de vous.

— Mon père ? À vous ?

— Oui. Sans arrêt, quand il était ici. Nous discutions de chevaux et puis, d'une manière ou d'une autre, il glissait sa fille dans la conversation. Pour être franc, au bout d'un moment, j'étais fatigué d'entendre le panégyrique de la princesse Alex. C'est comme ça que je vous surnommais, dans ma tête. Il ne tarissait pas d'éloges sur vous, votre beauté, votre intelligence, etc. Dès qu'il prononçait votre nom, je redoutais la suite au point que, souvent, je m'arrangeais pour lui couper la parole.

— Pauvre papa ! balbutia-t-elle. Il voulait que je travaille avec lui, nous nous disputions toujours à ce propos. Je me sens si coupable d'avoir refusé de...

Elle n'acheva pas sa phrase, la gorge serrée.

— Vous n'avez pas à vous culpabiliser. Il était fier de vous parce que vous faisiez ce qui vous plaisait. Il répétait sans cesse que sa petite fille avait des tripes.

Cette expression ressemblait tellement au langage imagé de M. Haywood qu'Alex se surprit à rire.

— Oh, Joe !

Elle s'approcha, s'arrêta tout près de lui qui, d'un geste quasi automatique, posa les mains sur ses hanches. Elle leva vers lui un regard empli de chagrin.

— Vous me montrerez où vous l'avez trouvé ? S'il vous plaît ?

Un quart d'heure plus tard, après moult négociations, Alex contemplait l'endroit exact où Joe avait découvert le cadavre de M. Haywood, dans les écuries de Whistledown. Le bâtiment était bien chauffé et sentait bon le foin, pourtant elle tremblait de froid. Des grains de poussière dansaient dans les rayons de soleil obliques qui tombaient des pignons jumeaux.

Les chevaux étaient dehors dans les paddocks et, hormis un moineau égaré, perché sur une poutre, Alex et Joe étaient seuls. Elle se taisait, s'enveloppait de ses bras pour se réchauffer. Joe, lui, expliquait. Il ne subsistait aucune trace de sang, aucune empreinte sur le sol, cependant – malgré le récit d'une exemplaire sobriété de son compagnon – Alex s'imaginait parfaitement la scène, et les images qu'elle se représentait lui donnaient la nausée.

— Il ne buvait plus, répéta-t-elle, réfutant cette part de l'histoire qu'elle ne parvenait pas à admettre. Il avait vaincu son alcoolisme, il n'avait pas touché un verre depuis dix ans.

— Les alcooliques rechutent souvent, objecta-t-il, ainsi qu'il le lui avait déjà dit, mais cette fois sans agressivité. Je le sais par expérience. Mon père aussi est alcoolique. Il promet sans arrêt de se soigner, de changer. Malheureusement, je ne pense pas que ça arrivera un jour.

— Oh, Seigneur !

Ils se dévisagèrent un instant, unis dans une mutuelle compréhension. Puis Alex reprit :

— Non, je n'y crois pas. Papa aurait pu – et j'emploie sciemment le conditionnel – se remettre à boire à cause de tous les problèmes qui lui tombaient dessus, mais il ne se serait pas suicidé. Certainement pas.

Elle examina à nouveau le sol et, soudain, sans même en avoir conscience, tomba à genoux. Elle promena sa main sur la sciure, là où il était mort.

Son père... pendant des années, il avait été pour elle plus fort que la vie même, tout-puissant, une sorte de magicien d'Oz. Mais l'homme qui se cachait derrière cette apparence… qui était-il ? L'avait-elle aussi bien connu qu'elle le croyait ?

Elle réalisait à présent que les décisions qu'elle avait prises au cours de son existence, pour beaucoup d'entre elles, lui avaient été dictées par le fait qu'elle refusait d'être simplement la fille de Charles Haywood le milliardaire, que cette étiquette la révoltait. L'université qu'elle avait choisie, Fordham, n'était pas l'une des institutions prestigieuses qu'il souhaitait pour elle. Il méprisait la carrière de photographe qu'elle avait embrassée. Elle se demanda – une idée fugace – si Paul n'avait pas fait partie du lot, lui aussi. Son père n'avait jamais eu une sympathie débordante pour Paul.

Avant cette fin tragique, quand la vie de M. Haywood et celle d'Alex semblaient devoir durer une éternité, elle s'imaginait qu'un jour son père et elle auraient enfin la chance de pouvoir passer du temps ensemble, de longues heures, des semaines et des mois. Lorsqu'il serait vieux, peut-être, il s'assagirait et cesserait de voyager d'un bout à l'autre de la planète, oublierait un peu ses jeunes épouses et ses affaires. Peut-être, se disait-elle, quand elle aurait des enfants, il serait un grand-père gâteau, lui qui avait été un père absent. Il aimerait… il aurait aimé avoir un petit-fils…

Ce fut cette pensée, l'image de cet enfant que Charles Haywood ne connaîtrait jamais, qui bouleversa Alex. Les larmes jaillirent, roulèrent sur ses joues. Elle se recroquevilla, la main dans la sciure qui avait bu le sang de son père. Elle pleura sur lui, sur l'homme qu'il avait été, l'homme qu'elle avait toujours rêvé qu'il fût, celui qu'il aurait pu devenir un jour. Malgré tous ses défauts, elle l'avait aimé.

Il était son père.

Incapable de se maîtriser, elle sanglotait, des torrents de pleurs ruisselaient de ses yeux pour se répandre sur le sol où il était mort.

— Venez...

Un bras autour de sa taille, chaud et robuste. Ne sachant plus très bien à qui appartenait ce bras, elle se laissa faire, soulagée qu'un être humain soit auprès d'elle, la soutienne. Quand elle fut debout, elle s'appuya contre le mur et pleura à fendre l'âme.

— Oh... je suis désolée... bredouilla-t-elle entre deux hoquets, quand la crise commença à s'apaiser.

Elle avait la tête nichée dans le cou de Joe, ses larmes trempaient le devant de l'affreux parka bleu, elle crispait ses doigts sur le nylon. Il la serrait contre lui, son souffle lui caressait les cheveux, il lui murmurait des mots rassurants : *chut, ça va aller*.

— Jusqu'à maintenant, je n'étais pas si émotive.

— Ne vous retenez pas, ça vous fait du bien.

Une bouffée de gratitude dilata le cœur d'Alex. Elle lui était reconnaissante de sa gentillesse, de sa présence. Il lui offrait une épaule à laquelle se raccrocher.

Elle avait toujours été forte, or à présent elle avait besoin de la force d'autrui pour ne pas s'effondrer. Et Joe lui donnait la sienne.

— Pleurer est nécessaire, parfois, pour chacun de nous.

— Ça ne change rien, ça ne me ramènera pas mon père.

Elle reniflait, cramponnée des deux mains aux manches du parka.

— Non, c'est vrai. Mais peut-être qu'après, vous vous sentirez mieux.

Je ne veux pas me sentir mieux. Elle ne prononça pas ces mots à voix haute, mais ils étaient si justes qu'elle en eut un choc. Se sentir mieux serait une trahison envers son père, une manière de le laisser s'en aller à tout jamais.

— Il n'avait que soixante-quatre ans. Même s'il savait que la compagnie dégringolait, qu'il serait acculé à la faillite, son suicide est incompréhensible.

Je n'arrête pas de me poser cette question: pourquoi? pourquoi?

— Je n'ai malheureusement pas de réponse.

Elle était encore blottie contre lui, et cela lui sembla la chose la plus naturelle du monde. Elle poussa un soupir, leva les yeux vers Joe.

— Merci.

— Pour quelle raison me remerciez-vous?

Son regard avait la couleur de l'océan. Il était beau, avec son visage tanné par le grand air, ses cils si épais, son front haut.

— Merci d'être si gentil pour moi, pour nous – Neely et moi – surtout après...

— Mon licenciement? acheva-t-il d'un ton où perçait une note d'humour.

Elle acquiesça.

— Ne vous tourmentez pas. Il m'est déjà arrivé de me faire virer. Je survivrai.

— Vous avez déjà vécu ça? Quand?

Sa crise de larmes l'avait vidée, elle avait presque envie de dormir. La chaleur du corps de Joe l'enveloppait, sa voix la berçait. Elle devait se ressaisir, s'écarter de lui, mais non... elle voulait rester là encore un moment, quelques minutes.

— Je vous le raconterai une autre fois, peut-être. Venez, retournons au manoir.

Il la tenait toujours par la taille.

— Ça ira?

Il lui demandait si elle était capable de marcher toute seule et, comme elle opinait, il la lâcha. Subrepticement, elle s'essuya les yeux sur la manche de la vareuse. Joe enfonça ses mains dans ses poches.

Côte à côte, ils sortirent dans la lumière claire, fraîche, de l'après-midi. Des rameaux brisés, des feuilles et des pommes sauvages jonchaient la terre, apportés là par l'orage. Une légère odeur de feu de bois flottait dans l'air. Un vol d'oies sauvages, en V, fendait le ciel en cacardant à qui mieux mieux.

Au loin, au-delà des paddocks clôturés, de la ferme et des écuries de Joe, deux motos rouges filaient vers l'horizon. Neely en chevauchait une avec Eli, et sans doute Josh et Jenny les suivaient-ils. Neely au moins, pensa Alex, s'amusait comme une petite folle. Plus près, Cary Welch, accoudé sur une barrière, observait Victorieux Danseur qui, seul dans un petit enclos, broutait l'herbe verte.

— Quand partez-vous ? demanda Joe, alors qu'ils atteignaient le manoir.

Alex sourcilla. Elle n'avait pas envie de partir. Parce qu'elle n'avait pas envie de quitter Joe. Elle n'aurait plus jamais l'occasion de savoir quel amant il pouvait être...

— Demain, vers midi. J'emmène Neely, bien sûr. Ce ne sera peut-être pas facile de lui avoir un billet d'avion, mais on s'arrangera.

Elle montait les marches du porche étroit, à l'arrière du manoir.

— Je vous conduirai à l'aéroport.

— Merci, répliqua-t-elle en tournant la tête vers lui.

Une tache d'humidité s'étalait sur le devant de son parka, remarqua-t-elle. Elle avait tellement pleuré que le nylon tardait à sécher.

— À votre disposition, dit-il d'un ton un peu sec.

Elle ouvrit la porte, traversa le débarras pour pénétrer dans la cuisine. Il lui emboîta le pas. La demeure était silencieuse, plongée dans une semi-pénombre, cependant Alex n'en conçut pas d'anxiété. La proximité de Joe lui faisait oublier son appréhension.

— Asseyez-vous, suggéra-t-elle, désignant les deux tabourets de bar devant le comptoir central. Désirez-vous boire quelque chose ?

Elle se dirigea vers le réfrigérateur. Il ne fonctionnait plus, à cause de la panne de courant, et dégageait une odeur désagréable.

— Le lait ne m'inspire pas confiance. J'ai du Coca light ou du jus d'orange.

— De l'eau, ce sera très bien.

Il baissa la fermeture éclair du parka, s'installa sur l'un des tabourets.

— Vous pensez que l'électricité sera bientôt rétablie ? demanda Alex en prenant dans le placard un verre qu'elle remplit d'eau du robinet.

— Qui sait ? Nous ne sommes pas nombreux dans ce coin, donc nous sommes généralement les derniers servis. C'est l'un des inconvénients de la vie aux champs. S'il n'y a toujours pas de lumière ce soir, votre sœur et vous serez les bienvenues dans ma modeste chaumière.

— Vous êtes si gentil.

— Oh oui, « gentil »... c'est mon deuxième prénom.

Était-ce de l'ironie qu'elle entendait dans sa voix ? Il saisit le verre qu'elle lui tendit, but une gorgée. Il la regardait, et elle vit au fond de ses yeux assombris brûler un feu qui la fit frissonner.

Il était attiré par elle comme elle l'était par lui, cependant, de toute évidence, il ne ferait pas le premier pas.

Alors, Alex prit sa décision. Elle avait toujours entendu dire qu'il valait mieux avoir des remords que des regrets.

Il plissa les paupières, lorsqu'elle s'approcha de lui, jusqu'à frôler ses genoux. Il reposa le verre sur le comptoir.

— Joe... murmura-t-elle.

— Hum ?

Il plongea le regard dans le sien. L'air autour d'eux semblait crépiter. Puis il se pencha pour embrasser cette bouche si tentante, si sensuelle qui s'offrait à lui.

19

Elle l'embrassa avec douceur, savamment, ses mains – légères comme des plumes – reposant sur les larges épaules de Joe.

Il laissa échapper un gémissement, l'attira entre ses cuisses, lui prit la taille. Sa bouche avait un goût d'épices brûlantes, ses lèvres fermes s'emparaient de celles d'Alex avec une ardeur qui lui donnait le vertige. Des frissons délicieux couraient le long de son dos. Elle sentait son sexe durci se presser contre son ventre qui, déjà, se tendait vers lui. Son étreinte était celle d'un homme affamé, prêt à la dévorer.

Haletante, elle rejeta la tête en arrière pour reprendre son souffle, couvrit d'une pluie de baisers tendres ses joues, son menton, lui mordilla le lobe de l'oreille.

— Attendez... dit-il d'une voix éraillée, teintée de méfiance. Qu'est-ce que vous voulez ?

— Un baiser ? répliqua-t-elle d'un ton enjôleur.

— Juste un baiser ?

— À vous de décider, souffla-t-elle, levant vers lui un regard plein de promesses.

Elle se sentait fondre, et demain ils se diraient adieu. Pourquoi ne pas profiter de l'instant présent ? Il y avait si longtemps qu'elle n'avait plus envie de rien.

Les yeux de Joe étaient presque noirs, étincelants. Soudain, il avait l'air dangereux.

— Je veux beaucoup plus.

— Moi aussi.

Ils s'enlacèrent à nouveau. Un désir fou, comme une lame de fond, la submergea. Elle glissa les doigts dans les cheveux de Joe. Son maudit parka l'empêchait de se serrer plus étroitement contre lui, sa propre vareuse la gênait aussi.

Elle s'écarta, déboutonna lentement la veste, la laissa choir sur le sol.

— Continue…

— Non, à ton tour.

Il se débarrassa du parka qui glissa dans un froissement ténu de nylon. Alex se colla à lui, le pelvis pressé contre la braguette renflée de Joe, caressant ses pectoraux qui se contractaient sous la chemise.

— Tu es si belle.

Il se pencha, ses lèvres entrouvertes baisèrent le sein d'Alex.

Elle sentit aussitôt son mamelon se dresser, pointer sous le cachemire du chandail et la soie du soutien-gorge. Une plainte sourde lui échappa, elle ferma les yeux, enivrée. Puis, tout à coup, elle recula d'un pas.

— Reviens ici, dit-il, avec son petit sourire et ses yeux flamboyants.

— Non…

Elle retira son somptueux cardigan noir, qui tomba par terre, et resta là, devant Joe, dans son chandail à col roulé et son pantalon kaki. Lentement, elle fit passer le chandail par-dessus sa tête.

Son soutien-gorge était un chef-d'œuvre de lingerie fine, une merveille de soie blanche et de dentelle, qui mettait admirablement en valeur la rondeur de ses seins.

Joe retenait sa respiration, une rougeur colorait ses pommettes.

— Superbe. Tu l'enlèves aussi… pour moi ?

— Non, je te laisse faire.

Il se redressa si brusquement qu'il renversa le tabouret de bar. Elle se nicha entre ses bras. Jamais, même quand tout allait bien avec Paul, elle ne l'avait désiré comme elle désirait Joe.

— Montons, marmonna-t-il.

Il la souleva de terre, traversa la cuisine pour gagner le hall, gravit les marches de l'escalier, longea le couloir jusqu'à la chambre d'Alex. Elle s'accrochait à son cou, glissait sa langue au creux de son oreille.

Il poussa le battant, le referma d'un coup de pied, dévisagea la jeune femme.

— J'ai envie de toi. J'ai tellement envie de toi...

— Alors prends-moi.

Il émit un son étrange, mi-gémissement mi-feulement, allongea Alex sur le lit défait. Le parfum fleuri des draps rappela à la jeune femme les événements de la nuit, mais le corps de Joe, si lourd sur le sien, chassa vite ces souvenirs pénibles.

Elle ne pensait plus qu'à lui, à eux.

Il lui baisait la bouche, le cou. Sa barbe naissante lui picotait délicieusement la peau. Sa main glissait sur ses seins, son ventre, la ceinture de son pantalon. Il défit le bouton, baissa la fermeture éclair qui crissa. Jamais, songea-t-elle, elle n'avait entendu de bruit aussi érotique.

Sans cesser de l'embrasser, avec une douceur torturante, il posa les doigts sur la dentelle blanche qui protégeait le triangle de toison blonde. Sa caresse se fit plus précise, plus exigeante, plus affolante.

Elle cambra les reins, pour mieux accueillir ces doigts de magicien qui exploraient les fibres les plus tendres, les plus délicates de sa chair. Elle s'acharnait à l'aveuglette sur les boutons de sa chemise. Elle le voulait nu contre elle, tout au fond d'elle.

Subitement, il s'écarta. Elle ouvrit les yeux, désemparée. Appuyé sur un coude, il la contemplait de son regard fiévreux.

— S'il te plaît... balbutia-t-elle.

— Oui ? dit-il d'une voix étouffée.

— Fais-moi l'amour.

Prononcer simplement ces mots la fit frémir. Elle n'était pas pudibonde, et elle n'était plus vierge, mais elle avait des inhibitions, comme n'importe quelle femme, ainsi qu'une bonne dose d'orgueil. Jamais elle n'aurait imaginé supplier un homme qu'elle connaissait à peine de la posséder.

Mais elle n'aurait jamais non plus imaginé pouvoir désirer aussi violemment un homme qu'elle connaissait à peine.

— Enlève d'abord ce soutien-gorge…

Elle obéit, s'assit dans le lit et, de ses mains tremblantes, dégrafa son soutien-gorge. Joe contemplait fixement ses seins fermes, d'un blanc laiteux, ses mamelons d'un rose suave de framboise.

Sans la toucher, il se leva et se tint debout près du lit, où elle était toujours assise, la dominant de toute sa taille.

— Maintenant, retire ton pantalon.

— Joe…

Mais pourquoi la faisait-il languir ?

— Retire-le.

Alex obéit une fois de plus, affolée par la pensée qu'il observait chacun de ses gestes. Elle se débarrassa de ses bottes, de son pantalon. Elle n'avait plus sur elle que son minuscule string en dentelle.

— Enlève-le.

Elle avait de la peine à respirer. Frémissante, elle fit glisser le string sur ses hanches, découvrant la toison blond foncé – que Joe avait caressée sans la voir –, puis le long de ses jambes fuselées et, d'un coup de pied, l'expédia au bout du lit.

Totalement nue, elle leva les yeux vers Joe. Il se déshabillait à son tour, avec des gestes brusques. Un nerf tressautait sur sa mâchoire, la passion flambait dans son regard. Quand il fut nu lui aussi, il resta immobile encore un instant, beau comme un dieu, exhibant la preuve de son désir.

Puis il renversa Alex sur le dos, se coucha sur elle.

Il était lourd, brûlant. Aussitôt, pour satisfaire cette faim dévorante qui la tourmentait, elle se tendit vers lui. De tout son être elle sentait ce corps d'homme qui pesait sur elle, elle en apprenait les formes et les courbes. Les jambes musclées entre les siennes, le torse robuste, le ventre dur et plat qui meurtrissaient sa peau délicate. Son sexe dont le contact la mettait à la torture.

À nouveau, il la faisait languir. Il jouait avec elle, la frôlait, la mordillait. Il l'avait clouée au matelas, elle ne pouvait plus bouger, elle était à sa merci.

— Alex... regarde-moi.

Elle ouvrit les yeux.

— Dis-moi ce que tu veux.

— Toi, répondit-elle dans un souffle à peine audible.

Il avait la respiration rauque, laborieuse. Des gouttelettes de sueur perlaient à son front.

— Moi... Où ?

Elle ondula sous lui, le suppliant encore en silence.

— Où ? répéta-t-il.

— Je te veux... en moi.

— Enfin...

Alors, lentement, très lentement, il s'enfonça en elle, puissant et brûlant. Et quand il la prit tout entière, elle poussa un long cri de bonheur...

20

Alex s'étira. Elle était couchée sur le côté, pelotonnée contre un corps d'homme, chaud et vigoureux. Un bras protecteur lui enserrait la taille, elle sentait une respiration profonde et régulière lui effleurer l'oreille. Elle n'était pas vraiment réveillée, mais elle savait, chaque fibre de son être savait qu'elle avait fait l'amour et éprouvé une indicible jouissance.

Son mouvement dut tirer son compagnon du sommeil, car il s'étira aussi comme un chat. Sa main se referma sur le sein d'Alex.

Elle sourit sans ouvrir les yeux.

— Oh, Paul ! murmura-t-elle. Paul chéri, c'était si bon…

La main sur son sein se figea. Tout le corps qui se pressait contre elle se contracta.

Elle émergea alors brutalement de sa langueur, crut que son cœur se décrochait dans sa poitrine.

— Ô mon Dieu ! balbutia-t-elle.

Il se redressa sur un coude, leurs regards se rencontrèrent. Des yeux bleus écarquillés d'horreur, accrochés à des yeux assombris où luisait une lueur menaçante.

— Tu fais erreur sur la personne, dit-il en se levant.

Alex s'assit dans le lit, gênée soudain par sa nudité.

— Joe, je te demande pardon. Je… j'étais à moitié endormie et…

— Pas de problème, rétorqua-t-il d'un ton âpre. Content d'avoir joué les remplaçants.

Il se rhabillait déjà. Elle le contemplait avec consternation, se mit à bafouiller tant elle voulait arranger les choses :

— Joe, ce n'était qu'un lapsus, je te le jure. Je suis habituée à être avec Paul, tu comprends... quand je me suis réveillée près d'un homme, j'ai cru que... c'est naturel. Mais... je te le redis, faire l'amour avec toi... c'était merveilleux. Je me sens tellement mieux à présent.

Il enfila sa chemise, ses chaussures. Ses lèvres ne formaient plus qu'un trait.

— La prochaine fois que tu auras envie d'une petite thérapie sexuelle, ma belle, adresse-toi à un autre. D'accord ?

— Joe !

Elle avait presque crié son nom. Il pivota sur ses talons et se dirigea vers la porte.

— Je t'attends dans la cuisine, lança-t-il par-dessus son épaule avant de sortir.

Alex demeura un moment immobile, assise dans le lit, atterrée. Elle revoyait mentalement le film des événements qui s'étaient déroulés au cours des dernières heures. Ils avaient fait l'amour trois fois. Quand le plaisir l'avait emportée, il ne lui avait laissé que quelques minutes de répit avant de l'obliger, cette fois, à le chevaucher. Elle n'aurait pas imaginé pouvoir jouir à nouveau, si vite, mais il savait où la caresser, et elle s'était embrasée avant de s'écrouler sur lui, pantelante. Enfin, alors qu'elle était couchée sur le ventre, épuisée et sur le point de s'endormir, il l'avait prise par-derrière, avec une douceur infinie, en lui baisant la nuque, les épaules, en redessinant du bout de la langue chacune de ses vertèbres. Elle avait cru mourir, tant son plaisir avait été violent, et ensuite elle avait sombré dans un sommeil de plomb qui s'était achevé par une épouvantable catastrophe.

Jamais elle n'avait eu un amant aussi fabuleux.

Et maintenant elle devait l'en convaincre. Les hommes étaient si susceptibles.

Grimaçant, elle se leva, ramassa ses vêtements éparpillés sur le sol – son chandail était resté au rez-de-chaussée – et les fourra dans le panier à linge. Puis elle prit une douche rapide, ce qui ne fut pas simple, la salle de bains étant plongée dans l'obscurité. Après quoi elle se hâta de prendre dans sa valise un pantalon en toile gris perle, un pull blanc. Elle chaussa ses bottes, se repeigna en ayant soin de ne pas toucher ses points de suture. Un peu de rouge à lèvres. Voilà, elle était prête à descendre.

Il était dans la cuisine, appuyé contre le comptoir, et sirotait un Coca light. Il avait l'air pensif plutôt que furieux.

Elle esquissa un sourire contrit, s'approcha pour l'embrasser sur la joue. Il ne se déroba pas, mais ne lui rendit pas son baiser. Il coula vers elle un regard éloquent : il ne se laisserait pas amadouer aisément.

— Joe, murmura-t-elle d'un ton plaintif, une main sur son bras, je suis désolée.

— Tu n'as pas à t'excuser.

Son visage était impassible. De sa démarche de félin, il s'écarta et alla vider le reste de sa canette dans l'évier.

— Ce sont pourtant des excuses que tu attends, de toute évidence. Ne sois pas stupide, s'il te plaît. J'ai prononcé le nom de Paul sans m'en rendre compte.

— Ça arrive à tout le monde, bien sûr.

Il serra la canette vide entre ses doigts, l'écrabouilla.

— J'étais absolument sincère quand je t'ai dit que... c'était merveilleux. Je n'avais jamais connu ça, ajouta-t-elle d'une voix câline.

— Oui, pour moi aussi, c'était bien. Allez, je te ramène chez moi. Il fera nuit dans une heure, et j'ai du travail.

— Si tu dois être grincheux, je ne te suis pas.

— Ça ne me dérange pas. Reste ici dans le noir, si ça te chante. Et si tu crois voir un fantôme, tu n'auras qu'à revenir en courant et en hurlant.

Les yeux d'Alex s'étrécirent.

— Ça, ce n'était pas nécessaire.

— Eh oui, princesse, la vérité est blessante.

— Puisque tu abordes ce sujet, parlons un peu d'un homme si susceptible qu'un lapsus parfaitement innocent le met dans tous ses états !

Il eut un rictus qui était sans doute censé passer pour un sourire.

— Et si nous parlions plutôt d'une femme qui a tant d'amants qu'elle confond leurs noms ?

Alex serra les dents.

— Je reste ici, articula-t-elle.

— Très bien, je te le répète : ça ne me gêne pas.

Il traversa la pièce, s'arrêta net et fit face à Alex.

— Tu n'as même pas de torche électrique. Viens chercher ce qu'il vous faut pour la nuit, et dépêche-toi. Je ne te laisse pas ici sans lampe.

Elle le foudroya du regard.

— Je ne t'autorise pas à me donner des ordres !

— Ça ne te déplaisait pas, tout à l'heure.

Évidemment, elle comprit aussitôt à quels ordres il faisait allusion : *enlève ton soutien-gorge, retire ton pantalon*... Ses joues devinrent cramoisies.

— Sors de chez moi !

— Prépare tes affaires !

— Alors là, il n'en est pas question !

— Très bien, comme tu veux.

Il s'avança vers elle. Certaine de ce qu'il mijotait – il n'avait pas son pareil pour la transbahuter comme un sac de noix –, elle s'élança avec l'intention de se réfugier au premier. Toutes les chambres fermaient à clé...

Il la poursuivit, ses pas résonnaient sur les dalles. Alex réussit à atteindre l'escalier la première. Elle grimpait les marches quatre à quatre, quand, brusquement, la porte d'entrée s'ouvrit.

Joe et elle s'immobilisèrent, pareils à deux statues de pierre. Neely entra dans le manoir, en compagnie d'Eli.

— Ah, te voilà ! dit la jeune fille à sa sœur.

— Comme tu étais en retard pour t'occuper des chevaux, je me suis demandé si tu n'avais pas un problème, enchaîna Eli en s'adressant à son père.

Joe lâcha la rampe de l'escalier et se retourna avec une parfaite nonchalance. Il sourit à son fils.

— Tu as cru que je m'étais perdu ? Mlle Haywood préparait ses affaires pour passer la nuit chez nous, avec sa sœur, puisque le courant n'est toujours pas rétabli.

— Oui, oui... susurra Neely, lançant un coup d'œil oblique à Eli.

— En fait, j'ai changé d'avis, déclara Alex à sa cadette. Nous prendrons une chambre dans un hôtel. Je ne voudrais pas abuser de votre hospitalité, Joe.

— Un hôtel ? rétorqua-t-il d'une voix étranglée, comme s'il ravalait un ricanement sardonique. Je crains que les cinq-étoiles ne se bousculent pas, dans le coin.

— J'ai aperçu un motel, sur le chemin de l'hôpital, objecta-t-elle d'un ton doucereux.

Un instant, il parut déconcerté.

— Vraiment ? Oh oui... le Dixie Inn.

— C'est ça.

— Eh bien, ce n'est pas une mauvaise idée.

— Mais, papa... protesta Eli dans un murmure.

— Je n'ai pas envie de dormir dans un motel, décréta Neely.

Alex braqua vers elle un regard assassin.

— Tant pis pour toi, parce que c'est ce que nous allons faire.

— À la réflexion, dit Joe, suave, c'est une excellente idée. Au Dixie Inn, il y a l'électricité. Et ce sera très instructif pour vous.

— Papa… gémit Eli.
— Alex… se plaignit Neely.
— Bon, la discussion est close, décréta Joe.

Eli, habitué à se soumettre à l'autorité paternelle, se tut. Alex n'en fut pas surprise. En revanche, que Neely – après les avoir dévisagés tour à tour – rengaine aussi ses protestations lui sembla infiniment plus étonnant.

Une heure plus tard, Alex et Neely roulaient dans la Mercedes blanche en direction de Shelbyville et du Dixie Inn. La nuit était tombée, il n'y avait pas un chat sur la route. Mais au moins, pensait Alex pour se remonter le moral, il ne pleuvait pas.

— Alors, comment c'était ? demanda Neely qui tripotait les boutons de la radio pour tenter de trouver un programme potable.

Alex tressaillit.

— Pardon ?
— Raconte comment c'était.
— Excuse-moi, mais je ne vois pas à quoi tu fais allusion.
— Au bel étalon, sœurette. Tu te l'es tapé, je le sais.

Là, Alex sursauta carrément. Elle eut toutes les peines du monde à se ressaisir.

— Surveille ton langage, s'il te plaît.
— Bon, d'accord, garde tes petits secrets. Mais si tu ne me dis rien, je ne te parlerai pas d'Eli.

Alex écarquilla les yeux.

— Neely… tu n'as pas…

Pour toute réponse, sa cadette éclata de rire.

Alex se demandait encore si Neely la taquinait – elle redoutait malheureusement que ce ne fût pas le cas – lorsqu'elles atteignirent le Dixie Inn, un long bâtiment de plain-pied en U, encadrant une cour rectangulaire qui servait de parking.

Elle se remémora l'expression amusée de Joe à l'idée qu'elles allaient passer la nuit dans cet établissement, et se prépara mentalement au pire. À une extrémité de la bâtisse, une sorte de véranda inondée d'une lumière crue faisait office de réception et, apparemment, de restaurant.

Elles descendirent de la Mercedes.

— Si j'étais toi, j'enlèverais cette barrette avant d'entrer, dit Neely, sérieuse comme un pape. Il vaut mieux que tu n'aies pas les cheveux tirés en arrière.

Manifestement, on n'avait pas encore fini le ménage des chambres. Une femme, probablement d'origine mexicaine, poussait un chariot débordant de linge sale. Un homme balayait l'allée intérieure.

— Pourquoi ? s'étonna Alex.

— Parce que tu as un suçon, répondit Neely, posant le doigt sous l'oreille de sa sœur.

Alex porta vivement la main à son cou.

— Je t'ai eue ! claironna Neely. Tu as fait l'amour avec le bel étalon. J'en étais sûre.

— Espèce de sale petite peste...

Neely se tordait toujours de rire, lorsqu'elles pénétrèrent dans la réception du motel.

21

Minuit sonnait, et Joe, installé à la table de la cuisine, épluchait ses factures. Il s'était couché, pourtant, mais en vain. Malgré sa fatigue – il était tellement éreinté qu'il lui semblait avoir du sable sous les paupières –, il ne pouvait pas dormir.

Naturellement, il connaissait la cause de son insomnie : Alexandra Haywood. La petite princesse de Charles Haywood était bien telle que son père l'avait toujours décrite, et elle possédait en outre des qualités que son cher papa n'imaginait pas.

Lui faire l'amour avait été fabuleux, un éblouissement. Pour elle aussi. Il l'avait su avant même qu'elle ne le lui dise.

Je n'ai jamais connu ça. Il entendait encore sa voix prononcer ces mots. Et à ce souvenir, il eut un début d'érection.

C'était infernal.

Quel était au juste son problème ? se demanda-t-il pour la dixième fois au moins. Il avait possédé la femme la plus désirable qu'il eût rencontrée depuis des lustres. Pourquoi était-il dans cet état lamentable ? Parce que, à demi endormie, elle l'avait appelé Paul ? Non, il n'était pas puéril à ce point, ni jaloux.

Pourtant, indéniablement, il était dans un état lamentable. Il s'était montré irascible avec les enfants – ce qu'il s'efforçait toujours d'éviter –, impatient avec les chevaux. Il avait crié après son père. Il n'avait pas réussi à trouver le sommeil.

Et tout cela à cause d'Alex. Il en avait conscience, et il savait exactement pourquoi, bien qu'il supportât mal de l'admettre.

Parce qu'il l'avait dans la peau, voilà.

Dès l'instant où il avait posé les yeux sur elle, lors des obsèques de Charles Haywood, il avait été frappé par sa beauté. Puis elle avait débarqué pour lui annoncer, de son air hautain et autoritaire, qu'elle le licenciait, et il était monté sur ses ergots. Ensuite, à Whistledown, il avait été touché par sa détresse.

Si les choses s'étaient arrêtées là, il s'en serait tiré sans dommage. Il aurait éprouvé une certaine attirance envers une belle femme au caractère impossible, qui subissait des revers de fortune, point à la ligne.

Mais il avait fallu qu'elle vienne se réfugier chez lui, avec ses histoires de cambrioleurs et de fantômes, et il avait perdu le contrôle des événements.

Jamais il n'aurait dû prendre cette douche avec elle. Il avait clairement perçu son trouble, son désir. Par miracle, il avait réussi à se maîtriser. Même dans l'écurie, quand elle avait fondu en larmes, il n'avait pas eu un geste déplacé, ce qui, estimait-il, devrait lui valoir une médaille. Et il aurait continué à garder ses mains bien enfoncées dans ses poches, car il savait que c'était beaucoup mieux ainsi.

Seulement, elle l'avait embrassé, et le contact de ses lèvres tendres lui avait fait perdre la boule.

On disait souvent qu'un homme ne raisonnait pas avec sa cervelle. Eh bien, c'était vrai. Un homme se laissait commander par son sexe, et quiconque prétendait le contraire ne connaissait rien à la gent masculine.

Elle possédait le style de beauté qu'il appréciait : mince, les seins fermes, ronds sans être trop généreux. Il aimait les blondes, or sa chevelure avait la couleur des blés, rehaussé par des reflets argentés, certainement créés par un artiste de la coiffure. Il aimait aussi les femmes orgueilleuses, au caractère bien trempé, qui ne redoutaient pas de le regarder droit dans les yeux et de lui dire d'aller au diable.

Par-dessus tout, il aimait les femmes qui aimaient les hommes et n'avaient pas peur de le montrer, dans un lit.

Sur ce point, elle méritait la palme.

Elle l'avait rendu tellement fou qu'il l'avait prise trois fois de suite, et aurait recommencé... si elle ne l'avait pas appelé Paul.

Maintenant encore, il avait du mal à se concentrer sur ses factures, il ne parvenait pas à chasser de son esprit l'image d'Alex.

Nue, offerte, suppliante.

Je te veux... en moi.

Bon Dieu, il avait une érection, comme un imbécile, et il n'arrivait toujours pas à s'enlever cette maudite femme de la tête !

Nue.

Suppliante.

Arrête, se dit-il. S'il ne se méfiait pas, il se retrouverait en train de courir après la princesse Alex comme un toutou. Ça ne se produirait pas, il y veillerait. Il refusait de tomber amoureux. Surtout d'une femme qui, au fond, se servait de lui pour oublier un autre homme, qui ne resterait pas dans la région, et qui était la fille de son ancien patron, voire même sa patronne, en un sens – histoire de compliquer encore la situation.

Une fois dans son existence, il avait cédé à la passion. Il avait foncé sans réfléchir, avec toute la fougue de la jeunesse. C'était son premier amour et, bien sûr, le début du cauchemar qu'avait été sa vie conjugale.

Il avait été éperdument épris de Laura, sa petite amie de lycée, son épouse, la mère de ses enfants ; Laura, qui avait couché avec tout ce qui portait un pantalon, avant, pendant et après leur mariage ; Laura, qui se grisait d'alcool, de drogue et de fêtes – autant de plaisirs qui, finalement, avaient pris plus d'importance à ses yeux que sa famille ; Laura, qui les avait quittés, lui et les gosses, d'innombrables fois, avant de partir pour de bon ; Laura qui lui avait brisé le cœur, lequel était désormais enfermé dans une carapace, et aucune créature si charmante soit-elle – Joe en avait décidé ainsi – ne le ferait plus souffrir.

Bien sûr, il n'avait pas renoncé au sexe, ni aux femmes. Malheureusement, elles étaient nécessaires. Mais celles qu'il fréquentait étaient prévenues dès le début que, si elles souhaitaient continuer à le voir, elles ne devaient rien attendre de lui.

La vie qu'il menait lui convenait. Ses enfants et ses chevaux étaient au centre de son univers, les femmes à la périphérie.

Par conséquent, il s'était mis tout seul dans le pétrin et n'avait pas à passer sa mauvaise humeur sur son entourage. Il n'avait pas su résister à la tentation, refréner son désir, à présent il payait le prix de sa faute.

Elle s'en irait demain, ce qui était une bonne chose. Selon toute vraisemblance, ils ne se reverraient plus jamais.

C'était une excellente chose, se répéta-t-il, et il refusa de se demander pourquoi cette perspective lui tordait l'estomac.

— Papa ?

Cette voix, pourtant si familière, le fit sursauter comme s'il était coupable. Il tourna la tête vers le seuil de la cuisine où venait d'apparaître Eli. Son fils aîné, le clone presque parfait du jeune homme qu'il avait été.

Pieds nus, Eli s'avança en se frottant les yeux avec ses poings fermés. Bébé, à son réveil, il se frottait déjà les yeux de cette façon. Ce souvenir amena sur les lèvres de Joe une ombre de sourire.

— Qu'est-ce que tu fais debout à une heure pareille ? Il est plus de minuit, et demain tu as cours, dit-il d'un ton bourru.

Il était toujours un peu fâché contre Eli qui avait ramené les motos couvertes de boue et les avait laissées dans cet état. D'ordinaire, cela aurait valu à son fils un simple « tu les nettoies tout de suite », mais aujourd'hui il était tellement à cran qu'il avait crié contre Eli.

— Tout va bien ?

Eli lui posa une main sur l'épaule, se pencha pour regarder le livre de comptes, les notes et les factures éparpillées sur la table. De ses longs doigts nerveux, il repoussa une mèche qui lui tombait sur la figure.

Joe réalisa soudain – il en fut saisi – que son garçon devenait un homme.

— Pourquoi cette question ? Évidemment que tout va bien.

Il scruta le visage d'Eli. Celui-ci ne pouvait pas savoir qu'il était obsédé par Alex – Dieu fasse qu'il l'ignore ! Sa vie sexuelle ne concernait pas son fils, même s'il était presque adulte.

— Neely m'a expliqué que tu étais licencié de Whistledown, que sa sœur était venue ici pour te l'annoncer.

— Oh !

Joe resta un instant silencieux, cherchant une réponse appropriée.

— Oui, Mlle Haywood m'a effectivement dit quelque chose dans ce genre-là.

— Si on a du mal à joindre les deux bouts, je pourrais trouver un job. J'ai l'âge.

— Eli...

Joe faillit prendre son garçon dans ses bras, ce qu'il ne faisait plus depuis qu'Eli était quasiment aussi grand que lui. Il se contenta de tapoter la main toujours posée sur son épaule.

— Tu n'auras pas à travailler. Ça s'arrangera. C'est vrai, je vais probablement perdre mon emploi à Whistledown, parce que les Haywood ont de graves problèmes financiers. Mais j'ai du temps devant moi, mon contrat me protège pendant quelques mois encore. En attendant, je mets au point quelques projets pour qu'on ne se retrouve pas sur la paille. Crois-moi, tu n'as pas à t'inquiéter. Tu peux retourner te coucher.

— Et toi ?

— Comment ça, moi ?

— Tu ne te couches pas ? rétorqua Eli avec un sourire malicieux. Tu sais, tu ne rajeunis pas. Les vieux ont besoin de sommeil.

Joe émit un reniflement faussement outragé.

— Eli, si je voulais être couvé par une mère poule, j'installerais ton grand-père dans cette maison. Je finis ça, et je monte. Je vais bien, tout va bien. File dans ta chambre.

Eli obtempéra. Mais Joe demeura de longues heures dans la cuisine, incapable de dormir.

Incapable d'oublier Alex, nue et suppliante.

22

Un éclat de rire lui fit dresser l'oreille. Le Prédateur jeta un regard circulaire et avisa, sous les veilleuses de sécurité, non pas une, mais deux ravissantes blondes. Elles s'apprêtaient à entrer dans le bâtiment, une aubaine qui lui donna presque le tournis.

Deux belles blondes, ici même. Le bon Dieu, pensa-t-il, lui souriait.

Peut-être, éventuellement, si le bon Dieu était bien disposé et que les astres, les planètes et tout le tremblement lui étaient favorables, qu'il pourrait avoir une de ces filles, voire les deux. De toute façon, il commençait à se fatiguer de Cassandra. Elle ne riait plus. Elle ne pleurait plus, elle n'était même plus terrorisée. Elle n'était pas beaucoup plus amusante que les poupées gonflables pourvues d'un vagin, qu'il avait testées quand il était plus jeune et jugées peu satisfaisantes.

Il était temps de songer à la remplacer.

Si ces filles faisaient l'affaire, il aurait dès ce soir la remplaçante qu'il cherchait. Il enverrait Cassandra rejoindre son Eric dans un glorieux bouquet final que ses nouvelles camarades de jeu auraient tout le loisir d'admirer.

Leur montrer illico ce qui leur arriverait si elles n'étaient pas gentilles était toujours préférable. Après ce genre de démonstration, elles ne lui causaient plus de difficultés. En réalité, elles étaient en principe tellement avides de faire exactement ce qu'il leur disait qu'elles en devenaient pathétiques.

Or il s'avéra que le bon Dieu était décidément d'humeur badine, ainsi que cela Lui arrivait parfois. Le Prédateur en eut la preuve lorsqu'il apprit l'identité des beautés blondes. Alexandra et Cornelia Haywood. Si ce n'était pas là une sorte de blague cosmique, alors il donnait sa langue au chat.

Hier soir, il était chez elles. Après avoir terminé sa soirée avec Cassandra, bien sûr, et s'être glissé hors de la grotte pour prendre une douche. Il ne savait même pas que le manoir était occupé. De menus indices – enfin, pas si menus : un sac à main dans la cuisine – lui avaient indiqué qu'une femme, au moins, se trouvait dans la maison. Du coup, il avait exploré les lieux.

Après tout, il était opportuniste. Si le bon Dieu lui offrait une dame sur un plateau, il n'allait quand même pas refuser.

Il était entré dans une chambre et... bingo, la pépite d'or était là. Allumant brièvement la lampe stylo qu'il portait toujours sur lui, il avait découvert une jeune blonde. Elle dormait profondément, pelotonnée sous ses couvertures. Elle avait la peau laiteuse. La tentation était trop forte, il lui avait effleuré la joue, pour voir si cette peau crémeuse était aussi douce qu'elle le paraissait.

Un geste malencontreux. Il avait éteint sa lampe, juste à temps. Elle s'était réveillée – il le savait, car sa respiration avait changé de rythme. Elle était pourtant restée immobile dans le noir, un long moment, à se demander sans doute ce qui se passait.

Il avait eu envie de lui sauter dessus, là dans son lit, puis de l'emmener rejoindre Cassandra, mais il avait refoulé cette pulsion. Il ignorait qui elle était, néanmoins il présumait qu'elle avait un lien quelconque avec les Haywood. Cela signifiait qu'elle était probablement riche et avait beaucoup de relations. Kidnapper une fille dans sa chambre incitait la police à fouiller scrupuleusement les lieux ; kidnapper une fille riche et qui avait des relations poussait cette même police à passer toute la région au peigne fin.

Certes, l'entrée de sa cachette souterraine était bien dissimulée, il n'en doutait pas. Personne, pendant toutes ces années, ne l'avait repérée. Mais conduire délibérément des bataillons de représentants de l'ordre jusqu'au cœur des ténèbres – ainsi qu'il se plaisait à le dire – serait stupide. Or il était tout ce qu'on voulait, sauf stupide.

Il avait donc décidé, à contrecœur, de laisser la fille tranquille. Il se tenait au pied du lit, ruminant ses regrets et sur le point de s'éclipser, quand elle s'était brusquement assise et avait tenté d'allumer la lumière.

Clic. Il avait nettement entendu le bruit du commutateur de la lampe. *Clic*.

Heureusement pour elle que l'électricité était coupée.

En un sens, il avait presque été déçu. Si elle avait posé les yeux sur lui, il aurait considéré ça comme le signe qu'elle était destinée à lui appartenir.

Bref, il avait quitté la pièce, vite et, pensait-il, en silence. Mais elle s'était lancée à sa poursuite. Quel courage ! Elle avait failli le rattraper, alors qu'il se plaquait contre le mur du couloir en attendant qu'elle s'éloigne.

Elle avait trébuché, et avait agrippé sa chemise pour ne pas tomber. Il avait profité de cette fraction de seconde pour la frapper avec une statuette de bronze. S'il avait eu toute sa tête, il aurait utilisé son aérosol incapacitant, mais il était perturbé et, d'ailleurs, il avait son aérosol dans la poche revolver de son pantalon, laquelle poche était boutonnée, tandis que la statuette, quoique peu pratique, était à portée de main. Il l'avait vue sur sa tablette des centaines de fois, il avait même manqué la renverser quand il s'était réfugié près du fauteuil.

Ensuite il s'était enfui à toute allure, en se promettant que, si la fille était toujours là dans quelques jours, il reviendrait.

Il ne la toucherait pas. Il ne l'enlèverait pas. Il se contenterait de regarder.

Il aimait regarder. C'était presque – pas tout à fait, quand même – aussi amusant que le reste. Les spectacles qu'il avait vus au fil des années... eh bien, s'il décidait un jour d'écrire un livre là-dessus, ce serait un bouquin fantastique. Il l'intitulerait *Ce qu'a vu le méchant garçon*, par exemple.

Et maintenant elle était là, tel un mets succulent qu'on lui resservait. Il l'avait reconnue dès qu'il avait déchiffré son nom sur le registre.

La kidnapper n'était pas envisageable. La disparition de la fille de Charles Haywood, si peu de temps après la triste mort du père, attirerait trop l'attention.

Il devrait se contenter de l'épier.

C'était un plaisir non négligeable. Il avait toujours aimé ça. Naturellement, compte tenu des circonstances, il était dans l'incapacité d'observer à son aise leurs faits et gestes.

Malgré tout, il en avait eu pour son argent, sitôt que les deux sœurs s'étaient retrouvées bien à l'abri dans leur jolie chambre de motel.

Elles s'étaient déshabillées, douchées et séchées soigneusement, avant d'enfiler leurs ravissantes chemises de nuit et de se coucher.

Lorsqu'elles avaient éteint la lumière, le privant de sa jouissance de voyeur, il était tellement excité qu'il avait décidé de rendre une nouvelle visite à Cassandra.

23

Le lendemain matin, Alex fut surprise d'entendre frapper à la porte de la chambre. Il n'était pas encore neuf heures, elle avait juste eu le temps de se doucher et de s'habiller. Elle s'était lavé les cheveux – avec d'infinies précautions, bien que le médecin lui eût conseillé d'attendre trois jours, à cause des points de suture. Mais elle ne supportait plus d'avoir la tête sale.

Elle était donc occupée à se sécher les cheveux quand on cogna à la porte. Neely étant sous la douche, elle posa son séchoir et alla ouvrir.

Joe était là devant elle, sur le seuil.

Ils se dévisagèrent un long moment, en silence. Le soleil matinal qui brillait au-dehors découpait la silhouette de Joe comme une ombre chinoise. Elle embrassa d'un seul regard ce corps athlétique et félin, que moulait un jean, ce visage si énergique et si séduisant.

Lui aussi la contemplait, ses yeux s'attardaient sur son pantalon gris, son pull à col roulé marine qui mettait en valeur le bleu de ses prunelles, ses longs cheveux blonds flottant sur ses épaules.

Elle fut tellement heureuse de le voir que son cœur fit un bond.

Puis elle se rappela qu'elle ne devait pas se réjouir, et elle fronça les sourcils.

Il jeta un coup d'œil à la petite chambre miteuse, aux lits jumeaux dont les matelas étaient défoncés, au mobilier de pacotille, du faux Louis XV, blanc et doré.

Un sourire ironique étira ses lèvres.

— Ce palace vous plaît, princesse ?

— Puis-je connaître les raisons de votre visite ? rétorqua-t-elle d'un ton glacial.

— Il n'y en a pas. Je passais simplement dans le coin...

— Très bien, articula-t-elle, et elle ébaucha le geste de refermer la porte.

— Ne soyez pas puérile, dit-il, agrippant le bord du battant.

Il était suffisamment costaud pour maintenir cette maudite porte ouverte, malgré tous les efforts d'Alex.

Comme son sourire horripilant s'élargissait, elle dut rassembler toute sa volonté pour ne pas le gifler. Surtout, ne pas se ridiculiser, s'exhorta-t-elle.

— Sur le chapitre de la puérilité, vous...

— Alex ! cria Neely. Tu as un séchoir ?

Avant qu'Alex ait pu répondre, Neely déboula dans la chambre. Heureusement, elle était drapée dans une serviette blanche, mais qui ne la couvrait que des aisselles au bas des fesses – l'établissement n'étant pas du genre à fournir à ses clients des draps de bain.

— Oh... Bonjour, Joe !

L'adolescente, au lieu de battre en retraite pour ménager sa pudeur, s'approcha de lui. Alex remarqua dans les yeux de Joe une lueur réprobatrice.

— Bonjour, répondit-il sèchement.

— Eli est avec vous ? demanda Neely, nullement désarçonnée par sa froideur – il lui en fallait bien plus.

Elle scruta le parking où, à sa grande surprise, s'alignaient de nombreux véhicules.

— Eli est au lycée, dit Joe, sous-entendant que Neely devrait y être aussi.

— Dommage...

Puis elle adressa à Joe un sourire radieux.

— Bon, je vous laisse papoter, tous les deux. Alex, je serai dans la salle de bains, au cas où tu aurais besoin de moi. Ce qui me surprendrait.

Elle pivota, rafla au passage le séchoir à cheveux, et se dirigea d'un pas guilleret vers le cabinet de toilette, son postérieur ondulant sous la courte serviette au point de friser l'indécence.

— J'ai l'impression que la pudeur n'est pas la qualité majeure de votre sœur. Vous devriez lui conseiller de ne pas se pavaner à moitié nue devant des inconnus.

Alex poussa un soupir.

— Interdire quelque chose à Neely équivaut à agiter un chiffon rouge sous le nez d'un taureau. Si je lui disais ça, la prochaine fois, elle serait sans doute en tenue d'Ève.

— Vous n'avez pas beaucoup d'autorité sur elle, n'est-ce pas ?

— Non, effectivement. Mais ça ne vous concerne pas.

— C'est vrai, et je m'en félicite.

Il extirpa de sa poche de chemise une enveloppe qu'il lui tendit.

— Pour vous, remise par Federal Express ce matin. Comme j'ignorais si vous repasseriez par Whistledown avant de partir, je suis venu vous l'apporter.

— Oh, merci ! Mais... l'enveloppe est décachetée.

Il haussa les épaules.

— Sue – la fille qui travaille à mi-temps au bureau – m'a expliqué qu'elle l'avait reçue avec d'autres paquets destinés au domaine. Elle a ouvert cette lettre machinalement, avant de réaliser qu'elle vous était adressée. C'est un message de votre avocate. Elle vous demande de lui téléphoner avant de rentrer à Philadelphie, de toute urgence.

— Vous l'avez lue ! accusa Alex.

— Oui. Plus exactement, Sue l'a lue la première et me l'a donnée.

— Mais pourquoi Andrea…

Alex s'interrompit. Andrea Scoppolone était une amie proche, ainsi que son avocate. Elle faisait partie du bataillon de juristes au service des Haywood. Elle débutait, certes, cependant comme les deux jeunes femmes se connaissaient depuis des années, elle était l'interlocutrice privilégiée d'Alex.

— Ah oui, le téléphone du manoir ne fonctionne pas… marmonna-t-elle.

— Quand je suis parti, la ligne n'était pas rétablie. Il vaut mieux que vous appeliez votre avocate d'ici.

— Oui.

Si Andrea avait jugé nécessaire de lui envoyer un message par Federal Express, cela ne présageait rien de bon.

— Je préfère que Neely n'entende pas notre conversation.

— Homer, le propriétaire de ce motel, vous laissera utiliser le téléphone de son bureau. Dites à votre sœur que nous allons prendre le petit déjeuner au restaurant.

— D'accord.

Alex frappa à la porte de la salle de bains.

— Neely, je vais au restaurant avec Joe.

— Amuse-toi bien ! répondit l'adolescente d'un ton lourd d'insinuations auxquelles Alex, soucieuse, ne prêta même pas attention.

Quelques mètres à peine séparaient la chambre de la réception, située dans le restaurant. Deux femmes de ménage en blouse grise et un homme à tout faire saluèrent Joe, en l'appelant par son prénom. Ils échangèrent des commentaires sur le temps et autres banalités.

Dans le restaurant flottaient des odeurs de nourriture ; le soleil entrait à flots par les vitres. Sur le comptoir en bois, à gauche, trônait une caisse enregistreuse désuète, un bol en plastique plein de bonbons à la menthe, ainsi qu'un panonceau sur lequel on lisait : BIENVENUE AU DIXIE INN. Pour l'instant, il n'y avait personne en vue, mais on entendait des voix et des rires provenant des salles voisines.

Joe enfonça le bouton de la sonnette argentée qui émit un *ding* discordant. Aussitôt, une femme grisonnante et dodue, en uniforme rose, apparut.

— Joe ! s'exclama-t-elle, ravie. Vous voulez votre petit déjeuner ?

— Peut-être tout à l'heure. Dans l'immédiat, je souhaiterais que cette dame puisse utiliser le téléphone dans le bureau de Homer. Le nôtre est en panne.

— Encore ! Ça alors, c'est embêtant.

La femme tourna un regard interrogateur vers Alex.

— C'est un appel longue distance. Vous le mettrez sur ma note.

Son interlocutrice agita la main, d'un air de dire : aucune importance.

— Au fait, j'ai oublié de faire les présentations, dit Joe. Alex, voici Mabel Waters. Mabel... Alex Haywood.

— Oh, une Haywood de Whistledown ? Je croyais que vous vous étiez trouvé une nouvelle amie, déclara Mabel avec un sourire espiègle. Bien sûr, mademoiselle, que vous pouvez vous servir du téléphone. Joe va vous indiquer le chemin.

— Merci, Mabel, rétorqua Joe en entraînant Alex vers une porte, derrière le comptoir, qui donnait accès à une petite pièce aux murs lambrissés du sol au plafond.

Alex était tellement anxieuse qu'elle ne vit rien, hormis le combiné noir posé sur la table. Elle composa le numéro d'Andrea.

— Je suis soulagée que tu aies mon message ! claironna son amie à l'autre bout du fil. Mais d'abord, j'ai appris la nouvelle à propos de Paul. Quel salaud ! Et Tara Gould, quelle garce ! Tu n'es pas trop anéantie, au moins ?

— Non, je vais bien.

Alex ne mentait pas. Joe était dans le bureau avec elle, adossé au mur. Quand il lui avait demandé si elle souhaitait qu'il la laisse seule, elle avait secoué la tête. Elle aurait peut-être besoin de son soutien moral, si elle devait affronter une nouvelle catastrophe. Malgré leurs conflits, elle savait pouvoir compter sur lui : il ferait le maximum pour l'aider.

Et si, comme elle l'affirmait à Andrea, elle ne souffrait plus de la trahison de Paul, c'était grâce à lui. Elle avait découvert, par comparaison, que l'amour avec Paul n'avait jamais été fabuleux.

— Tu me rassures, ma grande. Malheureusement, j'ai de mauvaises nouvelles à t'annoncer.

— Je m'en doutais, répliqua Alex d'un ton résigné. Qu'est-ce qui se passe ?

— Nous avons été contactés par un journaliste, un de nos informateurs. Ils s'apprêtent à publier pendant les prochaines semaines une espèce de mauvais feuilleton intitulé : « La chute de la famille Haywood ». L'histoire tourne autour de ton père, de ce qui lui est arrivé, etc. Mais ce n'est pas le pire. Ils prétendent qu'il graissait la patte à de hauts fonctionnaires et des politiciens de plusieurs États pour obtenir les autorisations nécessaires et avoir les coudées franches. D'après notre informateur, le procureur mène son enquête, ce qui nous a été confirmé par certains de ses collaborateurs.

— Oh non ! gémit Alex. Dis-moi que ce n'est pas vrai !

— Je ne sais pas. Je peux simplement te dire que le journal sortira ces articles et que le bureau du procureur prend l'affaire au sérieux. Ce matin, nous avons déjà eu cinq appels de journalistes qui nous demandaient des commentaires, alors que le premier papier n'est pas encore publié. C'est le « côté humain » de l'histoire qui les intéresse, figure-toi : comment la fille du milliardaire, si belle et si gâtée par la vie, fait face à la situation… Tu vois le genre. Il y a une horde de photographes devant l'hôtel particulier de ton père, nous avons prévenu Mercedes qui boucle ses valises pour partir chez des amis à Londres. Je te suggère donc de ne pas rentrer tout de suite. Il vaut mieux que tu te tiennes à l'écart de ce tapage.

Rester à Whistledown ? Alex lança un coup d'œil à Joe qui l'observait d'un air grave.

— Combien de temps devrai-je attendre, à ton avis ?

— Quelques semaines. Le premier article paraîtra mercredi, et il y en aura environ sept ou huit. Selon moi, début décembre, tu ne seras plus sous les feux des projecteurs. Naturellement, l'enquête du procureur se poursuivra, toutefois ce sera long et, *a priori*, discret. À moins qu'il n'y ait une mise en examen, auquel cas tu auras à nouveau intérêt à disparaître. Mais un problème après l'autre.

Trois semaines à Whistledown. Comment occuperait-elle ses journées, que ferait-elle ?

Une pause dans son existence, une parenthèse. Un peu de temps pour accepter le suicide de son père, sur les lieux mêmes où il s'était donné la mort.

Attendre que les gens se lassent de colporter des ragots à propos du mariage de Paul. Voir ce qu'il adviendrait de sa relation avec Joe...

Ce dernier argument fut décisif, quoiqu'elle se refusât à l'admettre.

— Bon, je vais suivre ton conseil.

— Écoute, je suis navrée d'en rajouter mais, si l'enquête aboutit, la compagnie risque d'être condamnée sur le plan financier et pénal.

— Oh, Seigneur !

— En envisageant le pire des scénarios, Neely et toi avez au moins vos biens par fidéicommis, déclara Andrea d'un ton rassurant. Même si tu ne pourras pas en bénéficier avant ton quarantième anniversaire, ils sont là, bien à l'abri. Et la succession continuera à couvrir tes dépenses jusqu'à ce que tout soit réglé. À propos, tu as donné son congé au régisseur du domaine ?

Dire que, deux jours auparavant, Alex était venue en avion de Philadelphie dans le seul but de licencier *le régisseur*. Elle avait cru que ce serait simple : une corvée vite bâclée, une dernière visite à Whistledown, puis elle repartait et reprenait le cours de sa vie.

Elle n'avait pas prévu qu'elle rencontrerait Joe.

— Eh bien… il fait des difficultés. Il affirme avoir un contrat.

— Ça oui, je fais des difficultés, marmonna-t-il en s'approchant. Passez-la-moi…

— Il est avec toi ? s'étonnait Andrea, à l'autre bout du fil. C'est Mark qui se charge de…

— Arrêtez ! lança Alex à Joe, pour l'empêcher de lui arracher le téléphone des mains. Andrea, je ne veux pas me mêler de ça. Joe, vous en discuterez avec Mark Hanigan. Et toi, Andrea, préviens Mark que Joe Welch le contactera sous peu.

Il s'immobilisa, enfonça les mains dans ses poches, le regard rivé sur Alex.

— Joe ? claironna Andrea, enchantée. Tu l'appelles par son prénom ? Il est mignon ?

— Encore une chose, coupa Alex, à propos de mon père. Dans le rapport d'autopsie, il ne me semble pas avoir lu quoi que ce soit concernant le taux d'alcool qu'il avait dans le sang. Ça m'étonnerait que ce détail m'ait échappé, mais pourrais-tu vérifier, s'il te plaît ?

— Bien sûr, répondit Andrea avec compassion, car elle savait combien Alex avait de la peine à accepter le suicide de son père. Je m'en occupe.

— Merci. Maintenant, si tu n'as pas d'autres tuiles à m'annoncer, je vais te laisser. Quelqu'un m'a gentiment prêté son téléphone, et je ne voudrais pas le ruiner.

— Je suis navrée d'avoir dû jouer les oiseaux de mauvais augure. Je prendrai régulièrement de tes nouvelles. Et, pour cette question d'alcoolémie, je te donnerai la réponse dès que possible.

Elles se dirent au revoir, puis Alex raccrocha. Joe la regardait, le regard sombre.

— Pour vous résumer la situation, murmura-t-elle avec lassitude, vous avez tout intérêt à chercher immédiatement un nouvel emploi.

L'expression de Joe se radoucit.

— Ça va donc si mal ? Venez, je vous offre le petit déjeuner. Vous me raconterez tout.

24

— Alex, je vous présente Homer Gibson. C'est le propriétaire de cet établissement, et le roi des cuisiniers. Il fait les saucisses et les crêpes les plus sensationnelles de la planète. Si vous préférez des œufs, les siens ne sont pas mal non plus. Tous les gros bonnets qui passent dans la région s'arrêtent pour prendre leur petit déjeuner au Dixie Inn.

Alex n'avait aucune envie de manger, surtout pas des saucisses et des crêpes, cependant elle avait accepté l'invitation de Joe – lequel lui avait fait remarquer, à juste titre, que l'électricité étant toujours coupée à Whistledown, elle ne pourrait même pas se préparer un café.

Elle sourit donc poliment et serra la main du patron, qui les conduisit vers une table dans l'une des salles du restaurant.

Gibson était plus petit que Joe, déplumé et corpulent, avec une figure ronde et rubiconde, un grand sourire réjoui. Il arborait une chemise immaculée, un pantalon noir et un tablier noué autour de la taille.

Plusieurs clients étaient déjà attablés dans les quatre pièces du rez-de-chaussée, dont les portes étaient ouvertes et communiquaient les unes avec les autres. Manifestement, tous ces gens connaissaient Joe. Ils le saluaient de la main ou l'interpellaient :

— Salut, Joe !

— Tu es paré pour le match de samedi ? Vive l'UK !

— J'ai vu Eli à l'entraînement, l'autre jour. Tu lui diras de ma part que je le trouve en progrès.

— Tu sais si Sue m'a préparé cette fichue facture ?

Joe répondait aux saluts et aux remarques par un geste, un rire, une ou deux paroles. Quand on habitait un village, pensa Alex, on devait apprendre rapidement que, si l'on s'arrêtait pour bavarder avec chaque personne que l'on croisait, on n'avait plus le temps de faire autre chose.

Leur table, recouverte d'une nappe blanche protégée par du plastique transparent, était placée face à une large baie vitrée donnant sur un jardinet agrémenté d'un orme aux branches dénudées et d'un bassin en ciment que l'on avait vidé de son eau.

Homer tendit un menu à Alex.

— Alors, il paraît que vous n'êtes à Whistledown que pour un week-end ?

L'étonnement dut se lire sur le visage de la jeune femme, car Joe se mit à rire.

— Ici, tout le monde est au courant des allées et venues de son voisin, dit-il. Rien n'est sacré, surtout pas la notion d'intimité. Croyez-moi sur parole.

— Ça, c'est bien vrai, renchérit Homer. On a la mauvaise manie de fourrer notre nez partout.

Mabel apparut, avec deux verres d'eau qu'elle posa sur la table. Elle se campa près d'eux, armée de son carnet et d'un crayon.

— Ma sœur et moi, nous resterons sans doute plus longtemps que prévu, dit Alex. Peut-être une semaine ou deux.

— Dommage que ce soit la saison des pluies ! rétorqua Homer en secouant la tête d'un air navré. Il vous faudrait voir la région au printemps ou en été. L'été, par ici, c'est superbe.

— Vous avez raison, c'est très beau. J'ai déjà séjourné ici en été.

La dernière fois, songea-t-elle, elle s'était disputée avec son père. À ce souvenir, elle sentit son cœur se serrer.

— Bon, je vous laisse tranquilles, tous les deux. J'ai été ravi de faire votre connaissance, mademoiselle Haywood. Mabel va prendre votre commande. Au fait, Joe, pour le déjeuner j'ai préparé la soupe de haricots dont tu raffoles, et du pain de maïs. Si tu veux en profiter...

— J'y serai peut-être obligé, si on ne nous remet pas l'électricité. Salut, Homer! lança Joe au patron qui s'éloignait.

— Je vous laisse une minute pour faire votre choix? intervint poliment Mabel.

— Non, répondit Alex qui avait parcouru le menu pendant que les deux hommes discutaient. Pour moi, ce sera du café et des toasts, s'il vous plaît.

Joe parut sur le point de faire une réflexion mais se tut.

— Et vous, Joe, comme d'habitude?

— Oui, Mabel, merci.

Quand la serveuse eut disparu, Joe but une gorgée d'eau, dévisagea sa compagne.

— Alors, vous me racontez?

Elle se força à sourire.

— Vous vous prenez pour mon confesseur?

— Oui, en quelque sorte.

Elle lui relata toute l'histoire. Tandis qu'elle parlait, on leur avait servi leur petit déjeuner, et Joe dévorait à belles dents des œufs brouillés, des saucisses dégoulinantes de sauce, des chaussons fourrés à la viande et des toasts. Alex, fascinée, le regardait manger. Il était grand et fort, certes, mais comment pouvait-il avaler autant de nourriture?

— Ils pensent donc qu'il aurait soudoyé des personnalités haut placées? marmonna-t-il.

Elle opina. La crampe qui lui avait noué l'estomac en apprenant le dernier scandale en date concernant sa famille commençait à se dissiper. Peut-être grâce au toast tartiné de confiture qu'elle grignotait... ou plutôt au fait que Joe écoutait ses confidences avec attention.

— Vous savez, que ce soit vrai ou non, cela n'a aucun rapport avec vous, déclara-t-il.

— Bien sûr que si, protesta-t-elle, surprise. C'est mon père.

— Il est mort, Alex. Vous devez vous faire une raison.

Elle reposa son toast, soudain au bord de la nausée.

— Pour vous, c'est facile à dire.

— Non, ça n'est pas si facile. Mais regardez-vous : vous avez perdu... mettons, au moins cinq kilos depuis son décès. Ne mentez pas, n'oubliez pas que je vous ai vue le jour des obsèques. Vous ne mangez plus. Est-ce que vous arrivez à dormir ?

— Avec des somnifères, avoua-t-elle après une hésitation.

— À votre avis, il serait content que vous vous mettiez dans cet état ? Il vous aimait, souvenez-vous. Il aurait voulu que vous soyez forte, que vous preniez soin de vous, que vous soyez heureuse.

— Je sais, mais... balbutia-t-elle, la gorge nouée. Réalisant qu'il avait trop parlé, qu'elle allait fondre en larmes, il changea de ton, pointa le doigt vers son assiette.

— Commencez donc par finir ce maudit toast. Ça me rend fou de vous regarder picorer, une miette par-ci, une miette par-là. Mangez, nom d'une pipe !

— Si je me gavais autant que vous, je deviendrais grasse comme une oie.

— Avant que vous soyez grasse, ma chérie, il passera de l'eau sous les ponts.

L'entendre l'appeler « ma chérie », de cette voix un peu rauque, fit surgir dans l'esprit d'Alex des images auxquelles elle préférait ne pas songer pour l'instant.

Elle lut, dans les yeux de Joe, qu'il pensait à la même chose.

— Je vous ressers du café ? proposa Mabel.

Joe acquiesça. La serveuse remplit leurs tasses, et s'éloigna à nouveau.

— À propos, comment va votre crâne ? demanda Joe à Alex.

— Bien, grâce à l'aspirine. Les points tirent un peu, mais ce n'est pas vraiment douloureux.

— Quand doit-on vous les enlever ?

— Mardi. Je comptais aller chez mon médecin de Philadelphie, mais...

— Eh bien, vous consulterez notre docteur local, Carl Allen. Il est très bien.

— C'est l'un de vos amis ?

— Oui.

— Apparemment, tous les gens de la région sont vos amis.

— Je suis né ici, j'y ai grandi, j'y ai fait mes études. Je suis parti neuf ans en Californie, et puis je suis revenu il y a une dizaine d'années. Depuis, je n'ai pas bougé. Alors, évidemment, je connais tout le monde.

— Et en Californie, que faisiez-vous ? interrogea-t-elle, curieuse.

— J'étais l'assistant d'un entraîneur, Ted Gray. Vous n'avez jamais entendu parler de lui ?

Elle secoua la tête.

— Un grand entraîneur, très réputé. Le professeur idéal pour apprendre son métier.

— Dans ce cas, pourquoi l'avez-vous quitté ?

Il eut un sourire qui plissa ses yeux.

— Je vous ai dit que j'avais déjà été licencié, vous vous souvenez ? Eh bien, c'est lui qui m'a viré.

— Pour quel motif ?

Pour Alex, Joe ne pouvait être qu'un employé exemplaire. Même si elle le connaissait à peine, en réalité, elle avait été frappée dès le début par sa compétence.

Il travaillait dur, s'imposait une discipline de fer, il était intelligent, responsable. Le genre d'homme sur qui un patron se reposait totalement.

— Nous étions – l'équipe de Gray – à Santa Anita, quand j'ai été obligé de retourner chez moi de toute urgence. C'était la veille du Derby de Santa Anita, nous avions huit chevaux à préparer, nous dormions sur le champ de courses, nous n'avions pas une minute de répit. Lorsque j'ai prévenu Gray que je devais rentrer, il m'a dit que, si je partais avant le Derby, il me mettait à la porte. Je suis parti, et il a tenu parole.

— Que se passait-il de si grave, chez vous ?

Il la dévisagea, comme s'il hésitait à répondre.

— Laura, ma femme, avait abandonné les enfants. Ils étaient seuls à la maison depuis plus de vingt-quatre heures. Eli avait quatre ans, Josh deux. Une amie de Laura, qui était venue lui rendre visite, a trouvé mes gosses, et m'a téléphoné immédiatement. Laura avait disparu.

— Ô mon Dieu ! s'exclama Alex, choquée. Que lui était-il arrivé ?

— Rien de spécial, rétorqua-t-il d'un ton amer. Laura n'avait qu'une envie : s'amuser, faire la fête. Elle ne voyait pas ce qui aurait pu l'en empêcher.

— Et donc vous avez divorcé ?

Inez avait expliqué à Alex que l'épouse de Joe l'avait planté là avec trois enfants à élever. Or il n'avait mentionné que ses deux fils.

— C'était la première fois qu'elle me quittait. Son escapade a duré trois semaines. Ensuite, elle a pris l'habitude de s'en aller quand ça lui chantait. Néanmoins, nous n'avons divorcé qu'après notre retour ici et la naissance de Jenny.

— Vous ne vous êtes jamais remarié ?

— Cette expérience m'a amplement suffi.

Il but une gorgée de café.

— Maintenant, parlez-moi un peu de vous. Racontez-moi comment vous êtes devenue photographe. On enseignait la photo dans les pensions huppées que vous fréquentiez ?

Il changeait délibérément de sujet, ce qu'Alex comprit sans difficulté. Sa vie conjugale avait été un enfer, qu'il répugnât à l'évoquer ne la surprenait pas.

— Comme je vous l'ai dit, j'ai pris beaucoup de cours particuliers, dans tous les domaines. Un été – j'étais adolescente – je me suis intéressée à la photo. Papa en a eu vent par les domestiques, il a aussitôt engagé les meilleurs professionnels pour m'initier. Ensuite j'ai continué et, lorsque j'ai décroché mon diplôme universitaire, j'en ai fait mon métier – ce n'est pas très lucratif, mais je suis quand même payée.

Elle aussi sirotait son café. Malgré les exhortations de Joe, elle ne pouvait se résoudre à finir son toast. Il lui resterait sur l'estomac, elle en était sûre.

— Et vous ? Vous êtes allé à l'université ?

— Oui, l'UK. L'université du Kentucky.

— Je m'en doutais. Qu'avez-vous étudié ?

— La gestion, ensuite je me suis spécialisé dans la gestion de haras. Et vous ?

— Moi, j'ai fait des études classiques.

— Oh, voilà qui est très concret !

— Autant que la gestion, je vous signale.

— Hé, j'ai un job, moi.

— Eh bien, moi, je n'en avais pas besoin.

À cet instant, Neely apparut, vêtue d'un petit blouson en jean sur une minijupe assortie. Elle s'approcha et s'assit à la table.

— Vous avez commencé sans moi.

— Je vous sers quelque chose ? demanda Mabel, avec un coup d'œil réprobateur au diamant qui ornait la narine de l'adolescente.

Joe fit les présentations, Neely passa sa commande. Alex attendit que Mabel ait regagné la cuisine pour résumer à sa sœur sa conversation avec Andrea – en lui épargnant les mauvaises nouvelles.

— On va rester ici quelques semaines ? s'exclama Neely, enthousiaste.

Alex devina que sa cadette pensait à Eli, et espéra que Joe ne se doutait de rien. Comment réagirait-il s'il apprenait que Neely « se tapait » Eli – pour reprendre l'expression élégante de la jeune fille, et en admettant qu'elle ait dit la vérité, ce qu'Alex préférait ne pas savoir.

— Non... *Je* reste ici quelques semaines. *Toi*, tu vas retourner à l'école.

— Certainement pas ! Je ne te laisserai pas toute seule.

— Neely, sois raisonnable. Tu dois reprendre les cours. Il n'est pas question que tu traînes ici pendant trois semaines ou davantage. Tu serais obligée de redoubler.

Neely attaqua l'omelette au fromage que Mabel lui avait servie, puis regarda Joe.

— Eli est dans quel établissement ?

— Au lycée du comté de Shelby. Pas très loin d'ici, au bout de la rue.

— Super ! fit Neely d'un ton triomphal. Je n'ai qu'à m'y inscrire.

— Pour un mois ? Sois un peu réaliste.

Neely arborait son expression butée. Aïe, pensa Alex.

— Tu ne peux pas me forcer à aller dans une école qui ne me plaît pas. Si tu m'envoies dans un autre pensionnat, je m'enfuirai.

— Neely...

Alex était désemparée, et affreusement embarrassée que Joe assiste à cette discussion. Le principal problème, c'était qu'elle connaissait suffisamment Neely pour savoir qu'elle n'hésiterait pas à mettre ses menaces à exécution.

— Tu n'es pas ma mère, Alex. Tu n'es que ma sœur. Alors, n'essaie pas de gouverner ma vie.

Joe esquissa un sourire sardonique.

— Neely ! gronda Alex, furieuse et mortifiée.

— Tu veux seulement te débarrasser de moi ! Depuis que je suis née, tout le monde ne cherche que ça : se débarrasser de moi. On m'expédie en pension, ou en colonie de vacances, on me fait partir ici ou là, sans arrêt ! Je me demande pourquoi ma mère, quand elle était enceinte de moi, n'a pas avorté. Au moins, je n'aurais gêné personne !

Là-dessus, Neely bondit sur ses pieds et se rua hors de la salle, suivie des yeux par Mabel et tous les clients du restaurant, interloqués.

25

Comme Alex ébauchait un mouvement pour se lever et rattraper Neely, Joe lui saisit le poignet.

— Terminez votre café, dit-il d'un ton placide. Si vous lui courez après quand elle fait un scandale de ce genre, vous la persuadez que c'est la meilleure manière de communiquer avec vous.

— Qu'en savez-vous ?

Alex était à la fois fâchée contre Neely et malheureuse pour elle, car elle devait reconnaître qu'il y avait une part de vérité dans les accusations de sa sœur. Effectivement, depuis toujours, tout le monde cherchait à se débarrasser d'elle. Cependant, Alex lui en voulait d'avoir déballé des problèmes aussi intimes devant Joe et les étrangers attablés dans le restaurant.

— J'ai trois enfants, dont deux adolescents. Par conséquent, je sais de quoi je parle.

— Ah oui ? Et comment auriez-vous géré cet esclandre, je vous prie ?

Joe la dévisagea d'un air pensif.

— Je lui aurais dit que, si jamais elle s'avisait de recommencer ce petit numéro, elle aurait droit à une telle fessée qu'elle ne pourrait plus s'asseoir pendant des jours.

Alex écarquilla des yeux horrifiés.

— Ce qui ne signifie pas que je le ferais, enchaîna-t-il avec un petit sourire. Mais je lui promettrais une bonne correction.

— Physiquement, je ne suis pas aussi intimidante que vous. Mes menaces ne l'impressionneraient pas. Vous n'auriez pas d'autres suggestions moins… violentes ?

— Restez là et buvez votre café. L'indifférence est une méthode moins rapide, mais ça marche aussi.

Comme pour illustrer ses conseils, il savourait tranquillement son café.

— Vous devriez peut-être lui permettre de demeurer auprès de vous, reprit-il. Vous vous imaginez seule à Whistledown ?

Alex n'y avait pas encore réfléchi. Mais, à cette idée, un frisson d'angoisse la parcourut.

— Je n'ai pas le droit de garder Neely avec moi pour cette unique raison. Ce serait égoïste. Je me débrouillerai.

— Si vous avez peur, vous n'aurez qu'à venir frapper à ma porte. Il vous suffit de descendre la colline.

Leurs regards s'accrochèrent l'un à l'autre. Alex eut l'impression d'entendre un crépitement dans l'air, un bruit de flammes. Quand elle avait couru lui demander de l'aide, elle s'était retrouvée avec lui dans une cabine de douche et ensuite dans son lit, seule. Mais si cela se reproduisait, ils y dormiraient ensemble, dans ce lit.

— Encore du café, Joe ? proposa Mabel.

Elle évitait soigneusement de poser les yeux sur Alex, qui en éprouva un regain de gêne et d'humiliation.

— Non, l'addition.

Joe régla la note, puis Alex et lui quittèrent le restaurant.

Ils aperçurent Neely près d'une cabine téléphonique, à l'autre bout du parking. Ses cheveux blonds brillaient au soleil, elle parlait avec l'homme à tout faire qui avait salué Joe tout à l'heure.

Ils rejoignirent l'adolescente. Neely, en les voyant, se renfrogna. L'homme se retourna, fit signe à Joe.

— Salut, Benny.

— Salut, Joe. Elle est avec vous, cette petite demoiselle ? Je me suis dit qu'elle avait peut-être besoin d'aide.

— Je ne suis pas avec *lui*, répliqua froidement Neely.

Alex ravala un gémissement. L'employé, flairant une dispute imminente, s'empressa de battre en retraite.

— Euh... désolé, je voulais juste rendre service. À bientôt, Joe.

— À qui téléphonais-tu ? demanda Alex qui avait du mal à contrôler son énervement et son inquiétude – quand Neely était en crise, on pouvait redouter le pire.

— J'ai appelé le lycée du comté de Shelby pour me renseigner sur les formalités d'admission.

Alex poussa un soupir excédé.

— Ils m'ont dit qu'il suffisait d'habiter dans le district. Puisqu'ils ont accepté Eli, ils me prendront aussi.

— Neely...

— Si tu m'envoies dans une école qui ne me plaît pas, je m'arrangerai pour qu'on me vire. Et tu ne m'en empêcheras pas !

À en juger par l'expression de Joe, il se contenait pour ne pas donner une bonne fessée à la jeune fille, ainsi qu'il l'avait recommandé à Alex durant le petit déjeuner. Il observait tour à tour Neely, qui était à présent au bord des larmes, et Alex qui se sentait dépassée par les événements. Brusquement, elle en eut assez.

— Très bien ! lança-t-elle d'un ton sec, en foudroyant sa sœur du regard. Parfait ! Si tu veux rester ici, libre à toi ! Mais si à la fin de l'année tu es obligée de redoubler, surtout ne viens pas te plaindre. Maintenant, file chercher tes affaires et dépêche-toi. On va t'y inscrire, dans ce lycée !

L'après-midi touchait à sa fin, lorsque Alex retourna à Whistledown. Elle était seule. Le pick-up bleu de Joe, avec Eli au volant et une bande de jeunes à l'arrière, avait déboulé sur le chemin menant à la ferme, au moment où Alex et Neely descendaient de la Mercedes. Eli avait crié à Neely de venir. Sans même songer à demander la permission à son aînée, Neely s'était précipitée. Manifestement, l'idée que Joe ne serait peut-être pas enchanté de la recevoir chez lui après son coup d'éclat ne lui effleurait pas l'esprit.

Alex et Joe s'étaient séparés devant le Dixie Inn. Il lui avait montré la direction du lycée, puis était parti vaquer à ses occupations. Alex, elle, s'était employée à inscrire sa sœur dans son nouvel établissement scolaire. Les formalités étaient relativement simples, il avait suffi de quelques coups de fil pour qu'on faxe aux services administratifs les documents nécessaires. Neely commencerait les cours dès le lendemain.

Au grand soulagement d'Alex, Neely s'était très bien comportée – elle était toujours adorable une fois qu'elle avait obtenu ce qu'elle voulait.

Alex n'en était pas moins épuisée par cette journée. Devoir séjourner à Whistledown la faisait frémir d'avance. Seule la présence de Joe rendait cette perspective supportable.

Vingt-quatre heures s'étaient écoulées depuis qu'il avait chamboulé son univers, par ses baisers et ses caresses, et déjà elle attendait avec délices de l'accueillir à nouveau dans ses bras. Il avait sans doute oublié son malheureux lapsus. Il était au-dessus de ça...

Le simple fait de pousser la porte massive et de pénétrer dans l'immense demeure déserte la rendit nerveuse. Par chance, le lustre du hall étincelait de mille feux, ce qui signifiait que le courant était enfin rétabli.

Elle alluma la lumière dans toutes les pièces, bien qu'il fît encore jour. Tu n'as rien à craindre, se dit-elle fermement. Les événements de la nuit dernière n'étaient qu'un fâcheux concours de circonstances. La tempête, la panne d'électricité, la foudre, un chat à la respiration bruyante... Elle avait laissé son imagination s'emballer.

Hannibal justement, la queue battant la cadence, émergea de la bibliothèque alors qu'Alex se dirigeait vers la cuisine. Elle portait un sac rempli de provisions achetées à Shelbyville, le froissement du papier kraft avait dû alerter le matou.

Elle le considéra avec méfiance et eut soin de le contourner, en restant au large, avant de franchir le seuil. Il la suivit. Il était absolument silencieux sur ses coussinets, il marchait à pas de loup, pour ainsi dire.

Était-ce cet animal qu'elle avait tenté de rattraper dans le couloir ? C'était ridicule, mais vraisemblable. Et préférable à toute autre hypothèse.

— Va-t'en, lui ordonna-t-elle.

Avec une suprême indifférence, il sauta sur le comptoir, puis sur le réfrigérateur où il s'installa pour la regarder ôter ses bottes et commencer à ranger les provisions. Ce regard fixe posé sur elle la mettait mal à l'aise, il lui rappelait le poème d'Edgar Allan Poe, *Le corbeau*, le passage à propos de la créature *perchée sur la porte de ma chambre, perchée et immobile, et rien de plus*. Elle s'attendait presque à ce que cet inquiétant matou croasse le célèbre : *jamais plus*.

Un instant, elle envisagea de le chasser sans ménagement de la pièce, mais sa taille et sa corpulence l'en dissuadèrent. C'était un vrai félin, qui n'hésitait sans doute pas à griffer et mordre si on le contrariait.

— Alors, vous l'avez inscrite ?

Cette voix, qui semblait surgir de nulle part, la fit violemment sursauter. Puis elle la reconnut et faillit laisser tomber les œufs qu'elle tenait. Elle les mit au réfrigérateur et passa dans l'arrière-cuisine.

Joe était là, accroupi, avec un rouleau de câble électrique qu'apparemment il reliait à la porte de derrière.

— Qu'est-ce que vous faites ? demanda-t-elle.

Elle était surprise – agréablement. Il avait donc une clé du manoir ?

Il lui jeta un coup d'œil par-dessus son épaule.

— J'installe un système d'alarme.

Il empoigna une perceuse, dont il enfonça le foret dans le chambranle de la porte. Il haussa le ton pour couvrir le vrombissement de la machine-outil.

— Toutes les fenêtres et les portes de la maison sont connectées à cette installation. Vous n'aurez plus à craindre qu'un individu en chair et en os s'introduise chez vous.

Alex ne put réprimer un énorme soupir de soulagement. Elle réalisa alors que, quelque part au fond de son inconscient, elle avait toujours la conviction que c'était un être humain bien réel qu'elle avait touché dans le hall. Sous le tissu, ce n'était pas une surface dure et lisse, comme un mur, qu'elle avait sentie. Non, c'était chaud, souple... un corps.

À nouveau, un frisson glacé la parcourut.

— Joe... merci.

Il lui sourit et se remit à forer l'encadrement de la porte. Elle retourna dans la cuisine pour finir de ranger les provisions. Elle disposait de la salade et des champignons dans le bac à légumes du réfrigérateur, lorsque Joe la rejoignit.

— Vous avez déjà fait des courses ?

— Disons que nous avons de quoi manger.

— Et vous savez cuisiner ?

— Évidemment. Enfin... un peu, ajouta-t-elle, par honnêteté. Omelette, œufs durs, salade de thon...

— Je parie que vous êtes aussi la reine du sandwich au beurre de cacahuètes, rétorqua-t-il, impassible.

— Je le suis, en effet.

— Voulez-vous que je demande à Inez de venir tous les jours, tant que vous serez là ?

— Je ne suis pas une incapable intégrale, figurez-vous. Je sais me servir d'un aspirateur, d'un lave-vaisselle et d'un chiffon à poussière. Je lave même mon linge, quand c'est indispensable. Je mets les vêtements dans la machine, de la lessive, je ferme le hublot et j'appuie sur le bouton. Formidable, non ?

Il éclata de rire.

— Aurais-je été à nouveau insultant ? Navré. Je vous le répète, j'ignore comment vivent les filles de milliardaires.

— Dans le monde réel, comme tout un chacun, répliqua-t-elle d'un ton coquin.

Le sourire qui faisait pétiller les yeux de Joe le rendait si séduisant, que le simple fait de le regarder était un pur bonheur.

Elle avait trois semaines devant elle, avant de retrouver sa vraie vie. Trois semaines à passer avec lui.

Et elle n'avait pas envie de perdre une seule minute.

Elle s'approcha de lui.

— Joe, je vous suis vraiment reconnaissante d'avoir installé ce système d'alarme. Grâce à vous, je me sentirai infiniment mieux dans cette maison.

— Je vous préviens, ça ne vous protégera pas contre les chats ou les fantômes.

— Ceux-là, je suis de taille à les affronter. Ce sont les cambrioleurs qui me donnent des sueurs froides. Merci encore...

Elle se hissa sur la pointe des pieds pour lui effleurer les lèvres d'un baiser. Il se laissa faire, une étincelle flamba dans son regard, cependant quand elle s'écarta, il n'ébaucha pas un geste pour la retenir.

— À votre disposition, bredouilla-t-il.

Visiblement, il était toujours vexé qu'elle l'ait appelé Paul. Mais si elle pouvait pardonner et oublier les paroles désagréables qu'il lui avait ensuite lancées à la figure, il le pouvait aussi. Elle comptait bien l'y forcer.

— Je vous remercie également d'être venu au motel, ce matin, m'apporter le message d'Andrea.

Elle lui posa les mains sur les épaules et lui planta un autre petit baiser sur la bouche. Cette fois, il la prit par la taille.

— Pas de problème, dit-il d'une voix éraillée.

Elle lui sourit, se rapprocha jusqu'à ce que ses seins frôlent la chemise de flanelle rouge.

— Et vous avez été adorable d'écouter mes lamentations, au restaurant, continua-t-elle. Je sais que cette histoire vous cause beaucoup d'ennuis, à vous aussi. Merci pour votre compréhension, Joe. Merci pour tout.

Elle noua les bras autour de son cou, et l'embrassa encore, avec toute la douceur et la lascivité dont elle était capable…

26

Un moment, il resta inerte. Puis elle l'entendit réprimer un gémissement et, soudain, il lui rendit son baiser avec la fougue d'un homme affamé. Il la serrait contre lui, à l'étouffer, et elle ployait dans ses bras comme un roseau sous le vent.

Il la souleva, l'assit sur le comptoir, glissa une main entre ses cuisses. Un feu éblouissant éclata aussitôt au tréfonds d'elle.

— Joe...

Jamais plus elle ne se tromperait de prénom, ne le confondrait avec un autre, car personne au monde n'avait su éveiller en elle un désir aussi ardent, aussi violent.

Elle voulait qu'il lui fasse l'amour, là, tout de suite. Elle le voulait nu et sauvage, jusqu'à en perdre la raison.

Éperdue, elle lui enserra les hanches de ses jambes fuselées.

Tout à coup, les mains qui lui brûlaient les reins la lâchèrent. Il la repoussa, recula d'un pas, plongea dans les siens ses yeux assombris.

— Joe!

Il lui broyait les poignets, son regard étincelait et, une seconde, elle crut qu'il allait l'enlacer à nouveau. Mais il recula encore, alla s'adosser à un placard.

— Joe... murmura-t-elle en lui tendant les bras.

— Oui, Alex, rétorqua-t-il d'une voix sourde.

Il passa les doigts dans ses cheveux noirs, d'un geste brusque qui trahissait sa frustration.

— Écoute-moi, Alex. Tu es belle, infiniment désirable. J'ai tellement envie de toi que j'en ai mal mais ne compte pas sur moi pour jouer les étalons de service pendant trois semaines, et t'aider à oublier ton ex-fiancé.

Alex en resta bouche bée.

— Pardon ?

— Tu m'as bien entendu.

— C'est grotesque !

Toujours assise sur le comptoir, elle replia les jambes, étreignit ses genoux.

— Ça n'a rien à voir avec Paul.

— Au contraire, c'est le cœur du problème. Tu as reçu un sale coup et tu as besoin de quelqu'un pour apaiser ta douleur. Je le sais, je suis déjà passé par là. Chercher l'aventure après une rupture difficile, c'est un instinct naturel, je suppose. Mais je ne tiens pas à être pour toi un remède, un palliatif.

— Joe…

Elle s'interrompit, consciente soudain qu'une fois de plus, elle suppliait cet homme de lui faire l'amour. Où était donc passé son orgueil ? Tous les hommes qu'elle avait connus s'étaient évertués à l'apprivoiser, à la courtiser. Ils se traînaient à ses pieds pour obtenir un rendez-vous. Même Paul avait dû se démener. Il l'avait couverte de fleurs, invitée d'innombrables fois à dîner, bombardée de messages pleins d'humour… Tandis qu'avec Joe, non seulement elle avait fait le premier pas, mais tout le reste du chemin.

Cette brutale prise de conscience la glaça. Elle se raidit, pointa le menton, à nouveau digne et hautaine.

— Vous avez peut-être raison, déclara-t-elle en insistant bien sur le « vous ». Ou peut-être tort. Nous ne le saurons jamais cependant, car il neigera en enfer avant que je fasse à nouveau l'amour avec vous.

Les lèvres pincées, le regard dur, il la considéra en silence. Puis il traversa la pièce, saisit sa perceuse abandonnée sur le comptoir.

— Pour le code du système d'alarme, vous composez les quatre premiers chiffres de votre numéro de téléphone : trois, sept, trois, zéro. Le boîtier est dans l'arrière-cuisine. N'oubliez pas de le brancher avant de vous coucher. Voulez-vous que je vous montre comment ça marche ?

— Je sais brancher un système d'alarme, merci.

— Très bien. Si vous avez besoin de quelque chose, appelez-moi. Je viendrai immédiatement.

Neely rentra alors qu'Alex était sur le point de téléphoner chez Joe pour lui demander de renvoyer sa sœur au manoir. Système d'alarme ou pas, être seule à la tombée de la nuit l'effrayait, or le soleil disparaissait déjà à l'horizon. Comme l'idée de solliciter encore Joe la rendait malade, elle fut immensément soulagée lorsque Neely ouvrit à la volée la porte de derrière.

Alex était dans la cuisine, plantée devant le réfrigérateur. Que préparer pour le dîner ? Elle n'était pas un cordon-bleu, loin de là, et n'avait aucun appétit.

— Coucou, c'est moi ! cria Neely en déboulant comme une tornade dans la pièce.

Elle était accompagnée d'Eli et de deux autres adolescents, une fille et un garçon. En voyant Eli, Alex songea aussitôt à Joe, ce qui l'exaspéra. Elle ne voulait plus jamais penser à lui, jusqu'à la fin de son existence.

— Bonsoir, mademoiselle Haywood, lui dit Eli.

Comme il eût été injuste de passer sur le fils la rage que lui inspirait le père, elle répondit gentiment :

— Bonsoir, Eli. Vous pouvez m'appeler Alex. Je ne suis quand même pas si vieille.

Il eut un petit sourire en coin qui ressemblait tellement à celui de Joe qu'elle faillit se détourner.

— Vous savez, mon père est très à cheval sur la politesse. Il serait furieux si je vous appelais Alex.

— Eh bien, vous n'aurez qu'à lui dire de...

Elle ravala juste à temps les mots peu élégants qui lui montaient aux lèvres.

— ... que je vous y ai autorisé.

— C'est Eli qui me conduira au lycée, claironna Neely.

Alex reporta son attention sur sa cadette, qu'elle n'avait pas encore vraiment regardée, et eut un haut-le-corps. Neely était couverte de taches de boue de la tête aux pieds. Elle avait les cheveux en bataille, les chaussures crottées. Et ses camarades n'avaient pas meilleure allure.

— Mon Dieu, mais qu'avez-vous fait pour vous mettre dans cet état ?

— De la moto, répondit Eli.

Il avait la même voix que Joe. Franchement, c'était insupportable.

— C'était génial ! s'exclama Neely. On a traversé le ruisseau. Au fait, je te présente Heather Isaacson et David Saunders.

— Bonsoir...

— Bonsoir, marmonnèrent en chœur les deux adolescents.

— Oh, super, un chat ! enchaîna Neely. D'où il sort ?

Hannibal était affairé à laper le lait qu'Alex, pour l'amadouer, lui avait versé dans un bol. Neely s'accroupit pour le caresser. Le matou arqua le dos, enchanté, sans cesser néanmoins de boire.

— Il s'appelle Hannibal. Apparemment, il habite ici.

Alex se tourna vers les camarades de Neely. Elle savait par expérience qu'il était préférable de connaître les amis de sa sœur. Elle se donnait ainsi une chance de s'épargner quelques mauvaises surprises.

— Vous êtes aussi au lycée du comté de Shelby ?

— Oui, mademoiselle.

Alex bavarda un petit moment avec eux, puis le trio leva le camp.

— À demain, Neely, susurra Heather en glissant son bras sous celui d'Eli qui parut terriblement gêné et ne lui adressa pas un regard.

Tiens donc, pensa Alex. Si sa mémoire ne la trompait pas, le fils cadet de Joe avait dit que Heather était la petite amie de son frère. Et à présent, manifestement, une rivale pour Neely, qui avait l'intention de se battre pour conserver son bien.

— Oui, à demain, lui répondit Neely avec un sourire éblouissant.

— Oh, j'allais oublier ! fit soudain Eli en pivotant. Papa m'a chargé de vous donner ça.

Il lui tendit le sac plastique qu'il tenait à la main.

— Ce sont les vêtements que vous aviez laissés à la maison, et un talkie-walkie à longue portée qu'on utilise pour rester en contact, quand on travaille dans le domaine. Papa a dit que vous deviez le garder tout le temps avec vous, et que vous pouviez l'appeler même la nuit si c'est nécessaire, par exemple si le téléphone est à nouveau coupé.

— Merci, Eli.

Alex lui sourit et posa négligemment le sac sur la table. Joe espérait peut-être un appel ? Eh bien, il risquait fort d'attendre jusqu'à la fin des temps.

— Salut, Neely, ajouta Eli. Je passe te chercher à sept heures et demie. Au revoir, mademoiselle Haywood… euh… Alex.

Lorsque le trio eut disparu, Neely roucoula d'un air extatique :

— Est-ce que tu as jamais vu un mec aussi magnifique ?

Oui, répondit mentalement Alex, ce qui la rendit furieuse car, bien sûr, elle pensait à Joe.

— J'ai l'impression qu'Eli est déjà pris, biaisa-t-elle.

— Tu parles de Heather ? rétorqua Neely en ouvrant une canette de Coca light. Elle ne m'inquiète pas. Elle est vierge, imagine-toi.

— Mais tu n'as que quinze ans ! s'affola Alex. Eli n'est pas beaucoup plus âgé que toi. Tu ne comptes pas aller plus loin avec lui, n'est-ce pas ?

Sa sœur éclata de rire.

— Quand tu me diras la vérité au sujet du papa, je te dirai tout à propos du sublime Eli. Maintenant, il faut que je me nettoie un peu. Je reviens.

Comment réagirait Joe s'il apprenait que son fils couchait avec Neely ? Alex préférait ne pas le savoir.

— Au fait, lança Neely en s'éloignant, j'ai envie de me faire percer la langue. Il paraît que, pour les garçons, c'est drôlement excitant.

Alex tressaillit. S'accrochant à l'espoir que Neely cherchait simplement à la choquer, elle ne répliqua pas.

Ne bronche pas, se dit-elle. Joe te l'a conseillé : face à la provocation, l'indifférence est une bonne méthode.

Dehors, la nuit était tombée, les dernières lueurs rosées du couchant s'étaient éteintes. Par contraste, la cuisine éclairée semblait douillette, accueillante. Hannibal, couché de tout son long sur le comptoir, ronronnait – Alex avait essayé sans succès de le chasser, mais elle était plus intimidée par lui que lui par elle. D'ailleurs, la présence du matou ajoutait une note plaisante à ce charmant tableau domestique.

Lorsque Neely reparut, Alex s'empressa de demander, pour éviter d'autres allusions à Eli et à un éventuel piercing :

— Que choisis-tu ? Sandwich au thon ou omelette ?

L'adolescente se jucha sur un tabouret et caressa Hannibal.

— Tes omelettes sont immangeables. Pourquoi on ne commanderait pas une pizza ?

— Ils ont un service de livraison à domicile, dans ce coin perdu ? s'étonna Alex. Tu en es sûre ?

— Eli m'a dit que, ce soir, ils commanderaient une pizza. Son père est de mauvais poil, il les a prévenus qu'il ne se mettrait pas aux fourneaux.

Joe était grincheux ? Voilà qui était intéressant.

— Eh bien, va pour une pizza.

Alex saisit l'annuaire téléphonique. Elle dut éplucher des pages et des pages, de la première à la dernière ligne, pour repérer le traiteur italien et passer sa commande. Lorsqu'elle raccrocha le téléphone, elle s'aperçut que Neely la regardait d'un air songeur, le menton dans ses mains.

27

— Qu'est-ce que tu as, Neely ?

— À ton avis, papa a senti quelque chose quand il s'est tué ? Tu... tu penses qu'il a eu mal ?

Le cœur d'Alex se serra.

— Oh, ma chérie... je ne sais pas. Je ne crois pas. Ça a dû se passer très vite. Il est mort presque instantanément.

— La nuit où il s'est suicidé, j'ai fait un rêve bizarre.

— Ah bon ?

— J'ai rêvé qu'il me téléphonait à l'école. Il me disait qu'il m'aimait. Je ne le voyais pas, mais j'entendais clairement sa voix. C'était tellement réel que, quand on m'a réveillée pour m'annoncer qu'il était mort, je ne les ai pas crus. Je leur ai répondu que ce n'était pas possible, puisque je venais tout juste de lui parler.

Alex dévisageait sa sœur, glacée soudain.

— Moi aussi, articula-t-elle avec difficulté, j'ai rêvé qu'il me téléphonait. Quand nous étions chez Joe, l'autre soir. Seulement, je n'arrivais pas à comprendre ce qu'il essayait de me dire.

Elles restèrent un moment silencieuses, à se regarder.

— Tu veux que je te raconte le plus étrange ? reprit Neely.

Alex n'était pas sûre de le souhaiter. Le chagrin enflait à nouveau dans sa poitrine, menaçant de la submerger.

— La nuit suivante, après sa mort, quand je suis rentrée à la maison, le téléphone de ma chambre n'a pas arrêté de sonner. Pour de vrai. Je ne dormais pas. Je décrochais, et il n'y avait personne au bout du fil. Rien. Ça s'est reproduit quatre ou cinq fois. Finalement, j'ai débranché le combiné. Mais je n'ai pas réussi à trouver le sommeil.

— C'était sans doute un maniaque, bredouilla Alex.

— Tu ne penses pas que, peut-être, il cherche à nous contacter? demanda Neely d'une toute petite voix. De l'au-delà?

Alex en eut la chair de poule.

— Tu vois trop de films d'horreur, répondit-elle d'un ton un peu brusque, pour chasser ces idées trop perturbantes.

Comme sa sœur, elle s'était posé la même question, et leurs rêves n'étaient probablement qu'une expression de leur souffrance. Joe aussi avait connu ça.

Elle l'expliqua à sa cadette, de la façon la plus rationnelle possible.

Neely ne parut pas convaincue.

— N'empêche que, si papa m'a appelée après sa mort, il y avait une raison. Il voulait me dire qu'il m'aimait. Il ne me l'avait jamais dit quand il était en vie.

L'expression peinte sur le visage de Neely était si pathétique qu'Alex en fut bouleversée. Voilà ce qui justifiait le comportement de sa sœur, ses bêtises, ses coups d'éclat. Elle avait manqué d'amour.

— Il t'aimait. Simplement, il n'était pas doué pour exprimer ses sentiments, les montrer.

— Avec toi, pourtant, il les montrait, répliqua crûment Neely. Il te considérait comme la huitième merveille du monde, et il ne s'en cachait pas. Il n'avait que ton nom à la bouche. Tandis que moi, il ne tenait pas à m'avoir dans les pattes.

— Ma chérie... murmura Alex, effarée.

Les paroles de Neely étaient hélas l'exacte vérité, néanmoins, pendant toutes ces années, Alex avait espéré que sa cadette n'en était pas consciente.

— Oh, ne t'affole pas, je ne te reproche rien! déclara Neely d'un ton soudain maussade, en descendant du tabouret. Tu es effectivement merveilleuse, tout le monde le sait. Bon… si on changeait de sujet? Qu'est-ce que je vais mettre pour aller au lycée, demain? Je n'ai pas grand-chose dans ma valise. Il faudra demander à la directrice du pensionnat, cette vieille bique, de me renvoyer mes affaires.

— Neely… toi aussi, tu es merveilleuse, déclara Alex d'une voix vibrante.

— Ben voyons… marmonna Neely, balayant l'air d'une main impatiente.

Elle se dirigea vers la porte, et Alex sentit les larmes lui monter aux yeux. Elle avait adoré son père, mais elle ne pouvait nier qu'il avait négligé Neely et que celle-ci en était profondément meurtrie. Avec Alex, il n'était pas très présent non plus, en tout cas physiquement, toutefois en grandissant, elle avait eu la certitude qu'il l'aimait.

Elle faillit suivre Neely pour aller au bout de cette discussion, cependant elle connaissait sa sœur: pour elle, dans l'immédiat, le chapitre était clos. Elle avait un instant baissé sa garde, entrouvert son cœur, elle n'en dirait pas davantage.

Heureusement, à ce moment même, la sonnette de l'entrée retentit. Une diversion qu'Alex accueillit avec soulagement. Elle traversa le hall, Hannibal sur les talons, remercia le livreur, le paya et, le carton brûlant et odorant dans les mains, gagna le petit salon – la pièce la plus agréable du rez-de-chaussée, où se trouvait en outre un téléviseur grand écran.

Les deux sœurs mangèrent leur pizza en regardant une émission. Ou, plus exactement, Neely mangea, tandis qu'Alex se contentait de grignoter. Elles ne parlèrent plus de leur père.

La soirée se prolongea, et Alex réalisa qu'elles retardaient l'une et l'autre le moment de monter à l'étage. Mais, au bout du compte, elles furent bien obligées de se résigner. Le journal de vingt-trois heures s'achevait, et elles étaient si fatiguées qu'elles bâillaient à s'en décrocher la mâchoire.

— Alors, tu as choisi ta tenue pour demain ? demanda Alex, comme elles gravissaient l'escalier.

Neely portait Hannibal dans les bras, manifestement résolue à partager son lit avec le chat. Alex l'envia. Au moins elle ne dormirait pas toute seule dans cette immense demeure.

— Bof, je mettrai mon jean, mon petit blouson, et mon tee-shirt violet délavé. En principe, avec ce haut, j'enlève mon diamant et je le remplace par une plume violette, elle aussi. Tu sais, ces longues plumes que j'ai, montées en boucles d'oreilles ? À ton avis, ça fait *must*, ou un peu trop *fashion victim* ?

Alex frémit à l'idée de Neely débarquant dans le lycée d'une petite ville, affublée d'une plume plantée dans la narine.

— C'est beaucoup trop *fashion victim*, décréta-t-elle.

Elles avaient atteint le palier.

— Ça ne t'angoisse pas d'entrer dans un nouvel établissement ? demanda Alex.

— Je connais déjà deux ou trois élèves, et je suis très copine avec le gars le plus canon de la région, donc ça devrait baigner dans l'huile.

— Comment sais-tu qu'Eli est le plus « canon » ?

Neely eut un sourire espiègle.

— C'est la chère Heather qui me l'a confirmé. Il est la star de l'équipe de basket, et le type le plus beau du lycée. Elle m'a aussi dit qu'il était sa chasse gardée et que j'avais intérêt à ne pas poser mes sales petites mains sur lui. Je crois qu'elle et moi, nous allons devenir les meilleures amies du monde, la pauvre !

— Oh, Neely ! soupira Alex, mi-amusée, mi-accablée.

L'image des deux adolescentes menant une guerre de tranchées pour s'approprier Eli était presque cocasse. Le malheureux garçon se doutait-il de ce qui se tramait ?

— Bonne nuit ! dit Neely en s'engouffrant dans sa chambre.

Alex l'entendit verrouiller sa porte. Malgré son apparente décontraction, sa sœur n'était pas non plus très rassurée.

Seigneur, songea Alex en gagnant sa propre suite, que ne donnerait-elle pas pour être chez elle, dans sa maison de brique brune, prête à se pelotonner dans son lit douillet.

Quoique... si elle était à Philadelphie, elle serait également seule. Paul, avec qui elle vivait, avait déménagé ; et Neely serait en pension. Ses amies lui rendraient visite, certes, voire resteraient une nuit ou deux sous son toit, pour lui remonter le moral, mais elles avaient leur propre existence, leurs problèmes. Sans oublier que, d'après Andrea, les journalistes et les photographes s'attroupaient devant son domicile.

Et il n'y aurait pas au bas de la colline, à quelques centaines de mètres d'elle, un homme arrogant, horripilant... et incroyablement sexy.

Ne pense pas à Joe, se tança-t-elle.

Quand elle imaginait son retour à Philadelphie, elle se représentait naturellement le foyer qui était le sien six semaines plus tôt, avant la mort de son père, puis la trahison de Paul. Une demeure où régnait une atmosphère sereine, qu'elle avait achetée l'an dernier, lorsqu'elle était une jeune femme heureuse, qui déjeunait avec ses amies, développait ses photos l'après-midi, passait ses soirées et ses nuits près de Paul.

Tout cela appartenait désormais au passé. La maison serait toujours là quand elle reviendrait à Philadelphie, cependant elle n'y mènerait plus la même vie qu'avant. Son père était décédé, son fiancé l'avait abandonnée. Elle n'avait plus de fortune. Il lui faudrait se rebâtir un avenir sur ces décombres.

En attendant, elle était ici, à Whistledown. Pour le meilleur ou pour le pire.

Elle pénétra dans sa chambre, jeta nerveusement un regard circulaire. Le silence l'oppressait. Les idées qui paraissaient stupides le jour ne semblaient plus saugrenues lorsque le ciel était d'un noir d'encre et que la lueur des étoiles se faufilait dans la pièce. Le lit était encadré par deux larges fenêtres dont les carreaux étaient si anciens qu'ils déformaient le reflet de la lune, laquelle prenait un aspect fantomatique, menaçant.

Alex se hâta de tirer les rideaux.

Bonté divine, elle était effrayée !

J'ai peur, se dit-elle, espérant que le fait de mettre des mots sur les émotions qui l'agitaient l'aiderait à les contrôler. Mais elle ne parvenait pas à se défaire du souvenir de cette respiration qui l'avait réveillée, qui la hantait.

Heureusement, le manoir était maintenant équipé d'un système d'alarme. Et elle avait ses précieux somnifères...

Elle en prit un, puis passa dans la salle de bains pour se doucher et enfiler sa chemise de nuit. Voilà, il ne lui restait plus qu'à se coucher.

Elle avait presque envie d'aller chiper Hannibal, ce satané matou, à Neely. À défaut de Joe...

Ce fut à cet instant qu'elle se remémora le talkie-walkie. Elle l'avait laissé en bas, dans la cuisine. La perspective de déambuler dans le manoir désert et obscur ne l'enchantait guère, toutefois, s'il arrivait quelque chose cette nuit et qu'elle soit dans l'incapacité d'appeler au secours...

Rassemblant son courage et allumant les lumières sur son passage, elle redescendit au rez-de-chaussée.

Dans la cuisine, elle s'empara du sac plastique que lui avait donné Eli et remonta en courant l'escalier comme si elle avait le diable aux trousses.

Elle n'éteignit pas les lampes. C'était ridicule, certes, mais de cette façon elle se sentait moins en danger.

Elle verrouilla sa porte, se dit pour se réconforter que, ce soir, il y avait un système d'alarme et une serrure fermée à clé entre elle et un éventuel intrus déterminé à lui faire du mal.

Elle fouilla dans le sac, en extirpa la couverture duveteuse, et sa chemise de nuit en soie – soigneusement lavées et repassées –, dénicha le talkie-walkie dans l'un de ses mocassins (nettoyés, eux aussi). Elle saisit l'appareil rectangulaire, aux coins arrondis, en plastique jaune, l'examina.

Brusquement, il se mit à grésiller, et une voix irritée articula :

— Alex ?

Elle sursauta.

— Joe ?

— Vous avez un problème ?

— Je... non, bafouilla-t-elle. Pourquoi ?

— Depuis quelques minutes, le manoir est illuminé comme un sapin de Noël.

— Comment le savez-vous ?

— Je le vois de ma fenêtre.

— Ah oui ?

Cette idée la gênait et la rassurait à la fois.

— Oui. Alors, qu'y a-t-il ?

— Je suis descendue au rez-de-chaussée chercher quelque chose, et j'ai allumé les lumières.

— Vous êtes toujours en bas ?

— Non, je suis remontée.

Elle se mordit les lèvres. Zut, elle aurait dû mentir. Après tout, il ne pouvait pas l'apercevoir.

— Et vous n'avez pas éteint les lumières.

— Effectivement.

— Hum…
Une pause.
— Vous avez peur ?
— Non, répondit-elle crânement.
Il ricana. Alex tira la langue au talkie-walkie.
— Vous avez bien branché le système d'alarme ?
Elle s'était même empressée de le faire.
— Oui, répondit-elle négligemment.
— Vous avez verrouillé les portes ?
— Absolument.
— Dans ce cas, vous êtes en parfaite sécurité.
Si seulement elle réussissait à s'en convaincre…
— Au fait, comment marche exactement ce talkie-walkie ?
— C'est très simple. Nous avons chacun un émetteur-récepteur. Si vous avez besoin de moi, vous n'avez qu'à siffler.
— Où êtes-vous ?
— Dans mon lit, j'essaie de dormir. Le talkie-walkie est sur ma table de chevet, pour que je vous entende si vous m'appelez dans la nuit.
— Ça ressemble à ces appareils pour les bébés.
— Exactement.
— Et je suis le bébé.
— C'est vous qui l'avez dit, princesse, pas moi. Vous comptez laisser les lumières allumées jusqu'à l'aube ?
— Pourquoi me posez-vous cette question ?
— Pour savoir à quoi m'attendre la prochaine fois que je jetterai un œil au manoir. Si aucune fenêtre n'est éclairée, je viendrai m'assurer que vous n'avez pas d'ennuis. Sinon, je ne bougerai pas. Ou vice-versa.
— Je ne les éteindrai pas, répliqua-t-elle avec embarras.
Il n'avait pas tort : les lumières étaient un signal ingénieux.
Il ricana à nouveau.

— C'est vous qui payez la facture d'électricité. Bon, à présent, il faut que je dorme. Bonne nuit.

— Bonne nuit, murmura-t-elle.

Elle posa le talkie-walkie sur sa table de chevet et se glissa dans son lit – sans éteindre les lampes. Le somnifère commençait à faire effet.

Et, miracle, elle n'avait plus peur. Pouvoir parler à Joe, à distance, était presque aussi réconfortant que de l'avoir auprès d'elle.

Presque...

— Joe ?

Elle voulait juste vérifier que l'appareil fonctionnait.

— Hum ?

— Rien... Bonne nuit.

— Oui, bonne nuit.

Elle se sentait en sûreté, bien au chaud...

Elle s'abandonnait au sommeil, quand elle se souvint qu'elle était furieuse contre Joe, fâchée à mort, bien résolue à ne plus jamais lui adresser la parole.

Oh, tant pis ! Demain, elle serait à nouveau brouillée avec lui. D'ici là, les hostilités étaient interrompues pour la nuit.

28

Bon Dieu de bon Dieu ! pesta Joe en roulant sur le ventre pour enfouir sa tête sous son oreiller et se boucher les oreilles. Jamais il n'arriverait à trouver le sommeil.

Il entendait les bruits ténus qui lui parvenaient de la chambre d'Alex, par le truchement du talkie-walkie. Sa respiration, le froissement de ses draps quand elle bougeait. Et même, il y avait une seconde à peine, un petit gémissement.

Aucun homme avant lui n'aurait eu la folie d'inventer pareille torture. Mais lui, naturellement, l'avait fait.

Qui l'eût cru ?

Résultat, il était surexcité, le corps et l'âme en feu. Et il ne pouvait blâmer personne, sinon lui-même. Pourquoi ne l'avait-il pas prise quand elle s'offrait à lui, dans la cuisine du manoir ? Quand elle était dans ses bras, qu'elle avait noué ses longues jambes autour de ses hanches ? Ils étaient si bien ensemble, deux moitiés d'orange réunies.

Alex était une dame le jour, une lady ; et, dans un lit, elle devenait une cavale passionnée et sauvage que rien n'effarouchait. La femme idéale, celle qu'il cherchait depuis toujours.

C'était justement à cause de cela qu'il l'avait repoussée, alors qu'il la désirait comme un fou.

S'il passait trois semaines avec elle, à lui faire l'amour, il ne serait plus capable de la laisser partir.

Il en était certain, comme il était sûr que le soleil se levait à l'est.

Or elle s'en irait. Sa vie l'attendait ailleurs, tandis que celle de Joe était ici.

Elle guérirait, panserait ses blessures. Lui, peut-être pas.

Il l'entendit pousser un long et profond soupir. Sa réaction fut immédiate et intolérable. Un vrai calvaire.

Seigneur, c'était affligeant! Il ressemblait à un gamin en proie aux affres de son premier amour, à Eli qui s'enfermait des heures durant pour téléphoner à Heather.

Comment un homme de trente-sept ans pouvait-il avoir une érection de la taille d'un obélisque, rien qu'en écoutant une femme respirer?

Stop, se dit-il. S'il restait là une minute de plus, il allait oublier toutes les sages résolutions qu'il avait prises. Il se précipiterait au manoir – il avait sa clé –, débrancherait le système d'alarme et rejoindrait Alex dans sa chambre.

Le pire, c'est qu'elle ne le chasserait pas. Il le savait, et cela ajoutait encore à la torture qu'il endurait.

Il s'extirpa du lit, tourna le regard vers la fenêtre dont il n'avait pas tiré les rideaux, sciemment. Whistledown était toujours illuminé.

Elle lui avait dit qu'elle n'avait pas peur.

Tu parles...

Pourtant, elle était en sécurité.

Il enfila son jean, descendit à la cuisine. Sans allumer la lumière, il se servit un verre de lait et le but, appuyé au comptoir. À ce qu'on racontait, le lait favorisait l'endormissement.

Il reposait son verre vide, quand il perçut le cliquetis à peine audible d'une clé dans la serrure de la porte de derrière.

Joe croisa les bras et attendit.

Contrairement à Alex, il ne redoutait pas un cambrioleur. Les habitants du comté d'Eden n'étaient pas des voyous. Il savait qui s'apprêtait à se faufiler dans la pièce, comme un voleur, au milieu de la nuit.

La porte s'ouvrit lentement, se referma sans bruit. Joe tendit une main et actionna l'interrupteur.

Eli, ébloui, cligna les yeux. Un chevreuil tétanisé par les phares d'une voiture.

— Salut, fiston, fit Joe d'un ton amène.

Il avait déjà noté qu'Eli était habillé de pied en cap : jean, blouson, chaussures de sport. Ce n'était pas la tenue d'un garçon qui venait de sortir dans le jardin pour prendre un bol d'air. La dernière fois que Joe l'avait vu, deux heures auparavant, entre la salle de bains et sa chambre, il portait le caleçon et le tee-shirt qu'il mettait pour dormir.

— Salut, papa.

Eli arborait un petit sourire penaud.

— Ça ne t'ennuie pas de me dire où tu étais ?

L'adolescent haussa les épaules, baissa la fermeture éclair de son blouson.

— Dehors.

— Ça, je m'en serais douté. Où exactement ?

Eli le regarda dans les yeux.

— Dehors, c'est tout.

Pour Eli, cette réponse était un authentique défi. Joe s'approcha de lui. Il fut frappé, pour la première fois, par la carrure et la musculature de son garçon, et il en eut un coup au cœur. Bientôt, son fils serait aussi grand et fort que lui.

Quand il fut tout près d'Eli, il renifla. Discrètement.

— Je n'ai pas bu, tu peux sentir mon haleine. Et je n'ai pas non plus fumé.

— Tant mieux.

Eli dardait sur lui un regard noir. Joe faillit lui sourire. Trois choses seulement étaient susceptibles de pousser un gamin de cet âge-là à faire le mur. Heureusement, l'alcool et la drogue étaient éliminés.

Et Joe aurait entendu la voiture arriver, par conséquent l'identité de la complice d'Eli était une énigme facile à résoudre.

— C'est toi qui es entré, ou elle qui est sortie ? demanda-t-il d'un ton toujours aussi aimable.

Eli battit des cils.

— Qui ?

— Allons, fiston. Tu sais bien de qui je parle. Neely Haywood.

La stupeur qui se peignit sur le visage d'Eli l'amusa. Elle était éloquente, cette expression : *mais comment tu as deviné ?* Un aveu.

— Elle est sortie, marmonna Eli en rougissant jusqu'à la racine des cheveux.

Il ôta son blouson, pour se donner une contenance.

— On a discuté, c'est tout, ajouta-t-il.

Joe faillit rétorquer : *oui, prends-moi pour un imbécile.* Il garda le silence.

— Elle dit que sa sœur est ta maîtresse.

Voilà qu'Eli mettait en application le principe selon lequel l'attaque était la meilleure défense. Joe s'efforça de demeurer impassible. Il n'avait pas l'intention de parler de sa vie sexuelle avec son fils.

— En semaine, je te rappelle que le couvre-feu est à vingt-deux heures.

Eli grimaça. Violer le règlement se soldait généralement par une interdiction de sortie.

— S'il te plaît, papa, je n'étais pas loin, j'étais juste sur la colline.

Joe le dévisagea longuement.

— Va te coucher. Et ne t'avise pas de recommencer, compris ? Sinon, la prochaine fois, je te garantis que tu l'auras, ta punition.

— D'accord, répliqua Eli, soulagé.

Il suspendit son blouson à la patère, se dirigea vers la porte. Brusquement, il se retourna.

— Dis donc, papa, à propos de Mlle Haywood, fit-il d'un air malicieux, elle est vraiment superbe.

Il disparut dans le vestibule avant que Joe ait pu lui clouer le bec.

Lorsqu'il regagna sa chambre, Joe rouspétait dans sa barbe contre Neely. Il lança un coup d'œil au manoir. Cette petite peste, gâtée pourrie, avait-elle seulement songé à rebrancher le système d'alarme ?

Prévenir Alex que sa sœur rôdait dehors la nuit ne servirait sans doute à rien. Manifestement, l'aînée n'avait aucune autorité sur la cadette, mais il l'avertirait. En ce qui concernait Eli, il lui avait depuis longtemps parlé de la nécessité de se protéger quand on avait des relations sexuelles. Et après tout, son garçon avait presque dix-sept ans.

Il se déshabilla, se laissa tomber sur le lit, tendit l'oreille pour écouter le talkie-walkie. Alex s'était levée. Il entendait son pas léger qui traversait la pièce, l'imperceptible craquement de la porte. Sans doute allait-elle à la salle de bains.

Il s'allongea à plat ventre. Un moment après, il entendit Alex soupirer. Elle s'était recouchée.

Sa respiration lui emplissait le crâne. Douce, régulière. Elle s'était déjà rendormie.

Et lui réagissait exactement comme tout à l'heure.

C'est reparti, se dit-il, exaspéré. Il se tourna sur le dos, jeta son oreiller par terre, noua les mains sous sa nuque et, malade de frustration, contempla le plafond.

S'il était aussi pragmatique qu'il aimait à le croire, il éteindrait ce maudit talkie-walkie, et il s'accorderait enfin un repos bien mérité.

Il n'avait pas le droit de faire ça. Parce qu'elle risquait de se réveiller, d'avoir peur.

Elle l'appellerait. Elle comptait sur lui pour voler à sa rescousse. Et lui, bien sûr, se précipiterait.

Voler à la rescousse des gens était sa spécialité, songea-t-il avec amertume. Toute sa vie, il avait joué le bon Samaritain.

Franchement, on ne pouvait pas dire qu'il en avait été récompensé.

29

La nuit était le royaume du Prédateur. Elle l'avait toujours été et le serait toujours, c'était dans l'ordre naturel des choses. Les hiboux planaient au-dessus des champs, leurs grandes ailes déployées fendant l'air en silence ; et puis, soudain, ils fondaient sur un mulot inconscient du danger. Les coyotes rôdaient dans les bois près du ruisseau, en quête d'un veau, d'un agneau ou d'un faon égarés ; alors ils s'élançaient avec des hurlements de joie sauvage pour se jeter sur leur proie impuissante.

À l'instar de Dieu, les prédateurs avaient le pouvoir de vie et de mort. Ils décidaient quelles créatures vivraient ou mourraient. Ils choisissaient, parmi les victimes potentielles, celles qui leur apporteraient ce dont ils avaient besoin, tout en n'oubliant pas leur propre vulnérabilité. Un Prédateur ne fixait jamais son choix sur une proie susceptible de le mettre en danger.

S'emparer d'Alexandra Haywood le mettrait en danger. Le Prédateur se le répétait, tandis que, immobile dans la chambre, il contemplait la dormeuse. Elle était belle, si blonde et si fraîche. Et ce soir, elle avait laissé les lampes allumées, si bien qu'il pouvait l'admirer à loisir, depuis sa chevelure presque argentée jusqu'à ses adorables petits pieds.

Il avait repoussé la couverture et le drap, tout doucement, pour mieux la voir.

Elle était couchée sur le ventre, les bras sous l'oreiller, la tête tournée vers la table de chevet. Ses cheveux s'étiraient comme une bannière platine sur le drap bleu. Son corps était voilé par une chemise en tissu soyeux, blanc agrémenté d'un joli motif floral, qui s'enroulait autour de ses cuisses. Elle avait une jambe repliée, l'autre bien droite.

Des fesses rondes et fermes qui appelaient la caresse.

Pas touche, se gourmanda-t-il. Ce soir, il faisait du lèche-vitrines. Il regardait, mais il n'achetait pas. Pas ce soir.

Il savait ce que dissimulait la légère chemise de nuit, il l'avait regardée se déshabiller, tout à l'heure, et cela lui avait donné une faim de loup. La sœur était mignonne, mais celle-ci était un festin digne d'un roi. Il brûlait de goûter cette chair tendre.

Seulement, tu ne peux pas, se dit-il. Non, non. Méchant garçon.

S'il l'enlevait ce soir, dès demain matin, tout le monde se lancerait à sa recherche. Peut-être même finirait-on par découvrir son repaire.

Pourtant, il avait tellement envie de la prendre. La tentation était terrible, presque irrésistible. Regarder, c'était délicieux, mais pas totalement satisfaisant. D'autant que la kidnapper serait si facile. Il suffisait de vaporiser sur elle un nuage de gaz incapacitant, et de l'emporter.

Elle serait à lui.

S'il agissait ce soir, il aurait le double plaisir de l'avoir, elle, et de laisser partir Cassandra… en fumée.

Ce trait d'esprit le fit sourire. Quand il serait prêt à se débarrasser de Cassandra – et maintenant, ça ne tarderait plus –, il le lui resservirait.

« Sors de ta cage, mon poussin. Je vais te laisser partir… », et lorsqu'elle serait enchaînée au mur, qu'il l'arroserait de kérosène, il ajouterait : « … en fumée ».

Malheureusement, il doutait que Cassandra comprenne la finesse de sa plaisanterie. Elle était complètement amorphe, ennuyeuse à mourir.

Ce serait intéressant de voir comment Alexandra – tiens, il l'appelait déjà Alexandra, il la chérissait déjà – réagirait quand celle qui l'avait précédée rôtirait devant ses yeux.

Elle soupira, ses lèvres s'entrouvrirent, ses paupières frémirent. Elle devait rêver. Percevait-elle, inconsciemment, qu'il était là ?

Il l'espérait.

Il approcha la main de sa joue. Il se souvenait de la douceur veloutée de sa peau. Il voulait la sentir à nouveau.

S'il l'enlevait, il pourrait la toucher partout.

Il n'avait qu'à poser le doigt sur son visage. Ce serait un test. La dernière fois, son geste l'avait tirée du sommeil. S'il recommençait et qu'elle se réveillait, cela signifierait qu'il devait l'emmener tout de suite.

Que telle était la destinée de cette beauté.

Ou qu'elle lui était destinée.

À cette pensée, il retira sa main.

Il n'était pas si avide, il contrôlait ses passions, jamais il ne courrait de risques inutiles pour les assouvir.

N'est-ce pas ?

Il la recouvrit et se détourna. Sa volonté était plus forte que son désir, et il s'en félicitait.

Il avait résisté à la tentation. Du moins cette nuit…

30

Hannibal était assis sur le lit d'Alex, quand celle-ci émergea du sommeil. Il la contemplait de ses yeux ronds et fixes de hibou. Il donnait l'impression d'être là depuis des siècles.

— Va-t'en ! ordonna-t-elle en agitant la couverture pour l'obliger à déguerpir.

Il se contenta de cligner les paupières et de remuer la queue.

Elle était trop lasse pour se bagarrer avec lui. Brusquement, elle prit conscience qu'elle voyait le matou, parce qu'elle avait laissé la lampe allumée. Maintenant, la lumière la blessait. Pas étonnant qu'elle se soit réveillée au milieu de la nuit.

À cet instant, le réveil se mit à sonner. Sursautant, Alex le saisit d'une main maladroite, pour l'arrêter, et poussa un grognement. Déjà six heures quarante-cinq ! Pourtant, il lui semblait avoir à peine dormi. Elle avait le crâne douloureux, la bouche pâteuse.

Elle avait encore rêvé de son père, elle s'en souvenait très bien. Cette fois, elle était dans une prairie ensoleillée, et il venait à sa rencontre. Elle souriait, heureuse, mais à ce moment il s'élançait vers elle en hurlant, en gesticulant, et elle réalisait alors qu'il s'efforçait de chasser quelque chose. Elle avait eu la sensation que cette chose était derrière elle, à l'affût, cependant elle était trop effrayée pour se retourner et regarder…

— Alex ?

La voix qui émanait du talkie-walkie était franchement bougonne. Alex sursauta à nouveau.

— Bonjour, Joe, répondit-elle d'un ton glacial.

La nuit était achevée, les hostilités reprenaient.

— Votre sœur était dehors avec mon fils, à deux heures du matin. J'ai estimé nécessaire de vous en informer.

— Oh, bonté divine ! Comment le savez-vous ?

— J'étais dans la cuisine quand Eli est rentré.

— Et vous lui avez administré une fessée ? ironisa-t-elle.

— Je lui ai dit de ne pas recommencer.

— Quelle autorité ! Vous ne mettez guère en pratique vos sages conseils, rétorqua-t-elle, de plus en plus sarcastique.

— Votre sœur a besoin qu'on lui serre la vis. Ce n'est pas le cas de mon fils.

— Lui aussi était dehors !

— Je ne parle pas seulement de cette nuit, et vous le savez. À propos, elle a raconté à Eli que vous étiez ma maîtresse. Vous lui avez fait un récit circonstancié ?

— Bien sûr que non... Et, entre nous, je n'aime pas votre ton.

— Oh, j'en suis tellement navré que je vais pleurer !

— Et moi, j'en ai assez de vous écouter débiter des sornettes ! décréta-t-elle en appuyant sur le bouton qui interrompait la communication.

Aussi irritée que Joe, à présent, elle se doucha, enfila son pantalon en cuir noir et un tee-shirt blanc à manches longues – si elle restait ici trois semaines, elle devrait demander à Andrea de lui envoyer des vêtements.

Après quoi, elle se dirigea vers l'escalier et, au passage, cogna à la porte de Neely. Hannibal l'escortait, pressé d'avoir son petit déjeuner.

Ce fut seulement quand elle lui donna son bol de lait, qu'elle se posa la question : comment ce chat était-il entré dans sa chambre ?

Sa porte était verrouillée. Quand elle s'était couchée, Hannibal n'était pas dans la pièce, elle en avait la certitude. Neely l'avait pris avec elle. Alex revoyait clairement sa sœur portant le matou dans ses bras.

Neely était sortie pour rejoindre Eli. Hannibal avait pu la suivre. Mais cela n'expliquait pas comment il avait réussi à pénétrer dans la chambre d'Alex.

Neely apparut sur le seuil, traînant les pieds. Elle arborait la tenue qu'elle avait choisie la veille, mais, Dieu merci, elle avait renoncé à la plume violette dans la narine. Elle n'avait que son diamant. Alex n'aurait jamais cru pouvoir considérer cet ornement comme un modèle de sobriété.

— Tu as fait le mur pour rencontrer Eli, cette nuit ? attaqua-t-elle sans autre préambule.

— Et alors ? Comment tu es au courant, d'ailleurs ?

L'adolescente bâilla bruyamment, se servit un verre de jus d'orange.

— Joe m'a prévenue. Il m'a également dit que tu avais raconté à Eli que j'étais la maîtresse de son père.

Neely but une gorgée, grimaça.

— C'était une information confidentielle ? Désolée, j'ignorais.

— Oh, tu es... marmonna Alex, grinçant des dents. Tu n'as rien à faire dehors en pleine nuit, et ma vie sexuelle ne te concerne pas. D'autant que tes propos ne sont que des spéculations.

— Ouais, tu parles.

Alex la foudroya du regard, puis changea de sujet pour aborder la question qui la tracassait.

— Sais-tu comment Hannibal est entré dans ma chambre ?

— Je croyais qu'il avait dormi avec moi, répondit Neely, surprise.

— Il était sur mon lit quand je me suis réveillée.

— Ah bon ? Comment ça se fait ?

— Je n'en ai pas la moindre idée, mais il était là.

— Génial. Un chat qui peut se matérialiser et se dématérialiser à volonté.

Un coup de klaxon dans l'allée interrompit la conversation.

— Flûte, ronchonna Neely en terminant son jus d'orange. C'est Eli, il faut que j'y aille. Au fait, j'ai abandonné l'idée du piercing sur la langue. Eli me préfère au naturel.

— Oh, toi ! soupira Alex, tandis que sa sœur se ruait dans le hall.

Demeurée seule, elle se prépara du café. Elle s'interrogeait encore à propos de Hannibal, qui l'observait en ronronnant comme un moteur bien huilé.

Était-il entré dans sa chambre au moment où elle était descendue chercher le talkie-walkie ? Pourtant, il aurait dû être avec Neely qui, d'après Joe, était sortie vers deux heures du matin.

C'était néanmoins la seule hypothèse plausible. Tant que Hannibal ne saurait pas parler, Alex s'en tiendrait à cette théorie. Le matou n'avait quand même pas la faculté de traverser les murs.

Les jours suivants passèrent très vite. Alex reçut des visites, en majorité des relations de son père qui avaient appris par la rumeur la présence des deux sœurs au manoir.

Elle explora les environs, le village de Simpsonville et la bourgade, plus étendue, de Shelbyville. Elle découvrit avec satisfaction que Louisville, qui ne se trouvait qu'à une demi-heure de route, disposait de galeries marchandes et de boutiques.

Elle téléphonait quotidiennement à Andrea ; toutes deux parlaient de sujets futiles – les vêtements que l'avocate devait expédier à Alex, par exemple – et de questions plus personnelles, comme le mariage de Paul et de Tara Gould, les réactions de leurs amis et de leur cercle mondain face à cette union inattendue.

Andrea la tenait informée de ce qu'elle appelait le cirque médiatique, déclenché par la parution de la saga : *La chute de la famille Haywood*. Elle envoyait des copies des articles à Alex, qui était prise de nausée quand elle y jetait un coup d'œil. Des titres racoleurs, des textes calomnieux où l'on traitait M. Haywood, « le baron de la finance », de brigand. Les photos d'Alex et de Neely, ainsi que des six épouses successives du milliardaire, ajoutaient à tout cela un parfum écœurant de mauvais *soap opera*. Les journalistes ne comprenaient donc pas qu'ils parlaient de gens réels qui éprouvaient de vrais sentiments ? Alex, lors de ses conversations téléphoniques avec Andrea, fulminait. Et Andrea répondait : « Ils s'en fichent éperdument, du moment que leur prose plaît aux lecteurs. »

L'avocate avait épluché les analyses toxicologiques figurant dans le rapport d'autopsie. C'était confirmé : M. Haywood n'était pas ivre le soir de son suicide. En ce qui concernait la forte odeur d'alcool qui émanait de lui, et que Joe affirmait avoir sentie, Andrea n'avait pas d'explication.

— Dans la mesure où les plus fins limiers ont enquêté sur sa mort, je ne vois pas comment ils auraient pu négliger un élément aussi important. Que cela ait échappé aux policiers locaux, admettons, mais à la police d'État, au FBI... ça ne me paraît pas vraisemblable. Le type qui t'a raconté ça ne serait pas un peu crétin, par hasard ?

Le qualificatif convenait si mal à Joe qu'Alex eut un sourire amusé.

— Non, très loin de là. Il est remarquablement intelligent et fiable. S'il dit que ça empestait l'alcool, c'est vrai.

— En tout cas, tu sembles en être convaincue. Veux-tu que je mette quelqu'un sur le coup ? Nous avons encore des détectives privés qui travaillent pour nous. Ils sont en train de rédiger le rapport final pour l'audit interne. Je pourrais demander à l'un d'eux d'interroger ton informateur, et peut-être de fureter dans le coin.

— Oui, ce serait bien, rétorqua Alex avec gratitude.

Andrea resta un instant silencieuse.

— Je n'ignore pas combien il est dur pour toi d'accepter que ton père ait… commis cet acte, poursuivit-elle d'un ton hésitant. Toutefois tu réalises que, s'il ne s'est pas suicidé, cela signifie qu'on l'a assassiné ? Or l'enquête a définitivement écarté cette éventualité. On a découvert des traces de poudre sur sa main droite, et l'arme près de lui.

— Je sais tout ça, Andrea. Mais cette odeur d'alcool me tracasse. Pourquoi, si papa n'avait pas bu, sentait-il l'alcool ?

— Et tu es certaine que ton type ne se trompe pas. Bon… je passerai le dossier à l'un de nos enquêteurs. Attends un peu… Ce fameux type… ce n'est pas avec lui que tu étais, lundi, quand tu m'as téléphoné ? Joe Machin-Chose ? Le régisseur du domaine ?

— C'est bien lui.

— Oh, oh ! Mark lui a parlé. Il l'a trouvé très énergique, et même plutôt agressif.

— Je n'en suis pas surprise. Qu'a-t-il dit à ce pauvre Mark ?

— Il menace d'intenter un procès si nous n'honorons pas son contrat. Mark a examiné ledit contrat à la loupe, et conclu qu'il était valide. Il l'a transmis à David Rowe et au groupe pour décider de la stratégie à adopter : l'indemniser pour qu'il s'en aille tout de suite, ou le laisser travailler jusqu'à expiration du contrat.

— S'il part maintenant, les chevaux vont nous poser un problème. Apparemment, il faudra un peu de temps pour les vendre.

— J'ai l'impression que ce monsieur ne t'est pas indifférent, la taquina Andrea. Il est séduisant, non ?

— Pourquoi cette remarque ? répliqua Alex, sur la défensive.

— Je te connais, ma grande. Tu n'es pas aussi anéantie par le mariage de Paul que tu devrais l'être. Et tu t'intéresses infiniment plus au devenir de Whistledown qu'à celui des autres propriétés. Résultat, moi qui possède une logique infaillible, j'en déduis qu'il y a anguille sous roche, et que cette anguille ne peut être qu'un beau gosse.

Alex éclata de rire.

— D'accord, tu as gagné. Il est effectivement séduisant.

— Et au lit, il est bien ? À moins que tu ne l'aies pas encore testé ? Ça m'étonnerait. En principe, tu ne perds pas de temps.

— Andrea !

— Allez, ne fais pas ta mijaurée. Sur une échelle de zéro à dix, tu lui donnes combien ?

— Onze, répondit Alex, hilare. Et tu n'en sauras pas davantage.

— Je crois que je vais venir te voir. Ou plutôt non... j'attendrai que tu sois rentrée à Philadelphie, et je me trouverai une raison urgente de visiter personnellement Whistledown.

Alex rit à nouveau, mais en réalité l'image de la ravissante Andrea faisant du charme à Joe ne l'amusait pas du tout.

C'était ridicule, bien sûr. Elle n'avait aucun droit sur Joe, elle se le répétait d'ailleurs en permanence. Leur relation, dans l'immédiat, se résumait à une froideur délibérée de la part d'Alex, et une neutralité courtoise de la part de Joe.

Excepté le soir, quand ils communiquaient par talkie-walkie. Elle était à présent complètement dépendante de cette voix grave et harmonieuse qui lui parlait, la berçait. Malgré les somnifères, elle dormait mal et rêvait de son père presque toutes les nuits. Savoir que Joe était là, qu'il l'entendait, la réconfortait.

Le jour, pour des motifs strictement professionnels, elle était souvent avec lui. Son éditeur lui avait commandé une série de photos pour un livre d'art sur les haras du Kentucky, qu'elle espérait terminer pendant son séjour.

Elle passait donc beaucoup de temps dans les écuries et les enclos de Whistledown, à photographier les bâtiments, les chevaux, Joe (que cela exaspérait), les palefreniers, les lads, les vétérinaires et tous ceux qui s'affairaient dans les lieux.

Penser que ces vacances forcées lui vaudraient une rémunération la réjouissait. Elle visitait et photographiait également les haras voisins. Elle avait son appareil préféré, pour la simple raison qu'elle ne s'en séparait jamais. Au manoir, elle avait transformé une pièce inoccupée en studio et la salle de bains attenante en chambre noire. Elle avait tout ce qu'il lui fallait pour pouvoir travailler correctement.

Inez venait faire le ménage deux fois par semaine, comme avant, quand personne ne résidait au manoir. Alex et Neely (celle-ci en profitait pour râler abondamment) devaient donc mettre la main à la pâte. Elles nettoyaient le carrelage, passaient l'aspirateur, faisaient la lessive.

Alex avait même acheté un livre de recettes, avec l'intention de développer ses talents culinaires et de préparer de bons petits dîners, pas trop caloriques. Ses efforts étaient à ce point concluants que, chaque soir, sa sœur et elle finissaient par se rabattre sur une pizza.

Neely, suppliante, lui demandait l'autorisation de descendre dîner en bas (autrement dit, chez les Welch, où elle était fourrée à longueur de journée – à la surprise d'Alex, Joe ne semblait pas s'opposer à ces fréquentes visites). Joe, ajoutait perfidement Neely, était un excellent cuisinier.

Alex refusait fermement. Il n'était pas question que les Haywood dépendent des Welch, pas plus en tout cas qu'il n'était nécessaire.

Un soir, environ une semaine après leur arrivée à Whistledown, le téléphone sonna alors qu'Alex sortait du four deux blancs de poulet d'une couleur rosâtre extrêmement suspecte. Tout en les considérant d'un œil inquiet – elle avait pourtant suivi scrupuleusement les instructions du bouquin –, elle décrocha.

— Alex ?

C'était Joe. Elle l'avait vu aux écuries deux heures auparavant. Il faisait évoluer plusieurs chevaux du haras devant un acquéreur potentiel. Il avait la mine sombre, et Alex, qui photographiait la scène, avait eu un pincement au cœur à l'idée de devoir se séparer de ces splendides animaux. Elle avait appris à connaître et à aimer chacun d'eux.

Hélas, on n'y pouvait rien. Joe lui-même l'admettait. Il n'y avait plus d'argent, on était contraint de vendre les chevaux, et Joe s'efforçait de leur trouver un nouveau propriétaire capable d'assumer ses responsabilités.

— Oui ? fit-elle d'un ton froid.

— Votre pizza arrive, rétorqua-t-il, narquois.

— Comment le savez-vous ?

— Le livreur est un copain d'Eli. Il s'est arrêté à la maison pour rendre à mon fils les cours d'algèbre qu'il lui avait empruntés. Il m'a dit que vous commandiez une pizza tous les soirs.

— Mais c'est incroyable ! s'indigna-t-elle. On ne peut donc pas avoir de vie privée, dans cette région ?

— Je crains que ce soit difficile. Je vous avais prévenue. Alex... vous n'êtes pas un peu écœurée par les pizzas ?

Elle se dressa sur ses ergots.

— *J'adore* les pizzas.

Soudain, elle tressaillit.

— Une minute... Je n'ai pas encore passé ma commande. Je prépare des blancs de poulet accompagnés de riz, ajouta-t-elle d'un ton hautain.

— Oui, on m'a raconté vos exploits culinaires. Écoutez, j'ai fait un rôti avec des pommes de terre et des carottes. Je m'apprête à le sortir du four. Neely et vous, venez donc partager notre repas.

À ces mots, Alex sentit un tiraillement au creux de son estomac. Aurait-elle faim ? s'étonna-t-elle. Elle mangeait si peu ces derniers temps qu'elle perdait l'habitude de s'alimenter. C'était mauvais pour sa santé, elle en avait conscience.

À cet instant, la sonnette retentit.

— J'y vais ! cria Neely depuis le petit salon, où elle était censée faire ses devoirs – tout en regardant la télévision.

— Je parie que c'est votre pizza, dit Joe. Alex, ne refusez pas mon invitation. Si vous voulez, considérez ça comme un dîner d'affaires. Ce n'est pas faux, d'ailleurs. J'ai plusieurs offres concernant certains des chevaux, il faut que nous en discutions.

— Vraiment ?

Vêtue d'un jean à pattes d'éléphant et d'un tee-shirt orange moulant comme une seconde peau – tenue qu'elle avait mise le matin pour aller au lycée –, Neely entra dans la cuisine. Elle tenait un carton qu'elle posa sur le comptoir avec un air de martyre.

— Je n'aurais jamais cru que ça m'arriverait, mais j'en ai ras le bol de la pizza !

— C'est *toi* qui l'as commandée, riposta Alex, sans penser à couvrir de sa main le micro du combiné. Moi, j'avais prévu des blancs de poulet et du riz.

— Oui, mais je les ai vus, tes blancs de poulet. Alors j'ai préféré commander une pizza.

Alex entendit distinctement, à l'autre bout du fil, un gloussement moqueur.

31

— Vous ricanez ?

— Moi ? Pas du tout.

— C'est Joe ? demanda Neely en soulevant le couvercle du carton.

Un fumet de sauce tomate et d'ail chatouilla les narines d'Alex qui en frémit de dégoût.

— Allez, venez dîner, insista Joe.

C'était à la fois une prière et un ordre. Alex se sentit faiblir. À tout prendre, elle préférait ses blancs de poulet à la pizza. C'est dire, vu l'aspect peu ragoûtant de la volaille, à quelle extrémité elle était réduite.

De plus, elle aurait le plaisir de voir Joe...

— Non merci, déclara-t-elle dignement.

Elle avait encore la ressource de confectionner des sandwichs au thon.

— Qu'est-ce qu'il veut ? interrogea Neely qui examinait la pizza avec accablement.

— Alex, ne soyez pas sotte, murmura Joe.

Il y avait dans sa voix une note de tendresse qui acheva de vaincre la résistance d'Alex.

— Nous inviter à dîner, répondit-elle à sa sœur.

— Super ! dit Neely, brandissant le poing en signe de victoire.

— Ah... fit Joe. J'ai entendu.

— Bon, d'accord. Nous serons là dans un instant. Merci pour votre invitation.

— Tout le plaisir est pour moi, répliqua-t-il, et il raccrocha.

— Du balai, la pizza ! clama Neely en jetant le carton dans la poubelle.

Alex fixa sur elle un regard implorant.

— S'il te plaît, par pitié, comporte-toi convenablement pendant le repas.

Sa sœur sourit d'une oreille à l'autre.

— Oh, ne te bile pas, je ne suis pas stupide ! Quand le papa est dans les parages, je suis un vrai petit ange. Il peut être carrément sévère, paraît-il, et je ne tiens pas à ce qu'Eli écope d'une punition ou d'une interdiction de sortie. Qu'est-ce qui me resterait pour me distraire ?

Ce discours n'était pas franchement rassurant, mais Alex devrait s'en contenter.

Cinq minutes plus tard, la Mercedes s'arrêtait devant la ferme. Il n'était que dix-huit heures trente, pourtant il faisait déjà noir. Alex et Neely remontèrent le col de leur manteau et piquèrent un sprint pour se mettre à l'abri de la bruine glacée qui tombait depuis le matin.

Josh, en jean informe et tee-shirt blanc, sous une chemise trop large et déboutonnée, leur ouvrit la porte.

— Eli doit aller chez Heather, tout à l'heure, annonça-t-il à Neely d'un ton où perçait un brin de perfidie.

Alex se crispa, guettant la réaction de sa sœur.

— Et alors ? rétorqua l'adolescente, tandis qu'ils traversaient le vestibule obscur et entraient dans la cuisine baignée d'une chaude lumière.

Jenny, au milieu de la pièce, pirouettait devant son frère Eli. Elle portait une robe bleue peu flatteuse, ornée d'un col en dentelle.

— Qu'est-ce que tu en penses ?

Eli, qui remuait la salade, lui lança un vague regard.

— Je te trouve bien, marmonna-t-il.

— Je ne veux pas être juste « bien » ! protesta Jenny, au bord des larmes. Je veux être super bien. Papa, cette robe ne va pas !

— Là-dedans, tu as l'air d'Annie la petite orpheline, commenta Josh.

En effet, songea Alex, cette robe trop ample et trop guindée pour Jenny – qui était toute frêle et avait les cheveux courts – lui donnait des allures de pauvre orpheline.

— Dispense-nous de tes réflexions oiseuses, Josh ! grommela Joe.

Il s'affairait devant le fourneau, touillait quelque chose dans un poêlon. Il tourna la tête et sourit à Alex, avant de reporter son attention sur sa fille.

— Si elle ne te plaît pas, on retournera au magasin en choisir une autre. Inutile de te mettre dans tous tes états.

Il était en jean et sweater gris. Il paraissait très grand, très beau, et parfaitement à l'aise dans une cuisine. Un poisson dans l'eau.

— Ça servira à rien ! Tu m'achètes jamais ce qu'il faut ! Pour les vêtements de filles, tu n'y connais rien !

Jenny semblait désespérée, ses lèvres tremblaient.

— Et j'en ai besoin pour demain soir !

— Mais enfin, Jenny, dit Eli en posant le saladier sur la table, tu vas simplement chanter avec la chorale. Vous êtes nombreuses, personne ne remarquera ce que tu as sur le dos.

— Si, on le remarquera ! Parce qu'on doit nous prendre en photo ! Toutes les autres filles seront bien habillées, et pas moi !

— Mon petit pain d'épice, tu es toujours belle, intervint Cary Welch qui surveillait le micro-ondes.

— Arrête, grand-père ! s'écria Jenny qui tapa du pied. Toi non plus, tu n'y connais rien !

— D'accord, demandons l'avis d'une experte, déclara Joe qui versa adroitement le contenu du poêlon – une épaisse et appétissante sauce brune – dans une saucière. Alex, que pensez-vous de la robe de ma fille ?

Elle hésita, s'adressa directement à Jenny :

— Pour quelle occasion exactement comptes-tu la mettre ?

— Ma chorale chante demain soir, pour la fête champêtre. Je dois être en bleu, comme les autres, enchaîna Jenny qui fixait sur Neely un regard suppliant. Mais, avec ce machin, j'ai l'air d'une nouille. Je le sais !

— Tu as raison, confirma Neely avant qu'Alex ait pu trouver une manière plus diplomatique de dire que, de fait, cette tenue n'était pas idéale. Elle est carrément moche, cette robe.

Alex fit les gros yeux à sa sœur.

— Ah, tu vois, papa !

— Il vaut mieux être honnête, se défendit Neely. Sinon, quand elle chantera demain, elle sera persuadée d'être ridicule et ça la complexera.

— Alex ? insista Joe.

Celle-ci se sentit obligée d'être sincère, elle aussi. Neely n'avait pas tort, c'était important pour Jenny.

— Jenny n'est pas à son avantage, Joe.

Il la dévisagea ; elle l'entendit presque l'accuser : *traîtresse*.

— Qu'est-ce que je te disais, papa ?

— On la rapportera demain à la boutique, bougonna-t-il. Tu choisiras ce qui te plaît.

— Mais je sais pas ce qui me va bien, moi ! gémit la fillette. C'est toi qui devrais me conseiller. Seulement tu peux pas, parce que tu es un homme !

— Jenny… s'interposa Alex. Et si nous allions faire du shopping, demain – toi, Neely et moi ? De toute façon, j'ai besoin de m'acheter quelques affaires. Ce serait amusant de te chercher une robe, non ? Et Neely connaît par cœur les dernières tendances de la mode, crois-moi.

Joe considéra Neely avec une telle inquiétude qu'Alex faillit pouffer de rire.

— Ce serait génial! s'écria Jenny. Si ça ne vous dérange pas trop, ajouta-t-elle, prise d'une soudaine timidité.

Alex réalisa alors qu'elle était en admiration devant Neely, qui lui paraissait sans doute incarner le comble de la sophistication.

— Ce sera marrant, répondit Neely.

Jenny rayonnait à présent; Alex sourit à sa sœur et à la fillette, Joe poussa un soupir de soulagement.

— Merci, mesdemoiselles Haywood, dit-il d'un ton léger. Grâce à vous, nous avons échappé à une crise de nerfs. Jenny, cours te changer et dînons.

Lorsque Jenny les rejoignit, ils s'installèrent autour de la table. Ce soir, c'était à la benjamine de réciter le bénédicité, ce qu'elle fit de façon touchante. On passa les plats, et Alex, à son grand étonnement, mangea avec appétit.

Elle était à la droite de Joe, face à Neely et à Josh, elle se sentait bien. Elle avait l'impression d'être auprès d'un vieil ami, quelqu'un qu'elle aurait connu depuis toujours – une amitié où se mêlait autre chose, cependant. Ils se regardaient, se souriaient, leurs doigts se frôlaient quand il lui tendait un plat ou la corbeille de pain. Et le moindre regard, sourire, frôlement était comme une étincelle.

La conversation allait bon train. On parlait des offres d'achat que Joe avait reçues (un demi-million de dollars pour chacune des deux juments saillies par Tonnerre), des expériences scientifiques de Jenny (elle entraînait une souris blanche à repérer la sortie d'un labyrinthe), de la cruauté de son prof d'algèbre (Eli et Neely, bien qu'ils fussent dans des classes supérieures, avaient le même professeur qui leur avait donné des notes lamentables lors de la dernière interrogation écrite), des inquiétudes de Josh quant au bal de Noël (les filles devaient inviter les garçons).

— Si tu parles un peu avec certaines filles de ta classe, il y en aura bien une qui se décidera, déclara Eli, la bouche pleine. C'est sûr qu'elles vont pas inviter un gars qui ne leur adresse pas la parole.

— Tu leur adresses pas la parole, Josh? répéta Jenny, choquée. Pourquoi?

— Il est timide, railla Eli.

Josh rougit jusqu'aux oreilles, lança un coup d'œil assassin à son frère.

— Les filles sont bêtes, marmonna-t-il.

— C'est pas vrai! s'écrièrent en chœur Jenny et Neely. En tout cas, pas mes copines, ajouta Jenny.

— Ah ouais?

— Ça suffit, s'interposa Joe. Arrête, Josh. Grand-père m'a raconté que tu l'avais aidé aujourd'hui, avec Danseur. Qu'est-ce que tu penses de lui?

Le visage de Josh s'éclaira soudain.

— Il est drôlement rapide. Mais c'est vrai qu'il est maigre. Grand-père dit que certains des plus grands champions sont comme ça.

— Ce garçon a l'étoffe d'un homme de cheval, commenta Cary, assis au bout de la table. Il a le flair.

Une lueur de fierté s'alluma dans les prunelles de Josh qui s'empressa néanmoins de reprendre son air renfrogné.

— Joe, intervint Alex, ce repas est délicieux. Vous m'impressionnez.

Il eut un sourire malicieux.

— Et vous, il paraît que vous faites des essais?

— Des essais, c'est le terme approprié, susurra Neely. Elle a acheté un livre de recettes, figurez-vous. Ça s'appelle: *La cuisine expliquée aux empotées*, ou quelque chose dans ce genre-là. Ça résume bien la situation, je trouve.

Tout le monde s'esclaffa, sauf Alex qui foudroya sa sœur du regard.

— Tu viens à la fête, demain soir, grand-père? interrogea Jenny.

— Évidemment, mon petit pain d'épice, répondit gaiement Cary. Tu vas chanter et tu crois que je manquerais ça ?

— Il a même un rendez-vous galant, ricana Josh. Avec Mme Shelley.

— Mme Shelley ? s'exclama Neely, horrifiée.

Eli grimaça.

— Ouais, la conseillère d'orientation. C'est dingue, non ?

— Dur, dur, renchérit Neely.

Eli et Josh opinèrent de concert.

— S'ils font une bêtise, expliqua Cary à Alex, Mme Shelley vend la mèche. Elle les maintient sur le droit chemin.

— Tu ne pourrais pas te trouver une autre copine, grand-père ? ronchonna Josh. Elle lui donne nos notes avant même qu'on les ait. Ensuite il prévient papa, et voilà.

— Seulement si vous avez de mauvaises notes, objecta Joe d'un ton apaisant. Essaie de décrocher le prix d'excellence, et ça changera tout.

Après le dîner, Joe tint absolument à raccompagner les deux sœurs.

— De toute façon, il faut que j'aille voir les chevaux. Je rentrerai à pied, dit-il, tandis qu'ils pénétraient dans le hall du manoir.

— Mais il pleut, protesta Alex.

Neely lança à Joe un « merci pour le dîner ! » et disparut aussitôt dans le petit salon où elle alluma la télé.

Ils étaient immobiles sous le gigantesque lustre du hall. Les gouttelettes d'eau qui perlaient dans les cheveux noirs de Joe brillaient comme des diamants. Ses yeux, dans son visage tanné, étaient d'un bleu inouï. Le regard d'Alex s'attarda sur sa bouche si sensuelle.

Il lui prit la main, la garda un instant dans la sienne, puis, avec un petit sourire irrésistible, lui baisa les doigts, pressa ses lèvres brûlantes dans le creux de sa paume.

Un frisson de plaisir la parcourut.

— Merci, murmura-t-il, d'avoir proposé d'emmener Jenny faire les boutiques.

— Alex ! s'époumona Neely. Tu crois qu'on pourrait trouver un sac de couchage quelque part, dans cette maison ? Demain soir, après la fête, j'en aurai besoin. On dort tous au lycée.

Joe lâcha la main d'Alex.

— Bonne nuit, dit-il.

Il franchit le seuil et referma la porte derrière lui. Alex resta plantée là, à contempler le battant, jusqu'à ce que la voix de Neely, qui l'appelait à nouveau, la tire de sa rêverie.

32

— Papa, tu n'aurais pas fait quelque chose dont je devrais être informé ?

Il était environ dix heures, le lendemain matin, et Joe venait d'avoir Tommy au téléphone. Le shérif lui avait demandé de passer le voir le plus vite possible. Il avait refusé d'expliquer de quoi il s'agissait, mais le ton de sa voix, strictement professionnel, avait alarmé Joe. Il connaissait Tommy depuis assez longtemps pour deviner qu'il y avait un problème. Il avait donc pris rendez-vous pour dix heures quarante-cinq.

Hormis ses enfants, son père était la seule personne susceptible d'avoir provoqué ce coup de fil du shérif. Or les gosses étaient à l'école. Joe s'était donc mis à la recherche de son père.

— Fiston, ce boulet de canon vient de faire quatre cents mètres en un temps record !

Le chronomètre en main, Cary était appuyé au portillon ouvert du manège, derrière les écuries. Victorieux Danseur, monté par Lon MacLeod, un jockey semi-retraité qui travaillait pour eux, franchit au galop le portillon.

— Papa, Tommy m'a demandé de passer à son bureau et...

Son père l'agrippa par la manche.

— Tu m'écoutes, Joe ? C'est lui ! Notre champion ! Notre billet gagnant !

Joe soupira, jeta un vague coup d'œil au grand cheval bai, salua d'un geste MacLeod qui calmait à présent sa monture.

— Papa, dans l'immédiat, ce canasson pour lequel tu m'as persuadé de débourser trente mille dollars est le cadet de mes soucis. Je te répète que Tommy veut que je passe immédiatement à son bureau pour me parler. Alors, maintenant, sois franc : tu n'aurais pas provoqué un accident quelconque, par exemple, que tu m'aurais caché ?

Cary le dévisagea d'un air écœuré.

— Non ! Quand il y a un problème, pourquoi croistu automatiquement que j'en suis responsable ? Tu as trois gamins…

— J'y ai pensé, mais comme ils ne sont pas là pour répondre à ma question, c'est à toi que je la pose.

— Et s'il s'agissait de toi ? Ah, bien sûr, cette idée ne t'a pas effleuré ! Nous, on est obligés d'être parfaits, mais toi…

— Papa…

— Joe, pour l'instant, je me fiche éperdument de Tommy. Ce cheval a tout ce qu'il faut pour se mesurer aux meilleurs. Il vole ! C'est une flèche !

— Tu me jures que tu n'as rien fait ?

— Tu ne m'écoutes toujours pas !

— Toi non plus, tu ne m'écoutes pas !

Ils étaient face à face, le père et le fils, furibonds. Puis, soudain, Cary détourna les yeux.

— Quand tu t'emballes comme ça, tu es le portrait craché de ta mère. Louisa était lente à démarrer, mais, quand la colère la prenait, les vitres tremblaient.

— Oh, bon sang !

La fureur de Joe retomba aussi vite qu'elle était montée. Il entoura de son bras les épaules de son père. Après la mort de son épouse et de sa fille, Cary n'avait plus jamais été le même. Malgré toutes ces années, le simple fait de prononcer leur nom le mettait au bord des larmes.

— Elles me manquent, Joe, murmura Cary. Ta mère et ta sœur. Elles me manquent tellement, quelquefois.

— Moi aussi, papa.

Joe l'étreignit brièvement, puis s'écarta. Ils n'avaient pas l'habitude de se laisser ainsi aller à l'émotion.

— Alors, lança-t-il pour détendre l'atmosphère, tu dis que ce sac d'os a fait quatre cents mètres à toute allure ? Tu es sûr que ton chronomètre fonctionne bien ? Il date du déluge.

— Il fonctionne à la perfection. Victorieux Danseur est notre billet gagnant, Joe, je te le répète et je te le garantis !

— On en reparlera plus tard, rétorqua Joe en regardant le cheval bai qui marchait à présent au pas et soufflait bruyamment. Je passe voir Tommy, et ensuite, à treize heures, j'ai rendez-vous avec les banquiers. Tu iras chercher Jenny ? Je ne serai pas de retour à temps.

— Oui, oui...

Cary fit signe à MacLeod de s'approcher.

— Lon, dis à cette tête de mule que je ne suis pas encore sénile : ce cheval est taillé pour la course.

Lon opina.

— C'est vrai.

— Formidable, marmonna Joe. Papa, tu n'oublieras pas Jenny ...

— Comme si je pouvais oublier mon petit pain d'épice ! Lon, enchaîna Cary qui ne prêtait déjà plus attention à son fils, tu ne trouves pas qu'il a les sabots un peu en dehors ?

— Oui, mais je n'ai pas l'impression que ce soit gênant...

Exaspéré, Joe s'éloigna. Son père croyait avec une ferveur de nouveau converti qu'un jour se produirait le miracle – la rencontre avec le champion qui sauverait sa réputation, ferait celle de Joe et changerait leur existence. Joe espérait bien sûr que le rêve de Cary Welch s'accomplirait, cependant il ne se berçait pas d'illusions. L'expérience lui avait enseigné que la vie se chargeait de vous ramener à la dure réalité. Pour lui, le travail et l'acharnement étaient la seule clé de la réussite.

Les miracles n'existaient pas. Et les chevaux miraculeux non plus.

Le bureau de Tommy se trouvait à Simpsonville, dont les infrastructures se résumaient à un restaurant, une modeste galerie marchande, quelques vieilles boutiques où les clients ne se bousculaient pas, et l'église baptiste – l'unique bâtiment à un étage qui, même si l'on ne tenait pas compte du clocher, dominait toutes les autres habitations.

Situé dans la galerie marchande, où il voisinait avec Quik-Pik, une cordonnerie et une quincaillerie, le bureau de Tommy ne se distinguait guère, au premier abord, des autres magasins. Cependant un écriteau sur la vitrine annonçait : SHÉRIF. À l'intérieur, derrière un comptoir, un adjoint en uniforme marron brassait de la paperasse.

— Salut, Joe.

Billy Craddock, chauve et corpulent, lui sourit. Proche de la soixantaine, il était adjoint depuis toujours. Quand Joe était encore un adolescent turbulent, il lui avait tiré les oreilles plus d'une fois.

— Salut, Billy. Tommy est là ?

— Dans son antre, répondit l'adjoint.

Joe se dirigea vers le bureau, une petite pièce aux murs coquille d'œuf. Le local comportait également une autre pièce pourvue de barreaux en guise de porte, qui servait au besoin de cellule. Hormis quelques ivrognes tapageurs ou gamins bagarreurs qui y restaient une heure ou deux, le temps de se calmer, nul n'y avait jamais été enfermé. Si un délinquant devait être transféré à la prison du comté de Shelby, à Shelbyville, il attendait dans le bureau de Tommy qu'on vienne le chercher, ou bien Tommy se chargeait lui-même de l'accompagner. À Simpsonville, on n'était pas méchant : on ménageait même les voyous.

Tommy, les pieds sur la table et les mains jointes sur la nuque, discutait avec Rob Mayhew, assis sur une chaise en plastique. Au mur, derrière le shérif, était accroché un tableau, couvert de Post-it, de papiers, dont le portrait d'un meurtrier activement recherché par le FBI. Tommy priait pour qu'un jour, un criminel de ce calibre entre dans son orbite et qu'il soit en mesure de l'arrêter. Ce serait pour lui un véritable couronnement.

Il y avait aussi des photos de personnes disparues. Notamment celles d'une jeune et jolie blonde et d'un garçon du même âge. Celles-là, Joe ne les avait jamais vues.

— Alors, qu'est-ce qui se passe ? demanda-t-il sans autre préambule.

Il tourna les yeux vers l'interlocuteur du shérif, qui était aussi un copain de longue date et exerçait la profession d'avocat.

— Bonjour, Rob.

Tommy et Rob restèrent un instant silencieux. Puis Tommy reposa les pieds par terre, se carra dans son fauteuil.

— Tu veux bien fermer la porte ?

— Bon sang, tu commences à m'effrayer ! Si tu m'expliquais ce qu'il y a, avant que je fasse une attaque ?

Rob se leva et lui mit la main sur l'épaule.

— Je suis là pour te représenter Joe, en tant qu'avocat. Et je te dis tout de suite que tu n'es pas obligé de parler à Tommy, ni à quiconque. En fait, je te conseille de garder le silence.

— Quoi !

Joe, stupéfait, dévisageait tour à tour ses deux amis.

— C'est une convocation officielle, déclara le shérif. J'ai estimé qu'il était normal que cet entretien se déroule en présence d'un avocat. Sinon, j'aurais eu l'impression d'abuser de notre amitié.

Joe était de plus en plus éberlué.

— Mais qu'est-ce que tu racontes, Tommy ?

— Es-tu disposé à répondre à mes questions ?

— Oui, oui, bien sûr. À quel sujet ?

— Il s'agit d'un interrogatoire, et je souhaite l'enregistrer, rétorqua Tommy, désignant un petit magnétophone posé sur la table, que Joe n'avait pas encore remarqué.

— Tu es sérieux ?

— Tu n'es pas tenu d'accepter, objecta Rob qui avait toujours la main sur l'épaule de Joe. Je ne te le conseille pas.

— Oui, je suis sérieux, grommela Tommy. L'affaire est *très* sérieuse. Il vaudrait peut-être mieux que tu écoutes ton avocat. Là, c'est l'ami qui te parle, pas le shérif.

— Bon Dieu, arrête de tourner autour du pot ! Tu peux m'enregistrer toute la journée si ça t'amuse. Et toi, Rob, ferme-la. Je sais pertinemment que j'ai le droit de garder le silence.

— Tu m'autorises donc à brancher le magnétophone ?

— Oh, nom d'un chien… oui !

Tommy appuya sur une touche de l'appareil.

— Interrogatoire de Joe Welch, mardi 17 novembre, onze heures, enregistré avec son accord et en présence de son avocat.

Le shérif leva les yeux.

— Joe, j'ai quelque chose à te montrer.

— Si je te dis de te taire, tu te tais, chuchota Rob d'un ton pressant.

Joe, agacé, le foudroya du regard.

Tommy ouvrit le tiroir de son bureau, en extirpa des gants de chirurgien qu'il enfila, puis se pencha pour prendre sur le sol, près de son fauteuil, un sac-poubelle noir qu'il déposa sur la table. Ce sac en contenait un autre, sale et déchiré, visiblement plus ancien que le premier. Une forte odeur de moisi se répandit dans la pièce.

Le shérif en sortit avec précaution un sac à main de femme, qui avait dû être marron jadis, qui était à présent noirci par endroits, rongé par l'humidité et complètement aplati, comme si un camion lui avait roulé dessus à plusieurs reprises. La puanteur qui s'en dégageait était telle que Joe grimaça.

— Tu le reconnais ? demanda Tommy, les yeux rivés sur le visage de Joe.

— En tout cas, ce n'est pas le mien.

Rob sourit, parut se détendre. Mais Tommy ne se dérida pas ; il affichait une gravité qui commençait à taper sur les nerfs de Joe.

— Tu m'expliques, oui ou non ?

— Il y a des papiers d'identité dans ce sac. Un portefeuille de femme, des produits de maquillage, une brosse à cheveux, de menus objets de ce genre. Mais ce sont les papiers qui nous intéressent. Sais-tu à qui ils appartiennent ?

— Non, mais j'espère qu'un jour ou l'autre tu finiras par me le dire.

— Ce sont ceux de Laura, Joe. Ta femme.

— *Quoi !*

Joe tendit la main pour saisir le sac, cependant Tommy fut plus rapide que lui.

— Donne-les-moi ! tonna Joe.

En ayant soin de garder le sac hors de portée de Joe, le shérif prit le portefeuille qu'il ouvrit pour montrer un permis de conduire et deux cartes de crédit, glissés dans un plastique transparent.

Joe, cette fois, réussit à s'en emparer.

— Hé, tu vas mettre tes empreintes partout ! protesta Tommy.

— Ce n'est pas tragique, intervint Rob. Tu m'as dit que le relevé d'empreintes était déjà fait, tu n'auras qu'à préciser au labo qu'il y en a de nouvelles, laissées au cours de cet entretien.

Joe étudiait le permis de conduire, la photo d'identité de Laura sous le plastique éraflé.

— C'est bien Laura, confirma-t-il. Alors, où veux-tu en venir ?

— Où je veux en venir ? répéta Tommy en le regardant comme s'il était débile. Joe, où est Laura ?

— Comment je le saurais ? Je te rappelle que nous sommes divorcés. Je n'ai eu aucune nouvelle d'elle depuis des années.

— As-tu jamais signalé sa disparition ?

— Mais pour quelle raison ? Premièrement, j'ignore si elle a disparu. Elle mène peut-être la grande vie quelque part. Au Mexique, par exemple, ou ailleurs. Deuxièmement, je ne veux pas la retrouver. Les enfants et moi, nous sommes bien mieux sans elle, tu le sais pertinemment.

— Joe, ordonna Rob, maintenant tu te tais.

— Pourquoi ? Vous avez perdu la boule, tous les deux ? Vous avez déniché un vieux sac de Laura. La belle affaire !

Rob se tourna vers Tommy.

— Il n'a rien à dire, c'est évident comme le nez au milieu de la figure. Ce n'est pas un bon comédien, souviens-toi de *Cendrillon*.

Rob faisait allusion à la pièce donnée pour la fête de fin d'année, en CM2. Choisi pour interpréter le prince charmant – parce qu'il était le seul garçon de la classe à dépasser d'une tête la vedette féminine –, Joe avait été pris le soir de la représentation d'un trac terrible. Il était resté planté comme un piquet sur la scène, dans la lumière des projecteurs, la cervelle vide, incapable de se remémorer un traître mot du texte si laborieusement appris. Sa partenaire, Cindy Webber (aujourd'hui Mme Harrison), avait dû le secouer et lui souffler ses répliques qu'il avait répétées comme un perroquet.

Cette épreuve avait été sa première et dernière expérience de comédien. Il savait cependant que ses amis, ses anciens camarades d'école et l'ensemble de ses concitoyens n'avaient pas oublié cette soirée.

— Ne remets pas ça sur le tapis, dit-il à Rob. Vous n'allez quand même pas me resservir cette histoire jusqu'à la fin de mes jours.

Tommy, qui les dévisageait, opina.

— Tu as raison, c'est un acteur lamentable. D'accord, Joe, assieds-toi. Je vais t'expliquer ce qui se passe.

— Je n'ai pas envie de m'asseoir, rétorqua Joe qui, dans l'immédiat, ne portait pas Tommy dans son cœur.

— Eh bien, reste debout. Ce sac-poubelle, avec le sac à main de Laura et des escarpins de pointure 38 – Laura faisait un petit 38, pas vrai ? –, a été découvert dans la propriété de Bob Toler ce matin. Il nettoyait son terrain au bord du ruisseau, qui a été inondé après l'orage de samedi, et il a trouvé ça. Il m'a prévenu.

— Comment connais-tu la pointure de mon ex-femme ? grommela Joe d'un air mauvais.

— Je suis sorti avec elle, Joe. Tout le monde, dans le comté, a fricoté avec elle. Je t'ai averti avant que tu l'épouses.

— S'il vous plaît, se hâta d'intervenir Rob, ne remuons pas le passé.

— Un peu plus loin, dans le même champ, M. Toler est tombé sur un autre sac-poubelle, qui renfermait les restes d'un corps humain. Des cendres, des fragments d'os, des cheveux, etc. C'est parti au labo. Je vais également leur envoyer ce sac à main et les chaussures. J'ai la nette impression que ces traces noires pourraient être du sang.

Joe avait le regard fixé sur Tommy, dont les paroles se distillaient une à une dans son esprit. Soudain, ses jambes flageolèrent, une violente nausée lui tordit l'estomac.

— Je crois que je vais m'asseoir, bredouilla-t-il en se laissant tomber sur une chaise.

— Enfin tu suis mon conseil, bougonna Tommy.

— Tu penses que ces... restes et le sang seraient ceux de Laura ? souffla Joe.

— C'est fort possible, dans la mesure où la poche en plastique qui les contenait est identique à celle où on a trouvé les escarpins et le sac à main. Il y avait de l'argent dans ce sac – cent trente-deux dollars – et un billet d'avion pour la Californie, datant de juin 1991. Il semble peu vraisemblable qu'elle ait jeté tout ça, avec ses chaussures en plus. Joe, quand as-tu vu Laura pour la dernière fois ?

— Ne réponds pas à cette question, s'interposa Rob.

— Bon Dieu, Tommy, tu m'as convoqué pour m'interroger parce que tu me soupçonnes de l'avoir tuée ? s'indigna Joe.

— Ne parle pas trop, attention !

— Fiche-nous la paix, Rob, s'énerva Tommy. Joe, je suis persuadé que tu ne l'as pas tuée. J'admets que, quand j'ai découvert ça, compte tenu de ce que je sais sur Laura, toi et les enfants, la pensée que, *peut-être*, tu l'avais assassinée m'est venue à l'esprit. Personnellement, si je l'avais épousée, j'aurais été capable de la trucider. Mais je te regarde et je lis sur ta figure que tu es innocent. Arrête de me fusiller des yeux. Je ne t'accuse pas, tu n'es plus suspect. Je veux juste que tu me dises ce que tu sais, ça nous aidera éventuellement à trouver celui qui a fait ça.

— Si elle a *effectivement* été assassinée, objecta Rob. À ce stade, Tommy, nous n'avons qu'un vieux sac de Laura avec des taches sombres et une paire d'escarpins. Jeter un sac et des chaussures à la poubelle n'est pas un crime. Quant aux restes humains – s'il s'agit bien de restes humains, ce dont nous n'avons pas encore la confirmation –, rien ne prouve que ce soit ceux de Laura.

— Exact, admit Tommy. Alors, Joe, quand as-tu vu Laura pour la dernière fois ?

33

— Vous savez, c'est vraiment dur de ne pas avoir de mère, dit gravement Jenny ...

Elle était sur la banquette arrière de la Mercedes, que conduisait Alex, auprès de Samantha Lewis, une copine de Neely – une grande jeune fille aux longs cheveux raides couleur de caramel.

Toutes les quatre roulaient en direction de Simpsonville. Il avait fait une belle journée ensoleillée, et leur expédition à Louisville s'était avérée agréable et fructueuse. Leurs emplettes s'entassaient dans le coffre de la voiture, notamment une ravissante robe bleu ciel pour Jenny, aux longues manches moulantes, au haut plissé et à la jupe courte.

Il était près de dix-sept heures, et la circulation était étonnamment dense sur la départementale 60. Alex regarda Jenny dans le rétroviseur. Ses yeux bruns pétillaient, elle avait les joues toutes roses. Jamais Alex ne l'avait vue aussi jolie.

Rien de tel que le shopping pour révéler, chez une gamine, la femme qui s'épanouirait un jour.

— Je suis bien placée pour le savoir, dit Neely, assise de biais sur le siège avant.

— Tu n'as pas de mère non plus ?

— Elle est morte quand j'étais petite. Je n'ai pas beaucoup de souvenirs d'elle.

— Moi, j'en ai aucun.

— Elle est morte aussi, la tienne, Jenny ? demanda Samantha.

Elle avait une mère bien présente. Alex le savait, car elle lui avait téléphoné pour s'assurer que les filles étaient effectivement censées, comme tous les autres élèves, passer la nuit au lycée après la fête champêtre. Sous la surveillance des professeurs, naturellement. C'était ainsi chaque année, lui avait dit Mme Lewis. Non qu'Alex n'eût pas confiance en Neely, mais elle avait jugé préférable de vérifier.

— Non, je ne crois pas, répondit Jenny ... Elle est partie, il y a longtemps, elle nous a laissés avec papa. Ils sont divorcés, ajouta-t-elle d'un ton neutre. Le divorce, c'est pas marrant.

— Mes parents l'étaient aussi, intervint Alex. Je sais combien c'est difficile, un divorce.

— Et qui vous a gardée, votre papa ou votre maman ? interrogea Jenny avec curiosité.

— Ni l'un ni l'autre. Je me suis retrouvée en pension, rétorqua Alex avec un petit sourire sans joie. J'y suis restée des années.

— Et je te garantis que la pension, ça craint, renchérit Neely. Sur ce plan-là, tu as plutôt de la chance. Au moins, ton père veut que tu sois avec lui.

Alex, le cœur serré, coula un regard oblique vers sa sœur. Elle attendrait d'être seule avec elle pour tenter à nouveau de vider l'abcès.

Jenny et Samantha s'arrêtèrent à Whistledown. Laissant les filles ensemble, Alex monta prendre une douche, alla dans sa chambre noire improvisée achever le fixage d'une pellicule, puis gagna la bibliothèque, au rez-de-chaussée, pour voir si elle avait des messages sur le répondeur téléphonique.

Hannibal la suivait pas à pas. Il sauta sur la cheminée et se coucha entre les perroquets en porcelaine de Chine bariolée. Une fois de plus, il se mit à la contempler.

— File d'ici, toi !

Elle aurait juré qu'un sourire narquois retroussait les babines de ce satané chat. Évidemment, il ne bougea pas d'un poil.

Même le personnage du poème d'Edgar Allan Poe, *Le corbeau*, n'avait pas dû endurer une telle malédiction, pensa Alex en s'efforçant d'ignorer les yeux fixes du matou.

Andrea avait téléphoné. Alex s'assit au bureau et décrocha le combiné pour la rappeler. Machinalement, elle promena son regard autour de la pièce. Elle avait fouillé les tiroirs, les rayonnages, feuilleté les livres dans l'espoir de trouver un indice, n'importe quoi, qui l'aiderait à comprendre l'état d'esprit de son père durant les jours et les heures qui avaient précédé sa mort.

Quoiqu'elle fût viscéralement persuadée qu'il ne s'était pas suicidé, elle pouvait se tromper, et elle l'admettait. S'il avait appris qu'on risquait de l'accuser d'avoir soudoyé des personnalités haut placées, cela l'avait peut-être poussé à en finir. Peut-être était-il réellement coupable ; il n'avait pas supporté la perspective d'un procès, voire d'une peine de prison.

Pourtant, s'il avait estimé que le suicide était la seule issue, il aurait probablement laissé une lettre pour Alex, ou Neely, ou Mercedes, ou ses plus proches collaborateurs – quelques lignes afin d'expliquer son geste. Or on n'avait découvert aucun billet, rien. Voilà pourquoi Alex ne parvenait pas à croire qu'il s'était tué. Même désespéré, aux abois, il ne les aurait pas abandonnés sans un mot.

S'il existait une sorte de message, un indice quelconque, c'était là qu'elle le trouverait, dans la bibliothèque. Elle en avait la conviction. Mais où ?

Elle composa le numéro d'Andrea qui décrocha aussitôt.

— Comment vas-tu, Alex ?

— Bien, répondit celle-ci.

Elle était sincère. En fait, elle reprenait des forces de jour en jour.

— L'autre soir, à une réception, j'ai vu Paul en compagnie de Tara. Il n'avait pas l'air de nager dans le bonheur. Elle était collée à lui comme un chewing-gum et le pauvre s'évertuait à s'en dépêtrer, ironisa Andrea. Il est allé aux toilettes un nombre incalculable de fois.

— Je l'ai déjà oublié. Je lui souhaite même d'être heureux. Enfin non... pour être franche, je ne le souhaite pas, mais s'il l'est, je n'en ferai pas une maladie.

Elles éclatèrent de rire.

— J'ai de bonnes nouvelles pour toi, ma grande, enchaîna Andrea. Le dernier article de la saga *La chute de la famille Haywood* est sorti aujourd'hui. Et le maire a viré le chef de la police, qui était à l'origine de tout ce scandale. Encore une semaine, et tu devrais pouvoir rentrer.

— Oui, ce sont de bonnes nouvelles.

À ceci près qu'elle n'avait pas envie de partir, songea Alex quand elle eut dit au revoir à Andrea et raccroché. À cause de Joe, de l'extraordinaire alchimie qui existait entre eux. Comment tirer un trait sur cette relation qui débutait à peine ?

Elle se remémora la soirée de la veille, esquissa un sourire. Quand il avait pressé ses lèvres au creux de sa paume, elle avait cru s'enflammer. Jamais elle n'avait désiré un homme avec une telle violence. Elle avait le sentiment que ce qui se passait entre eux était rarissime, unique même, et qu'elle ne connaîtrait peut-être plus jamais ça.

En outre, elle avait du respect pour lui, de l'amitié. Et elle renoncerait à tout cela ?

Pensive, elle se dirigea vers la cuisine, Hannibal sur ses talons. Neely était perchée sur un tabouret, accoudée au comptoir, en train de croquer une pomme. Samantha, debout derrière elle, la coiffait ; elle soulevait à l'aide d'un peigne de longues mèches blondes qu'elle vaporisait de teinture rose fluo en bombe.

Hannibal bondit sur le comptoir et se frotta au menton de Neely, réclamant des caresses qu'il obtint aussitôt. Il se mit à ronronner avec un bruit de scie.

— Où est Jenny ? demanda Alex.

— Elle est rentrée chez elle.

— Qu'est-ce que vous faites ?

Alex avait posé cette question d'un ton rigoureusement neutre. Si jamais Neely percevait dans sa voix la moindre note réprobatrice, elle se peinturlurerait toute la tête en rose.

— Samantha me fait des mèches.

Neely grattouillait les oreilles d'Hannibal qui, à présent, émettait un ronflement de 747.

— Elles sont roses, ne put s'empêcher de dire Alex.

— Fluo, précisa sa sœur avec un sourire espiègle. N'oublie pas que tu nous accompagnes à la fête.

— Je n'oublie pas, je tiens absolument à admirer Jenny dans sa robe neuve. Au fait, pourquoi organise-t-on cette fête ?

— En l'honneur de l'équipe de basket, expliqua Samantha. Samedi, il y a un grand match. Toute la ville, quasiment, y assistera.

— Tu devrais venir aussi, susurra Neely. Joe y sera. D'après Eli, il y est tous les ans.

Il faisait sombre, quand toutes les trois se mirent en route. Elles étaient en retard, le parking du lycée était presque complet. Alex déposa devant l'entrée du gymnase Neely et Samantha qui avaient leur sac de couchage sous le bras. Puis elle chercha une place pour se garer.

La nuit était splendide, constata-t-elle en descendant de la Mercedes, claire et pas trop froide. Un vent léger, qui fleurait bon l'automne, jouait dans ses cheveux qu'elle n'avait pas attachés. Elle avait revêtu une veste confortable en cachemire havane, sur un pull et un pantalon noirs.

Les étoiles brillaient dans le ciel, la lune était basse, en forme de faucille translucide. On entendait les cris de la foule et les flonflons de l'orchestre à travers les murs du lycée.

Soudain, les portes du gymnase s'ouvrirent, et une marée humaine – élèves et adultes – les franchit. En une seconde, Alex fut emportée par une lame de fond qui semblait se ruer vers les terrains de sport à l'extrémité du parking.

Effarée, elle se cramponna au capot d'une voiture pour ne pas être piétinée.

— Alex, viens !

Neely, qui galopait au bout d'une farandole formée d'adolescents, la prit par la main. Entraînée malgré elle, hoquetant de rire, Alex suivit le mouvement en s'efforçant de ne pas trébucher – ses bottes à hauts talons, qui allongeaient pourtant si joliment sa silhouette, n'étaient vraiment pas faites pour courir.

— Mais qu'est-ce que... bredouilla-t-elle.

— On veut être dans la première charrette, avec l'équipe !

— Pardon ?

Alex, complètement ahurie, aperçut soudain une dizaine d'énormes charrettes remplies de foin, tirées par des tracteurs de taille et de couleur diverses, alignées non loin de l'endroit où elle avait garé sa voiture. Plusieurs d'entre elles étaient déjà chargées de passagers.

— Par ici, par ici !

Le groupe d'Alex fendait la foule, fonçait vers la première charrette.

— C'est complet ! leur hurla quelqu'un.

— On va s'entasser ! braillèrent les adolescents en grimpant à bord, bousculant et enjambant les personnes qui s'y trouvaient déjà pour se laisser tomber dans la paille.

— Neely !

Sa sœur lui avait lâché la main, et elle ne savait plus que faire.

— Alex ! Aidez-la !

Des bras se tendirent vers elle, l'agrippèrent pour la soulever de terre. De fait, la charrette était vraiment bondée. Chancelant sur ses talons, luttant pour ne pas perdre l'équilibre, Alex se faufila entre les gens, en quête d'une petite place où s'asseoir. Neely était coincée entre Samantha et un garçon – Eli, peut-être ? Il faisait trop sombre pour en être sûre.

En tout cas, Neely n'avait certainement pas envie que son aînée s'accroche à ses basques.

De toute façon, il n'y avait plus de place dans cette charrette pour mettre une tête d'épingle.

— C'est parti ! vociféra le conducteur du tracteur.

L'engin rugit, et la charrette s'ébranla. Alex vacilla, se tordit une cheville et se sentit basculer sur le côté. Des mains secourables l'attrapèrent par le bras et la hanche pour guider sa chute, en quelque sorte.

Elle poussa un petit cri en tombant, atterrit rudement sur une espèce de... coussin, bien ferme – un ventre ?

— Ouille !

— Je suis navrée, balbutia-t-elle en essayant de se redresser.

Mais les mains lui entouraient maintenant la taille. Grandes, fortes, masculines.

— Vous êtes plus lourde que vous ne le paraissez, souffla une voix à son oreille, alors qu'elle tournait la tête pour voir celui qui la retenait prisonnière.

— Joe ! s'exclama-t-elle, ravie.

Elle n'avait plus aucun désir de se libérer. Elle était exactement où elle rêvait d'être : tout contre Joe.

34

— Restez là, je vous installe plus confortablement.

Son souffle la caressait, il avait l'haleine sucrée, comme s'il avait mangé du pop-corn. Il se recula de quelques centimètres, et Alex glissa jusqu'à se retrouver assise entre les jambes repliées de Joe. Il la tenait toujours par la taille, elle était adossée contre lui, les genoux sous le menton.

La charrette amorça un virage en cahotant, et descendit la rue devant le lycée. À la lueur des réverbères en fer forgé, Alex distinguait les façades des maisons et des boutiques datant de la guerre de Sécession qui encadraient la chaussée.

Elle jeta un coup d'œil circulaire. Outre Joe et elle, deux autres adultes seulement étaient assis dans la paille. Ils étaient encerclés par une trentaine d'adolescents, parmi lesquels les membres de l'équipe de basket, qui arboraient les mêmes survêtements noirs ornés du blason *Rockets* en lettres blanches. Alex aperçut Eli entre Neely et Heather, et réprima un sourire. Pauvre garçon !

Alex craignait que le fait d'être ainsi blottie dans les bras de Joe ne devienne un sujet de ragots, dans la mesure où tout le monde pouvait les voir, y compris le fils de Joe et Neely, qui n'était pas un modèle de discrétion. Elle fut vite rassurée. Les jeunes discutaient entre eux et s'esclaffaient, le couple d'adultes ne leur prêtait pas attention.

— Vous êtes bien installée ? lui demanda Joe.

Elle appuya la nuque contre son épaule, sa joue frôla son menton. Dans ce mouvement, elle glissa à nouveau et s'enfonça dans la paille. Les bras de Joe se resserrèrent autour d'elle.

— Je ne vous lâche plus, dit-il d'un ton parfaitement neutre.

Était-ce possible qu'il ne perçoive pas ces ondes affolantes qui reliaient leurs deux corps ?

— Pourquoi faut-il se promener en charrette ? interrogea-t-elle, car elle éprouvait le besoin impérieux de parler pour surmonter son trouble. Ça fait partie de la fête ?

— Vous n'avez jamais vécu ce genre d'expérience, n'est-ce pas ?

— Non.

— Je me doute que les tracteurs n'ont pas droit de cité dans les pensionnats huppés. Ici, c'est la tradition. Ils nous emmènent vers un gigantesque feu de camp, où nous allons brûler l'effigie de nos adversaires, entonner le chant de guerre de l'équipe du lycée, faire griller des saucisses et des marshmallows, et nous amuser comme des petits fous. Et demain soir, ce sera le grand match.

— J'avoue que je ne comprends pas bien pourquoi les hommes sont tellement fanatiques de basket.

Joe se mit à rire.

— Moi, je ne saisis pas pourquoi les femmes adorent le shopping. Au fait, merci pour Jenny …

— Ce fut un vrai plaisir.

— Elle est enthousiasmée par sa robe. Je reconnais que cette tenue lui va à merveille.

— Jenny est un amour.

— C'est aussi mon avis.

— Nous avons passé un moment délicieux, toutes les quatre, Jenny, Samantha, Neely et moi.

— À propos de Neely, je lui réserve un chien de ma chienne.

Ils quittaient les faubourgs de Shelbyville à présent, devant eux s'ouvrait le ciel immense, étoilé. La charrette bringuebalait sur la route, entre les champs ténébreux. Ses occupants n'étaient plus que de vagues silhouettes.

— Ah bon ? Qu'a-t-elle fait encore ?

— Ma fille a du rose fluo sur la tête.

— Ô mon Dieu !

— Oui, comme vous dites. Je suppose que votre sœur et sa copine se sont aussi peinturluré les cheveux, et que Jenny a voulu les imiter.

— Comment avez-vous réagi ? rétorqua Alex qui avait du mal à s'empêcher de rire. Vous avez sermonné votre fille et vous lui avez ordonné de filer se shampouiner ?

— Je ne l'ai vue qu'au moment où elle franchissait la porte. En courant. Elle partait avec la chorale, et j'ai découvert la robe et les raies roses en même temps. Je dois admettre que l'ensemble était spectaculaire.

— Ce sont des mèches, pas des raies. Et c'est à la pointe de la mode.

— Mais je ne vous ai pas encore raconté le pire. Savez-vous ce que votre petite sœur, qui n'en loupe pas une, a inventé ?

— Quoi donc ? s'inquiéta Alex, qui avait déjà des visions de piercings et autres horreurs du même acabit.

— Elle a expliqué à Jenny que, pour être vraiment *canon*, elle devrait s'acheter un soutien-gorge rembourré.

— Ce n'est que ça ? répliqua-t-elle, soulagée.

— *Que ça* ? Je trouve que c'est amplement suffisant ! Vous ignorez ce que Jenny prévoit pour ce week-end. Elle veut que je l'emmène à la galerie marchande de Louisville pour choisir un soutien-gorge !

Alex éclata de rire. L'idée de Joe déambulant dans un rayon lingerie était franchement désopilante.

— Je vous recommande la marque Secret, ils font de très jolies choses.

— *Secret* ? s'indigna-t-il. Pour *ma Jenny* ? Arrêtez de vous moquer de moi, ce n'est pas drôle.

— C'est vous qui êtes drôle. Je vous rappelle que Jenny est une fille. Tôt ou tard, elle sera obligée de porter un soutien-gorge.

— Oui, mais pas maintenant. Et pas un de ces machins rembourrés. Elle n'a que onze ans, bon sang, elle est plate comme une planche à pain. Et je souhaite qu'elle le reste le plus longtemps possible.

— Joe, les petites filles grandissent.

— Ça devient difficile, vous savez, dit-il d'un ton soudain presque découragé. L'élever tout seul... Les garçons, je connais et je comprends. Mais Jenny ...

— Je vous assure que vous vous débrouillez très bien.

— Oui, je suis une vraie mère.

Alex perçut dans sa voix une note d'amertume qui la surprit. Elle tourna la tête pour le dévisager.

— Joe... quelque chose ne va pas ?

— Non, répondit-il en la serrant plus étroitement contre lui. Racontez-moi votre journée.

Il changeait délibérément de sujet. Sans doute estimait-il que ce n'était ni le lieu ni le moment de parler de ses soucis – car il était préoccupé, elle le savait. Elle n'insista pas.

— Vous voulez savoir ce que j'ai fait, en dehors de notre expédition dans les boutiques qui a révélé à votre fille un univers dangereux de soutiens-gorge rembourrés et de mèches rose fluo ? lança-t-elle d'un ton léger et insouciant qui sonnait faux.

— Exactement.

Elle avait quand même réussi à lui rendre le sourire.

— J'ai eu Andrea au téléphone.

— Et qu'avait-elle à vous annoncer, cette fois ?

— La série d'articles se terminait aujourd'hui. Dans une semaine, je pourrai rentrer chez moi.

Elle sentit qu'il se raidissait ; les muscles de ses bras, qui la tenaient, se firent soudain aussi durs et lourds que de la pierre.

— Ah, voilà une bonne nouvelle !

— Vraiment ?

— Non ?

— Ça dépend.

— De quoi ?

— De vous, dit-elle.

Il garda le silence. Alex fut brusquement submergée par un sentiment proche du bonheur, si inattendu après toutes ces semaines de souffrance, qu'elle se demanda à quoi c'était dû.

Elle se baladait dans une charrette de foin, sous les étoiles et le clair de lune, pelotonnée dans les bras de Joe.

Oui, c'étaient ces bras-là qui l'avaient tirée du désespoir. Même si la mort de son père lui déchirait toujours le cœur, elle était à nouveau vivante.

Et elle ne voulait pas partir.

— Andrea m'a aussi parlé de Paul.

— Ah oui ?

— À son avis, il n'est pas très satisfait de son mariage.

— Hum, grogna Joe.

— Je lui ai répondu que je m'en moquais éperdument, que j'avais oublié Paul.

Il ne broncha pas. Elle se blottit plus étroitement contre lui.

— Je lui ai également expliqué qu'il y avait un autre homme dans ma vie, ajouta-t-elle avec douceur.

— Ah oui ?

Elle l'entendit prendre une profonde inspiration. Sans le faire exprès, semblait-il, elle posa le bout des doigts sur les mains de Joe. Elle chercha son regard, qui brillait dans l'ombre, mais ne put en déchiffrer l'expression.

— Oui… Si vous acceptez d'être cet homme-là.

— Alex ?

— Oui ?

— Vous pourriez m'accorder une faveur ? demanda-t-il d'une voix de robot.

— Laquelle ?

— Ne bougez plus, par pitié.

Elle le regardait toujours, attendant sa réponse, la tête appuyée contre son épaule, ses lèvres frôlant presque sa joue. Elle perçut soudain un tremblement dans les jambes de Joe, dans ses bras.

— Joe ? souffla-t-elle.

— Laissez-moi un instant de répit. Que je reprenne le contrôle de… enfin, bref.

Elle lui sourit. Depuis le début, elle le savait, elle en était sûre : il la désirait autant qu'elle le désirait.

– Attention, accrochez-vous ! hurla le conducteur du tracteur.

La charrette quitta la route pour franchir un large portillon ouvert donnant accès à un champ. Au loin, une vive lueur rouge s'élevait dans la nuit : le feu de joie, qui crépitait et rugissait, de plus en plus fort à mesure qu'ils en approchaient. Il embaumait littéralement l'atmosphère.

— Je peux bouger, maintenant ? murmura Alex, taquine, alors que la charrette escaladait une pente en cahotant à qui mieux mieux.

— Seulement si vous êtes prête à en assumer les conséquences, répondit-il à son oreille.

Elle lui sourit à nouveau.

— Je le suis.

— Vous pouvez tous descendre ! vociféra le conducteur. Nous y sommes !

35

Les adolescents ne se le firent pas dire deux fois. Ils sautèrent tous au bas de la charrette et, telle une bande de sauvages, s'élancèrent vers le feu allumé dans un creux de la prairie, entouré de buttes sur trois côtés et d'un bois sur le quatrième. Le brasier était constitué d'une pyramide d'énormes bûches, haute de plusieurs mètres, et jetait des reflets rougeâtres sur tout le paysage environnant.

— Cette balade était amusante, n'est-ce pas? demanda la femme qui avait fait le trajet avec eux et qui, debout, époussetait ses vêtements.

Son compagnon se levait, lui aussi. Alex ne distinguait pas leurs visages – et il devait en être de même pour eux, mais elle se sentit soudain atrocement gênée. Elle avait l'impression que ses pensées les plus intimes étaient inscrites sur sa figure.

— Alex, je vous présente Patsy Whelan. Patsy, voici Alex Haywood, déclara Joe avec une parfaite décontraction.

— Oh, j'avais deviné qui vous étiez!

Alex s'approcha prudemment, ses bottes enfonçant dans le foin, et serra la main de son interlocutrice. Patsy était plus petite qu'elle, dodue, avec de courtes boucles noires. Elle était en jean, blouson de baseball en nylon et chaussures de sport.

— Patsy est la mère de Terry, un de nos meilleurs défenseurs, expliqua Joe. Son mari Bill, elle et moi, faisons office de chaperons, ce soir.

— Soyez la bienvenue par chez nous, Alex, dit Bill – qui arborait le même blouson que son épouse. Terry nous a parlé de votre petite sœur. Apparemment, elle fait des ravages chez les garçons et…

— Bill ! l'interrompit Patsy en lui donnant un coup de coude. Dépêchons-nous, sinon nous n'aurons plus rien à manger, les gamins auront tout dévoré.

— Tu as raison.

Ils sautèrent au bas de la charrette.

— Vous venez ?

— Oui, répondit Joe.

Il les imita. Alex le suivit, évalua la distance qu'elle avait à franchir. Elle ne couperait pas à une entorse. Joe se retourna, vit qu'elle hésitait.

— Attendez, je vous aide.

Il lui tendit les bras, elle contempla son beau visage où jouaient les reflets dansants du feu, et souhaita soudain, par-dessus tout, que les Whelan s'évaporent dans l'espace. Mais ils restaient plantés là, à les observer.

Elle se pencha pour mettre les mains sur les épaules de Joe, il lui enlaça la taille et, d'un seul mouvement, la souleva et la reposa sur la terre ferme.

— Qui va gagner demain, d'après toi ? Les Rockets ou les Bruins ? demanda Bill Whelan à Joe.

De toute évidence, le couple était résolu à ne pas les laisser tranquilles. Tous quatre montaient côte à côte la colline. Brusquement, Alex réalisa qu'elle était cramponnée au bras de Joe.

— Nous allons les réduire en bouillie, décréta celui-ci.

Elle leva les yeux au ciel. Les hommes, quand ils étaient ensemble, n'avaient donc que le basket en tête ?

La conversation continua à rouler sur le même thème, Bill et Joe passant en revue tous les matchs du passé et également ceux du futur. Patsy ajoutait son grain de sel, Alex se taisait et s'efforçait de ne pas se tordre les pieds sur le sol inégal. Malgré tout, elle était aux anges, car Joe la tenait à présent, fermement, par la main.

D'autres charrettes arrivaient derrière eux. Elle entendait rugir les moteurs des tracteurs, les hurlements et les éclats de rire des jeunes et des adultes qui couraient vers le feu. Ce déferlement finit par les séparer des Whelan, ce dont Alex se réjouit, cependant Joe et elle étaient maintenant noyés dans la foule.

— R!

— O!

— C!

— Rockets!

Le vacarme était assourdissant. Au lieu d'aller droit vers le brasier autour duquel s'agglutinaient des grappes humaines, Joe le contourna pour gagner l'extrémité du champ. On avait dressé là de longues tables couvertes de nappes en papier blanches et chargées de victuailles: saucisses prêtes à être grillées, baguettes de pain pour confectionner des hot-dogs, sodas, et des montagnes de cookies.

Des adultes s'affairaient derrière le buffet, en majorité des femmes. Ils avaient devancé les tracteurs – leurs voitures et leurs pick-up étaient garés à la lisière du pré – afin de tout préparer avant l'invasion.

— Vous avez faim? demanda Joe à Alex.

— Non...

— Moi non plus.

Ils continuèrent à marcher. Alex trébucha sur une motte de terre pour la dixième fois au moins. La main de Joe étreignit la sienne.

— Ne me dites pas, princesse, que vous n'avez pas de chaussures de tennis.

— Si, mais je les mets pour jouer au tennis, répliqua-t-elle avec un sourire suave.

— Vous devriez les essayer pour des occasions de ce genre.

— Si j'avais su que j'allais crapahuter dans les prés, je l'aurais fait. Quoique, à la réflexion, des brodequins militaires seraient plus indiqués. Vous ne pourriez pas ralentir un peu l'allure ? Je crois que mes talons me poseraient moins de problèmes.

Il éclata de rire et ralentit un peu son allure.

— Je vais trop vite pour vous ? Désolé. Je m'efforce de nous sortir de là avant que la ville entière nous repère et vienne nous causer.

Cet objectif convenait si bien à Alex qu'elle opina, résolue à piquer un sprint, au besoin.

— Dans ce cas, je remballe mes récriminations. Je vous suis.

— Il est prévu de remettre un trophée à Eli, ce soir. Et Jenny chantera avec la chorale. Je veux assister à l'événement. Ensuite...

— Oui ?

— Ensuite, nous serons libres de faire ce que nous avons envie de faire.

Ils avaient presque atteint les bois, et les arbres immenses les enveloppaient d'une ombre complice. Joe s'arrêta.

— C'est-à-dire ? s'enquit Alex en levant les yeux vers lui.

— Je ne sais pas. Manger un bon hot-dog, par exemple, répondit-il d'un ton taquin.

Il lui baisa le bout des doigts. Elle ne put réprimer un frisson.

— Vous avez froid ?

Il examina la veste suprêmement élégante et ruineuse qu'elle portait. À en juger par son expression, il estimait que cette tenue, comme les bottes, n'était vraiment pas appropriée à une fête champêtre.

En réalité, même si l'atmosphère s'était nettement rafraîchie, Alex ne sentait pas le froid. Au contraire, il lui semblait que des flammes embrasaient tout son corps.

Mais elle n'avait pas l'intention de le lui avouer. Pas encore.

— Un peu, mentit-elle.

Joe était visiblement distrait par les cris d'allégresse qui éclataient autour du feu – on était en train d'y jeter un à un des mannequins constitués de chiffons.

Il ôta cependant son parka et le drapa sur les épaules d'Alex qui ne sut si elle devait rire ou pleurer. Voilà qu'elle se retrouvait au fin fond de la campagne, dans un pré où paissaient les vaches, vêtue d'une veste Jil Sander, chaussée de ses magnifiques bottes Manolo Blahnik, et affublée par-dessus le marché du plus affreux parka qu'elle eût jamais vu. Tout cela pour participer à un rituel bizarre qui ne l'intéressait pas le moins du monde.

Et le plus incroyable, c'est qu'elle était ravie.

— Bravo, Eli ! brailla soudain Joe.

Émergeant de ses réflexions, Alex s'aperçut qu'Eli était debout face à la foule qui l'acclamait. Il saisissait quelque chose qui ressemblait à... un jambon ?

Alex en fut éberluée, mais elle n'avait pas compris un traître mot de ce que le maître de cérémonie avait vociféré dans son porte-voix. Elle applaudit avec tout l'enthousiasme nécessaire, quand Eli brandit au-dessus de sa tête, tel un trophée, le fameux jambon. Joe émit un sifflement si strident qu'elle sursauta.

— Expliquez-moi, dit-elle lorsqu'il fut calmé. Ils donnent à Eli un vulgaire... jambon ?

— Mais oui, c'est la récompense annuelle attribuée au joueur qui, sur le terrain de basket, a été le plus spectaculaire. Ça signifie qu'il a des jarrets en béton.

— Oh, tout un symbole ! Vous devez être très fier.

Il souriait d'une oreille à l'autre.

Les supporters poussaient des hurlements de Sioux. Brusquement, Alex sentit qu'on lui tapotait l'épaule. Elle se retourna, surprise.

— Seriez-vous une fan des Rockets ?

C'était le dentiste, qu'elle avait rencontré le jour, de sinistre mémoire, où elle s'était rendue chez Joe pour lui annoncer son licenciement. Il était accompagné d'une femme brune et mince, âgée d'une trentaine d'années, qui sourit à Alex.

— Je l'ignorais jusqu'à aujourd'hui, plaisanta-t-elle.

— Salut, Ben, dit Joe. On va avoir un sacré match, cette année, hein ?

— On les mettra K-O.

— Alex, vous vous souvenez de Ben ? Et voici Tracy, son épouse. Leur fils Steve est notre numéro 6.

Alex souriait bêtement. Elle ne comprenait rien à ce qu'il racontait. Si elle n'avait pas été folle de désir pour cet homme, elle l'aurait assommé. Elle n'était pas là, dans la bouse de vache jusqu'aux chevilles, uniquement pour l'écouter parler de basket.

— Tracy, je te présente Mlle Haywood.

— Je me doutais que c'était elle, rétorqua Tracy, qui semblait fascinée par le parka qu'Alex avait sur les épaules.

Le ton de sa voix intrigua Alex qui se demanda ce qu'on pouvait bien raconter sur elle, dans la région. Sans doute valait-il mieux ne pas le savoir.

— Appelez-moi Alex.

Elles se serrèrent la main, puis tous les quatre reportèrent leur attention sur le déroulement des festivités. Un groupe d'une trentaine de fillettes s'était aligné devant le feu. Jenny allait chanter.

Il était difficile de distinguer les choristes, et Alex eut de la peine à repérer Jenny ... Elle était dans la rangée du milieu, la troisième à partir de la gauche. À la lueur des flammes, on ne voyait pas ses mèches roses, on discernait seulement, vaguement, sa robe bleue.

— Vous comprenez pourquoi je n'étais pas trop affolé ? lui chuchota Joe.

Lorsque la chorale eut interprété l'hymne américain, puis celui du Kentucky, ils applaudirent frénétiquement, et se répandirent en éloges sur la qualité du récital.

— Papa, tu peux me filer cinq dollars ?

C'était Josh, qui s'approchait d'un pas chaloupé, en compagnie de ses copains. Ce soir, il arborait une grosse chaîne en or autour du cou et un bonnet de ski enfoncé sur les oreilles. Alex contint un sourire, guettant la réaction de Joe devant cet accoutrement digne d'un rappeur. Il resta impassible, donna un peu d'argent à Josh. Les garçons s'empressèrent de disparaître.

— Alex, je suppose que vous êtes affamée ? dit Joe. Excusez-nous, ajouta-t-il à l'intention de Ben et Tracy, nous allons essayer de nous mettre quelque chose sous la dent.

Sur quoi, il agrippa Alex par le coude et s'éloigna en direction du buffet, semblait-il.

— À tout à l'heure ! lança-t-il à ses amis.

Il longeait les arbres.

— Quel cirque ! marmonna-t-il.

Il s'immobilisa, plongea son regard dans celui d'Alex.

— Vous avez faim ?

— Pas vraiment.

— Tant mieux, répliqua-t-il, et il l'entraîna dans le bois.

36

Sans Alex, cette journée aurait été la pire de son existence, songea Joe.

Il lui avait fallu un long moment pour assimiler les révélations de Tommy et tout ce qu'elles impliquaient. Ensuite, l'horreur de la situation l'avait littéralement rendu malade : en sortant du bureau du shérif pour se rendre à son rendez-vous suivant, il avait dû s'arrêter à la pharmacie pour acheter des pastilles contre les aigreurs d'estomac.

On avait retrouvé dans un sac-poubelle les escarpins et le sac à main de Laura, sans doute taché de sang. Dans un autre sac-poubelle, des restes humains.

Ceux de *Laura* ? Il ne cessait de revoir son visage – ce visage juvénile et rieur, aux joues roses et rondes, qu'elle avait lorsqu'ils s'étaient rencontrés. Seigneur, il l'avait tant aimée ! Tout le monde lui avait déconseillé de l'épouser – ses amis, son père, sa mère et sa sœur Carol. Ils la considéraient comme une fille légère, et ils avaient raison.

Il était tellement convaincu que leur amour était unique, magique, qu'il n'avait pas écouté la voix de la raison. Il s'était marié et ensuite, naturellement, il avait récolté ce qu'il avait semé. À l'époque où il avait demandé le divorce, il haïssait Laura. Puis la haine l'avait quitté, comme l'amour avait déserté son cœur, longtemps auparavant.

À présent, alors qu'il n'éprouvait plus rien pour elle depuis si longtemps, l'idée de Laura réduite à de pitoyables cendres enfermées dans un sac-poubelle le dévastait.

S'il s'agissait effectivement de Laura – ce dont on n'était pas encore certain, car des choses pareilles ne se produisaient jamais par ici –, elle n'était pas arrivée dans ce sac toute seule, comme disait Tommy. On l'avait assassinée, et on avait mis ce qui restait d'elle là-dedans.

Un meurtre avait été commis, des années plus tôt, apparemment.

Dans le comté d'Eden? Non, c'était inimaginable.

Lui, en tout cas, n'était pas coupable, même si Rob l'avait prévenu: le mari était toujours le principal suspect. D'autant que nul dans la région n'ignorait que son mariage avait été catastrophique. Heureusement, les gens le connaissaient bien. Il ne redoutait pas d'être inculpé.

Mais alors, qui était le meurtrier?

Qui, parmi ses amis et ses voisins, était un assassin?

Cette hypothèse le rendait fou.

Laura était tellement inconsciente, elle collectionnait les hommes, s'adonnait à l'alcool et à la drogue. Peut-être s'était-elle embarquée dans une histoire sordide, un trafic quelconque...

Ce serait le comble, de quoi alimenter les ragots et réjouir les langues de vipères, quand l'affaire serait révélée au public.

Cette perspective l'angoissait. Malgré tout ce qu'il avait à reprocher à Laura, elle demeurait la mère de ses enfants.

Seigneur, si c'était bien Laura qu'on avait découverte dans cet abominable sac-poubelle – et, de toute son âme, il priait le Ciel que ce ne soit pas elle, – il devrait l'annoncer aux enfants.

Ne te précipite pas, se dit-il. Pour l'instant, on savait seulement que les chaussures et le sac à main maculé de taches noirâtres appartenaient à Laura. Quant aux fragments d'os et aux cheveux, on ne les avait pas encore identifiés.

Lorsqu'on aurait une certitude absolue, il aviserait. D'ici là, la meilleure solution était d'attendre et d'essayer de ne pas trop y penser.

Une heure et demie après son entretien avec Tommy, il avait atterri dans une salle de réunion, à Louisville, bourrée de banquiers et autres investisseurs. Tous l'avaient courtoisement écouté exposer son plan pour racheter certains chevaux de Whistledown et fonder sa propre écurie de courses. Ils avaient étudié ce plan à la loupe. Puis ils avaient rendu leur verdict.

Son projet était valable, réalisable, ils étaient disposés à le soutenir, à une condition : qu'il assume sa part de risques. En résumé, outre sa compétence, son travail et les infrastructures qu'il possédait déjà, il devrait débourser environ un quart de million de dollars. Cash.

Cela équivalait à dire à une demoiselle : mais bien entendu, vous pouvez épouser le prince, si vous arrivez à caser votre 43 dans la pantoufle de verre qui fait un petit 35.

Un quart de million. Il ne voyait pas comment il réussirait à réunir une telle somme, même en vendant tout ce qu'il avait – et qu'il n'avait pas encore fini de payer.

Et ensuite, il faudrait bien que les enfants et lui aient au moins de quoi manger.

Il était rentré de ce rendez-vous juste à temps pour inspecter rapidement l'écurie, se doucher, se changer et partir pour la fête en compagnie de Josh.

Lorsqu'il avait grimpé dans cette charrette avec l'équipe de basket, il avait le moral complètement à plat.

Jusqu'à ce qu'Alex lui tombe sur les genoux.

Là, les lourds nuages gris amoncelés dans son esprit s'étaient brusquement dissipés.

Le simple fait de la serrer dans ses bras était plus efficace que n'importe quel euphorisant. Il avait presque oublié les chocs encaissés au cours de cette journée maudite. En tout cas, il était parvenu à les mettre à distance.

Maintenant, tandis qu'il entraînait Alex dans le bois, il n'avait plus qu'une idée en tête.

Un gamin. Voilà ce qu'il était, songea-t-il, tandis qu'il la guidait le long du sentier, sombre comme un puits, qu'il connaissait par cœur – parce qu'il y avait emmené des filles depuis l'école élémentaire, lors des fêtes champêtres du passé. Or il y avait eu beaucoup de fêtes et de filles.

Et ce soir non plus, il n'était pas le seul sur le sentier des amoureux, à en juger par les légers bruits qu'il percevait sous les arbres. Des adolescents qui s'embrassaient – comme autrefois.

Le problème, c'est que lui avait maintenant trente-sept ans.

— Vous êtes là ? Je n'y vois plus rien, dit Alex, amusée et un peu essoufflée.

Le simple fait d'entendre sa voix, sourde et câline, teintée de cet adorable petit accent du Nord le mettait dans tous ses états.

— Je préfère continuer un peu, il ne faudrait pas que quelqu'un nous repère et décide de nous accompagner en promenade.

Joe ralentit cependant le pas, par égard pour les hauts talons d'Alex qui, s'ils n'étaient pas appropriés aux circonstances, n'en étaient pas moins sexy en diable. En réalité, tout chez Alex était sexy, depuis le pantalon en cuir noir qui lui faisait des jambes d'une longueur inouïe, au pull plaqué sur ses seins, si doux au toucher – ainsi qu'il avait pu le vérifier dans la charrette.

Délivrez-moi de la tentation... Telle était la prière qu'il aurait dû se répéter.

Mais essayer de lutter contre Alex Haywood était inutile. Il avait déjà abdiqué.

Le chemin étant trop étroit pour qu'ils puissent marcher côte à côte, il la précédait et tenait sa main fine et fraîche.

— Alors, c'est une promenade? dit-elle avec un rire dans la voix. Vous vous baladez souvent dans les bois, la nuit?

— Pas très souvent, non.

Pas depuis mes dix-huit ans, pensa-t-il. Après son bac, il avait découvert le plaisir de faire l'amour dans des lieux plus intimes et, surtout, plus confortables.

— Mais vous savez où vous allez, n'est-ce pas? demanda-t-elle, cette fois avec une pointe d'inquiétude. Je ne voudrais pas que nous nous égarions ou que nous tombions dans un ravin.

— Vous pouvez suivre le guide en toute confiance.

— Joe, je crois qu'il y a quelqu'un sous les arbres, chuchota-t-elle soudain.

— Hum...

— Je vous assure.

— Sans doute des gamins.

— Mais que feraient-ils là alors que les autres sont...

Elle s'interrompit, comprenant brusquement.

— Oh... oui, bien sûr.

Il repéra enfin l'embranchement qu'il cherchait et qui menait à une sorte de haie de mûriers sauvages dissimulant une petite grotte où étaient disposés une table de pique-nique, deux bancs en bois et la statue d'un chien, en ciment, qui tenait dans sa gueule un panier de fleurs.

Il jeta un coup d'œil alentour. Alex et lui étaient seuls.

— Joe...

Sans lui laisser le temps d'ajouter un mot, il l'enlaça et la poussa contre un grand orme qui, même par les plus chaudes journées d'été, apportait une délicieuse fraîcheur à ce refuge au fond des bois.

La lune dispensait juste assez de lumière pour que Joe discerne l'adorable visage levé vers lui. Les traits finement ciselés, les grands yeux bleus, la bouche tendre. Il lui effleura la joue du bout des doigts.

Elle frissonna.

— Vous vous rappelez ce que vous m'avez dit dans la charrette ? murmura-t-il.

— À propos de Paul ?

— Et d'un autre homme que vous voudriez dans votre vie. J'aimerais être cet homme-là.

Puis il l'embrassa. Les lèvres qui s'ouvraient sous les siennes avaient exactement le goût sucré dont il se souvenait, dont il avait rêvé jour et nuit.

37

Ils s'étreignaient avec tant de fièvre que Joe en tremblait.

— Tu vois ce que tu me fais ? se plaignit-il d'une voix éraillée. Mes bras n'ont pas tremblé comme ça depuis des siècles.

— Ça me plaît...

— Ah oui ?

— Oui.

Elle se hissa sur la pointe des pieds pour passer le bout de sa langue sur les lèvres de son compagnon. Avec un gémissement, il la souleva de terre.

— Joe...

— Chut... Tu te rappelles ce jour dans la cuisine, quand tu étais sur le comptoir ?

— Hum...

Cramponnée à ses épaules, elle lui mordillait le cou.

— Lorsque je t'ai repoussée, j'ai cru en crever.

— Bien fait pour toi...

Il la coucha doucement sur la table de pique-nique. Elle avait les jambes nouées autour de ses hanches, les bras autour de son cou. Elle se cambrait sous lui qui l'écrasait de tout son poids, enfonçait ses ongles dans sa nuque, affolée par la caresse brûlante des doigts qui se glissaient sous son pull, sur son ventre, dégrafaient la ceinture de son pantalon...

— Tu me files une taffe ?

Cette voix n'aurait sans doute pas percé les brumes ardentes où Alex était engloutie, si elle n'avait été toute proche – et si familière. Joe l'entendit en même temps qu'elle, car il releva brusquement la tête.

— Je ne croyais pas que tu fumais de l'herbe.

Cette voix-là était féminine, enjôleuse – et, pour Alex, encore plus familière.

— Tu dois me confondre avec quelqu'un d'autre.

Un rire flûté répondit à cette remarque.

— Qu'est ce que c'est que... marmonna Joe.

Il se redressa, rajusta ses vêtements. Alex l'imita, encore étourdie, mais consciente de la gravité de la situation.

La haute silhouette d'Eli apparut, émergeant de derrière la haie de mûriers sauvages. Neely le suivait, en le tenant par la main. L'adolescent avait au bec ce qui, indubitablement, était un joint dont le bout brasillait tandis qu'il inhalait une bouffée. L'odeur douceâtre de la marijuana flottait dans l'air.

— Qu'est-ce que tu fabriques ! tonna Joe.

Eli se figea, frappé d'effroi. Il lâcha le joint qui tomba par terre.

— Oh, flûte ! s'exclama Neely qui, elle aussi, laissa tomber ce qu'elle avait à la main, en l'occurrence une canette de bière dont le contenu se répandit sur le sol.

— Papa ! s'exclama Eli qui, par réflexe, s'écarta simultanément de Neely et écrasa sous sa semelle le joint qui continuait à se consumer.

Un silence de plomb s'abattit sur les deux adultes et les deux adolescents face à face.

— Je répète ma question, dit Joe à son fils d'un ton qui trahissait sa stupéfaction. Qu'est-ce que tu fabriques ?

— Papa... murmura Eli.

— C'est moi qui ai allumé ce pétard, intervint Neely, pointant le menton dans une attitude de défi. Eli n'a fumé qu'une bouffée. Et c'est moi qui ai acheté de la bière.

— Je n'en doute pas, articula Joe, sans même adresser un regard à la jeune fille.

— Neely ! gronda Alex.

— Papa ! appela soudain une autre voix, plus lointaine – celle de Josh.

— Bon, donnez-moi tout ce que vous avez dans vos poches, ordonna Joe. Immédiatement.

— Papa ! criait Josh.

— Je suis désolé... bafouilla piteusement Eli.

Neely sortit de son sac une pochette qu'elle mit d'un geste brusque dans la paume de Joe. Dans l'obscurité, Alex ne distingua pas ce que contenait cette pochette, mais hélas elle le devinait sans peine.

— C'est à moi, insista l'adolescente. Pas à Eli.

— Oh, Neely ! gémit Alex, à court de mots.

— Bien, déclara Joe. Demi-tour, et en marche. Nom d'un chien, Eli, je n'aurais jamais cru... Avancez, bon sang ! Josh ne me chercherait pas si ce n'était pas important.

Joe saisit Alex par le bras, et ils suivirent Neely et Eli, muets comme des carpes.

— Josh ? Je suis là !

— Papa !

— Ne bouge pas, j'arrive !

Josh attendait au débouché du sentier. Il dévisagea d'abord Neely et Eli, surpris, puis concentra son attention sur son père.

— Qu'est-ce qui se passe ? demanda Joe d'un ton brusque car, à en juger par l'expression de Josh, il y avait effectivement un problème sérieux.

— C'est grand-père... il est complètement soûl, il veut conduire, et le shérif essaie de l'en empêcher et...

— Bon Dieu ! coupa Joe avec rage. Où est-il ?

— Là-bas, où les voitures sont garées...

— Viens, Eli, tu restes près de moi.

— Toi aussi, dit Alex à sa sœur.

Tandis que Josh les précédait, en courant, ils rejoignirent la rangée de voitures, derrière les tables du buffet. Joe marchait si vite qu'Alex avait du mal à ne pas être distancée. Eli, blanc comme un linge, et Neely qui boudait leur emboîtaient le pas.

Une dizaine de personnes étaient attroupées autour d'un pick-up noir – celui de Cary Welch.

Les gens s'écartèrent pour laisser passer Joe. Alex s'immobilisa, atterrée.

Cary était à plat ventre sur le sol, ruant et se débattant, vociférant des insultes. Il avait les bras derrière le dos, les poignets menottés, et le shérif, assis sur lui à califourchon, s'efforçait de le maîtriser.

Joe s'approcha ; il était si tendu que son corps tout entier semblait trembler.

— Qu'est-ce qui se passe ? demanda-t-il, alors que Cary s'agitait et braillait de plus belle. Bon sang, Tommy, pousse-toi de là !

— Il m'a flanqué un coup de poing dans la figure, Joe !

Le shérif désigna avec indignation la marque rouge qui s'étalait sur sa joue et le filet de sang au coin de sa bouche.

— Il est soûl comme un cochon, et il voulait conduire pour rentrer. Je lui ai pris les clés du pick-up, évidemment.

Le shérif brandit les clés que Joe rafla et fourra dans la poche de son jean où il avait aussi la pochette de Neely.

— Ça suffit maintenant, Tommy. Je m'occupe de lui.

— Je devrais l'arrêter.

— Oui, je sais. Demain matin, il te présentera ses excuses.

— Tu lui diras que, si jamais il me frappe à nouveau, je l'arrêterai, qu'il soit ton père ou pas.

Le shérif se redressa. Aussitôt, Cary roula sur le côté, s'agenouilla péniblement.

— T'as pas à m'interdire de conduire ! beugla-t-il. Espèce de petit morveux ! Je t'ai connu quand tu étais dans les langes et…

Joe se baissa, empoigna son père par le col de son blouson en cuir, style motard, et le releva. En voyant son fils qui le fusillait du regard, Cary eut un instant d'hésitation, puis se mit derechef à abreuver le shérif d'insultes tellement imagées qu'Alex en écarquilla les yeux.

— Franchement, Joe... protesta le shérif.

— Ferme-la, papa ! commanda Joe en secouant son père. Tais-toi ! Tommy, enlève-lui ces menottes.

— Mais, Joe...

— Tu veux bien les lui enlever, s'il te plaît ? Ensuite, je le ramènerai à la maison.

— Je devrais le boucler dans une cellule, grommela le shérif qui, néanmoins, s'exécuta puis s'empressa de s'écarter.

Il eut raison, car Cary se rua sur lui. Joe empoigna rudement son père, le fit pivoter pour le plaquer contre lui, et le poussa vers le pick-up.

— T'es plus mon fils ! Lâche-moi, espèce de...

— Joe, tu ne peux pas conduire avec lui à côté, déclara le shérif d'un air écœuré. Je prendrai le volant, toi tu le maintiendras pour qu'il ne me tape pas dessus.

Eli, Josh, Alex et Neely les suivirent. Eli, toujours blême et malheureux, ne quittait pas son père des yeux. Neely, elle, arborait une expression maussade.

— Tu montes dans ma bagnole avec moi, petit shérif à la manque, et je te fais sauter toutes les dents ! hurlait Cary.

— Papa, je vais conduire, proposa Eli d'une voix sourde et tremblante.

Joe jeta un coup d'œil à son fils aîné, dont le visage reflétait l'angoisse et la honte.

— Pas question. Tu rentres à la maison avec ta voiture.

— Papa, je ne peux pas. Je...

— Comment ça, tu ne peux pas ? rétorqua Joe, furieux. Je te conseille vivement d'être chez nous quand j'arriverai.

— Mon pick-up est au lycée, les tracteurs et les charrettes ne partiront pas avant trois heures du matin. Si je ne suis pas là, l'entraîneur voudra savoir pourquoi et... s'il l'apprend, il me virera de l'équipe.

Eli semblait sur le point de fondre en larmes.

— Nom d'une pipe, lâche-moi ! criait Cary en s'acharnant à se libérer des bras de Joe qui l'enserraient comme un étau.

— Eli, je te jure que... marmonna Joe, excédé. D'accord, nous réglerons ça demain. Reste ici comme prévu, et arrange-toi pour être à la maison à l'aube. Je te préviens : il est inutile que tu fasses des projets de sortie, et ce pendant un bon moment.

— Papa, je regrette, je suis vraiment désolé...

Josh se tenait près de son frère, les sourcils froncés, essayant manifestement de comprendre ce qui se passait.

— Nous en discuterons demain, coupa Joe.

— Laissez-moi conduire, Joe, proposa Alex d'un ton doux, alors qu'il ouvrait la portière d'une main et poussait en même temps son père, qui se débattait toujours, à l'intérieur du véhicule.

De toute évidence, il aurait besoin d'aide, or le shérif, qui observait la scène à quelques pas de distance, ne ferait qu'aggraver la situation.

— Entendu. Merci.

Il lui tendit les clés, puis tourna les yeux vers Eli.

— Tu m'as bien compris. Demain matin de bonne heure.

Eli acquiesça d'un air désespéré.

— Nous aussi, nous réglerons ça demain, murmura Alex à Neely, avec une sévérité qui n'était pas feinte. Et si tu causes encore des problèmes, si nous ne parvenons pas à établir certaines règles pour l'avenir, tu retourneras au pensionnat dès demain. Je te le certifie.

38

Le Prédateur sifflotait en travaillant. Il passait un sacré bon moment. La veille, il avait eu une idée lumineuse. Il avait trouvé le moyen de jouir d'Alexandra à plein temps, au lieu de ne pouvoir rester dans sa chambre que quelques minutes d'affilée, et ce sans prendre les risques qu'impliquerait sa disparition.

Il était à Whistledown, dans la suite d'Alexandra, en train d'installer de minuscules caméras vidéo au-dessus du lit et dans le plafond de la salle de bains. Quand il aurait terminé, il aurait sa chaîne de télévision privée, consacrée exclusivement à Alexandra, vingt-quatre heures sur vingt-quatre.

Sa sœur et elle étaient à la fête champêtre, qui se prolongerait jusqu'au milieu de la nuit. Il le savait, parce qu'il y avait fait un tour et les avait vues. Toute la ville était là-bas, comme d'habitude, y compris les voisins : Joe et sa famille.

Par conséquent, être au manoir à vingt-deux heures – très tôt, donc, ne présentait aucun danger.

Il n'y avait personne, excepté ce maudit chat qui le guettait.

Alors qu'il travaillait, il avait soudain senti une présence derrière lui. Il s'était retourné d'un bond, avec une rapidité qui l'avait surpris lui-même.

Et il avait découvert le gros matou roux et tigré qui semblait hanter cette demeure et qui l'observait, planté sur le seuil de la pièce, de ses yeux ronds et fixes.

Il détestait ce chat. Il paraissait toujours surgir de nulle part, il le suivait, et, malgré tous ses efforts, le Prédateur ne réussissait pas à l'attraper.

Il essaya à nouveau, loupa son coup, se retrouva tout essoufflé. Le chat s'était faufilé sous le lit d'Alexandra.

Un jour, se promit-il, il en ferait des brochettes.

En attendant, il se délecterait du spectacle d'Alexandra. Se remettant à siffloter, il installa la dernière caméra. Un large sourire éclaira sa figure.

Décidément, il était un homme doté d'une intelligence supérieure.

Il contempla un instant son travail avec satisfaction : un trou pas plus grand qu'une tête d'épingle, au-dessus du lit. Et l'autre, de la même taille, dans la salle de bains.

Alexandra ne les verrait pas, elle ne se douterait jamais qu'il la regardait pendant qu'elle se déshabillait, se douchait, dormait...

Cette idée l'excita tellement qu'il décida de rendre visite à Cassandra.

Certes, elle n'était pas du tout ce dont il avait faim. Son corps décharné, inerte, était à peu près aussi appétissant qu'un steak carbonisé, comparé aux courbes voluptueuses d'Alexandra...

Bah, tant pis ! se dit-il avec philosophie. Faute de grives...

39

— Je suis vraiment désolée, dit Neely, penaude.

Ils étaient dans le pick-up d'Eli et fonçaient sur la départementale quasi déserte. Un quart d'heure s'était écoulé depuis que Joe et Alex étaient partis pour ramener le grand-père d'Eli à la maison.

S'ils se dépêchaient, songea-t-elle, elle aurait juste le temps de monter dans sa chambre et de prendre la petite réserve qu'elle y gardait avant qu'on ne la découvre.

Car, évidemment, on fouillerait sa chambre – elle avait déjà connu ça au pensionnat. Dès qu'on vous surprenait en train de fumer ou de boire, on chamboulait vos affaires de fond en comble. À Whistledown, elle avait tout un tas de trucs – des amphétamines, surtout, pour ne pas grossir, des poppers et du haschich.

Si Alex trouvait sa cachette, elle piquerait une crise. Elle l'enverrait probablement dans une pension, genre école militaire, où elle la laisserait moisir jusqu'à la fin de ses jours. Et si jamais c'était le père d'Eli qui lui tombait dessus, il appellerait la police. Par conséquent, elle avait intérêt à sauver sa peau, et vite.

Il lui suffisait de se faufiler dans le manoir, de grimper quatre à quatre l'escalier, de récupérer son petit matériel, et de ressortir. Ça ne prendrait que cinq minutes, maximum, avait-elle dit à Eli, en lui expliquant ce qu'elle risquait. Emmène-moi à Whistledown, avait-elle supplié.

Le problème, avait-il répondu, c'est que son pick-up était au lycée et qu'ils n'avaient aucun moyen de transport pour quitter la fête champêtre. Ils étaient en train de discuter, et même de se disputer, quand Neely avait aperçu Cinda Hawkins, qui était avec elle en cours d'anglais, et qui s'engouffrait dans la voiture d'un garçon plus âgé qu'elle.

Neely s'était précipitée pour lui demander de les conduire, Eli et elle, au lycée. Cinda, supposant manifestement qu'ils avaient l'intention de s'éclipser pour flirter à leur aise, avait accepté sans difficulté.

Pendant le trajet, Eli était resté silencieux, sans doute s'inquiétait-il du châtiment que son père lui réservait. Elle se sentait un peu coupable à ce sujet. Si elle n'avait pas eu de l'herbe sur elle, Eli n'aurait jamais fumé ce joint – pas ce soir, en tout cas. Il lui arrivait de tirer une bouffée, pas souvent, et il ne buvait jamais. Elle comprenait pourquoi, maintenant qu'elle avait vu son grand-père complètement soûl.

L'alcoolisme était une sorte de tare familiale. Elle sévissait aussi dans la famille de Neely, même si personne n'en parlait. Des années auparavant, son père avait été un ivrogne, comme Cary Welch. Elle ne s'en souvenait pas vraiment – elle était rarement avec lui – mais elle avait entendu les domestiques raconter certaines histoires.

Peut-être était-ce pour cette raison qu'elle aimait tant la bière, pensa-t-elle. Peut-être était-elle en train de devenir une alcoolique. Lorsque son père était en vie, elle le souhaitait. Au moins, Charles Haywood aurait-il été obligé de s'occuper d'elle, de faire quelque chose pour sa cadette, qu'il n'aimait pas et à laquelle il avait transmis sa maladie.

Mais peut-être qu'il ne s'en serait même pas soucié.

— Je ne crois pas que ce soit une bonne idée, marmonna Eli, tout en roulant, pied au plancher, sur la départementale. Mon père est déjà suffisamment furieux. S'il nous pince à Whistledown, alors que je suis censé être à la fête... je préfère ne pas imaginer la suite.

— Il ne nous pincera pas, assura-t-elle avec conviction. Tu n'auras qu'à éteindre les phares, et je te jure que je me dépêcherai. Eli, si je ne récupère pas mes trucs, Alex... ou ton père... ou même les flics fouilleront ma chambre. Je serai *fichue*. Je risque d'atterrir en prison.

— Tu es trop jeune pour qu'on te mette en prison, rétorqua-t-il, maussade. Au pire, tu auras droit à la maison de correction.

— Tu parles d'une partie de plaisir !

— Et s'ils sont au manoir ? Je ne veux pas tomber sur mon père.

— S'ils y sont, on n'entrera pas. Ne t'affole pas, ils n'y seront pas. Ils resteront avec ton grand-père jusqu'à ce qu'il se calme. Il faudra un moment.

— Merde, Neely. J'en reviens pas de faire ça.

Il semblait si malheureux qu'elle l'observa d'un air intrigué.

— Tu crois que ton père va... te battre, par exemple ?

Elle avait vu la mine redoutable de Joe, il semblait bien capable de se déchaîner. N'ayant jamais eu de véritable relation avec le sien, elle ignorait comment un père réagissait face à ce genre de situation.

Eli lui lança un regard écœuré.

— Non, il ne me battra pas. Il m'interdira sans doute de sortir pour le reste de ma vie, il me confisquera les clés du pick-up, il m'obligera à trimer comme un esclave et Dieu sait quoi encore. Et il me dira que je l'ai trahi. Ce qui est vrai. En principe, c'est Josh qui fait des bêtises, pas moi. Mon père a... avait confiance en moi, conclut-il d'un ton désespéré.

— Je suis *désolée*, répéta-t-elle en se blottissant contre lui. Qui aurait pu prévoir qu'on le rencontrerait dans les bois ?

— Ouais, marmonna-t-il.

— Tu sais, ma sœur et lui... pour un peu, on les aurait surpris en train de faire l'amour.

— Ouais.

Elle sursauta soudain ; il venait de dépasser Fields Lane.

— Il fallait tourner là !

— Parce que tu penses que je vais arriver tranquillement par la route ? riposta-t-il d'un ton véhément. Je passe à travers champs. Accroche-toi.

Il ralentit, coupa les phares. Le pick-up se mit à cahoter dans les prés.

— Tu y vois quelque chose ? demanda Neely, cramponnée au tableau de bord.

— Je vois Whistledown, ça me suffit. Ne t'affole pas, je sais ce que je fais.

Elle distinguait aussi l'élégante silhouette du manoir qui coiffait la colline, les fenêtres éclairées – Alex et elle préféraient laisser les lumières allumées quand elles sortaient. L'allée semblait déserte. Au-delà, la ferme des Welch était plongée dans l'obscurité.

— Ils sont encore chez grand-père, murmura Eli, soulagé.

— Je te l'avais dit.

Le pick-up s'arrêta brutalement à quelques mètres de la porte de derrière.

Neely chercha fébrilement les clés dans son sac.

— Je t'attends ici, je fais le guet. Va récupérer ta foutue drogue et *grouille-toi*, articula Eli d'un ton sec.

Hochant la tête, elle descendit en hâte du véhicule.

40

Le Prédateur était dans les sous-sols de Whistledown, il s'apprêtait à descendre rejoindre Cassandra, quand il s'aperçut qu'il avait oublié sa perceuse sur le lit d'Alexandra. Ça, forcément, elle le remarquerait.

Bien sûr, elle ne comprendrait pas comment cette machine-outil était arrivée là. Ce pourrait être amusant de la regarder se creuser les méninges.

Non, sois prudent, se dit-il. Elle risquait d'alerter la police. Or il avait laissé ses empreintes sur la perceuse. Si les flics débarquaient, s'ils se montraient curieux, ils relèveraient ces maudites empreintes, renifleraient la piste et viendraient rôder autour de lui.

La vie était ainsi. Une succession de *si*. Un homme avisé se devait de toujours avoir ces *si* en tête.

Il remonta donc chercher sa perceuse. Il emprunta l'escalier de service, avec une célérité méritoire pour un individu de sa corpulence, car il était pressé d'aller retrouver Cassandra puis de rentrer chez lui. En réalité, il veillait trop ces temps-ci, il commençait à être fatigué.

Peut-être aurait-il intérêt à entamer une cure de Geritol. Cette pensée le fit sourire. Il souriait toujours, lorsqu'il entendit des pas pressés dans le grand escalier du hall.

Ses yeux s'arrondirent. Il avait presque atteint le haut des marches – il était trop tard pour rebrousser chemin. Il tourna la tête, scruta l'étroite cage d'escalier, les murs lisses – aucun endroit où se cacher.

À l'idée que, peut-être, on allait le démasquer, il reçut une décharge d'adrénaline. En un sens, la peur qui le galvanisait était presque aussi jouissive que le sexe – n'était-ce pas ce qu'il répétait d'ailleurs à Cassandra et aux autres ?

Il porta la main à la poche revolver de son pantalon, batailla avec le bouton qui la fermait, saisit son aérosol incapacitant.

La petite sœur, Cornelia, apparut sur le palier.

41

Pour Alex, le trajet de retour avec Joe et Cary fut une épreuve. Cary jurait comme un charretier et continuait à se débattre pour repousser son fils, lequel se contentait de lui répéter, d'une voix sèche et autoritaire, de se tenir tranquille. Alex, les yeux rivés sur la route, se taisait. L'odeur d'alcool qui émanait de Cary était si écœurante qu'elle finit par baisser sa vitre pour lutter contre la nausée.

Enfin, alors qu'ils approchaient de Fields Lane, Cary cessa subitement de brailler. Surprise, Alex tourna la tête. Cary était avachi contre l'épaule de Joe.

— Il s'est endormi, dit celui-ci d'un ton sinistre.

Ils dépassaient Whistledown, Alex jeta un coup d'œil à la vieille demeure en haut de la colline. Avec ses lumières allumées, le manoir semblait attendre son retour. Machinalement, son regard se posa sur la terrasse du premier...

Elle distingua alors un homme immobile, exactement comme la dernière fois. Sa silhouette se découpait nettement sur la porte-fenêtre éclairée, derrière lui.

— Bon Dieu, Alex, faites attention !

Elle donna un brusque coup de volant, juste à temps pour éviter de verser dans le fossé. Puis, le cœur battant, elle regarda en direction de Whistledown. La silhouette avait disparu. Elle plissa les paupières, pour mieux voir.

Il n'y avait plus personne.

— Joe, dit-elle d'une voix vibrante, l'homme sur la terrasse... je viens de l'apercevoir à nouveau.

— Oh, pitié, pas ce soir !

Il tourna néanmoins les yeux vers le manoir et, naturellement, ne constata rien d'anormal.

— Mais Joe, je vous assure que...

— S'il vous plaît, un problème après l'autre, vous voulez bien ?

Il paraissait si las qu'elle n'insista pas. Peut-être s'agissait-il d'une illusion d'optique.

Cependant, elle n'y croyait pas.

Le chemin gravillonné menant au chalet de Cary partait de l'allée de Joe pour contourner ensuite les écuries et monter vers les bois.

— Vous m'ouvrirez la porte ? demanda Joe lorsqu'elle se gara devant la maison.

Elle prit les clés qu'il lui tendait, et se dirigea vers l'étroite véranda qui courait le long de la façade. Joe la suivait, portant son père sur le dos comme un sac de son.

Il la précéda à l'intérieur, elle referma la porte et chercha à tâtons un interrupteur. Joe, qui connaissait manifestement les lieux par cœur, s'avança dans la pièce obscure.

Elle trouva enfin le commutateur, une lampe s'alluma, éclairant ce qui était à l'évidence le salon. À gauche, derrière un comptoir sur lequel étaient posés un téléphone et un annuaire, était aménagée une modeste cuisine équipée de placards bon marché et d'une petite table ronde en son centre.

De l'autre côté de la pièce, un étroit couloir, où Joe avait disparu, menait probablement aux chambres.

Le salon était agréable, avec des murs blancs, un canapé confortable recouvert de toile grenat, un fauteuil tendu de tweed mordoré et un rocking-chair qui entouraient une table basse ovale. Le divan était flanqué de deux guéridons en pin – dont l'un supportait la lampe en faïence blanche qu'actionnait l'interrupteur – et placé face à un volumineux téléviseur sur lequel trônait une collection de photos encadrées.

Alex s'en approcha. Des photos de famille... Joe et Cary, en compagnie d'une femme et d'une jeune fille – sans doute la mère et la sœur décédées de Joe. Un autre portrait de Joe en toge noire, recevant son diplôme, des photos de classe des trois petits-enfants de Cary.

Un cliché retint l'attention d'Alex. On y voyait Joe, incroyablement séduisant en costume bleu marine et chemise immaculée, avec une jeune femme debout derrière lui et ses deux fils, encore bambins, assis sur ses genoux. Les deux adultes et Eli, qui n'avait pas plus de trois ans, souriaient à l'objectif. Josh semblait pleurnicher. Alex détailla la jeune femme, l'épouse de Joe. Elle était jolie, son épaisse chevelure blonde lui arrivait presque à la taille. Elle avait la main sur l'épaule de Joe, en un geste possessif. Le regard d'Alex s'attarda surtout sur son visage, souriant et juvénile, aux joues rondes, au teint de rose.

C'était donc elle, la mère d'Eli, de Josh et de Jenny... Celle que Joe avait aimée. Laura.

Alex était encore en train de contempler cette photo, lorsque Joe la rejoignit. Il demeura un instant silencieux, fourragea dans ses cheveux. Il paraissait fatigué, accablé par les soucis. Émue, elle s'approcha de lui.

— Vous avez couché votre père ?

— Oui, il est complètement assommé. Il n'émergera pas avant demain midi, avec une gueule de bois mémorable. Bon sang, soupira-t-il, quelle journée !

— Je suis désolée pour Neely, murmura-t-elle.

Il eut un petit rire désabusé, lui saisit la main et baisa le bout de ses doigts. Puis il l'entraîna vers le canapé, s'y assit et l'attira contre lui. Il posa les pieds sur la table basse, appuya la tête contre le dossier du divan.

— Tu n'es pas responsable de ses actes. Je me rends compte que tu ne peux pas la contrôler. Je suis dans la même situation avec Eli. Quand les enfants atteignent un certain âge, ils doivent prendre leurs propres décisions. On n'a plus qu'à espérer qu'ils prennent les bonnes. Je n'accuse pas ta sœur d'avoir entraîné Eli sur la mauvaise pente. Il n'avait qu'à refuser.

— Comment vas-tu réagir avec lui ?

— Je le priverai sans doute de sorties jusqu'au bac, et je l'obligerai à travailler dur. De cette façon, il n'aura plus l'énergie de faire des âneries.

Il poussa un nouveau soupir, contempla le plafond.

— J'aurais pourtant parié qu'Eli m'épargnerait ça. Eh bien, j'aurais perdu mon pari.

— Joe, c'est un garçon formidable.

Il grimaça.

— Quelquefois, on se demande si on connaît vraiment ses enfants. Et toi, qu'est-ce que tu envisages pour ta sœur ?

Elle haussa les épaules dans un geste d'impuissance.

— Lui parler, la renvoyer en pension. Quoi d'autre ? Elle n'est pas mauvaise, au fond. Elle a simplement été négligée, au sens strict du terme. Nous avons toujours eu tout ce que nous désirions, sur un plan matériel, mais Neely voulait de l'amour. Or, franchement, elle n'en a pas eu beaucoup.

— Toi, tu l'aimes.

— Oui, seulement je ne suis que sa sœur. Ce n'est pas la même chose. Elle recherchait désespérément l'amour de mon père. Et elle a toujours eu le sentiment d'en être privée.

— Parfois je me demande si l'amour paternel suffit. C'est peut-être d'une mère que les enfants ont le plus besoin. Moi, je ne sais pas habiller Jenny comme il faut, je n'arrive pas à sortir Josh de sa perpétuelle morosité, et maintenant… Eli fume de l'herbe.

Il émit un petit rire sans joie.

— Je me suis démené pour les élever du mieux possible, et je ne suis pas sûr que ce soit suffisant.

— Au moins, ils savent que tu les aimes.

— C'est vrai, je les aime.

— Joe...

— Hum ?

— Parle-moi de ton père. Il avait déjà ce problème d'alcool quand tu étais plus jeune, ou...

— Du plus loin que je me souvienne, il a toujours bu. Même avant ma naissance, je suppose. Quand j'étais tout petit, ce n'était pas tragique. Il prenait une cuite carabinée de temps à autre, tous les deux ou trois mois. On fermait les yeux, on passait l'éponge. Il entraînait des pur-sang, il était réputé. Tu le savais ?

Alex secoua la tête.

— À l'époque, il s'occupait d'une écurie de courses à Churchill Down. Une nuit, il s'est soûlé jusqu'à en tomber raide et il s'est endormi dans les écuries. Quand il s'est réveillé, un étalon de Vince Atkinson, qui valait douze millions de dollars, avait un membre postérieur fracturé si gravement qu'il ne tenait plus que par un lambeau de chair. Il a fallu abattre cette pauvre bête, Atkinson a touché l'assurance... et on a commencé à murmurer ici et là que mon père avait été payé pour que son patron puisse empocher l'argent de l'assurance dont il avait besoin, qu'il avait laissé massacrer l'étalon. Quelques mois plus tard, Atkinson a effectivement fait faillite, et plus personne n'a voulu confier un cheval de premier ordre à mon père. Sa carrière a sombré. Des chevaux de moins en moins doués, des jockeys et des courses de plus en plus minables... la dégringolade jusqu'en bas de la pente. C'est là qu'il s'est mis à boire vraiment trop. Avant la mort de ma mère et de ma sœur, il s'enivrait tous les week-ends. Maintenant, il est soûl un jour sur deux. C'est pour cette raison qu'il habite dans ce chalet, et non chez moi. Je ne veux pas que les enfants soient dans les parages quand il est dans cet état. En principe, il s'enferme ici pour s'abrutir d'alcool. Mais quelquefois il nous fait un numéro comme celui de ce soir. J'avoue que j'en ai ma claque. Tu as vu l'expression d'Eli et de Josh ? Ils ont honte de lui. Demain, je ne me priverai pas de lui dire qu'il leur donne le mauvais exemple, ça, je te le garantis.

— Mais que peux-tu faire, concrètement ? demanda-t-elle avec compassion.

— Je n'en sais rien. Croiser les doigts jusqu'à la prochaine fois.

Il lui prit à nouveau la main, y pressa sa bouche. Il la dévisagea longuement.

— Tu es belle.

Elle lui sourit, voulut l'embrasser. Avec douceur, il lui effleura les lèvres.

— Il y a quelque chose que je dois te révéler avant que nous allions plus loin. Quelque chose qui pourrait te... refroidir, si tu me permets cette expression.

— Quoi donc ? s'étonna-t-elle.

— Aujourd'hui, Tommy m'a convoqué à son bureau. Il avait demandé à un avocat, Rob Mayhew, un de mes amis, d'être présent. Il a enregistré notre entretien. Ensuite, il m'a montré un sac à main et des escarpins, et il m'a expliqué qu'on avait découvert un sac-poubelle contenant ce qui semblerait être des restes humains.

Il s'interrompit, plongea son regard dans celui d'Alex.

— Le sac à main et les chaussures appartenaient à Laura. Tommy pense que les... cendres pourraient être aussi celles de Laura.

Alex sursauta, sidérée, et s'écarta de lui.

— Ô mon Dieu ! Le shérif considère que ton ex-épouse a été *assassinée* ? La *maman* d'Eli, de Josh et de Jenny ?

Machinalement, elle tourna les yeux vers le téléviseur, vers le portrait de la jolie jeune femme blonde.

— En effet.

— Ici, dans le comté de Shelby ?

— Oui, apparemment. Bien sûr, il se peut que ces restes ne soient pas humains et qu'il ne s'agisse pas de Laura. Je l'espère de tout mon cœur. Je ne dirai rien aux enfants tant qu'on n'aura pas de certitude. Tommy m'a promis de garder le secret jusqu'à ce qu'il ait les résultats du labo.

— C'est une erreur, tu verras. Mais en quoi cette révélation serait-elle susceptible de modifier mes... sentiments ?

Il esquissa un sourire enjôleur qui la fit fondre.

— Tes sentiments ? Voilà des mots qui me plaisent.

Son sourire s'évanouit.

— Si c'est Laura qu'on a retrouvée, ça signifie, comme tu l'as compris, qu'elle a été assassinée ici, dans le comté de Shelby, il y a environ huit ans. Sans doute en juin, d'après la date figurant sur un billet d'avion qui était dans son sac.

Il marqua une pause, prit une inspiration.

— Je l'ai rencontrée pour la dernière fois à cette époque-là. Elle était venue voir les enfants. Ensuite, elle ne nous a plus donné signe de vie, ce qui, personnellement, ne me dérangeait pas. Mais Tommy, à l'évidence, n'était pas loin de penser que je l'avais peut-être tuée et, si les cendres sont les siennes, beaucoup de gens me soupçonneront aussi.

— C'est impossible !

— Il semble que non, rétorqua-t-il d'un ton où perçait une note de tristesse. Tommy et moi, nous sommes amis depuis l'école maternelle, pourtant il a enregistré notre conversation, au cas où je passerais aux aveux.

— C'est ridicule ! s'indigna-t-elle.

Un sourire éclaira à nouveau le regard de Joe.

— Et toi, tu ne me demandes pas si je suis coupable ?

— Inutile, je connais la réponse.

— Aurais-tu en moi une confiance aveugle ? répliqua-t-il avec tendresse.

— Je sais quel genre d'homme tu es. Orgueilleux et arrogant, ça oui. Insupportable, parfois, voire un peu mufle. Mais capable d'assassiner sa femme ? Certainement pas.

— Merci pour tous ces compliments, plaisanta-t-il. Rappelle-moi de recommander à mon avocat de ne pas te citer comme témoin de la défense quand on me jugera.

— La vérité n'est pas toujours agréable à entendre, le taquina-t-elle, répétant les paroles qu'il lui avait lancées au début de leur relation.

Il baisa la paume d'Alex, dessinant du bout de la langue sa ligne de vie. Elle frissonna.

— Tu ne penses pas vraiment que je suis – quels charmants qualificatifs as-tu employés ? – orgueilleux, mufle, insupportable, n'est-ce pas ?

— En tout cas, au premier abord, je te jure que je l'ai pensé.

— Comme c'est étrange ! En ce qui me concerne, même quand tu m'as viré, je n'avais qu'un mot en tête pour te décrire : quelle splendeur !

— Menteur...

— Je ne mens pas. Et maintenant, tu sais quelle idée j'ai en tête ? Te coucher sur ce canapé, comme ça...

Il la renversa sur les coussins, se pencha vers elle.

— ... et te manger de baisers.

42

Dès le premier baiser, pourtant doux et tendre, Alex s'enflamma comme une torche. Elle attira Joe contre elle, jusqu'à ce qu'il l'écrase de son poids. Dieu qu'elle désirait cet homme !

Mais il n'était pas pressé, il la faisait languir, il s'amusait à l'affoler avec ses caresses, il se délectait de l'écouter gémir, de la sentir onduler sous lui, se cambrer, le chercher de tout son être. Et même s'il ne pouvait pas dissimuler son désir, il faisait preuve d'une maîtrise qui la rendait folle.

Elle le voulait nu, au plus profond d'elle. Là, maintenant. Elle glissa les doigts sous le ceinturon de Joe, les referma sur son sexe durci, palpitant.

Il se redressa sur un coude, la dévisagea. Ils se regardèrent ainsi un long moment. Alex fut satisfaite de voir que le sang colorait les pommettes de Joe, d'entendre sa respiration haletante.

— Fais-moi l'amour, souffla-t-elle. S'il te plaît…

— Oui, ma princesse, répondit-il d'une voix rauque.

Il se redressa brusquement, glissa les bras sous elle et la souleva. Il se dirigea vers le couloir et entra dans une chambre obscure dont il referma la porte.

— Ton père… chuchota-t-elle.

— Un train traverserait le salon qu'il ne l'entendrait même pas.

Les rideaux étaient ouverts, le clair de lune se faufilait dans la pièce. Alex distingua un grand lit, sur lequel Joe la coucha.

Il ôta son sweat-shirt et son jean d'un seul mouvement, fluide et preste. Puis il s'attaqua au pantalon d'Alex.

— Attends, il faut d'abord enlever mes bottes...

— Rappelle-moi de t'acheter des tennis, rétorqua-t-il en s'exécutant.

Il tira sur l'une des bottes qui résista.

— Il y a un zip sur le côté, dit-elle.

Les bottes tombèrent enfin sur le sol, puis le pull et le pantalon. Alex n'avait plus sur elle qu'un minuscule string et un soutien-gorge assorti.

— S'ils sont de la marque dont tu m'as parlé, Jenny devra patienter jusqu'à ma mort pour avoir des sous-vêtements pareils. Je n'ai jamais rien vu d'aussi sexy...

Il se hâta d'achever de la dénuder, comme on effeuille une rose délicate. Et soudain, il fut en elle, brûlant et sauvage.

Le plaisir les emporta dans un cri déchirant, le feu s'apaisa puis se ranima, encore et encore, jusqu'à ce qu'ils retombent sur le lit, exténués, emperlés de sueur.

Ils se blottirent l'un contre l'autre, soudés, leurs deux corps ne formant plus qu'un. Sur leurs lèvres flottait le même sourire heureux, ébloui...

43

— *Neely…*

Un murmure, à peine un souffle. Mais cette voix était familière, si terriblement familière…

— Papa ? balbutia-t-elle en ouvrant les yeux.

Il faisait tellement sombre qu'elle ne sut pas si c'était le jour ou la nuit. Elle n'y voyait pas à deux centimètres. Il faisait aussi noir que dans une tombe. Froid et humide comme dans une tombe…

L'air avait une odeur de terre après la pluie. Elle était allongée sur quelque chose de plutôt mou. Un matelas ? Un lit ? Et il y avait ce bruit d'eau tombant goutte à goutte, pareil à celui d'un robinet qui fuit. Et un gémissement…

— *Je suis là avec toi, Neely…*

— Papa ?

Cette voix, elle l'entendait vraiment, elle en était sûre, elle ne l'imaginait pas. Elle essaya de bouger. Ses mains étaient tout engourdies. En fait, elle était couchée dessus. Elles étaient sous son dos. Elle tenta d'étirer ses bras douloureux. Un grincement métallique retentit.

Elle avait des bracelets en fer aux poignets, quelque chose les reliait. Ses bras étaient coincés derrière son dos.

Neely tâta fébrilement les bracelets qui l'entravaient, sentit sous ses doigts des maillons froids et lisses – une chaîne.

Elle se débattit, se contorsionna avec frénésie. Ses poignets, ses chevilles aussi, étaient enchaînés.

Mon Dieu, mais que lui arrivait-il ? Elle était enchaînée, étendue sur une espèce de lit dans un lieu froid et humide, plus ténébreux qu'une grotte.

— Papa, balbutia-t-elle, bien qu'elle se souvînt à présent qu'il était mort.

Était-ce pour cette raison qu'elle avait entendu sa voix ? Parce que, comme lui, elle était morte ? Non, même en enfer, elle n'aurait pas été enchaînée.

Elle avait vu un homme en haut de l'escalier – il l'avait agrippée.

Ensuite, elle ne se rappelait pas.

Elle rampa sur le ventre, bandant toutes ses forces pour se libérer. Elle réalisa alors que, si elle avait encore sur elle son pull et son jean, elle ne portait plus son blouson ni ses bottes de cow-boy. Elle remua les orteils : oui, elle n'avait plus que ses fines socquettes. Quelqu'un l'avait en partie déshabillée.

Cette idée lui donna la chair de poule.

— *Neely* ?

La voix de son père, à nouveau.

— Où tu es ? sanglota-t-elle, tournant la tête d'un côté et de l'autre.

Elle n'y voyait rien. Rien du tout. Elle avait l'impression d'être aveugle.

Elle tira sur les chaînes qui grincèrent bruyamment, mais qui, malgré tous ses efforts, résistèrent. Elle inspira, ouvrit grand la bouche pour hurler…

— *Ne crie pas*… lui dit la voix de son père.

Alors elle discerna deux points lumineux, verts, tout près d'elle, semblables à des yeux dans la nuit…

Des pas. Elle entendait des pas qui approchaient. C'était épouvantable. Elle ne savait pas pourquoi, mais elle en était certaine.

— *Fais semblant de dormir*…

La voix se tut, les points verts, brillants, disparurent. Neely se retrouva dans le noir complet, seule et terrorisée. Elle voulut appeler son père, mais elle avait trop peur, elle sentait venir quelque chose qui…

Le diable. Oui, c'était ça.

Guidée par son instinct, luttant pour contrôler sa respiration, elle reprit à peu près la position qu'elle avait en se réveillant : couchée sur le dos, les jambes étendues.

Une lumière. Un petit rond de lumière – une lampe électrique. Quelqu'un s'avançait vers elle avec une lampe électrique.

Juste avant de refermer les yeux, Neely vit qu'elle était allongée sur un étroit matelas nu, dans un petit local qui ressemblait à une cellule avec des murs en pierres grossièrement taillées et, sur tout un côté, des barreaux de fer pareils à ceux d'une prison. Un décor de film d'horreur, où des vampires seraient parfaitement à leur aise.

Neely sentit ses cheveux se dresser sur sa tête.

Elle entendit un cliquetis de clés, contracta ses paupières. La lumière était à quelques pas des barreaux. Puis elle se força à détendre les muscles de son visage.

— Bonjour, Cornelia, susurra une voix d'homme, agréable, teintée d'un accent du Sud.

Des frissons coururent sur sa peau.

— Tu es réveillée ?

Un bruit de métal qui raclait du métal, un petit déclic, et la porte de la cellule s'ouvrit. L'homme entra, se dirigea vers le matelas.

Le cœur de Neely cognait. Par réflexe, elle se raidit, dut à nouveau s'obliger à se décontracter, se faire toute molle.

— Tu dors encore ? dit-il, dépité, en promenant le faisceau de la lampe sur son corps. Ce n'est pas grave, j'ai le temps. Toute la nuit, en fait.

Il se mit à rire – un bizarre gloussement aigu qui donna à Neely envie de hurler. Mais elle se tut, se répétant qu'elle devait rester absolument immobile. Il posa la lampe près du matelas, fit rouler Neely sur le flanc.

— Ce que tes cheveux sont beaux !

Il enroula une longue boucle autour de son doigt.

— Tu les teins ou tu es blonde comme ça partout ? On verra bien...

Il se parlait à lui-même, réalisa Neely qui comprit aussi, en un éclair, qu'il allait la violer et ensuite la tuer.

Ne te crispe pas, respire régulièrement...

— Attends que je te soulage un peu, hein ?

Il tripota les bracelets qui entravaient l'adolescente, les déverrouilla, l'un après l'autre. Puis il lui frictionna les poignets, pour faire circuler le sang, avec une douceur qui, d'une certaine manière, était infiniment plus effrayante que la brutalité.

— Je regrette de t'avoir laissée si longtemps dans cette position inconfortable, mais j'y étais obligé. Tu as manqué un feu de joie extraordinaire. Je l'avais allumé en ton honneur, pourtant. Ça y est, maintenant, elle est partie.

Mais que racontait-il ?

Ne te crispe pas, ne bouge pas les bras.

Il la remit à nouveau sur le dos, lui caressa le visage. Attention à ta respiration ! Il avait les mains moites. Il se penchait sur elle, lui soufflait à la figure son haleine chaude, écœurante, où flottait une légère odeur de menthe. Il lui prit le bras gauche, celui qui était contre le mur.

— Comme ça, tu ne te débattras pas. Je n'aimerais pas être forcé de te faire du mal.

Il lui glissa le poignet dans un autre bracelet métallique, plus large et plus épais que le précédent, semblable aux fers que l'on réservait jadis aux bagnards.

— Tu ne dors pas, hein, Cornelia ? Ha, ha ! Tu essaies de me berner. C'est très vilain, ça.

Il la tripotait, ses doigts rampaient sur son pull pour se refermer sur son sein, en pincer le mamelon.

— Ce que tu es jolie...

Neely ne supportait plus ce contact répugnant, cette haleine douceâtre, l'idée de ce qu'elle allait subir.

Les doigts moites, pareils à des bêtes gluantes, se faufilaient sous son pull...

Neely hurla sans même s'en rendre compte, à pleins poumons. Un hurlement à déchirer les tympans. Simultanément, elle ouvrit les yeux, replia les jambes et frappa, à la façon d'un kangourou. La plante de ses pieds percuta violemment le ventre de son geôlier qui bascula en arrière.

— Au secours ! Au secours !

Elle voulut s'élancer vers la porte. Il fallait qu'elle s'enfuie, il le fallait...

Mais elle ne le pouvait pas. Ses chevilles étaient entravées, liées par une lourde chaîne métallique de plus d'un mètre de long. Elle tira dessus, tituba sur les pierres froides du sol, trébucha contre quelque chose, faillit perdre l'équilibre, se rattrapa de justesse... et s'aperçut qu'elle avait buté sur Eli, recroquevillé par terre, apparemment inerte. Son regard horrifié ne s'attarda pas sur lui, parce qu'elle devait absolument atteindre la porte. S'échapper avant que l'homme réagisse, qu'il la rattrape...

Elle ne réussirait pas, comprit-elle alors qu'elle n'était plus qu'à quelques centimètres du but. Son ravisseur s'était redressé, il soufflait comme un taureau sur le point de charger, un éclat meurtrier dans le regard.

— Ce que tu as fait est très vilain, Cornelia, et je vais être obligé de te punir.

Il s'approchait.

Quand elle l'avait frappé, il était tombé en arrière, de l'autre côté de la porte de la cellule, qui s'était rabattue vers Neely et était maintenant à peine entrebâillée. Seuls ses barreaux noirs, du sol au plafond, séparaient Neely du monstre qui se ruait sur elle.

Hurlant à nouveau, elle claqua la porte. Il se cogna rudement le front et le nez contre le métal, beugla et recula d'un pas.

— Eli, aide-moi !

Mais son ami ne bougeait pas, elle était toute seule.

Elle avait encore au poignet le large fer d'où pendait la chaîne, cependant l'homme n'avait pas eu le temps de le verrouiller. À toute allure, Neely enroula la chaîne autour des barreaux de la porte. Au moment où son ravisseur revenait vers elle, elle referma le fer sur les maillons de la chaîne, comme un cadenas.

— Ouvre cette porte !

La lueur de la torche électrique projetait sur le mur de pierre son ombre massive, large, menaçante.

— Sinon, Cornelia, attention à toi ! Regarde... regarde ce qui t'arrivera si tu n'obéis pas !

Il s'écarta, alluma une lampe de camping. Neely vit qu'au-delà de la cellule, le local ressemblait à une sorte de salon, avec une table, un fauteuil inclinable, un téléviseur...

Une chose était attachée à des anneaux plantés dans le mur. Des traînées noirâtres s'étiraient sur la pierre, jusqu'au plafond... une touffe de cheveux blonds pendait d'une tête abominablement brûlée... un cadavre, rongé par le feu au point qu'il était impossible de l'identifier.

Neely poussa un cri de bête aux abois en comprenant soudain ce qu'elle avait devant les yeux : un être humain brûlé vif, sans doute une femme.

— Elle s'appelait Cassandra, et elle n'a pas été gentille avec moi. Alors je l'ai fait flamber. C'est ce qui t'arrivera, Cornelia, si tu es vilaine. Allez, je te donne une dernière chance. Ouvre cette porte.

Secouée de frissons d'effroi, Neely recula.

Il grogna, se jeta de tout son poids contre les barreaux. La porte ne céda que de quelques centimètres. Il ne parviendrait pas à l'enfoncer.

Il s'immobilisa, la dévisagea longuement. Puis un horrible sourire étira ses lèvres.

— Hé, hé ! J'ai la clé...

Sans cesser de sourire, il extirpa de sa poche une petite clé argentée, l'agita. Il s'avança, passa la main entre les barreaux, tâtonna. Dans la pénombre, il avait du mal à voir le lourd bracelet de fer et la serrure qui le verrouillait.

— Au secours ! Au secours ! glapit Neely, paniquée, en se tournant vers Eli.

Il était toujours inerte, peut-être mort.

— Personne ne t'entendra, dit l'homme.

Elle fouilla la cellule du regard, à la recherche d'un moyen quelconque de se défendre. Elle se battrait jusqu'à la limite de ses forces.

Elle aperçut ses bottes de cow-boy, près du matelas. Une botte n'était pas une arme très efficace, mais elle n'avait que ça.

Il cherchait le trou de la serrure. Voilà, il l'avait trouvé...

Neely plongea pour saisir l'une de ses bottes, pivota. Il introduisait la clé dans la serrure du large bracelet de fer.

— Non !

Elle se précipita sur la porte, levant au-dessus de sa tête la botte qu'elle tenait par la tige. Haletant d'épuisement et de terreur, elle abattit violemment le talon sur la main de son ravisseur. Il y eut un bruit bizarre, mouillé, de citrouille qu'on écrase.

— Aïe ! Sale petite garce ! brailla-t-il, retirant sa main blessée d'un geste brusque.

La petite clé argentée tomba sur le sol.

Du côté de Neely.

Elle plongea à nouveau, atterrit sur le ventre, et saisit la clé une fraction de seconde avant qu'il ne s'en empare. En rampant, elle s'éloigna des barreaux, jusqu'à ce qu'elle heurte le corps inanimé d'Eli.

— Donne-moi ça !

L'homme se remettait debout, il était gros, il la foudroyait des yeux.

Elle sentit à travers ses socquettes un liquide visqueux. Elle était dans une mare de sang. Le sang d'Eli.

44

Il était amoureux. Ces mots-là ne cessaient de tourner dans l'esprit de Joe, alors que, couché à plat, les mains nouées sous la nuque, il regardait l'aube s'insinuer dans la chambre. Le coq d'une ferme voisine saluait la naissance d'un nouveau jour. Les oiseaux s'éveillaient et gazouillaient. Joe entendit ronfler la camionnette du livreur de journaux, le gravier de l'allée crisser sous les roues.

Alex dormait, blottie contre lui. Ils avaient quitté le chalet de Cary vers deux heures du matin pour rentrer chez Joe. Jenny passait la nuit chez une amie ; Josh, Eli et Neely étaient au lycée, rien n'obligeait Alex à retourner au manoir.

Résultat, il n'avait pris qu'une petite heure de repos.

Et il était tombé amoureux.

Ce qu'il redoutait le plus était arrivé : il aimait la princesse Alex.

Ce qui ne lui inspirait pas le moindre regret.

Il se redressa sur un coude pour la contempler. Elle avait les paupières closes, les lèvres entrouvertes. Ses cheveux emmêlés l'auréolaient d'un nuage de soie pâle.

Il ne laisserait jamais cette femme s'en aller.

Elle l'ignorait peut-être encore, mais elle lui appartenait.

Elle bougea, gémit. Même quand elle prenait un cachet pour dormir, elle avait un sommeil agité. Il était bien placé pour le savoir : il avait passé des heures à l'écouter, par le truchement du talkie-walkie, se lever au milieu de la nuit, tourniquer dans sa chambre. Il lui conseillerait de remplacer ses maudites pilules par un exercice physique infiniment plus sain et agréable – l'amour. Ainsi, il aurait une chance de pouvoir lui aussi se reposer.

Il se pencha pour effleurer sa bouche d'un baiser.

— Joe ? murmura-t-elle d'une voix ensommeillée.

— Je vais voir les chevaux. Il n'est que six heures, rendors-toi.

Elle chuchota une réponse incompréhensible, se pelotonna sous les couvertures. Il n'avait pas posé les pieds par terre qu'elle était à nouveau dans les bras de Morphée.

Le sourire aux lèvres, Joe s'habilla, sortit et se dirigea vers les écuries. Il fit le tour des box, puis il traversa le pré pour rejoindre le chalet de son père. Sept heures venaient tout juste de sonner – une heure bien matinale pour réveiller un homme qui devait avoir une colossale gueule de bois.

Mais hier soir, comme disait le proverbe, la goutte d'eau avait fait déborder le vase. Il était grand temps pour Cary Welch d'affronter la réalité – en l'occurrence, son alcoolisme.

Joe devrait aussi discuter avec Eli, ce fils qu'il croyait connaître aussi bien que lui-même. Apparemment, il s'illusionnait.

Avoir découvert une facette qu'il ne soupçonnait pas chez cet enfant qu'il aimait plus que sa propre vie le déchirait. Jamais il n'aurait imaginé que ce pût être aussi douloureux.

Il déverrouilla la porte du chalet, alla dans la cuisine préparer du café. Pour lui. Son père préférerait un autre genre de remontant : une bonne lampée d'alcool pour faire passer la gueule de bois. Joe prit du Wild Turkey dans un placard rempli de bouteilles, en versa une généreuse rasade dans un verre. Il savait quelle dose exacte s'avérait nécessaire pour transformer l'épave tremblante et nauséeuse qu'était son père les lendemains de cuite en un être humain relativement cohérent : il accomplissait ce rituel depuis des lustres.

Le verre à la main, il pénétra dans la chambre paternelle.

— Hé ! lança-t-il d'une voix sèche.

L'atmosphère était imprégnée d'une odeur aigre qui lui chavira l'estomac. Retenant sa respiration, il posa le verre sur la table de chevet et s'approcha de la fenêtre pour tirer les rideaux et l'ouvrir en grand. Le soleil inonda aussitôt la pièce.

— Allez, debout !

Il s'assit au bord du lit, secoua son père. La veille, il l'avait déshabillé. Cary était affalé sur le ventre, les cheveux en bataille. Il ronflait comme un sonneur.

— Papa !

— Que... Joe ? bredouilla Cary. Oh, ma caboche ! Qui a ouvert cette fichue fenêtre ?

— Moi. Réveille-toi, il faut qu'on parle.

— J'entends des cloches, fiston... Est-ce que quelqu'un serait mort ?

Cary grogna et retomba sur le dos. Joe l'observa en silence. Son père avait, comme lui, le torse couvert d'une épaisse toison, mais elle était à présent, à l'instar de sa chevelure, d'un blanc de neige. Il avait la peau fripée et flasque. Il allait doucement vers la mort, songea Joe dont le cœur se serra.

Car, malgré tout, il l'aimait.

— Assieds-toi et bois ça, ordonna-t-il d'un ton moins brusque.

— C'est mon médicament ?

— Oui.

Le médicament de papa – l'expression euphémique employée par la famille et associée dans la mémoire de Joe à tant de pénibles souvenirs d'enfance qu'il grimaça.

— Oh, bon Dieu !

Avec force grommellements et gémissements, Cary parvint à s'adosser à la tête de lit pour prendre le verre que son fils lui tendait. Sa main tremblait tellement que Joe dut l'aider.

Son père avala l'alcool d'un trait, hoqueta, toussa.

— Et maintenant, une bonne douche, dit Joe en l'agrippant pour le mettre debout.

Cela aussi faisait partie du rituel.

— Ah non, je me sens trop mal ! Tu pourrais me laisser tranquille ?

Sans répondre, Joe le traîna dans la salle de bains, le souleva pour le coucher dans la baignoire. Cary gesticulait, menaçant son fils et le suppliant à la fois. Impassible, Joe prit le pommeau de la douche, ouvrit le robinet d'eau froide et braqua le jet puissant vers la figure de son père.

Cary réagit comme un poisson que le pêcheur jette sur la rive. Il se trémoussait, se contorsionnait, se débattait, le tout en débitant un chapelet de jurons.

Lorsque Joe estima que c'était suffisant, il ferma le robinet. Cary resta prostré dans la baignoire, crachotant et frissonnant.

— Tu n'es qu'une sale brute, fiston.

— Ça va mieux ? demanda Joe, toujours imperturbable, en lui tendant une serviette.

— Quelle heure il est ?

— Midi, mentit Joe. Tu peux sortir de là tout seul ?

— Évidemment que je peux, bougonna Cary qui, cramponné des deux mains au rebord de la baignoire, se hissa péniblement. Attends-moi à la cuisine, je te rejoins.

— Si tu t'avises de retourner au lit, je te préviens : je te ramène sous la douche par la peau du cou.

Irrité, Cary le chassa d'un geste. Joe alla dans la cuisine, remplit deux tasses de café, prépara une aspirine, et s'assit à la table ronde.

Quelques minutes après, Cary apparaissait en traînant les pieds, enveloppé dans un peignoir dépenaillé, jaune canari, qu'il portait depuis des décennies. Joe réprima un sourire au souvenir de l'expression que sa sœur Carol et lui utilisaient autrefois pour désigner cette scène si familière : *Gros Titi – lendemain de cuite.*

— Il n'est que sept heures et demie, tu as intérêt à ce que quelqu'un soit mort, accusa Cary. Qu'est-ce qui t'a pris de me réveiller si tôt ?

— Assieds-toi.

Son père obtempéra, dardant sur Joe un œil noir. Il goba son aspirine, but une gorgée de café, faillit la recracher.

— Une petite larme de quelque chose l'améliorerait, fit-il, regardant ostensiblement le placard où il rangeait ses réserves d'alcool.

Joe ne bronchant pas, il poussa un soupir à fendre l'âme, avala une autre gorgée avec des grimaces de dégoût. Puis il dévisagea son fils.

— Eh bien, qu'est-ce que tu rumines ?

Comme chaque fois qu'il se sentait coupable, il était agressif.

— Et toi, quels souvenirs as-tu de la soirée d'hier ?

Cary fit mine de réfléchir.

— Tu m'as ramené ici et tu m'as couché.

Il ne risquait pas trop de se tromper en hasardant cette hypothèse. En réalité, il ne se rappelait probablement rien. Les trous de mémoire, qu'on pouvait même qualifier d'épisodes amnésiques, étaient typiques d'un état avancé d'imprégnation alcoolique.

— Oui, je t'ai ramené. Sinon, Tommy t'aurait mis en cellule. Tu lui as cassé la figure parce qu'il t'avait confisqué tes clés de voiture. Tu étais tellement enragé que j'ai eu toutes les peines du monde à te maîtriser pendant le trajet. Et devine qui conduisait le pick-up, pendant que tu braillais ? Alex Haywood.

— Tiens donc... Elle est drôlement belle, cette jeune femme. Tout à fait celle qu'il te faut.

Au lieu d'être mortifié, ainsi que Joe l'avait prévu, Cary le considérait d'un air malicieux.

– J'espère que tu as tenté ta chance, fiston ? Oui, bien sûr. Je n'ai pas engendré un imbécile.

— Papa...

— N'essaie pas de nier, Joe. Tu crois que je n'ai pas remarqué la façon dont tu la regardes ?

— La question n'est pas là. Tu fais honte à ta famille ! Eli et Josh ont assisté à ton numéro. Toute la ville aussi, d'ailleurs.

Cette fois, Cary eut un imperceptible tressaillement.

— Jenny était là ?

Joe fut tenté de mentir, sachant que son père vouait un amour immense à sa petite-fille, mais il préféra ne pas l'humilier davantage.

— Non. Heureusement pour toi, le hasard a voulu qu'elle ne soit pas dans les parages.

— D'accord, fiston, rétorqua Cary, soulagé. Tu as gagné, je suis désolé. Je ne recommencerai plus, tu as ma parole.

Joe éclata d'un rire dur, amer.

— Papa, tu m'as déjà donné ta parole en septembre. Et en août. Des milliers de fois. Je suis navré de te le dire, mais ta parole ne vaut pas un clou.

Les yeux de Cary s'arrondirent, il dévisagea Joe.

— Tu oses parler à ton père sur ce ton ?

— Moi aussi, je suis père, répondit Joe d'une voix tranchante, et j'ai le devoir de protéger mes enfants. Je refuse qu'Eli, Josh et Jenny endurent ce que Carol et moi avons supporté. De plus, tu es un mauvais exemple pour eux. Personnellement, je ne bois que de l'eau, je suppose que tu l'as remarqué. Mais tu sais ce qu'a fait Eli, hier soir ? Je l'ai surpris en train de fumer de l'herbe. C'est difficile de dire à des gosses : non, pas d'alcool ni de marijuana, quand ils voient leur grand-père, qu'ils aiment, se soûler sans arrêt. Alors, voilà le marché que je te propose : tu suis une cure de désintoxication dans un établissement spécialisé, ou tu quittes cette maison et tu sors de notre vie jusqu'à ce que tu aies réglé ton problème.

Cary sursauta.

— Tu ne peux pas me…

— Je suis propriétaire de ce chalet et, je te le répète, je suis déterminé à protéger mes enfants. Je n'hésiterai pas.

Il y eut un long silence, les deux hommes se mesurant du regard.

— Que mon propre fils me menace de cette manière…

— N'use pas ta salive, tu ne me culpabiliseras pas. C'est fini, ça. Alors, que décides-tu ? Tu te fais soigner ou tu pars d'ici ?

Les traits crispés, Cary détourna les yeux.

— Bon… je suppose que je pourrais suivre une cure… au printemps peut-être…

— Lundi prochain, papa. J'y réfléchis depuis septembre. Tout est arrangé, il ne me reste qu'à prévenir le médecin.

— Joe, tu es mon fils, je t'aime plus que tout au monde et tu le sais. Mais tu as en toi, tu l'as toujours eu, quelque chose de froid et de dur. Un caillou. Qu'est-ce que dirait ta mère, si elle t'entendait me parler comme si…

— Tais-toi, coupa Joe d'un ton sec. Surtout, ne te réfugie pas derrière maman. Le marché est à prendre ou à laisser, un point c'est tout.

Il se leva.

— D'accord, tête de mule… d'accord. Je la ferai, cette fichue cure, puisque tu y tiens tellement. Mais il faut que j'attende le nouvel an, au moins.

— Il n'en est pas question, papa. Ce sera lundi, sinon tu boucles tes valises.

Joe pivota, prêt à sortir.

— Fiston, laisse-moi t'expliquer.

Joe perçut soudain dans la voix de son père un désespoir qui le poussa à se retourner pour le considérer d'un air soupçonneux.

— Fiston, si je te demande de m'accorder un délai jusqu'au Nouvel An, j'ai une raison. Je… j'ai inscrit Victorieux Danseur au Magna Futurity à Gulfstream Park.

— *Quoi ?* s'exclama Joe.

Le Magna Futurity se déroulait en Floride le deuxième samedi de décembre. C'était l'une des courses les plus prestigieuses, dotée d'un prix d'un demi-million de dollars. Les droits d'inscription, cependant, s'élevaient à cinquante mille dollars.

— Papa, ce n'est pas possible. Tu n'as même plus de licence d'entraîneur. Et nous n'avons certainement pas cinquante mille dollars à dépenser pour une folie pareille.

Cary se mordit la lèvre inférieure, baissa le nez.

— Je me suis servi de la tienne.

— *Quoi* !

— Je dis que je me suis servi de… ta licence. Et j'ai puisé dans ton compte d'épargne pour payer les droits d'inscription. J'ai fait tout ça par courrier, j'ai imité ta signature sur les papiers.

Joe, sidéré, le regardait fixement. C'était une blague, son père le menait en bateau… Mais non, à en juger par son expression, Cary ne mentait pas.

— Ces documents sont des faux !

Là-dessus, Joe se mit à égrener des jurons qui auraient fait rougir un charretier. Quand il fut à court de mots, Cary paraissait quelque peu ragaillardi.

— Tu devrais surveiller ton langage, fiston.

Cette réflexion redoubla la fureur de Joe ; il aurait volontiers étranglé son père.

— Je t'assure que, si je ne me retenais pas, je te…

— Je suis dans le monde du cheval depuis toujours, l'interrompit Cary. Je te garantis que Danseur est un champion. Il a tout ce qu'il faut pour gagner, et je sais de quoi je parle. Laisse-moi l'entraîner, Joe, s'il te plaît. Laisse-moi l'entraîner, et ensuite je me soignerai. Je te le promets.

— Bon Dieu ! marmonna Joe.

Il voyait déjà ses cinquante mille dollars envolés. Au moment même où il raclait les fonds de tiroirs pour trouver l'argent dont il avait besoin.

— Il a les moyens de gagner, déclara Cary, solennel.

Joe lut dans le regard de son père une prière si fervente qu'il baissa les bras.

— Tu m'auras tout fait, papa. Enfin... d'accord, entraîne-le, ce maudit canasson.

45

Eli n'était pas mort, il était grièvement blessé. Sans doute, d'après Neely, avait-il reçu une balle dans la poitrine. Le point d'impact n'était pas plus gros qu'un confetti, constata-t-elle, lorsque le monstre fut enfin parti, abandonnant derrière lui la lampe électrique.

Neely s'en saisit, retroussa le sweat-shirt et le tee-shirt d'Eli pour examiner sa blessure. Il respirait faiblement et, à chaque respiration, le sang s'écoulait de la plaie. Peut-être avait-il le poumon perforé.

Sa peau était froide au toucher, pareille à celle d'un cadavre – une pensée qui la fit frémir. Il était couché sur le côté, recroquevillé en position fœtale. Ses poignets étaient enchaînés derrière son dos. Une autre chaîne entravait ses chevilles.

Mais elle avait la clé. Avec un peu de chance, la petite clé argentée qui lui avait permis de bloquer les barreaux de la porte était aussi celle qui déverrouillait les chaînes d'Eli.

Oui… Elle faillit pousser un cri de victoire, se hâta de libérer Eli, puis le coucha sur le dos, tout en jetant des coups d'œil inquiets par-dessus son épaule, au cas où le maniaque reviendrait.

— Eli ! Eli !

Elle le secoua doucement, il ne réagit pas, n'ouvrit pas les yeux, n'eut pas un gémissement. Était-il dans le coma ? En cours de biologie, on avait parlé du coma mais, comme d'habitude elle n'avait pas écouté ce que racontait le professeur. Elle savait seulement que ça pouvait être mortel.

Affolée, elle fouilla sa mémoire, essayant de se rappeler ce qu'on lui avait appris sur les premiers soins à apporter à un blessé.

D'abord, stopper l'hémorragie. Malheureusement, elle n'avait rien sous la main – pas de linge à déchirer. Ses socquettes étaient trop fines. Peut-être que celles d'Eli...

Elle lui retira ses bottes. Il portait d'épaisses chaussettes de sport blanches. Elle les lui enleva, en fit un tampon qu'elle appliqua fortement sur la plaie. En quelques minutes, le tissu éponge fut imbibé de sang.

Elle hésita un instant – elle ne tenait pas à être en soutien-gorge si le monstre débarquait à nouveau – puis ôta son pull. Frissonnant de froid et de peur, elle le roula en boule et le maintint sur la poitrine d'Eli.

Le sang ne traversa pas le lainage. Au bout d'un moment, elle noua les manches du pull autour du torse d'Eli, pour que le bandage de fortune reste en place, et baissa le sweat-shirt et le tee-shirt. Eli avait besoin de chaleur.

Le sol était glacé, au point qu'elle ne sentait plus ses pieds tant ils étaient engourdis.

Elle ne devait pas laisser Eli par terre. Si seulement elle pouvait l'étendre sur le matelas...

Mais elle avait peur de le bouger, ça risquait d'aggraver son état et, de toute manière, elle ne parviendrait pas à le soulever.

Elle prit le matelas du lit sur lequel elle s'était réveillée, le traîna tant bien que mal. La cellule était exiguë, il n'y avait pas beaucoup d'espace pour manœuvrer.

Elle réussit néanmoins à faire rouler Eli, avec d'infinies précautions, sur le matelas.

Elle transpirait à grosses gouttes.

Elle serra les mains d'Eli entre les siennes, les frictionna, répétant son nom. Ses paupières frémirent, il laissa échapper une faible plainte... et ce fut tout.

Ne sachant plus que faire, elle s'installa près de lui, l'entoura de ses bras, dans l'espoir de le réchauffer. À contrecœur, pour économiser les piles, elle éteignit la lampe électrique.

Seigneur, je vous en supplie, faites qu'il ne meure pas !

Qu'allait-il se passer maintenant ? Le monstre reviendrait, fatalement.

— Papa... balbutia-t-elle. Aide-moi, papa...

Mais, cette fois, aucune voix ne répondit à sa prière.

46

Eh oui, les choses ne se passaient pas toujours comme prévu, pensa le Prédateur. Mais ce n'était pas forcément regrettable. Ça mettait du piment dans la vie.

Ainsi, Cornelia était une bagarreuse, se dit-il tout en roulant dans la lumière de ce jour tout neuf, en route vers son lieu de travail. Elle l'avait poussé hors de la cellule, avant de bloquer la porte avec la chaîne.

Elle avait de l'initiative, cette petite, il devait lui reconnaître cette qualité.

Du coup, elle remontait dans son estime.

La kidnapper avait été tellement facile – elle était là, en haut de l'escalier, les yeux écarquillés, il n'avait eu qu'à l'agripper par le poignet et à utiliser son aérosol incapacitant. Franchement, il ne s'attendait pas à ce qu'elle lui oppose ensuite une telle résistance.

Mais les imprévus n'étaient que des embûches sur la voie de la réussite, s'admonesta-t-il. Les imprévus lui avaient déjà mis des bâtons dans les roues.

Avec Charles Haywood, par exemple, ses plans et la réalité des événements n'avaient pas collé. Résultat ? Haywood était mort et enterré, ce qui avait amené ses filles à Whistledown, et Cornelia au cachot.

Et aussi Eli.

Sincèrement, il était désolé pour Eli. Si ce garçon n'était pas entré dans le manoir, à la recherche de Cornelia, juste au moment où il la traînait dans la cuisine, il n'aurait jamais eu l'idée de le kidnapper également.

Il avait dû faire vite, parce que Eli était rapide, qu'il s'était précipité dehors pour se ruer vers le pick-up. Heureusement qu'il avait son Glock sur lui, en plus de l'aérosol. Il avait été forcé de tirer sur Eli à travers le pare-brise.

Quel gâchis! Du verre partout, le garçon qui saignait, qui avait sans doute atrocement mal.

Il comptait abréger ses souffrances, après en avoir terminé avec Cassandra. Elle avait crié, lorsqu'il l'avait enchaînée au mur, elle savait ce qui allait lui arriver.

Il avait pris quelques magnifiques photos du spectacle – des flammes qui léchaient son corps et s'épanouissaient en un splendide bouquet autour de sa figure, juste avant qu'elle rende l'âme. Elle était morte en hurlant, comme toutes les autres.

Si seulement il pouvait exposer ces photos, il était certain qu'on lui attribuerait un prix.

« Visages de la Mort »... Ce serait le titre de l'exposition, ou quelque chose dans ce genre-là.

Donc il voulait s'occuper d'Eli tout de suite après. Mais il était tellement affamé de chair fraîche qu'il avait décidé de savourer d'abord Cornelia, de la faire sienne. Ensuite, avait-il pensé, il nettoierait ce qui restait de Cassandra et attacherait Eli au mur.

Des prévisions, encore. À proscrire, se tança-t-il. Il n'avait rien contre ce garçon, aucune envie de lui faire du mal, et Joe était vraiment un chic type.

Joe aurait besoin d'un moment pour surmonter la mort de son fils, mais il finirait par la surmonter. On guérissait de tout, il en était fermement convaincu.

La preuve : son propre cas. Son père était parti avant qu'il vienne au monde. Sa mère, la ravissante Jean – il se souvenait de ses longs cheveux blonds ; quand il était petit, il aimait tant toucher ses cheveux si doux et si soyeux –, était tellement triste qu'elle s'était suicidée après avoir essayé de le tuer, lui aussi, en mettant le feu à leur maison pendant qu'il dormait.

Il s'était réveillé juste à temps pour s'échapper du brasier en hurlant. Son pyjama brûlait. Les pompiers avaient été obligés de lui courir après. Quand ils l'avaient attrapé et jeté sur le sol pour étouffer les flammes, il avait des brûlures au troisième degré sur presque tout le corps.

Seuls son crâne et son visage avaient été épargnés.

Ça, c'était un traumatisme. Personne ne le contesterait. Pourtant, il l'avait surmonté, il avait survécu et mené une existence utile.

D'accord, il avait peut-être quelques *failles*, comme dirait Sally Jessy.

Mais il s'employait à les combler.

Cette idée le fit glousser.

Finalement, songea-t-il, le sourire aux lèvres, c'était une très bonne journée qui s'annonçait.

Cette nuit, Cornelia avait déjoué ses plans.

Ce soir, il lui rendrait la monnaie de sa pièce.

La chère enfant ! Elle était futée et pleine de ressources, mais pas suffisamment.

Car, bien sûr, il avait un double de la petite clé argentée.

47

Neely et Eli avaient disparu. Joe attendit minuit pour l'admettre enfin. Alex, elle, en était persuadée depuis des heures. Le fruit de l'expérience : Neely avait déjà fugué.

— Eli ne s'en irait pas comme ça, répéta-t-il, alors qu'ils avaient prévenu le shérif pour qu'il lance un avis de disparition, appelé tous les camarades d'Eli et parcouru des kilomètres, dans l'espoir de repérer le pick-up – au cas où les adolescents auraient eu un accident. Jamais il ne ferait une chose pareille.

Alex le dévisageait. Il se tenait debout devant elle, qui était pelotonnée sur le vieux divan du salon de la ferme. Josh et Jenny, choqués et bouleversés par les événements, avaient été envoyés au lit, à onze heures du soir, malgré leurs protestations. Cary, aussi affolé que Joe, était rentré chez lui quelques instants plus tôt.

Ils avaient décidé qu'Alex passerait la nuit ici. Joe dormirait sur le canapé, et lui laisserait son lit. Il ne voulait pas qu'elle reste seule à Whistledown et, à vrai dire, elle n'en avait aucune envie. D'une part, elle refusait de le quitter dans de telles circonstances. D'autre part, il y avait au manoir quelque chose de… maléfique.

Alex n'oubliait pas la respiration qu'elle avait entendue, la silhouette sur la terrasse du premier. De plus, elle avait toujours la désagréable sensation d'être épiée. Son père était mort à Whistledown, et maintenant Neely avait disparu.

Elle frissonna.

Joe s'approcha de la fenêtre pour ouvrir les rideaux et scruter la nuit.

— Évidemment, dit-il d'un ton accablé, je ne me doutais pas non plus qu'il fumerait de l'herbe. Bon Dieu, s'il n'est pas dans un fossé quelque part, incapable de revenir à la maison, je l'étriperai !

Alex se leva, s'approcha de lui et noua ses bras autour de sa taille.

— *Pourquoi* fuguerait-il ? poursuivit-il. Je ne comprends pas. D'accord, il savait que j'allais lui faire passer un mauvais quart d'heure, mais il n'a pas peur de moi. Je te jure que je ne le terrorise pas. Jamais je ne lui ai donné ne serait-ce qu'une gifle. Il ne peut pas avoir peur de rentrer.

— Joe...

Alex le plaignait de tout son cœur. Il était désemparé. Elle, en revanche, était habituée aux exploits de Neely qui s'enfuyait du pensionnat ou d'ailleurs deux fois par an en moyenne.

— La copine de Neely – Cinda Hawkins, si je ne me trompe pas, et son petit ami les ont ramenés au lycée. On ne trouve pas le pick-up d'Eli. Neely aussi était dans le pétrin. Je l'ai menacée de la renvoyer en pension, souviens-toi. Je suis sûre qu'elle a persuadé Eli de s'en aller avec elle.

— Ta sœur est un danger public, marmonna-t-il, grinçant des dents.

— Je suis désolée. Nous te causons tant d'ennuis. Je suppose que tu aurais préféré ne jamais rencontrer sur ta route un membre de la famille Haywood.

Joe prit le visage d'Alex entre ses mains, plongea son regard dans le sien.

— Non... ce n'est pas ce que je pense, murmura-t-il, et il l'embrassa.

48

— *Neely…*

La voix de son père, à nouveau, la tira de sa torpeur. Comme elle avait rêvé de lui, à nouveau, elle ne fut même pas surprise. Elle en fut simplement réconfortée, elle se sentit aimée.

— Papa ?

Elle ouvrit les yeux. Il faisait sombre, et elle n'était pas seule. Il y avait quelqu'un tout près d'elle – un corps, à peine tiède, qu'elle ne voyait pas. Où était-elle ?

Soudain, elle se souvint. Oh, Seigneur !

— *Neely… il va revenir…*

— Papa ? Où es-tu ?

Elle s'assit, scruta l'obscurité. Ce n'était pas une hallucination. Elle entendait vraiment la voix de son père, elle en était certaine. Et il y avait à nouveau ces points verts, brillants, qui semblaient la regarder. Elle chercha à tâtons la lampe électrique, l'alluma.

Hannibal était là, de l'autre côté des barreaux.

— Oh… Hannibal !

Voir le chat qui la contemplait fixement la bouleversa. Ses lèvres se mirent à trembler, elle fondit en larmes.

— Co… comment es-tu arrivé là, Hannibal ? balbutia-t-elle.

Mais le matou détourna soudain les yeux, puis disparut dans les ténèbres. Quelques secondes après, Neely comprit pourquoi.

Des pas approchaient.

Mon Dieu, le monstre revenait !

Paniquée, elle se recroquevilla sur le matelas. Eli était toujours vivant, il respirait mais il était inconscient. Il ignorait tout de l'abominable épreuve qu'elle endurait – pour un peu, elle l'aurait envié. Dans l'état où il était, elle ne pouvait pas compter sur lui pour l'aider.

Elle était toute seule.

Le monstre ne pourrait pas entrer dans la cellule. Elle avait bloqué la porte avec la chaîne.

À moins qu'il ait une autre clé...

Évidemment qu'il avait une autre clé. Les gens avaient toujours un double de leurs clés, n'est-ce pas ?

— Oh, non !

Elle se redressa, sanglotant de terreur, les jambes flageolantes, l'estomac noué.

Il lui fallait une arme : un revolver, un poignard.

Non, non, elle devait barricader la porte.

Elle entendait les pas, de plus en plus sonores, discernait déjà la lueur d'une torche électrique. Seigneur, elle n'aurait pas le temps !

Le sommier à ressorts, métallique, solide.

C'était son unique recours.

Mue par l'énergie du désespoir, elle poussa le sommier contre les barreaux. Bonté divine, Eli sur son matelas la gênait.

La lampe de camping s'alluma. Neely ne regarda même pas. Assise par terre, adossée au mur de pierre, elle s'évertuait, à la force des mollets, à déplacer le matelas qui semblait peser une tonne.

— Cornelia, qu'est-ce que tu fabriques ?

Cette voix, si normale et si aimable, lui donna des sueurs froides. Le matelas bougea de quelques centimètres. Alors elle lança un coup d'œil au monstre, elle ne put s'en empêcher, parce qu'elle était terrifiée...

— Cornelia, petite vilaine !

Il se précipita vers la cellule, tout en fouillant dans sa poche. Une clé, elle savait qu'il aurait une autre clé. Et elle avait beau s'acharner, il restait presque un mètre entre le pied du sommier et le mur du fond.

Il glissa une main entre les barreaux. Cette fois, il avait attaché la clé à son poignet par une cordelette – et, de l'autre main, il braquait vers le visage de Neely son aérosol incapacitant.

Pleurant, hurlant, elle bondit sur ses pieds, contourna le sommier et le poussa de toutes ses forces. Il n'était pas assez large pour bloquer complètement le passage.

Le monstre déverrouilla la chaîne qui racla les barreaux avec un bruit atroce et donna un coup d'épaule à la porte. Neely recula.

La porte était ouverte. Il allait se jeter sur elle.

— Au secours ! s'écria-t-elle. Pitié, au secours !

Elle vit le monstre passer dans l'entrebâillement de la porte le bras, l'épaule… et ce fut tout. L'ouverture n'était pas assez large pour lui.

Il ne pourrait pas entrer.

Merci, mon Dieu ! Ses jambes la lâchèrent, elle tomba à genoux.

Puis elle le vit agiter l'aérosol et sentit sur sa figure un fin brouillard, avant de sombrer dans l'inconscience.

49

Les jours suivants s'écoulèrent avec une lenteur insupportable. On n'avait aucune nouvelle des disparus. Un bataillon de policiers et de détectives privés, engagés par la compagnie Haywood les recherchait, mais jusqu'ici personne n'avait aperçu un vieux pick-up bleu avec, à son bord, un athlétique garçon brun et une ravissante jeune fille blonde.

Joe était hagard. Jenny et Josh avaient une mine de papier mâché et s'accrochaient à leur père comme s'ils avaient peur de le perdre.

Alex, elle aussi, était de plus en plus angoissée. Certes, Neely était tout à fait capable de fuguer – elle le faisait même régulièrement – mais elle revenait toujours au bout d'un jour ou deux. Elle n'aurait pas eu l'idée de partir aussi longtemps sans donner signe de vie.

Le pire, c'était qu'ils pouvaient simplement attendre. Joe avait sillonné tous les chemins et les sentiers de la région ; la police avait également fouillé l'ensemble du secteur, et même dragué certains étangs, plus profonds que les autres, au cas où le pick-up y serait tombé à la suite d'un accident ; les voisins et les amis avaient organisé des battues dans les bois et les champs.

Tout le monde en avait finalement conclu que, dans un rayon de cinquante kilomètres, les deux adolescents n'étaient nulle part.

Andrea téléphona pour prévenir Alex qu'un journaliste s'intéressait à la disparition de Neely et qu'à coup sûr, les médias nationaux en parleraient. Elle avait raison. On évoqua la vie mouvementée de la fille cadette du milliardaire, on présenta Neely comme une jeune fille habituée à fuguer, qui se droguait et avait des piercings de la tête aux pieds. Les articles ne suscitèrent guère de remous et, malheureusement, malgré les photos qui les illustraient, ne provoquèrent aucune réaction de la part du public, pas le moindre témoignage ni la moindre piste pour les enquêteurs.

Dans ce chaos, il fallait malgré tout garder un semblant de vie normale. Le troisième jour, Josh et Jenny durent reprendre les cours. Joe n'avait pas cessé de travailler, et Cary entraînait Victorieux Danseur avec acharnement, même s'il avait perdu son enthousiasme.

À présent, Alex vivait quasiment chez Joe. Par respect pour les enfants, ils faisaient semblant de ne pas partager le même lit, mais Joe ne dormait quasiment plus depuis la disparition d'Eli. Ils passaient donc la majeure partie de leurs nuits ensemble, dans le salon ou la chambre, à discuter... et à s'aimer.

Un soir après le dîner, Tommy s'arrêta à la ferme pour parler à Joe. En voyant sa voiture se garer devant la maison, toute la famille s'était précipitée dans le vestibule, espérant qu'on avait retrouvé Eli et Neely. Mais le shérif déclara que sa visite n'avait pas de rapport avec ça, et il entraîna Joe au-dehors.

Lorsque celui-ci, après le départ de Tommy, regagna la cuisine, que Josh, Jenny, Alex et Cary finissaient de ranger, il dit d'une voix sourde :

— Josh, Jenny... venez dans le salon.

Alex le dévisagea avec anxiété. De toute évidence, Tommy lui avait annoncé de mauvaises nouvelles.

— Alex, papa... vous pouvez vous joindre à nous.

Quand ils furent tous installés au salon, Josh et Jenny sur le canapé, encadrant leur père, Alex et Cary dans les fauteuils, Joe expliqua : le corps de Laura avait été identifié, on l'avait apparemment assassinée en juin 1991, peu après sa dernière visite aux enfants.

— C'est donc pour ça qu'elle n'est pas revenue pendant toutes ces années, murmura Josh. Je me demandais pourquoi. Ne jamais voir sa mère, ce n'est pas normal. Quand les parents divorcent, la plupart des enfants vivent avec leur mère et, souvent c'est plutôt le père qui s'en va.

— Toi, mon vieux, tu es coincé avec moi, dit Joe en ébouriffant les cheveux de son fils, pour tenter de détendre l'atmosphère.

— Moi, ça me convient, marmonna Josh qui jeta à son père un coup d'œil oblique. Et toi, ça te convient ?

Joe le dévisagea.

— Pourquoi cette question ? Tu es mon fils, je t'aime.

— C'est Eli qui a disparu, pas moi, bredouilla Josh, les larmes aux yeux. Je n'arrête pas de penser que tu aurais préféré que ce soit moi.

— Seigneur ! rétorqua Joe, atterré. Comment peux-tu avoir des idées pareilles, Josh ?

Il l'entoura l'adolescent de son bras, le serra contre lui et plongea son regard dans le sien.

— Tu es pour moi aussi important qu'Eli, il faut que tu en sois persuadé. Je n'ai qu'un Joshua au monde, et c'est toi. Je souffrirais exactement autant si tu étais parti. J'ai besoin de vous deux, de vous trois.

Josh l'étreignit gauchement, très vite, puis se redressa d'un bond et quitta la pièce.

Joe ébauchait un mouvement pour le suivre, quand Jenny le tira par la manche. Elle avait sur son petit visage une expression qui n'était pas de son âge.

— Papa, si maman a été assassinée quand elle est venue, alors ça veut dire qu'il y a ici quelqu'un qui tue des gens. Peut-être que ce quelqu'un a fait aussi du mal à Eli et à Neely.

Plus tard, quand Joe eut passé un moment seul avec Josh et Jenny, puis qu'ils furent couchés, Joe proposa une promenade à Alex. Cary était encore là, affalé sur le canapé devant la télé. Ces derniers soirs, il s'attardait chez Joe, généralement jusqu'à vingt-trois heures ou même plus. Comme eux tous, il n'avait pas envie de rester seul.

— J'attendrai que vous rentriez, leur dit-il, ne vous pressez pas.

C'était une belle nuit, froide et claire, les nuages couraient dans un ciel clouté d'étoiles, une lune presque pleine baignait la campagne de sa douce lumière.

— Il faut que j'aille voir les chevaux à Whistledown, dit Joe. Si tu préfères, nous marchons un peu, je te ramène à la maison, et je ressortirai après.

— Non, je t'accompagne au manoir, j'en profiterai pour prendre quelques affaires.

Ils longèrent la route puis montèrent l'allée.

En entrant dans l'immense demeure, Joe alluma toutes les lumières, éteintes depuis qu'Alex ne dormait plus là. Il inspecta chaque pièce. La chambre de Neely offrait un spectacle poignant : les vêtements achetés lors de leur après-midi de shopping jetés sur le dossier du fauteuil, ses produits de beauté sur la coiffeuse, son sac à dos en jean noir abandonné sur le lit.

Neely, où es-tu ? songea Alex, le cœur serré. Reviendras-tu jamais ?

Pour la première fois, elle se disait que, peut-être, elle risquait de ne plus jamais retrouver sa sœur, et cette pensée la déchirait.

Il était peut-être arrivé à Neely un abominable malheur, comme à l'ex-femme de Joe, dans cette région si paisible qu'on appelait le comté d'Eden.

— Ça va ? lui demanda Joe qui l'observait.

Ne voulant pas l'angoisser davantage avec ses spéculations – il était suffisamment dévasté par la disparition d'Eli –, elle hocha la tête et esquissa un sourire.

Main dans la main, ils redescendirent l'escalier et se dirigèrent vers le petit salon.

Joe s'écroula dans un fauteuil, se frotta les yeux.

— Bon Dieu, je suis exténué ! Dormir avec toi me tue, ajouta-t-il avec un clin d'œil. Tu es trop agitée.

Il lui tendit la main. Elle se pelotonna sur ses genoux, noua les bras autour de son cou.

— C'est parce que je ne prends plus de somnifères. J'ai découvert que, la nuit, il y avait des choses infiniment plus passionnantes à faire.

— Tu t'agitais même quand tu te gavais de ces maudits cachets, objecta-t-il en riant. Je t'entendais dans le talkie-walkie, ça me rendait dingue. Tu n'arrêtais pas de te lever et de te recoucher, de tourniquer dans la chambre.

— Ce n'est pas vrai ! Une fois que j'ai avalé ma pilule, je suis assommée, je ne bouge plus un cil.

— Hum...

Le sourire de Joe s'effaça.

— Seigneur, quelle soirée ! Ça a été un coup pour moi, je ne me doutais pas que Josh pensait que je lui préférais Eli.

— Comment ça s'est passé quand tu es monté parler avec eux ?

— Avec Josh, plutôt bien. Mais Jenny... elle a pleuré.

— À cause de sa mère ?

— C'est incroyable, non ? Jenny n'était qu'un bébé quand elle a vu Laura pour la dernière fois. Elle n'en a aucun souvenir, elle n'a même pas eu le temps de s'y attacher. Pourtant, elle a pleuré.

— Laura était sa maman, qu'elle s'en souvienne ou pas.

Il poussa un soupir.

— Elle n'avait rien d'une mère. Elle se droguait, elle buvait et ne pensait qu'à faire la java. Quand elle a commencé à glisser sur la mauvaise pente, je ne la laissais jamais seule avec les enfants, je n'étais pas tranquille. Elle était capable de partir et de les planter là si ça lui chantait. Elle s'en allait pendant des jours, avec le premier venu qui acceptait de lui procurer sa came. À mon avis, elle s'est retrouvée impliquée dans un trafic de drogue qui a mal tourné. Durant toutes ses années d'absence, j'ai prié le Ciel qu'elle ne revienne jamais. Tu sais ce qu'elle a fait lors de sa dernière visite ? Elle m'a dit qu'elle m'enlèverait les enfants si je ne lui donnais pas l'argent dont elle avait besoin. En réalité, elle se moquait éperdument des gosses, elle ne les connaissait même pas. Seulement, elle n'ignorait pas que je paierais sans discuter pour les garder. Elle avait raison.

Il grimaça.

— Et voilà que ce soir, ma Jenny se met à sangloter. Je suis resté auprès de ma petite fille jusqu'à ce qu'elle s'endorme, j'ai menti, je lui ai dit combien sa maman l'avait désirée et aimée, combien elle était fière de son bébé. Alors que Laura n'aurait pas levé le petit doigt pour Jenny, ni pour Eli, ni pour Josh. À la fin, une seule chose l'intéressait : avoir assez d'argent pour planer.

Alex, d'un geste tendre, effleura le pli imprimé entre les sourcils de son compagnon, comme pour le gommer.

— Je n'avais jamais raconté ça à personne avant toi, ce qui s'est passé lorsque j'ai vu Laura pour la dernière fois.

Elle l'étreignit et l'embrassa, c'était l'unique réconfort qu'elle pouvait lui offrir. Elle lui déboutonna sa chemise, baissa la fermeture éclair de son jean, promena sa bouche sur tout son corps.

Bientôt la passion les emporta dans ses flots brûlants. Ils se laissèrent tomber sur le tapis, nus et tremblants, accrochés l'un à l'autre comme deux noyés ballottés par un océan déchaîné.

Puis Joe se redressa sur un coude et contempla Alex avec un sourire qui l'émut aux larmes.

— J'ai une grande nouvelle à t'annoncer, princesse. Je suis fou amoureux de toi.

Alex contempla ce beau visage penché vers elle et qui, en si peu de temps, était devenu le centre de son univers.

— Moi aussi, je suis folle amoureuse de toi, murmura-t-elle.

Quelques minutes plus tard, il sortait pour se rendre aux écuries, et elle montait à l'étage prendre des vêtements de rechange.

— Je reviens dans un quart d'heure, promit-il. Mais, par précaution, branche le système d'alarme et verrouille la porte.

50

Désormais, le monstre laissait la télévision allumée en permanence. Pour la distraire, disait-il. Au début, comme l'écran était petit et assez éloigné, Neely n'avait pas vraiment réalisé de quoi il s'agissait.

L'image d'une pièce vide – la belle affaire ! Enfin... grâce à ça, au moins, elle n'était pas dans le noir complet.

Ce fut seulement quand elle vit, pour la première fois, une silhouette entrer dans la pièce qu'elle comprit, horrifiée, ce qu'elle avait devant les yeux. La chambre d'Alex.

Par réflexe, elle cria pour alerter sa sœur mais, bien sûr, Alex ne pouvait pas l'entendre.

Maintenant, elle se contentait d'observer en silence les brèves et irrégulières apparitions de son aînée.

Neely se doutait qu'Alex ne dormait plus au manoir, elle n'y passait que de temps à autre, pour prendre des affaires. Elle n'avait certainement pas envie de rester seule dans la demeure.

On devait les chercher partout, se disait-elle. Mais les retrouverait-on ?

Malheureusement, elle craignait qu'on ne les découvre jamais, qu'on ne puisse pas les sortir de ce cachot ou, en tout cas, pas avant qu'il ne soit trop tard.

C'était de Neely, et d'elle seule, que leur salut dépendait.

Elle avait un plan. Il n'était pas génial, mais elle devrait s'en contenter. Le cadre du lit était pourvu de lattes métalliques transversales, qui soutenaient le sommier à ressorts et le matelas. Les lattes étaient vissées.

Neely, assise par terre dans l'obscurité, s'était acharnée des heures durant à en dévisser une. Puis elle avait allumé la lampe électrique pour l'examiner : elle mesurait près d'un mètre de long, avec des angles arrondis, solides.

Alors elle s'était mise à racler un angle sur les pierres du sol, inlassablement, afin de l'affûter. Puis elle avait recommencé la même opération avec l'autre angle.

Elle fabriquait une épée.

Une fois, elle avait lu une bande dessinée qui racontait l'histoire du peuple des Taupes. En fait, c'étaient des êtres humains, mais ils s'appelaient ainsi parce qu'ils vivaient sous terre et ne voyaient jamais la lumière du jour.

Neely se sentait semblable à eux. Elle avait l'impression d'être dans ce trou depuis des années, des siècles. Et elle ne sortirait probablement jamais de ce repaire de vampires.

Pourtant, elle allait essayer. Ses forces la quittaient peu à peu, elle le savait. Elle n'avait même plus faim, elle n'avait rien mangé depuis trop longtemps, hormis quelques insectes. Et encore les insectes étaient-ils peu nombreux dans ce cachot – des blattes, des grillons, d'autres bestioles dégoûtantes avec des dizaines de pattes.

Chaque jour, cependant, elle réussissait à en attraper un ou deux. Ça craquait sous la dent mais, si elle ne pensait pas à ce qu'elle était en train d'ingurgiter, ce n'était pas trop mauvais.

Sans les gouttes d'eau qui tombaient une à une d'un coin du plafond et roulaient comme des perles sur le mur, elle serait déjà morte de soif. Elle avait les lèvres et la langue enflées, pareilles à du carton. Sa peau était toute sèche, elle avait perdu son élasticité, signe d'une grave déshydratation.

Eli émergeait de temps à autre de son inconscience, il gémissait et s'agitait, néanmoins il n'était pas vraiment lucide.

Elle avait déchiré l'ourlet du tee-shirt de son ami, avec les dents, et s'en servait pour lui humecter les lèvres. Dix fois par jour, elle mouillait le tissu et, ainsi, faisait boire à Eli l'équivalent d'une cuillère à thé d'eau. À plusieurs reprises, elle avait tenté de lui mettre un insecte dans la bouche, pour le nourrir un peu, en vain : il ne l'avalait pas, il était incapable de déglutir.

Si on ne venait pas bientôt à leur secours, ou si le plan de Neely échouait, Eli mourrait. Et elle aussi.

De quelle manière ? C'était toute la question.

Le monstre débarquait régulièrement, il apportait de la nourriture et de l'eau qu'il déposait de l'autre côté de la porte. Puis il s'éloignait. Il espérait qu'elle le croirait parti, il cherchait à la piéger.

L'odeur des aliments la rendait folle, des crampes atroces lui tordaient l'estomac. Mais, si elle succombait à la tentation, il lui sauterait dessus, elle en était certaine. Il l'épiait, quelque part dans le noir.

La prenait-il donc pour une idiote ?

Il avait également apporté une autre chaîne et un énorme cadenas, pour barricader la porte. Quand il arrivait, il détachait la chaîne et s'en allait. N'importe quel imbécile aurait flairé la ruse !

Seulement voilà... Neely avait toujours été plus têtue qu'une mule. Elle ne le laisserait pas gagner. Elle mourrait peut-être, mais pas sans se battre.

Son plan était le suivant : elle déplacerait un peu le lit, de sorte que leur geôlier ait juste assez d'espace pour entrer. Elle serait couchée près d'Eli, ferait semblant d'être inconsciente et attendrait. Dès qu'il serait dans la cellule, elle le frapperait avec son épée de fortune.

Il fallait d'abord que cette épée soit suffisamment tranchante.

Elle s'évertuait à aiguiser la latte métallique, lorsque Hannibal apparut. Elle avait déjà compris depuis longtemps que les points verts, lumineux, qu'elle distinguait parfois dans l'obscurité étaient les yeux du chat, et que la voix de son père ne résonnait que dans sa tête. Mais elle l'entendait souvent lui parler, ça la réconfortait, et il lui donnait de bons conseils.

Les apparitions d'Hannibal précédaient invariablement celles du monstre – ils devaient par conséquent emprunter le même chemin. Sitôt qu'elle apercevait le matou, elle se hâtait de cacher son épée sous le lit.

Aujourd'hui, au lieu de s'approcher des barreaux – il était trop dodu pour se faufiler par l'entrebâillement de la porte, il avait sauté sur la table et s'était installé près du téléviseur.

S'il n'avait pas ainsi attiré son attention, Neely n'aurait pas vu Alex pénétrer dans sa chambre.

Elle regarda, hypnotisée, sa sœur traverser la pièce, ouvrir la penderie, faire glisser les portemanteaux. L'image, malgré la petite taille de l'écran, était parfaitement nette.

Neely sentit des sanglots lui monter dans la gorge.

Elle faillit hurler : Alex ! Elle ravala son cri. Le monstre ne tarderait plus.

Pour ne pas se torturer inutilement, elle tourna le dos au poste de télévision.

Neely…

À nouveau la voix de son père, dans son esprit.

Neely, sers-toi du chat…

Qu'est-ce que cela signifiait ?

Mais oui, bien sûr !

Elle retira sa deuxième socquette, la seule qui lui restait, et la noua pour former une boule. Puis elle retira le diamant qui ornait sa narine et l'accrocha au tissu. Elle n'avait plus beaucoup de temps devant elle.

— Hannibal ! susurra-t-elle. Viens, mon chaton ! Hannibal, mon cœur, viens là...

À son grand soulagement, il obéit. Elle glissa les mains entre les barreaux, attrapa le chat et lui mit la socquette autour du cou.

— Maintenant, va-t'en, chuchota-t-elle. Va-t'en vite !

Il demeura là un instant, à la contempler de ses yeux verts. Puis, agitant la queue, il se sauva.

Au moment même où le pinceau lumineux, qui annonçait toujours l'arrivée du monstre, perçait l'obscurité...

51

Alex achevait de réunir les affaires dont elle aurait besoin pour les prochains jours, quand elle entendit Hannibal. Il était dans la penderie et poussait des miaulements déchirants.

L'aurait-elle enfermé là-dedans ? Apparemment. Pourtant, elle ne l'avait pas vu.

Elle se remémora la réflexion de Neely, à propos de ce chat capable de se matérialiser et de se dématérialiser à volonté, et faillit fondre en larmes.

Elle rouvrit les portes de la penderie pour le délivrer. Il passa tout près d'elle, la queue en point d'exclamation et sauta sur le lit, juste sur la pile de vêtements qu'elle y avait posée.

— Va-t'en de là ! gronda-t-elle, agitant les mains.

Il ne broncha pas, fixant sur elle ses yeux verts, comme s'il était résolu à demeurer là jusqu'à la fin des temps.

Joe serait de retour dans un instant, elle ne voulait pas le faire attendre.

Rassemblant son courage, elle s'approcha du lit et, avec d'infinies précautions, de peur de se faire griffer, souleva le matou dans ses bras.

Ce fut alors qu'elle vit la socquette autour de son cou.

52

Le Prédateur déposa le plateau sur le sol. Il arborait un large sourire.

— Tu n'as pas faim, Cornelia ? demanda-t-il, jovial. Tu sais, si tu ne manges pas, tu finiras par mourir de faim.

Elle ne répondit pas. Recroquevillée dans un coin, elle ne le regardait pas. Quelle petite peste ! Quand il arriverait à lui mettre la main dessus, il lui ferait payer très cher son attitude.

Il tourna le regard vers le téléviseur. Ah, Alex était au manoir ! Ces temps-ci, elle n'était jamais là. Il était bien content de voir sa merveilleuse Alexandra sur sa chaîne de télé privée. Elle se penchait vers le lit, elle tripotait ce satané chat.

Il avait quelque chose autour du cou. Une espèce de nœud coulant...

Un bout de tissu.

Elle le dénoua, le secoua. Tout à coup, elle écarquilla les yeux.

Lui aussi tressaillit. Il pivota vers Neely, toujours blottie dans son coin.

— Sale petite garce ! grogna-t-il, et il se précipita en direction de l'escalier.

53

Alex contemplait la socquette rose, crasseuse et souillée de sang – avec un petit diamant fiché dans le tissu.

Neely ! Son cœur se mit à cogner. Neely avait attaché cette socquette au cou du chat.

Mon Dieu, il fallait prévenir Joe ! Elle s'élança vers la porte. Neely devait être quelque part, pas très loin, avec Eli...

Cette socquette était un appel au secours.

Elle se ravisa, pour se ruer sur le téléphone. Depuis son arrivée, elle avait découvert que dans le comté d'Eden, comme dans le reste du pays, les habitants disposaient d'un service d'urgence.

De ses doigts tremblants, elle composa les deux premiers chiffres du 911...

Soudain, elle entendit des pas dans son dos. Elle poussa un hurlement, se retourna d'un bond. Trop tard. Une main l'agrippa par les cheveux, si violemment qu'elle crut que sa tête allait se détacher de ses épaules. L'autre main, large et épaisse, s'écrasa sur sa figure, étouffant ses cris.

Elle laissa tomber la socquette.

— Tais-toi ! Tiens-toi tranquille !

Elle sentit sur sa tempe gauche la gueule froide d'un pistolet. Paniquée, elle se pétrifia. Il lui sembla que son sang cessait de circuler dans ses veines.

— C'est mieux...

Il chuchotait à son oreille. Cette voix lui était vaguement familière. Elle ne le voyait pas, mais le devinait corpulent et moins grand que Joe.

— Si tu cries, je te tue tout de suite. Compris ?

Un frisson d'horreur la parcourut, une sueur glacée ruissela le long de son dos. Il allait la tuer de toute façon, elle le savait.

Il s'agissait pour elle de retarder l'échéance au maximum.

— Compris ? répéta-t-il d'un ton féroce, enfonçant ses doigts musculeux dans sa chair, autour de sa bouche, pressant le canon de l'arme sur sa tempe.

Elle acquiesça.

Il se baissa pour ramasser la socquette qu'il fourra dans sa poche. Il portait un pantalon noir, au pli impeccable, des mocassins également noirs, légèrement poussiéreux, une chemise blanche à manches longues. Il dégageait une odeur particulière, qu'elle ne parvenait pas à définir.

Il faisait en sorte qu'elle ne voie pas son visage.

Il retenait certainement Neely et Eli prisonniers.

— Bravo, tu es mignonne. Maintenant, avance.

Vacillante, elle se laissa guider vers la penderie.

— Ouvre.

Elle tourna maladroitement la poignée. Il la poussa si brutalement à l'intérieur qu'elle manqua tomber à genoux. La main qui la bâillonnait la retint, la gueule du pistolet lui meurtrit la tempe.

La penderie était longue et étroite, une sorte de dressing, avec les vêtements d'un côté. Il ordonna à Alex de refermer la porte. Elle obtempéra, il la poussa à nouveau en avant. Elle était dans le noir, à présent, enveloppée par le parfum des sachets de lavande qu'elle accrochait toujours dans ses armoires.

C'était un cauchemar.

— N'oublie pas, si tu cries, je te tue.

Il retira sa main, qui étouffait Alex, tâta le mur du fond. Elle aspira avidement une goulée d'air, mais se tut. Il n'hésiterait pas à mettre sa menace à exécution, elle n'avait aucun doute sur ce point. Et, de toute manière, à moins que Joe ne soit dans le manoir, personne ne l'entendrait hurler.

Le fond de la penderie s'ouvrit comme une porte, à la stupéfaction d'Alex. Elle se retrouva dans une espèce de passage si étroit que ses épaules frottaient contre les parois. Son ravisseur la tenait par les cheveux, il appuyait maintenant le pistolet sur sa nuque. Elle était tellement terrifiée qu'elle en suffoquait.

Derrière eux, la porte se referma avec un imperceptible déclic. Il alluma une torche électrique qui éclaira un long et étroit boyau qui, apparemment, s'étirait sur toute la longueur de l'étage.

— Avance, lui dit-il d'une voix sifflante.

Elle réalisa qu'il était obligé de se mettre de trois quarts pour pouvoir passer. Il était gros.

Les jambes flageolantes, Alex avançait.

À l'extrémité du boyau se trouvait un petit escalier, creusé – réalisa-t-elle – dans le mur, derrière celui de la cuisine. Elle comprit aussi que, depuis le début de son séjour au manoir, son kidnappeur avait eu accès à sa chambre et probablement à toutes les pièces de la demeure.

Elle se remémora la respiration qu'elle avait entendue la première nuit.

Elle n'avait donc pas rêvé. À présent, elle avait l'explication.

Ils atteignirent le bas des marches, un palier exigu, puis continuèrent à descendre. Il l'emmenait au sous-sol.

Ou plutôt dans la cave. L'air y était glacial et humide, le sol inégal. Alex trébuchait. Il faisait sombre comme dans un tombeau.

Son ravisseur, lui, commençait à se détendre.

— Ah, ma petite Alexandra ! On va bien s'amuser, tous les deux ! lui chuchota-t-il, débonnaire.

Décidément, elle connaissait cette voix.

— Où est ma sœur ? balbutia-t-elle.

Elle avait l'impression qu'il la poussait vers l'ancienne chaudière à charbon qui ne servait plus depuis longtemps.

— Cornelia ? Oh, c'est une vraie peste ! Tout à l'heure, j'étais très fâché contre elle, mais je ne le suis plus. Ce qu'elle a fait, c'est le destin qui l'a décidé. Je te voulais. Et maintenant, tu es à moi.

Alex sentit sa peau se hérisser.

— Elle est votre prisonnière, n'est-ce pas ? Ainsi qu'Eli ? Où sont-ils ? Que leur avez-vous fait ?

— Tu les verras bientôt.

Cette déclaration, énoncée sur un ton placide, la soulagea un instant. Puis elle pensa qu'elle allait subir le même sort que les deux adolescents : disparaître de la surface de la terre.

Une nouvelle vague de terreur la submergea.

— Tu sais, tu dors comme une bûche. Je suis venu dans ta chambre presque toutes les nuits depuis que tu es là, et tu ne t'es rendu compte de rien, ajouta-t-il gaiement. Mais peut-être que j'étais dans tes rêves, Alexandra ?

Elle s'efforçait de ne songer qu'à Joe, pour se donner du courage. Il la chercherait. Pour la retrouver, au besoin, il démolirait Whistledown pierre par pierre.

— Je vous ai aperçu sur la terrasse du premier. Deux fois.

— Sur la terrasse ? s'étonna-t-il. Oh non, tu te trompes ! Je suis prudent. Jamais je ne sortirais sur la terrasse. Ce serait trop dangereux, quelqu'un risquerait de me voir. Tu sais, ta sœur et toi, vous m'avez causé des tas de problèmes. Ton père aussi. Vous autres, les Haywood, vous êtes de sacrés enquiquineurs.

— Mon père...

Évidemment. Elle avait enfin la réponse aux interrogations qui l'avaient tant tourmentée. Son père ne s'était pas suicidé, elle en avait toujours eu la certitude.

— Vous l'avez tué, n'est-ce pas ?

Il gloussa et, sans répliquer, lui fit contourner la chaudière. Il ouvrit une petite porte métallique, dans le mur, qui émit un grincement sinistre.

Le pinceau de la lampe révélait à présent le local où l'on entreposait jadis le charbon. Au fond, ils franchirent une deuxième porte, minuscule, et pénétrèrent dans une salle tout en pierre.

Une odeur fétide assaillit Alex et lui chavira l'estomac. La pièce était aménagée comme un salon avec un confortable fauteuil, une table et un téléviseur dont l'écran répandait une faible lueur bleuâtre. Des photographies tapissaient un mur entier.

Il la lâcha, avec une telle brutalité, que, cette fois, elle tomba à genoux. Elle portait un jean et des mocassins – que Joe lui avait offerts quelques jours auparavant ... Elle hurla de douleur. Mais ce n'était rien, comparé à la terreur qu'elle ressentait. Manifestement, ils étaient arrivés à destination. Quel sort lui réservait-il, désormais ?

— Cornelia ! claironna-t-il. Je t'ai amené ta grande sœur !

54

Quelque part dans le manoir, Hannibal faisait un raffut de tous les diables, il miaulait comme un chat échaudé. Joe l'avait entendu sitôt qu'il avait franchi la porte de derrière. Que se passait-il encore ?

Il se souvint juste à temps du système d'alarme, composa le code et entra dans la cuisine. Bon Dieu, il se sentait vieux ! Plus vieux que son propre père. Vidé, exténué.

Eli... La pensée de son fils ne le quittait pas, c'était une écharde plantée dans son cœur, une souffrance permanente. *Eli, mon garçon, où es-tu* ?

— Alex ?

Pas de réponse.

Elle devait être en haut, avec le chat qui continuait à pousser des miaulements désespérés.

— Alex ? appela-t-il en montant le grand escalier.

Sans elle, il n'aurait pas supporté la semaine cauchemardesque qu'il avait endurée. Pour la première fois de sa vie, il avait eu besoin de s'appuyer sur quelqu'un. Et elle l'avait soutenu.

— Alex ! cria-t-il d'une voix plus forte.

La porte de sa chambre était fermée et, apparemment, le chat était dans la pièce.

— Alex ?

Il poussa le battant. Hannibal s'enroula autour de sa jambe, se frottant contre lui.

La chambre était déserte, de même que la salle de bains. Alex n'était plus là.

Le chat, lui, miaulait toujours comme un forcené.

Joe rejoignit l'escalier et descendit les marches quatre à quatre.

55

Alex avait atterri dans un coin ténébreux, coincée entre un mur de pierre humide et des barreaux de fer. D'instinct, elle se recroquevilla sur elle-même et tourna le regard vers son ravisseur. Elle voulait le voir.

Il se dirigeait vers la table, sur laquelle était posée une lampe de camping qu'il alluma. Son crâne chauve brilla dans la lumière. Il avait la figure ronde et rubiconde, une expression amène. Elle tressaillit, sidérée. Elle comprenait maintenant pourquoi sa voix lui était vaguement familière : c'était Homer Gibson, le propriétaire du Dixie Inn.

Une main lui toucha le dos, à travers les barreaux.

— Alex ?

C'était à peine un chuchotement, rauque, tremblotant.

— Neely ?

Elle distingua sa sœur, tapie de l'autre côté des barreaux. Sale et échevelée, vêtue seulement de son jean et d'un soutien-gorge bleu pâle. À la pensée de tout ce que sa cadette avait dû endurer, un frisson d'horreur la parcourut.

— Tu es vivante... Merci, mon Dieu ! Où est Eli ?

— Il est là, il est blessé. Oh, Alex, je regrette tellement, je ne...

Eli était couché en position fœtale sur ce qui paraissait être un matelas.

— Eh bien, mesdemoiselles, je me réjouis d'être à l'origine de cette touchante réunion de famille. Seulement voilà... Cornelia, ma petite chérie, te voilà dans une situation cornélienne. Si tu n'ouvres pas cette porte, si tu ne me laisses pas entrer, je vais enchaîner ta sœur au mur et en faire un feu de joie.

Alex sursauta et le dévisagea. Que voulait-il dire ? Un feu de joie... Soudain, elle discerna, sur sa droite, des traînées noirâtres qui s'étiraient jusqu'au plafond.

Homer s'approcha des barreaux de la cellule où Neely et Eli étaient enfermés, déverrouilla l'énorme cadenas et détacha la chaîne.

Alex entendit la respiration de Neely s'accélérer.

— Ô mon Dieu !

— Neely, qu'est-ce que...

— Oh non, Alex !

— À toi de choisir, Cornelia. Tu ouvres, sinon...

Il n'acheva pas sa phrase. Il contemplait fixement le téléviseur. Alex suivit son regard et réprima une exclamation.

C'était Joe qui était sur l'écran. Il inspectait la chambre d'Alex.

— Encore un problème, grommela Homer. Ça n'en finira jamais, ce soir ? Qu'est-ce que je fais ? Je monte et je le ramène ici ? Je ne veux pas de lui, en plus je n'ai pas assez de place. Ah, il ressort ! Peut-être qu'il va s'en aller.

Pensif, Homer tapotait ses dents du bout du doigt. Le pistolet, qu'il tenait toujours, pendait au bout de son bras.

Une fraction de seconde, Alex envisagea de se jeter sur lui pour s'emparer de l'arme. Mais ce serait de la folie, il aurait le temps de l'arrêter et de lui tirer dessus avant qu'elle soit hors de portée.

Joe sortait effectivement de la chambre. On ne voyait plus, sur l'écran, que la pièce vide, et la pile de vêtements sur le lit.

— Vous avez mis une caméra au-dessus de mon lit, murmura-t-elle avec dégoût.

— Oui, et une autre dans ta salle de bains. C'est ma station de télévision privée, je l'ai baptisée : Alexandra TV. Elle t'est exclusivement consacrée.

À l'idée que ce pervers l'avait épiée dans ses moments d'intimité, elle eut envie de vomir.

— Je t'ai observée aussi à l'hôtel, tu sais. Quand tu y as passé la nuit. J'ai une très jolie vidéo de toi et de ta sœur. Je me suis régalé.

— Vous avez installé des caméras dans votre établissement ? s'exclama Alex, méprisante.

— Bien sûr, répondit-il avec un grand sourire. Toutes les chambres sont équipées : caméras et micros. C'est fou ce qu'on peut voir dans un hôtel – adultère, fornication, magouilles en tout genre. Par exemple, j'ai filmé ton père qui graissait la patte à notre estimé vice-gouverneur Whelan.

Sa mine se rembrunit.

— J'espérais me faire un peu d'argent avec cette cassette, mais ton père n'a pas voulu marcher. J'aurais peut-être dû m'adresser à M. Whelan, seulement comme il n'est pas riche, j'aurais perdu mon temps.

— C'est pour cette raison que vous avez assassiné mon père ? Parce qu'il refusait de se soumettre à votre chantage ?

Alex sentit soudain un objet dur et froid, entre elle et le mur, que Homer ne pouvait pas apercevoir. Neely lui faisait passer quelque chose – une lame métallique, plate et dont l'extrémité était acérée.

— Ben, je l'avais *filmé*, rétorqua-t-il d'un ton blessé, comme s'il était victime d'une injustice. Whelan et lui ont pris le petit déjeuner dans mon restaurant, ensuite ils se sont enfermés dans une chambre qui avait été réservée sous un autre nom. Ton père avait besoin d'un permis pour construire un hôpital, et Whelan était prêt à le lui accorder – moyennant finances. Sur la cassette, on voit très bien les billets changer de mains.

Les sourcils froncés, il dévisagea Alex.

— Ton père était milliardaire. Je pensais qu'il n'y aurait aucun problème. Il m'a donné rendez-vous dans les écuries de Whistledown, tel soir à telle heure, en me promettant que j'aurais mon argent si je lui remettais la vidéo. C'est ce que j'ai fait. J'avais même apporté une bouteille de whisky pour fêter ça. Mais voilà que, tout à coup, il me dit qu'il ne déboursera pas un centime et il me colle un revolver sous le nez ! Il avait l'intention de me tuer, sûr et certain. Mais j'avais mon aérosol incapacitant sur moi – tu le connais, mon aérosol, pas vrai, Cornelia ? Je m'en suis servi et, dans la précipitation, j'ai renversé tout le whisky. Enfin, peu importe. Quand il a été inconscient, j'ai compris que je n'avais qu'une seule solution. Sinon, il ne me lâcherait pas, il me causerait des ennuis. Alors je lui ai mis le revolver dans la main, j'ai appuyé le canon sur sa tempe, et j'ai pressé la détente. Suicide. Au fait, je suis vraiment désolé pour vous deux.

À cet instant, l'écran du téléviseur attira à nouveau son attention.

— Il est revenu ! s'indigna-t-il.

56

Alex n'était plus dans le manoir.

Quand il l'eut cherchée partout, sans la trouver, Joe fut pris d'une peur affreuse. Il savait qu'elle ne serait jamais retournée toute seule à la ferme, dans la nuit.

Il décrocha le téléphone de la cuisine et appela Tommy chez lui.

— Viens à Whistledown, vite ! Alex a disparu !

Tommy, qui devait probablement dormir, ne posa pas de questions. Il connaissait suffisamment Joe ; si celui-ci disait qu'il y avait urgence, il n'exagérait pas.

— J'arrive.

Joe remonta dans la chambre d'Alex. Les vêtements qu'elle avait prévu d'emporter étaient sur le lit, et le chat n'avait pas manqué de se coucher dessus, à en juger par les quelques poils roux qu'il y avait laissés.

Quoi qu'il soit arrivé à Alex, cela s'était passé dans cette pièce.

Joe avait un goût de bile dans la bouche, son cœur cognait. Il ne supporterait pas de la perdre, il l'aimait.

Brusquement, Hannibal émergea de sous le lit. Il se planta devant Joe, le regarda, miaula, puis se dirigea vers la penderie.

Le chat entra dans la penderie, s'approcha du mur du fond, s'immobilisa. Il tourna la tête vers Joe, poussa un nouveau miaulement impérieux.

Saisi par un terrible pressentiment, Joe donna un coup d'épaule contre la paroi… qui céda.

57

— Eh bien, soupira Homer d'un ton de regret, lorsqu'ils virent Joe suivre Hannibal dans la penderie, je suppose que c'est le destin. Le vôtre et le mien.

Il s'avança vers Alex. Elle tenta de bondir, de le frapper avec l'épée improvisée que lui avait fait passer Neely, mais il lui arracha la lame métallique des mains.

— Vilaine ! gronda-t-il, et il lui asséna un coup de pistolet sur le crâne.

Alex s'évanouit. Quand elle reprit conscience, elle était enchaînée au mur par le poignet droit.

— Tu as de la chance que je ne t'aie pas mis une balle dans la peau. Quoique, ça se discute...

Neely, dans sa cellule, sanglotait.

— Alex... Oh non, pitié !

Homer fourra son arme dans sa poche et se retourna. Épouvantée, Alex tira sur la chaîne, en vain : elle était attachée à un solide anneau de fer fixé dans le mur et qui ne céda pas d'un pouce.

Lorsque Homer revint vers elle, il portait un bidon d'essence.

Une indicible panique la submergea.

Il avait parlé d'un feu de joie, il allait la brûler vive. Neely, à genoux, poussait des gémissements aigus, déchirants.

— Je vous en supplie, Homer, balbutia Alex, ne faites pas ça, je vous en prie...

— Ce n'est pas ce que je souhaitais, Alexandra. Je voulais te garder. Seulement Joe sera bientôt là, et je ne vois pas d'autre moyen d'éviter qu'on découvre ma petite garçonnière. Il faut que je détruise tout ça. Quand ils vous trouveront, toi, Cornelia et Eli, vous serez réduits en cendres. Ils comprendront ce qui vous est arrivé. Mais ils ne devineront jamais qui en est responsable.

Il entreprit de répandre l'essence sur le sol, autour des pieds d'Alex.

— Après tout, le sage est celui qui sait renoncer et s'enfuir au bon moment.

Il aspergea la cellule, puis recula en achevant de vider le bidon.

— Au revoir, ma belle Alexandra, dit-il.

Il ouvrit la porte, extirpa de sa poche une petite boîte. Des allumettes... Il en gratta une, qui s'enflamma, et la jeta par terre.

Une traînée de feu courut sur le sol, avec un bruit pareil à une sourde explosion.

58

— Alex ! Alex !

— Oh, Neely... Mon Dieu !

Les flammes d'un orange ardent s'élançaient en un ballet sauvage, grimpaient à l'assaut du plafond. La fumée, pareille à des tentacules huileux, s'enroulait autour d'Alex, collait à son visage comme un masque asphyxiant.

Elle vit sa sœur sortir de la cellule, se précipiter vers elle, faire un bond de côté pour éviter la muraille de feu qui grandissait de seconde en seconde.

— Alex !

Neely s'acharnait sur le bracelet de fer qui entravait le poignet d'Alex, elle s'évertuait de ses doigts tremblants à introduire une clé dans la serrure.

— Laisse-moi, va-t'en ! lui cria Alex.

Elle allait mourir, elle le savait.

— Fuis, Neely ! Sauve-toi !

— Seigneur, pitié, pitié...

Neely hoquetait, sanglotait. Les flammes enflaient, monstrueuses, aspirant goulûment le moindre atome d'oxygène. Le pire, c'était ce grondement assourdissant, infernal. Jamais Alex n'avait rien entendu d'aussi terrifiant.

Dans quelques instants, Neely, Eli et elle flamberaient comme des torches.

La clé tourna dans la serrure du bracelet de fer. Neely avait réussi à la libérer.

Soudain, la porte s'ouvrit à la volée. Ce souffle d'air redoubla la violence du feu. Joe apparut, un bras replié sur le visage pour se protéger.

— Alex ! hurla-t-il d'une voix si forte qu'elle couvrit le rugissement du brasier.

— Eli ! Il est dans la cellule ! glapit Neely en courant vers lui.

Alex se tourna vers les barreaux. Elle ne pouvait pas abandonner le fils de Joe...

— Sortez de là ! leur ordonna-t-il.

La fumée s'épaississait. Un voile de larmes aveuglait Alex, elle étouffait, il lui semblait que sa peau se craquelait sous l'effet de la chaleur.

Mais elle ne pouvait pas laisser Joe tout seul.

Il était entré dans la cellule, il se penchait sur Eli, le soulevait...

À ce moment, elle sentit les flammes lécher l'ourlet de son pantalon.

Elle fit un bond, s'élança.

La porte, la porte...

Ses pieds ne touchaient plus terre, elle volait. Elle se retrouva dans la cave à charbon, frotta les jambes de son pantalon contre le mur. Reprenant tant bien que mal sa respiration, elle pivota et vit Joe arriver. Il portait Eli sur ses épaules.

59

Le lendemain au crépuscule, ils étaient tous sortis de l'hôpital, à l'exception d'Eli qui devrait y rester deux ou trois semaines, selon les médecins. On l'avait opéré pour extraire la balle qu'il avait dans la poitrine. Il était jeune et vigoureux, il se rétablirait.

— Je n'ai pas encore eu l'occasion de te remercier, dit Joe à Neely, tandis qu'il accompagnait les deux sœurs à Whistledown.

L'incendie avait sérieusement endommagé le manoir, il faudrait réaliser d'importants travaux avant qu'il soit à nouveau habitable. En outre, il était désormais considéré comme un lieu de crime par la police qui en avait interdit l'accès au public. Alex et Neely avaient simplement eu l'autorisation d'y passer pour récupérer quelques affaires.

— Tu as sauvé la vie de mon fils, je t'en serai éternellement reconnaissant, ajouta Joe.

— Je n'ai pas que des défauts, répliqua Neely avec un sourire canaille.

Comme Alex, elle avait les cheveux roussis au point qu'ils étaient tout crêpelés et quelques brûlures superficielles. Joe, lui, s'était brûlé plus gravement aux jambes, cependant ses bandages ne ralentissaient pas sa démarche. Il était solide comme un roc.

— C'est vrai, je le reconnais volontiers.

Ils étaient sur le palier du premier ; Alex, qui s'affairait dans sa suite, écoutait leur conversation avec un petit sourire aux lèvres. À son avis – et elle n'avait pas manqué de le proclamer –, Neely avait été héroïque. Elle avait à la fois sauvé Eli et sa grande sœur.

Joe pénétra dans la chambre. Il avait tenu à les escorter, bien que tout danger fût désormais écarté. Tommy avait arrêté Homer vingt minutes après avoir appris la vérité de la bouche de Neely, Alex et Joe.

Le shérif avait trouvé Homer au Dixie Inn, où il était tranquillement retourné, certain d'avoir éliminé tous les témoins de sa monstruosité. La police d'État, à laquelle Tommy avait livré Homer, l'avait catalogué comme un tueur en série. Il avait déjà assassiné vingt-deux femmes et quatre hommes. Chez lui, il conservait une abominable collection de photos de ses victimes, les doubles de celles qui étaient exposées sur les murs de son repaire, dans les fondations de Whistledown, et que le feu avait détruites.

Sitôt qu'on l'avait mis en garde à vue, Homer avait tout avoué. Il était effectivement l'assassin de Laura Welch, comme on le supposait. Après sa dernière visite à Joe, elle avait passé la nuit au Dixie Inn. Homer l'avait enlevée pendant son sommeil.

— Dis-moi une chose : pourquoi y a-t-il des passages secrets dans ma maison ? demanda Alex. J'espère que ce n'est pas une coutume locale, comme la passion du basket ?

— Apparemment, Whistledown faisait partie d'une sorte de réseau souterrain qui date d'avant la guerre civile. On l'utilisait pour cacher des esclaves en fuite dans cette salle, derrière la cave à charbon. Les passages permettaient de les faire entrer ou sortir du manoir quand leurs poursuivants arrivaient. Et il y avait un autre passage qui menait des caves au ruisseau. Il s'est presque complètement éboulé au fil du temps, à cause de l'érosion, mais c'était là, manifestement, que Homer entreposait les restes de ses victimes, dans des sacs-poubelles. Le violent orage que nous avons eu la nuit où vous êtes venues toutes les deux taper à ma porte a entraîné deux de ces sacs-poubelles hors de la grotte : ceux qui contenaient les cendres de Laura.

— Comment Homer connaissait-il ces souterrains ? lança Neely depuis la pièce voisine.

— Il a grandi à Whistledown. Sa famille en était propriétaire, il y a environ vingt-cinq ans. De toute manière, ces souterrains n'étaient pas vraiment un secret. Simplement, on les avait oubliés.

— Crois-moi, si j'avais soupçonné leur existence, rétorqua Alex, je n'aurais jamais dormi ici.

Joe s'approcha du lit, croisa les bras. Alex, tout en continuant à rassembler ses affaires, lui jeta un coup d'œil interrogateur.

— Maintenant que tu n'as plus de toit, je présume que tu envisages de rentrer à Philadelphie, dit-il.

Alex s'immobilisa.

— Ça dépend.

— De quoi ? murmura-t-il, fixant sur elle un regard intense.

— De toi.

— Ah oui ? fit-il avec un petit sourire.

— Oui.

— Alex...

Il lui saisit la main, l'attira contre lui. Mais quand elle voulut l'embrasser, il la repoussa doucement pour scruter son visage.

— Épouse-moi, souffla-t-il.

Elle crut que son cœur allait exploser de bonheur. Du bout des doigts, elle effleura sa bouche, les pattes-d'oie au coin de ses paupières.

— Oui, mon amour... chuchota-t-elle avec un sourire radieux.

— Ai-je bien entendu ce que je crois avoir entendu ? s'exclama Neely, sur le seuil de la chambre. Il t'a proposé de l'épouser et tu as dit oui ?

— Ça te pose un problème ? rétorqua Joe.

— Non, répondit Neely d'un air espiègle. Seulement, Eli va devenir mon neveu. Ça compliquera les choses, vous comprenez.

Joe émit un grognement accablé.

— On réfléchira à la question plus tard, déclara Alex d'un ton ferme.

Peu après, Joe descendait l'escalier pour regagner la ferme avec les deux sœurs. Il portait leurs valises.

— Tu as vu Hannibal ? demanda Neely à Alex.

Celle-ci, qui avait déjà cherché le chat, secoua la tête.

— On ne peut pas le laisser ici...

— Effectivement, acquiesça Alex.

Le matou avait été, lui aussi, le héros de toute cette histoire. Soudain, Alex sut où elles le trouveraient.

— Suis-moi, dit-elle.

Perplexe, Neely lui emboîta le pas. Quand Alex ouvrit la porte-fenêtre donnant sur la terrasse du premier, une bouffée d'air froid lui cingla la figure. Le crépuscule reculait devant la nuit, la terrasse était plongée dans une ombre violette.

Les deux sœurs s'avancèrent, appelant Hannibal. Brusquement, il arriva, la queue en point d'exclamation comme à son habitude, en ronronnant bruyamment.

Derrière lui, floue et comme brouillée, se découpait la silhouette d'un homme.

Alex écarquilla les yeux. Elle ne se trompait pas : son père était là, il souriait à ses filles, ses yeux bleus, si clairs, débordaient d'amour.

Puis il sembla s'éloigner. Il leva une main en signe d'adieu et disparut.

Il ne resta plus que l'ombre violette.

— Papa ! murmurèrent Alex et Neely, tandis qu'Hannibal se frottait à leurs jambes.

Elles échangèrent un regard. Elles avaient bien vu leur père, ce n'était pas une illusion. En silence, elles s'étreignirent.

— Alex ! cria Joe, en bas, d'une voix où perçait une note d'inquiétude.

— Allons-y, Neely.

Celle-ci prit dans ses bras Hannibal qui ronronnait toujours, et les deux sœurs quittèrent la terrasse.

ÉPILOGUE

En ce samedi ensoleillé de décembre, Joe contemplait fixement la ligne d'arrivée. À son côté, son père faisait des bonds en poussant des cris de sauvage. De l'autre côté, sa femme Alex, qu'il venait d'épouser, faisait aussi des bonds ponctués de hurlements stridents. Les trois enfants de Joe et Neely sautaient en l'air comme une bande de kangourous et s'époumonaient.

En principe, Joe n'aurait pas supporté un tel tapage. Mais les circonstances étaient exceptionnelles. Victorieux Danseur s'apprêtait à remporter le Magna Futurity avec six longueurs d'avance. Joe en était sidéré.

Deux pensées lui vinrent à l'esprit, alors qu'il regardait Danseur, ce sac d'os, voler vers la gloire et un demi-million de dollars, et que, simultanément, il baissait les yeux sur sa tendre épouse.

Sa première pensée fut celle-ci : l'amour est la clé du bonheur.

Et la deuxième fut : les rêves finissent un jour par se réaliser.

6417

Composition Interligne B-Liège
Achevé d'imprimer en Europe (France)
par Brodard et Taupin à La Flèche (Sarthe)
le 4 septembre 2002. 14532
Dépôt légal septembre 2002. ISBN 2-290-32134-6

Éditions J'ai lu
84, rue de Grenelle, 75007 Paris
Diffusion France et étranger : Flammarion